미스터리의 사회학

근대적 '기분전환'의 조건

일본 미스터리 총서 4

미스터리의 사회학

근대적 '기분전환'의 조건

다카하시 데쓰오高橋哲雄 저
고려대학교 일본추리소설연구회 역

역락

한국어판 서문

한국에서 미지의 여성에게 갑자기 전화가 걸려온 것은 작년 11월의 일이었다. 고려대학교 일본연구센터소장 유재진이라고 자신을 소개한 여성은, 26년 전의 졸저『미스터리의 사회학 ミステリーの社会学』(中公新書, 1989)의 번역서 출판과 관련해 저자의 승인을 요청한다는 용건을 전했다.

유재진 교수의 말로는 지금 한국은 유례없는 일본 미스터리 붐으로 평론 및 연구 활동이 활발히 전개되고 있다고 한다. 일본연구센터에서는 현대문화 연구의 일환으로 미스터리를 연구대상으로 하는 연구를 지속해왔으며, 그 과정에서 이 졸저를 접하게 되어 대학원생들과 2년에 걸쳐 강독한 결과, 이 책이 미스터리 연구의 필독서라는 학생들의 요청이 있어 번역에 착수하게 되었다고 한다. 이미 번역문은 거의 완성되어 있으며, 출판사를 찾고 있는 단계까지 진행되어 있다는 이야기였다.

나는 유쾌한 놀람 속에서 그녀의 이야기를 듣고 있다가, 그 자리에서 제안을 승낙했다. 유쾌한 놀람이란 것은, 하나는 약 25년이나 지난 저작이 아직도 대학원 레벨의 표준 연구서로서의 역할을 하고 있다는 것이 기뻤기 때문이다. 물론 이것 외에도 한 가지 사소한 이유가 있었다.

그것은 다름 아니라, 이 책이 영어도 프랑스어도 아닌, 한국어로 번역되기 때문이다. 나는 이 책의 제3부 제1장의 「읽는 자」 중 한 절에 '한국 미스터리에 대한 고찰'이라는 제목으로 당시 일본에서는 전혀 알려져 있지 않았던 전쟁 전의 한국 미스터리의 '창세기'에 대해 짧은 지면을 빌어 소개한 바 있다. 당시 한국을 미스터리 발전도상국의 좋은 예로 평가한 바 있으나, 그 이후에 전개된 상황에 대해서는 오랜 시간 신경을 쓰지 못하고 있었다. 그런 한국의 미스터리계가 현재 한창 열기를 띠고 있다는 이야기를 듣게 되고, 거기다 한국 미스터리계에서 내게 먼저 손을 뻗어준 것이 못내 기뻤던 것이다.

내가 이 책에서 의문으로 삼았던 것 중 하나는 서양, 그 중에서도 문학대국인 독일과 아일랜드에서 어째서 좋은 미스터리 작품이 등장하지 않았는가 하는 것이었다. 이러한 문제를 사회과학적인 방법으로 풀 수는 없을까 하는 나의 생각이 이 책의 비교문화론적인 문제의식의 기원이 되었던 것이다. 내가 고찰의 출발점으로 삼았던 것은 영국에서 성립하여 성숙한 고전적인 수수께끼풀이의 미스터리로, 그것은 분명 세계에서 최초로 뿌리내린 근대시민사회의 산물이었다. 근대 스포츠와 마찬가지로, 그것은 경제적 발전과 동반된 다양한 여유(경제적, 시간적, 정신적)로부터 발생한 것이었으나, 동시에 그 보급된 정도나, 선호된 유형에 대해서는 각 국가나 사회의 정치, 사법, 교육에서부터 종교에 이르기까지 다양한 방면의 영향을 받았으며, 또한 이들로 집약되는 정신풍토나 생활양식에 의해서도 큰 영향을 받고 있었다. 이러한 요인들의 작용으로 인해 미스터리 장르는 미국에서는 하드보일드로, 일본에서는 사회파나 변격추리소설과 같은 형태로 나름의 지류를 형성했던 것이며, 이러한 의미에서 미스터리는 비교문화론에 적합한 대상이 되는 것이다. 그러나 독일이나 아일랜드가 문학대국임에도 불구하고 좋은 미스터리 작품이 창작되지 못했던 것은, 대체 어떠한 사회적 조건에 의한 것인가 하는 문예 사회학상의 '수수께끼'에 대해서 나 자신조차 명확한 해답을 내리지 못하고 있으며, 내가 아는 한 이는 아직까지 충분히 해명되지 못한 분야이기도 하다.

한국 역시도 이러한 고찰의 대상이 되어야할 국가임은 분명하다. 이 책의 집필 이후, 아일랜드에 대해서는 내 나름대로의 고찰을 책으로 펴냈으며(『아일랜드 역사기행アイルランド歴史紀行』筑摩書房, 1991), 그 책에서 아일랜드의 운명을 식민지 시대의 한국과 비교한 바 있다. 모든 자료를 조사한 것은 아니지만, 아일랜드는 계속해서 미스터리가 부재한 나라였던 것으로 보인다. 그러나 한국 미스터리의 그 이후의 역사에 대해서는 여전히 손대지 못하고 있었다. 애초에 나 자신이 한국어를 할 수 없었기 때문에, 위의 책을 집필하는 데 있어 한국어 자료나 문헌의 수집, 독해는 전부 고난대학甲南大學, 오사카상업대학大阪商業大学 명예교수인 다키자와 히데키瀧澤英樹 교수에게 신세를 졌었다. 이러한 핸디캡 때문에, 한국의 미스터리에 대해서는 그간 쭉 관심을 가지고 있었으면서도 깊은 수준의 연구를 지속할 수는 없었다. 이번 번역서의 출판이 기회가 되어, 나로서는 끝마칠 수 없었던 숙제를 끝마쳐 줄 수 있는 연구자와 학생들이 등장하거나, 창작활동에 자극제나 힌트가 될 수 있기를 기원한다.

본서는 이와 같은 종류의 책이 거의 없던 시절, 신서新書 스타일에

과감한 빅 디자인의 구상 아래 출판된 작품이니만큼, 초판간행 시기에는 수많은 비판이나 반론을 각오했었고, 기대 역시도 하고 있었다. 출판 이후의 반향은 예상보다 훨씬 컸고, 최초 4개월 만에 30여 편의 서평이 나왔으며 신문·잡지의 취재는 물론 TV에서까지 언급되었다. 대부분이 높은 평가나 칭찬이었는데, 내가 아는 한 유일한 예외는 『산케이신문産経新聞』의 한 미국추리소설 비평가에 의해 작성된 '방대한 자료수집에 실패했다.'라는 제목의 비평 정도로, 그 이후 다른 반론이나 비판은 전혀 듣지 못했다.

또 이 책과 비슷한 제목의 책은 현재까지 2권정도 발간되었는데, (우치다 류조內田隆三 『탐정소설의 사회학探偵小説の社会学』岩波書店, 2001. 히로노 유미코廣野由美子 『미스터리의 인간학ミステリーの人間学』 岩波新書, 2009) 두 권 모두 훌륭한 작품으로, 나와는 다른 길을 걷고 있다. 전자는 내가 생각하는 '사회학'과는 다른 차원의 것으로, '사건으로서의 언설'이라는 독자적인 관점에서 추리소설의 독해를 시도하고 있는 저서이다. 후자는 나의 논의를 염두에 두고 '미스터리' 개념을 새롭게 정리하고 있으며, 탐정을 중심으로 영국의 고전 추리소설의 저류를 형성하고 있는 인간성의 탐구를 그 목표로 하고 있다. 어느 쪽이든 '읽는 것'의 세계를 깊이 파고든 연구업적이라고 할 수 있을 것이다.

그렇지만 25년이라는 시간이 지난 후에, 그것도 한국이라는 전혀 다른 정신풍토의 신흥 미스터리 국가에서 본서가 어떻게 받아들여질 것인가에 대해서는 꽤나 긴장되는 것이 사실이다. 이 25년간 엔터테인먼트의 세계도 문학의 세계도 꽤나 큰 변모를 이룬데다, 미스터리 그 자체도 꽤나 변화했다. 이런 변화를 바탕으로 새로운 '미스터리론'이 만들어진다고 해도 분명 이상하지 않은 이 시점에, 그것이 한국에서 실현되고, 이 번역서가 그것에 조금이라도 기여할 수 있다면 원저자로서 이 이상으로 기쁜 일은 없을 것이다.

　마지막으로, 역자들의 노고에 대한 위로를 보내고 싶다. 본서는 작은 판형의 신서에 지나지 않지만, 단순한 계몽서가 아니라 학술적인 검증에도 문제가 없도록 다소 읽기 힘들만큼 수많은 자료들을 책 속에 싣고 있다. 저자명, 인명, 지명 등, 조사하지 않을 수 없는 고유명사의 수는 결코 만만하게 볼 양이 아니었으며, 또한 서명 하나에도 적절한 번역어를 찾는데 상당히 수고했을 것이라 생각한다. 영업상의 이유로, 본래의 뜻에 충실하지 않은 제목들이 많기 때문이다. 또 나의 짧은 요약에서 인용된 원문의 의미를 추측하는 작업 역시 쉽지 않은 일이 아니었을까. 아쉽게도 내게 한국어 번역을 체크할 정도의 능력은 없다. 그러나 나는 그것에 대해서는 조금도 걱정하지 않았다. 처음 전화를 받고, 호리 다쓰오堀辰雄로 쓰쿠바대학筑波大学에서 박사학위를 받았다고 하는 유재진 교수의 유창하고 조예 깊은 일본어를 들었을 때부터, 유재진 교수의 안배가 있는 한 번역서의 완성도는 보장된 것이나 마찬가지라는 생각이 들었기 때문이다.

다카하시 데쓰오

역자 서문

『미스터리의 사회학』이라는 작은 판형의 문고본을 내가 언제 구입했는지는 정확히 기억나지 않는다. 아마도 2009년경 선배교수의 권유로 일본추리소설의 번역서를 기획하게 되었을 쯤으로 짐작한다. 이왕 기획할 거 제대로 한 번 국내의 번역 현황을 조사해보고 이쪽 분야에 대한 공부도 해보기 위해, 함께 번역 작업을 할 멤버들과 그냥 모이기 아쉬워서 '일본추리소설연구회'라는 지극히 흔한 이름을 붙이고 1주일에 한 번 모여서 관련 서적과 작품들을 읽기 시작했다. 그 때 일본에서 출판된 미스터리 관련 평론서나 연구서를 무작위로 사 모은 과정에서 아마도 이 책이 함께 딸려온 것 같다.

그리고부터 2년 뒤 미스터리를 테마로 대학원 수업을 개설하게 되었는데, 지금까지 추리소설에 관심이 없거나 혹은 취미로만 읽고 한 번도 연구 대상으로 고려해 보지 않은 대학원생들에게 근대문학의 '근대성'이라는 것을 고찰할 때 미스터리라는 장르가 얼마나 유효한지를 이해시키기 위해서 내가 구입한 많은 관련 서적 중 제일 먼저 읽었던 것이 바로 이 책이었다. 이 책이 오락소설에 지나지 않는 미스터리를 '근대적 산물'로 바라보게 하는 관점을 명확하게 제시해주고 있기 때문이고, 게다가 미스터리 작품의 내용 분석이 아니라 미스터리 장르의 사회적 요인을 다각도에서 풀어쓴 시도는 소위 문화연구Cultural Studies의 좋은 예이기도 했기 때문이다.

이 책의 저자 다카하시 데쓰오는 아직 국내에서 소개된 바가 없어 한국 독자들에게는 생소한 인물일지도 모르겠다. 다카하시 선생님은 문학 전공자가 아니라 경제학과 교수이고 전공인 경제학 관련 서적 외에도 이 책을 비롯해서 일반 대중독자들을 위한 서적도 다수 출판하였고, 일본에서는 영국 전문가로 알려진 저자이다. 특히 이 책에서 영국의 사회상이나 근대 산업화에 관한 기술이 매우 구체적인 것도 저자가 영국과 아일랜드의 사회문화사를 전공한 것과 무관하지 않을 것이다. 그리고 이러한 저자의 전공 덕분에 문학론을 넘어서 '미스터리의 사회학'이라는 당시로서는 매우 독창적이고 오늘날의 독자들에게도 미스터리 장르의 사회적, 문화적, 그리고 역사적 배경에 대해서 교시하는 책이 나왔는지도 모르겠다.

나는 이제껏 이 책만큼 미스터리라는 장르가 갖고 있는 특성과 그 배경을 명쾌하고 구체적으로 기술한 책을 보지 못했다. 미스터리가 탄생하기 위한 근대로의 정신 풍토의 변이와 산업 기술 및 경제구조의 변화로 인한 새로운 독자층의 형성, 그리고 그들의 새로운 욕망 창출, 이것들이 한데 어울려 저자의 말을 빌리자면 '조건 의존형 도서'일 수밖에 없는 미스터리가 시대와 장소를 바꿔가며 거듭되는 변용과 확산을 거쳐 오늘날 대중문학의 한 축을 구축하기에 이른 것이다. 이 책의 매력은 이러한 미스터리 장르의 형성과 전개의 사회적 요인을 통시적으로 고찰하면서 미스터리라는 장르의 특성을 명쾌하게 짚어주고 있다는 점이다. 그 뿐 아니라 사회상의 변화에 따른 미스터리 장르의 전개를 동서양의 수많은 작품들의 예시를 통해서 망라하고 있는 점도 매력으로 들 수 있겠다.

이 책에서 언급하고 있는 작가와 작품들 중 한국어로는 극히 일부분만이 번역 소개되어 있는 것이 실상이다. 이에 독자들의 이해를 돕고자 본문에서 언급하고 있는 모든 인물들의 간략한 인물정보와 대표업적을 부록에 실었다. 부록의 분량만 보아도 이 책에서 얼마나 많은 작가들을 언급하고 있는지 알 수 있을 것이다. 그리고 저자가 본문에서 제시한 참고문헌 중 한국에서 번역된 저서에 관해서는 그 번역서를 함께 표기하였다. 미스터리를 통해서 '근대'라는 시대를 성찰하는 비평이 한국에서 보다 활성화되길 바라는 마음에서이다.

나는 일찍이 이 책의 번역서를 출판하길 희망하였으나 책에서 언급하고 있는 방대한 양의 작가와 작품을 혼자서 일일이 조사해낼 엄두가 나지 않아 포기하고 있었던 참이었다. 그러던 중 우연한 행운이 제 발로 내게 찾아왔다. 작년 2학기 다양한 전공의 학생들이 모인 비교문학 협동과정의 대학원 수업을 맡게 된 것이다. 미스터리를 테마로 한 수업에서 나는 언제나처럼 이 책을 제일 먼저 같이 읽기로 했는데 일본어 원서를 읽을 수 없는 학생들이 섞여 있는 경우는 처음 있는 일이라 자연스럽게 일본어 독해가 가능한 학생들이 읽고 내용을 소개하는 형식으로 수업을 진행하게 되었다. 그 과정에서 교수보다 더 성실한 학생들이 '시키지도 않았는데' 일본어를 읽지 못하는 다른 동료 학생들을 위해서 본인이 맡은 장을 전문 번역해 온 것이었다. 그렇게 수업을 진행하면서 어느새 책 한 권을 학생들이 모두 번역해버린 것이다. 물론 그 수업 발췌용 초벌번역에서 탈고까지는 많은 수고와 조사, 윤독 과정이 뒤따랐다.

놀라운 끈기와 협동심으로 이 번역서가 나오기까지 수고해준 수강생 모두에게 진심으로 감사의 마음을 전하고 싶다. 특히 홍익대학교 조교수이자 중일어문학과 박사과정의 나카무라 시즈요 씨, 마찬가지로 중일어문학과의 김욱 씨, 김인아 씨, 신재민 씨, 남상현 씨, 그리고 꼼꼼한 교열 작업의 수고를 마다하지 않고 맡아준 비교문학비교문화협동과정의 김우진 씨를 비롯해 무카이 시오리 씨, 이유진 씨, 이혜리 씨, 국어국문학과의 이정안 씨, 김예람 씨, 그리고 영상문화학협동과정의 조은상 씨. 이들 덕분에 내 오랜 바람 하나가 이루어졌다. 진심으로 고맙다. 그리고 이런 보람찬 만남을 내게 준 고려대 비교문학협동과정 주임 송상기 교수님께도 감사의 말씀을 드린다. 지난한 교열 과정을 참고 교정 작업과 편집에 헌신적으로 임해주신 역락출판사의 이소희 대리님과 역자들의 까다로운 요구사항을 들어주시고 협조해주신 역락의 이대현 사장님께도 역자를 대표해서 고마움을 전한다. 마지막으로 바쁜 일정에도 불구하고 만만치 않은 양의 이 책을 감수해주신 추리소설 평론가이자 계간 『미스터리』 편집장 박광규 씨에게 역자를 대표해서 감사의 말씀을 드리고 싶다.

역자를 '고려대학교 일본추리소설연구회'로 붙인 것은 이렇듯 역자가 많았고 또 모두의 협동과정의 결과물이기에 하나의 명칭을 붙이길 원했기 때문이다. 그 때 예전에 내가 이 책을 처음 읽었을 당시 한시적으로 사용한 연구회 명칭, '일본추리소설연구회'가 떠올랐다. 이 책의 출판과 동시에 이 연구회는 다시 자연 해체되겠지만, 언젠가 또 다른 우연한 만남을 계기로 이 연구회가 부활하는 날을 즐거운 마음으로 기대하면서 역자 서문을 갈음한다.

유재진

차례

들어가며

'미스터리의 사회학'이라는 주제로 뭔가를 쓸 수 있지 않을까, 라는 생각이 든 지 몇 년 되었다.

미스터리(탐정소설 혹은 추리소설이라고 편한 대로 바꿔 읽어도 상관없다)에 대해서는 동서양을 막론하고 이제까지 꽤 많은 글들이 쓰였고 지금도 쓰이고 있다. 대부분은 트릭이나 플롯의 분류와 집성 혹은 등장인물들의 유형 분석, 주변사항의 고증 등 미스터리의 재미와 관련된 호사가들의 수다로 채워져 있다. 물론 작품론이나 작가론, 미스터리사도 적지 않게 있다. 최근에는 기호론이나 윤리학, 심리학 등을 사용해서 작품을 읽어내려는 시도도 나타나기 시작했다. '미스터리 평론에서 미스터리학으로'라고 말하면 다소 과장된 표현일지 모르겠으나 이러한 경향도 미스터리 관련 서적들에서 읽어낼 수 있다.

하지만 나처럼 사회학을 전공한 사람에게 제일 먼저 드는 의문점 ― 예를 들어서 왜 본격미스터리는 영국에서 그것도 다른 나라와 현격한 차이를 둘 정도로 발달하였는가, 미국에서는 하드보일드hard-boiled1)가, 일본에서는 전전戰前에는 변격물2)이, 전후에는 사회파 추리소설3)이 발달한 것은 어떤 사정 때문일까, 그리고 영국의 이웃나라이자 마찬가지로 위대한 문학 생산국인 독일이나 아일랜드가 미스터리 생산에 있어서는 완전히 불모 상태인 것은 어째서일까 — 이러한 문제를 정면으로 다룬 논의는 들어본 적이 없는 것 같다.

그리고 이와 관련해서 현실에서 일어나는 범죄의 경향과 미스터리 작품 속에서 벌어지는 범죄의 경향 사이에 어떠한 대응관계가 있는지, 경찰이나 재판제도의 양상이 나라마다 커다란 차이를 보이는데 이러한 차이가 미스터리에 형태로든 반영되었는지, 막스 베버나 리처드 토니가 종교와 자본주의의 발전 사이에서 밝혀낸 것과 같은 상관관계가 미스터리와의 관계에서도 확인할 수 있는지와 같은 여러 영역에 걸친 문제에 관해서도, 이제까지는 기껏 해봐야 하워드 헤이크래프트의 '민주주의 가설'이 나왔을 정도이다.

게다가 미스터리를 쓰거나 애독하는 사람들은 어떠한 사회 계층에 속해있는지, 여성의 역할은 일반 소설의 경우와 어떻게 다른지, 그 당시의 책값이나 도서관, 책 대여점이라는 제도적 요인은 미스터리와 어

---

1) 1920년 미국에서 창간된 잡지 『블랙 마스크Black Mask』를 모태로, 종래의 사색형 탐정과 다른 행동과 탐정을 간결한 문체와 냉혹한 시점으로 쓴 탐정소설.
2) 범죄 수사의 프로세스를 주로 다룬 소설을 본격 탐정소설이라고 한 것에 비해, 그 외의 것에 주안을 둔 미스터리 작품을 일본에서 변격 탐정소설이라고 했다. 소위 정신 병리적, 변태 심리적 측면의 탐색에 중점을 둔 미스터리를 가리킨다.
3) 사회성이 강한 주제를 다룬 추리소설로서 동기의 사회성, 트릭의 현실성을 강조함과 동시에 사회해결에 중점을 두었다.

떤 관련이 있는지 등 독자층의 관점에서 전개되는 미스터리론도 별로 찾아볼 수 없고, 있다 하더라도 충분히 논하고 있지 않는 경우가 많다. 해외에서는 콜린 왓슨이나 어네스트 만델 등 몇몇 흥미로운 책들이 나오기는 했지만 단적으로 말해서 그 책을 번역하기만 하면 고생해서 이런 책을 쓸 필요가 없겠다고 생각하게 만들 만한 책은 아직 나오지 않았다.

이처럼 지금까지 거의 방치되어온 '미스터리의 사회학'이라는 영역에 스스로 탐정이 된 기분으로 잠입해보고자 하는 것이 이 책의 목적이다. 말하자면 문예 사회학을 미스터리 장르에 적용시킨 것이라고나 할까. 사회과학의 눈으로 미스터리의 역사와 가능성을 읽어내고 미스터리 장르의 성장과 변질 속에서 사회의 구조와 움직임을 살피려는 속셈이다. 과연 이런 당치않은 시도가 제대로 성공할 수 있을지 솔직히 자신이 있는 것은 아니다. 다만 이러한 새로운 시각을 설정함으로서 지금까지 보이지 않았던 것이 보이기 시작하면서 미스터리를 읽는 즐거움이 한층 더 풍부해지지 않을까 싶다.

탐색을 시작하기에 앞서 우선 짚고 넘어가고 싶은 것은 다소 추상적인 말이 되겠지만 미스터리는 일반 소설에 비해서 특정한 시대, 사회, 계급 혹은 집단과의 연결이 훨씬 강하다는 점에서 매우 독특한 사회적 성격을 지닌 문학이라는 것이다. 여기서부터 이야기를 시작해보고자 한다.

외국어 실력을 향상시키는 방법 중 하나로 예전에는 주로 야한 책인 포르노그래피나 탐정소설을 읽으라는 말을 듣곤 하였다.

포르노는 나도 추천받은 적이 있다. 구제고등학교[4]에 입학해서 첫 독일어 수업시간에 있었던 일이다. 시골 중학교를 갓 졸업한, 칠판에 크게 쓰인 'PORNOGRAPHY'라는 단어가 무슨 뜻인지도 몰랐던 소년이 깜짝 놀랐지만 점차 처음으로 '어른 대접'을 받았다는 기쁨으로 가슴이 벅차올랐던 것을 기억하고 있다. 행운인지 불행인지 세간에 떠도는 대중적인 포르노의 수위가 놀랄 정도로 높아지고 지나치게 자극적인 것을 어디서나 손쉽게 읽을 수 있게 된 요즘 굳이 포르노를 원서로 읽으라고 쓸데없는 노력을 추천해주는 선생님은 없다. 예전의 '교육적' 효과를 더 이상 기대할 수 없게 되었기 때문이다. 그러나 탐정소설은 지금까지도 교실에서 읽히고 있다. 고등학교의 부교재로 사용되거나 대학에서도 수업요강을 들춰보면 대개 한 명 내지 두 명은 미스터리를 교재로 사용하는 선생님이 계신 것 같다.

다만, 예전에도 포르노와 탐정소설은 읽는 방법이 완전히 똑같지는 않아서 '추천'의 의미에도 차이가 있었던 것 같다. 양쪽 모두 사람을 몰입시키는 힘이 있다는 점은 똑같지만 포르노의 경우 '필요 없는' 부분은 마구 건너뛰어서 읽어도 괜찮지만, 탐정소설에서 그런 짓을 하면 후반부의 내용을 따라갈 수 없게 된다는 차이가 있다. 도식적으로 말하자면 포르노는 속독에 어울리고 미스터리는 정독에 어울린다는 것이다.

---

4) 일본에서 1894년에 제1차, 1918년에 제2차로 내려진 고등학교령에 의해 세워져 1950년까지 존재했던 일본의 교육기관으로 대학 예과에 해당되는 남학교이다.

소설을 읽는 재미가 '무아지경'에 빠지거나 남의 불행에 가슴 시리게 '깊이 동정'하게 되는 둘 중 하나에 있거나 혹은 양쪽 모두에 있다고 말한 것은 히라노 겐이다.5) '무아지경'에 빠지는 쪽은 요컨대 알렉상드르 뒤마의『몬테크리스토백작Le Comte de Monte-Cristo』과 같은 대로망이 대표적이고 '깊이 동정'하게 되는 쪽은 예를 들어 일본의 사소설私小說6)이나 세태물世話物7)로 대표되는 소설들일 것이다. 문학에서 고전이라고 불릴 정도의 작품은 양쪽 모두의 재미가 충만해있어야 한다는 것이다.

미스터리는 당연히 '무아지경'에 빠지게 하는 유형의 소설 중 으뜸이다. 미스터리를 읽고 깊은 동정심을 갖게 되었다는 말은 들어보지 못했다. 하지만『몬테크리스토백작』을 예로 든다면 한마디로 '무아지경'에도 거기에는 여러 가지 형태가 있는 것은 아닌가하는 생각이 든다. 요컨대『몬테크리스토백작』이라면 남녀주인공이 걱정되고 그들의 운명이 신경 쓰여서 페이지를 한 장 한 장 넘기기가 답답해져서 건너뛰어 읽게 되기 쉽다. 이 점은 포르노를 닮았다. 하지만 미스터리의 경우 건너뛰어 읽으면 복선이나 단서를 놓치고 말아 게임에 참여할 수 없게 될 위험이 있다. 즉, 미스터리는 무아지경이 되는 건 좋으나 너무 잊어서도 안 되고 건너뛰어 읽기를 해서도 안 되는 그런 유형의 소설인 것이다.8)

5) 히라노 겐「문학적 리얼리티에 관해서文学的リアリティについて」『히라노겐전집平野謙全集』제13권, 新潮社, 1975.
6) 일본 특유의 소설 형식으로서 자신의 경험을 허구화하지 않고 있는 그대로 써나가는 소설.
7) 일본 근세시대 서민들이 즐긴 전통극인 닌교조루리人形浄瑠璃나 가부키歌舞伎의 한 부류로서 시대물時代物에 대응하는 명칭으로 주로 서민을 주인공으로 하여 당시의 세태世態를 묘사한 것
8) 물론 읽는 방법은 사람마다 제각각이라서 철학자 버트런드 러셀Bertrand Russell은 말년에 하루에

잘 생각해보면 이는 꽤 기묘한 문학 장르이다. '무아지경'에 빠지든 '깊은 동정'을 하든 간에 문학을 읽을 때에는 작품 세계에 도취하기 마련인데, 미스터리의 경우는 역사서를 읽어가듯이 문장 안에 숨겨진 의미를 읽어내려고 하는 깨어있는 의식이 도취감과 함께 작용하지 않으면 안 된다. 외국어 선생님이 예나 지금이나 미스터리를 추천하는 것은 이렇듯 '무아지경'에 빠지게 하는 작용을 갖고 있으면서 동시에 건너뛰어 읽기의 유혹을 견뎌내야 하고 텍스트의 치밀한 독해를 필요로 하는 유형의 소설이기 때문일 것이다. 미스터리가 지식인들 사이에서 널리 읽히고 '교수의 문학'이라고 불리는 것은 이러한 특징에서 유래했을 것이다.

이미 눈치 챘으리라 생각되지만 여기서 말하고 있는 것은 미스터리 중에서도 고전적 탐정소설이나 본격추리소설, 혹은 보통 미스터리라고 불리는 종류이다. (이 책에서 사용하고 있는 용어의 구분은 '종장'에서 기술하겠다.) 이러한 유형의 소설은 분명히 '근대'의 산물이다. 19세기에 태어나 20세기에 성숙하고 내용과 형식 모든 면에서 근대 이전에는 볼 수 없었던 새로움이 있다. 쉽게 말하면 사람의 죽음을 가지고 수수께끼풀이 게임을 만들어서 사람들로 하여금 그 독해 작업에 열중시키고 결국에는 이를 학교 교육의 교재로까지 사용하겠다고 하니 이러한 '천벌 받을 짓'은 분명 신이 죽은 시대에나 가능하다는 말이다.

이에 비하면 같은 미스터리족이라고 해도 범죄소설이나 범죄실록,

한 권은 미스터리를 읽었다고 하는데, 그 속도가 자그마치 한 시간 남짓 이동하는 차내에서 네 권을 읽어버릴 정도였다고 한다. 아란 웃드A. Wood 저, 아오미 준이치碧海純一 역 『버트런드 러셀Bertrand Russell』(木鐸社, 1978), 사에키 쇼이치佐伯彰一 『자전의 세기自伝の世紀』(講談社, 1985).

서스펜스, 모험소설, 호러 등의 장르에서는 다분히 근대 이전의, 예를 들어 17, 8세기의 고딕 로망이나 피카레스크 로망(악한소설)을 재현시킨 냄새를 강하게 풍긴다. 본격미스터리는 이들 가문에서 태어났음에도 불구하고 피를 나눠가진 동족들과는 분명히 다른 이질적인 시대정신을 양분으로 삼아 자랐다. 본격미스터리는 다른 미스터리 동족들처럼 모양은 바뀌어도 역사의 어느 단계에서나 반복해서 나타나는 그런 유형의 문학이 아니다. 시나 이야기처럼 모든 시대, 모든 장소, 모든 계급에서 보편적으로 존재하는 주류 예술도 아니다. 근대가 되어서 처음으로 태어났고 앵글로색슨문화권에 편재하며 작가도 독자도 중산계급에서 조달한다는 특징을 갖고 있다. 이를테면 서식지를 고른다고나 할까, 까다로운 서식조건을 가진 문학 장르인 셈이다.

이는 일반소설과 비교해 보아도 분명하다. 미스터리는 비록 '도피문학'이나 '기분전환용 읽을거리'라고 불리지만 모든 나라의 모든 계급의 사람들이 쉽게 읽고 가볍게 즐길 수 있는 성질의 소설이 아니다. 미스터리를 즐길 수 있는 것은 경제적, 시간적, 정신적으로 조금이라도 여유가 있고 어느 정도는 교육을 받은 사람들이다. 근대사회에 속해있는 모든 사람들이 이러한 조건을 충족시킬 수 있는 것은 아니다. 적어도 대중화시대가 본격적으로 도래할 때까지는.

이에 반해 의외로 일반소설은 미스터리가 가지고 있지 않는 수용의 폭이 있다. 다른 사람의 세상살이 고민이나 괴로움에 공감하고 '깊은 동정'을 느끼는 즐거움도, 미스터리처럼 '무아지경'에 빠지게 되는 재미도 한가해서 읽는 것이 아니라 삶의 고단함을 잊게 해주기 때문이기도 하다. 일반소설이 노동자 계급에게 친숙한 것도 이 때문이다. 미스터리 왕국인 영국에서도 일반소설에서는 데이비드 로렌스를 비롯해서 앨런 실리토, 존 브레인, 데이비드 스토리, 아놀드 웨스커 등 그 이외에도 많은 노동자 계급 출신의 작가들을 배출하고 있는데 미스터리 분야에서는 적어도 이름이 알려진 노동자 계급 출신의 작가가 없다는 것도 이러한 미스터리의 특성을 고려하지 않고서는 이야기할 수 없을 것이다.

현재는 범죄소설, 범죄논픽션, 호러, 모험, 스파이소설 등의 장르가 크게 번창하고 고전적인 수수께끼풀이 소설에는 예전과 같은 영광은 없다. 하지만 이 책에서는 이러한 광의의 미스터리도 시야에 넣어 고찰하고 있지만 굳이 고전적 미스터리를 탐구의 출발점으로 삼고 있는 것은 지금까지 보아온 것처럼 다른 장르에서는 볼 수 없는 사회와의 독특한 연결이 있기 때문이다. 이를 하나의 근거로 삼아 아래에서는 미스터리의 성장과 변용, 그리고 변용의 원인을 사회과학의 여러 영역 속에서 탐구해보기로 한다. 미스터리사의 사회과학적 독해의 시도라고 해도 좋을 것이다. 반대로 미스터리라고 하는 특이한 문학 속에서 근현대사회라고 하는 거대한 수수께끼를 풀 수 있는 열쇠를 찾아낼 수 있길 바라지만 이렇게까지 말하면 아마도 지나친 사전 선전이 될 것 같다.

룰 북 rule book의 문학

미스터리의 발생론적 고찰

'탐정소설에 룰이 있다.'라는 말은 '시에 룰이 있다.'는 말과는 의미가 다르다. 오히려 '크리켓에 룰이 있다.'라는 말에 더 가깝다. 영국인들에게 있어서 크리켓의 룰이 지니는 의미는 중요하다. 그래서 공정하지 못한 탐정소설을 쓰는 작가는 심미안이 부족하다는 비난에서 비롯하여 반칙을 저지른다는 이유로 심판에게 퇴장 당하고 만다.

R.녹스 「탐정소설10계 Knox's Ten Commandments」

미스터리와 스포츠

조금 긴 이 서장에서는 미스터리의 발생론적 고찰을 스포츠와 비교해가며 살펴보려고 한다. 이 과정에서 미스터리라고 하는 독특한 문학 장르의 사회학적 특징을 조금이나마 알게 될 것이라고 생각한다.

그러나 왜 스포츠와 미스터리를 비교하는가.

'미스터리와 스포츠'라고 하면 정말 기묘한 조합이라고 생각할 것이다. 한밤중 머리맡의 스탠드 아래에서 인공적인 미궁을 즐기는 미스터리와 태양 아래서 땀을 흘리며 뛰어다니는 스포츠는 분명 다른 세계이다. 그러나 미스터리라고 해도 최근에는 터무니없이 가벼워서 유머 미스터리로 지칭되는 장르가 있는가 하면, 스포츠에도 역도, 원반 던지기 등 기록만을 노리고 끝없이 인내해야 하는 것도 있으니, 단순히 미스터리 팬은 어둡고, 스포츠 팬은 밝다는 한마디 말로 정리될 것은 아니다. 하지만 만약 학생들 사이에서 미스터리파 학생과 스포츠파 학생이 있다고 한다면 아마도 그 타입이 서로 겹치지는 않을 것이다. 스포츠파의 학생이 미스터리를 읽지 않는다는 것은 아니지만, 마니아라고 말할 학생은 극히 소수에 지나지 않을 것이다.

그리고 1935년 이전에 태어난 쇼와昭和 한 자리 숫자 세대에게 있어서 이 둘의 조합은 특히 위화감을 준다. 전쟁 중이었던 유년기에 스포츠라 하면 '소국민'[9]의 건전한 육체와 정신을 기르기 위한 수단으로 활성화되었으며, 특히 무도武道나 수영 등이 장려되었다. '적국'의 스포츠

---

9) 나이 어린 국민.

였던 야구조차도 '스트라이크'를 '정확한 공', '아웃'을 '실격' 등으로 명칭을 바꾸고, 히든볼 트릭을 금지시키고 선수교체는 18명까지 허용하는 등 상당부분 '일본화'하여 수용하였다.

그러나 그와 반대로 탐정소설은 엽기적이며 불건전한 악서로 지정되어 거의 전면적으로 금지되다시피 했다. 1939, 40년부터 새로운 탐정소설이 나오지 않게 되었고, 읽을 수 있는 것은 옛날 작품들의 중판뿐이었다. 그러나 이마저도 이내 사라져서 소년 잡지도 더 이상 사람들의 흥미를 끌지 못했다. 나중에 알게 된 사실이지만 에도가와 란포도 요주의 인물로 취급되어 스파이 과학소설을 쓰거나, 다른 필명으로 '건전한' 소년물을 썼다고 한다. 필자 역시도, 소년시절 조금이라도 재미있는 책을 찾기 위해서 헤매던 기억이 있다. 이런 일들이 있었기에, 문학소년이 아니었던 필자조차도 탐정소설과 스포츠 사이에 일종의 이데올로기적인 대립이 있었다는 것을 느낄 수 있었다.

그러나 이렇듯 대립적으로 보이는 미스터리와 스포츠 사이에는 상상조차 할 수 없을 정도로 본질적인 공통점이 있다. 적어도 고전적인 탐정소설 혹은 본격추리소설이라고 부르는 수수께끼 풀이식의 소설과 근대 스포츠 사이에는 확실한 공통점을 지적할 수 있을 것으로 보인다.

둘 사이의 공통점은 다음과 같다.

첫째, 미스터리도 스포츠도 19세기 후반 이후의 앵글로색슨계의 나라들, 특히 영국을 중심으로 하고 있다.

둘째, 한 쪽은 지혜를 겨루고 다른 한 쪽은 힘이나 기술을 겨루는 것을 기본으로 한다는 차이는 있으나, 둘 다 게임의 성격을 보이며 경쟁적, 오락적 요소가 강하다. 이 배경에는 세계에서 중산계층의 등장이 가장 이른 영미의 중산계층의 중흥과, 그로 인한 소비계층의 변화가 존재한다.

셋째, 동등한 힘, 기호, 사회적 배경을 가지고 있지 않으면 즐길 수 없다는 게임의 성격상, 양쪽 다 '동료＝클럽'을 만드는 집단화의 경향이 있다.

넷째, 양쪽 모두 아마추어리즘이 강하다. 대중사회가 확산됨에 따라서 점차 '프로화＝상업화'의 길을 걷게 되는 것은 모든 예체능분야에서의 공통된 경향이나 그 중에서 미스터리와 스포츠 두 분야만은 지금도 아마추어의 우위가 잘 유지되고 있다.

다섯째, 게임인 이상 룰이 존재해야 한다. 스포츠는 물론 미스터리도 스포츠의 '룰'과 비슷하게 '약속'으로 묶여있는 특수한 문학 장르다. 물론 미스터리의 룰에 스포츠와 같은 강제성은 없지만 그래도 미스터리는 '룰 북의 문학'이라고 지칭할 수 있을 정도의 장르이다.

여섯 번째, 이 룰을 구성하는 원리의 중심에는 '페어플레이'가 있다. 그러나 '페어'라는 것이 반드시 윤리적인 요구에서 생겨나는 것은 아니다. 이는 게임이 혼란, 이완 되는 것을 막기 위한 일종의 코드이다. 오히려 룰의 내부에서 속이거나 허를 찌르는 것이 게임의 긴장과 흥분을 더 높여 게임의 매력을 증가시킨다. 이 때, '재미의 보증'은 '페어플레이'와 동등한, 오히려 근원적인 원리라고 할 수 있다. 이것 또한 양쪽 모두의 공통점이다.

간단히 열거해 보면 이 정도일 것이다. 그 이외에도 내용까지 들어

가자면 '법과 질서에 대한 공감도가 높다'는 점, 다시 말해, '보수적 윤리관'을 지니고 있다는 점을 꼽을 수 있고, 이외에도 '현실 폭력에 대한 보상 기능' 등 여러 가지 공통점을 발견할 수 있다. 우선 이런 공통점만으로도 미스터리와 스포츠가 역사적 인연이 깊다는 점에 대한 설명은 충분할 것이다. 이렇듯 미스터리와 스포츠는 쌍둥이라고 하기에는 분명 어려움이 있지만, '게임의 문화' 시대에 등장한 전형적인 두 가지의 발현 형태라고 할 수 있다.

위에 열거한 점 외에도 좀 더 깊이 고찰해 본다면, 분명 문화, 사회 현상으로서의 '미스터리'의 이미지가 뚜렷해 질 것이다. 만약 그렇지 않다고 해도, 이 기이한 비교에서 시작되는 탐구는 고전탐정소설의 정석적인 움직임 ─ 기상천외한 발단에서 시작하여, 탐정이 우왕좌왕하면서 어떻게든 수수께끼를 해명하려고 하는 기본 구조 ─ 과 닮아있는 것은 확실하다. 지금부터의 이야기는 그런 전제하에서 읽어준다면 고맙겠다.

시간과 장소의 일치

미스터리와 근대 스포츠는 모두 19세기 후반 앵글로색슨계의 나라들, 특히 영국을 모태로 한다는 것이 첫 번째 공통점이었다.

문학의 역사는 길다. '수수께끼'나 '미궁', '범죄'에 관한 관심은 오래 전부터 존재해 왔으며, 이러한 테마를 다루는 문학 역시도 옛날부터 존재했다. 그러나 우리들의 이미지 속에 있는 수수께끼 풀이 소설로서의 미스터리는 독립적이고 선구적인 작품으로 평가되는 애드거 앨런 포의 1840년대의 단편 세 편에서부터 시작되었다. 이후 60년대에는 윌리엄 윌키 콜린스나 찰스 디킨스, 에밀 가보리오 등이 등장하여 활약했고, 70년대에는 다수의 비주류 작가들의 활동을 포함하여 점차 활성화되어, 80년대 말에 이르러서는 코난 도일의 셜록 홈즈에 힘입어 다수의 독자를 거느린 새로운 문학 장르로서 확립되었다. 제1차 세계대전까지 활동한 작가나 출판된 작품은 포(미국), 가보리오, 모리스 르블랑, 가스통 르루(이상 프랑스) 등을 제외하고는 압도적으로 영국 출신이 많았으며, 그 이후 다소 확산되는 경향을 보이기는 했으나, 여전히 앵글로색슨계의 나라들, 특히 영국의 우위는 변함없이 이어지고 있다.

표 1 스포츠의 전국통괄단체와 설립년도

(국명 표기가 없는 것은 모두 영국임.)		

경마 Jockey Club 1750
골프 Royal and Ancient Golf Club 1754 (전국조직은 아니었으나 권위는 있었다.)
크리켓 Marylebone Cricket Club 1788 (상동)
등산 Alpine Club 1857
축구 Football Association 1864, 독일 1900, 스웨덴 1904
육상 Amateur Athletic Club 1866, 미국 1883, 독일 1898, 스웨덴 1895,
　　 Amateur Athletic Association 1880
수영 Amateur Metropolitan Swimming Association 1869, 미국 1878, 독일 1887,
　　 스웨덴 1904
럭비 Rugby Football Union 1871
요트 Yacht Racing Association 1875
사이클링 Bicyclist Union 1878, 미국 1880, 독일 1884, 스웨덴 1900
보트 Metropolitan Rowing Association 1879, 미국 1872, 독일 1883, 스웨덴 1904
스케이트 National Skating Association 1879, 미국 1888, 스웨덴 1904
복싱 Amateur Boxing Association 1884
하키 Hockey Association 1886

론 테니스 Lawn Tennis Association 1888, 미국 1881, 독일 1902, 스웨덴 1906
배드민턴 Badminton Association 1895,
펜싱 Amateur Fencing Association 1898

출전 P.C.매킨토시 저, 다케다 기요히코竹田清彦・이시카와 노보루石川旦 역
『스포츠와 사회スポーツと社会』不昧堂出版

한편 스포츠도 격투기, 힘겨루기, 무술 등에서 출발하여 오랜 역사를
거쳐 19세기 중반이 되어서야 비로소 '근대 스포츠'의 이름에 어울리는
사고양식, 경기규칙, 조직, 매너를 갖출 수 있게 되었다. 표 1을 보면
알 수 있듯이 1857년 알파인 클럽The Alpine Club의 설립을 시작으로 스
포츠의 전국통괄단체의 설립이 영국에서 계속 이어졌으며, 이를 전후
하여 규약, 설비, 사용도구, 경기의 룰 등이 정비되고 통일됨에 따라
중요한 정기대회가 개최되게 되었다. 근대의 스포츠는 이러한 과정을
통해 확립되기 시작했다고 말할 수 있을 것이다. 표 1의 어떤 조직에
도 '영국', 혹은 '대영'이라는 한정적인 표현이 포함된 명칭이 사용되고
있지 않으며, 단순히 '알파인 클럽'이며 '풋볼 어소시에이션The Football
Association'으로 명명되어 있는 것에서도 추측할 수 있듯이, 미스터리뿐
만 아니라 스포츠 역시도 대부분의 분야에서 영국이 선구적인 위치를
차지하고 있었다. 영국의 탐정소설 클럽은 단순히 '탐정클럽The Detective
Club'이다. 표를 보면 영국의 뒤를 이은 것이 미국인 것 또한 미스터리
의 경우와 동일하다. (미국이 먼저 클럽을 결성한 것은 론 테니스와 보
트 두 종목뿐이다.)

게임으로서의 미스터리

그렇다면, 왜 미스터리와 근대 스포츠의 성립이 이렇듯 시기와 장소가 일치하는가. 이에 대한 의문이 미스터리와 근대 스포츠의 본질적인 공통점을 끌어낼 수 있는 열쇠가 될 것이다. 미스터리는 지혜 겨루기이며, 스포츠는 힘이나 기술(그것도 지혜에 포함되지만) 겨루기라고 하는 차이는 분명 존재하나, 둘 다 '게임'이라는 점, 즉 승패를 겨루고 우열을 나누는 경쟁적 사교 유희라는 점에는 큰 차이가 없다. 미스터리의 게임성에 대해서는 이미 여러 사람이 지적하고 있으나, 이는 중요한 부분이므로 덧붙여 설명하기로 한다.

게임이 게임이기 위해서는 몇 가지 조건이 필요하다. 우선 게임을 즐기기 위해서는 경제적, 시간적, 정신적인 여유가 필요하며, 거기에는 어느 정도의 지적 혹은 육체적 능력이 요구된다. 이러한 조건들을 갖춘 유한계급은 19세기 후반의 영국과 미국에서 급속히 늘어나게 되는데, 이것이 미스터리나 스포츠 발흥의 배경이 되었던 것으로 보이나, 이 문제에 대해서는 이후에 다시 장을 할애해 설명하도록 하겠다.(제3부 제1장 「읽는 자」 중 '여가의 다양한 모습'을 참조)

게임에 필요한 제3의 조건은 '상대'이다. 상대가 없으면 게임은 성립되지 않는다. 스포츠의 경우, 집단경기에서는 상대팀 외에도 경쟁하거나 도와주는 동료 또한 상대에 해당되며 개인경기에서도 경기의 상대방이나 과거의 기록이 상대가 된다는 것은 설명할 필요도 없을 것이다.

미스터리는 스포츠와 마찬가지로 상대가 있는 문학이다. 우선 미스터리에는 '독자'라고 하는 상대가 존재한다.

물론 일반 소설이 독자를 무시한다는 것은 아니지만, 그 중에는 독백에 가까운 작품이나 '행복한 소수자'만을 상대로 하는 난해한 작품도 많다. 그에 비하면 미스터리는 독자에게 맡기는 역할이 훨씬 큰 장르이다. 단서를 전부 공개하여 '독자의 지적 역량에 도전'하는 형식이나, 전보의 복사본, 모발, 사건의 보고서 등을 '파일 북'에 첨부하여 독자에게 직접 수수께끼를 풀도록 하는 형식(『마이애미 살인사건Murder off Miami』10)) 등에서 단적으로 드러나듯이 미스터리는 독자의 지혜를 시험하는 게임인 것이다. 그렇게 게임성이 강하지 않은 읽을거리의 경우에도, 독자의 지적 수준은 작품의 트릭이나 플롯의 수준을 결정하는 요소로서 처음부터 염두에 두고 있다. 대표적으로 셜록 홈즈의 경우, 왓슨역은 언제나 독자와 동일한 수준으로 약간 어리석은 인물이어야 하며, 홈즈역은 독자보다 총명한 인물이어야만 미스터리가 성립한다. 독자 쪽이 명탐정보다 먼저 수수께끼를 풀 수 있다면 흥미를 잃어 계속 읽지 않을 것이며, 왓슨보다 이해력이 떨어지면 이야기의 진행을 따라가지 못하기 때문이다.

마쓰모토 세이초의 작품에는 독자보다 낮은 수준으로 작품에 등장하는 형사의 지식, 지능이 설정되어 있는 경우가 많다. 『점과 선点と線』에서는 형사가 기차 시간표에만 집착하여 비행기를 떠올리지 못하고, 『모래그릇砂の器』에서는 '즈우즈우ズウズウ'라는 사투리가 도호쿠東北 지방뿐아니라 이즈모出雲 지방에도 있다는 것을 아는 형사가 한 명도 없다.

---

10) 데니스 휘틀리Dennis Wheatley가 1936년에 발표한 작품.

앞선 논지를 토대로 살펴보면, 이렇듯 '독자보다 낮은 수준'의 형사가 등장하는 것은 오히려 독자의 수준을 낮게 설정한, 일종의 대중노선에 해당된다고 할 수 있지 않을까.

또한 일반 독자의 지식 밖에 있는 독약이나 무기 등을 사용한 살인이 일어나는 경우, 독자는 그것이 '페어'가 아니라고 생각한다. 최근의 미스터리가 불필요할 정도로 정보량이 많아져서 '정보소설'화 된 것도 독자들의 기본 지식을 바탕으로 그 위에 새로운 트릭을 자유롭게 만들고 싶다는 의미가 포함되어 있기 때문일 것이다. 이렇듯, 여러 가지 의미로 미스터리는 독자의 참여를 전제로 하는 게임인 것이다.

미스터리의 게임성은 작가와 독자 사이에서 뿐만 아니라 작가와 작가 사이에서 또는 작가와 평론가 사이에서도 크게 발휘된다. 미스터리 장르와 같이 합작, 경작, 릴레이 연작 등의 놀이가 널리 시행되는 장르는 렌가連歌[11]연구를 중심으로 하는 시의 세계와 희곡의 분야를 제외하고는 다른 문학 장르에서는 찾아보기 힘들다.

우선 합작으로는 유명한 엘러리 퀸(프레더릭 다네이, 만프레드 리 사촌형제의 합작) 이외에도 패트릭 퀜틴, 웨이드 밀러, G.G.피클링, 엘리엇 리드 등과 일본의 오카지마 후타리 등과 같은 작가들이 콤비를 이루고 한 사람의 이름으로 활동하였으며, 부알로-나르스자크, 조지 콜과 마가렛 콜 부부, 로크릿지 부부 등도 항상 콤비를 이루어 활동하는 2인조 작가에 해당된다. 평소에는 단독으로 작품을 발표하지만, 임시로, 혹은 부정기적으로 콤비를 이루는 경우도 상당히 있다. 표 2에는

---

11) 두 사람 이상이 와카和歌의 위의 구와 아래 구를 서로 번갈아 읊어 나가는 형식의 시.

해외와 일본에서 이루어진 합작 중 일부를 정리해 두었다.

표 2 합작품의 예

- 로버트 루이스 스티븐슨 & 로이드 오스번 『잘못된 상자Wrong Box』(1899)
- 빌 프론지니 & 배리 말즈버그 『짐승들의 질주The Running of Beats』(1976), 『자비의 행위들Acts of Mercy』(1977), 『한밤의 비명소리Night Screams』(1979)
- 빌 프론지니 & 존 러츠 『눈The Eye』(1984)
- 빌 프론지니 & 콜린 윌콕스 『의뢰인은 세 번 사로잡히다Twospot』*
- 빌 프론지니 & 마르시아 멀러 『더블Double』* (德間文庫)
- 존 딕슨 카 & 에이드리안 코난 도일 『셜록 홈즈의 미공개 사건집The Exploits of Sherlock Holmes』 (早川書房)
- 존 딕슨 카 & 존 로드 『엘리베이터 살인사건Drop to His Death』
- 스튜어트 파머 & 크레이그 라이스 『기적 소리』 외 전 여섯편* (『EQMM』에 전부 번역)
- 에드워드 토팔 & 프리드리히 네즈난스키 『붉은 광장Red Square』(1984), 『브레즈네프 마지막 배팅Deadly Games』(1985)
- 데니스 휘틀리 & 제이지 링크 『마이애미 살인사건』 외 전 네권
- 토마스 체스테인Thomas chastain & 빌 애들러 『누가 로빈스가를 죽였나Who Killed the Robins Family?』, 『로빈스가의 복수Revenge of the Robins Family』
- 다카기 아키미쓰 & 야마다 후타로 『악령의 무리悪霊の群』*
- 다지마 리나코 (오이 히로스케·하니야 유타카라고 여겨짐) 『야구 살인사건野球殺人事件』
- 마사키 아토(가지와라 잇키·마키 히사오) 『마르티즈 랩소디マルチーズらぷそでぃ』 『복면 레슬러 블루스覆面レスラーぶるうす』 외(サンケイ出版)
- 다카미 히사코(기성작가의 합동 필명) 『우리 스승은 사탄わが師はサタン』, 『최우수범죄상 最優勝犯罪賞』, 『시체는 두 번 사라진다死体は二度消えた』, 『어둠 속의 저격자闇からの狙撃者』, 『악녀지원悪女志願』(德間文庫)
- 야하기 도시히코·쓰카사키 시로 『어둠에 시합 종료暗闇にノーサイド』, 『브로드웨이의 전차ブロードウェイの戦車』, 『바다에서 온 사무라이海から来たサムライ』(角川文庫)
- 야마무라 마사오山村正夫 외 『명탐정 등장名探偵登場』(双葉社) : 복수의 작가가 동일 캐릭터를 창조하여 각각 별개의 단편을 쓴 것.

*는 각각의 탐정이 공동 출연함.

표 3에서는 해외에서 릴레이식으로 창작된 장편들을 열거했다. 여기에는 작품의 예 1의 『방황하는 제독The Floating Admiral』에서 보이듯이 당

대의 쟁쟁한 작가들이 이름을 올리고 있음을 알 수 있다. 또 작품 예 8번은 프랭클린 루즈벨트 대통령이 원안을 제공한 내용으로, 고위층 사람이 가지고 있는 은둔생활에 대한 동경을 테마로 해서 유명해진 연작이다. 일본의 경우에도 이러한 형식의 연작이 여러 작품 존재하나, 이는 일일이 열거하지 않기로 한다.[12]

표 3 릴레이 장편의 예

① 『방황하는 제독』(1932)
　　길버트 체스터턴, 애거사 크리스티, 콜 부부, F.W.크로프츠, 클레멘스 데인, 에드거 젭슨, 밀워드 케네디, 녹스, 존 로드, 도로시 세이어스, 웨이드, 빅터 화이트처치
　　　　잡지 연재 :『미스터리 매거진ミステリマガジン』1980.7～9.
　　　　단행본 출판 : ハヤカワミステリ文庫, 1981.
② 『경찰관에게 물어봐Ask a Policeman』(1933)
　　버클리, 케네디, 글래디스 미첼, 로드, 세이어스, 헬렌 심슨
　　　　잡지 연재 :『미스터리 매거진』1984.1～6.
　　　　단행본 출판 : ハヤカワミステリ文庫. 1984.
③ 『더블 데스Double Death』(1939)
　　샬롯 암스트롱, 크로프츠, 퍼거스 흄, 세이어스, 밸런타인 윌리엄스 외 2명.
　　　　잡지 연재 :『EQ』1983. 1～5.
　　　　단행본 출판 :『화이트 스톤즈장의 괴사건』創元推理文庫, 1985.
④ 「병풍 뒤에서Behind the Screen」『더 리스너The Listener』(1930) 게재.
　　버클리, 크리스티, 녹스, 세이어스, 휴 월폴, 에드먼드 벤틀리
　　　　초역 :『바다海』1983. 6.
　　　　수록 :『더 스쿠프THE SCOOP』中央公論社, 1983.
⑤ 「더 스쿠프THE SCOOP」『더 리스너』(1931) 게재.
　　벤틀리, 버클리, 크리스티, 크로프츠, 클레멘스 데인, 세이어스
　　　　단행본 출판 :『더 스쿠프』中央公論社, 1983.
⑥ 「조화는 사절No Flowers by Request」『데일리 스케치Daily Sketches』(1953) 게재.
　　크리스티아나 브랜드, 앤소니 길버트, E.C.R.롤락, 미첼, 세이어스
　　　　잡지 게재 :『미스터리 매거진』1985. 5.
　　　　수록 :『살의가 있는 바닷가殺意の海辺』ハヤカワミステリ文庫, 1986.

12) 상세한 내용은 다마이 이치니산玉井一二三 「연작·합작 탐정소설사連作合作探偵小説史」(『환영성幻影城』 1976.4)를 참조.

⑦「살의가 있는 바닷가Crime on the Coast, and No Flowers by Request」『News, Chronicle』1954
　게재

　존 딕슨 카, 마이클 크로닌, 엘리자베스 페라즈, 조앤 플레밍, 로렌스 메이넬, 발레리
　화이트

　　잡지 게재 :『미스터리 매거진』ハヤカワミステリ文庫, 1985.3.

⑧「대통령의 미스터리The President's Mystery Plot」『리버티Liberty』1935 게재.

　원안은 프랭클린 루즈벨트, 안소니 애봇, 사무엘 아담스, 존 어스킨, 루퍼트 휴즈, 반
　다인, 리타 와이만

　　초역 :『모던 일본モダン日本』

　　단행본 출판 : E.S.가드너가 가필, ハヤカワミステリ文庫, 1984.

연작에는 문제편과 해결편을 각각의
다른 작가가 쓴 것(표 4)과 중단된 작
품을 다른 작가가 이어서 쓴 것(표 5)
등 실로 다양하다. 그 중에서도 디킨
스의 미완성작『에드윈 드루드의 비밀
The Mystery of Edwin Drood』(1870)은 해결
편 집필에 무려 스무 명의 작가들이
도전하여 특히 눈길을 끈다.

『에드윈 드루드의 비밀』(1870) 표지

표 4 연작작품 예 (문제편과 해결편을 각각 다른 작가가 쓴 경우)

- 릴리 메이 빌 푸트렐Lily May Peel Futrelle & 잭 푸트렐Jacques Futrelle
  「붉은 집」(『사고 기계의 사건부 II The Casebook of The Thinking Machine Vol.2』創元推理文
  庫)
- 아유카와 데쓰야・후지 유키오・가리 규
  「쥬피터 살인사건ジュピター殺人事件」(『느릅나무 목장의 살인楡の木荘の殺人』河出文庫)

- 오타니 요타로·아유카와 데쓰야
  「밀실의 요광密室の妖光」(『밀실탐구密室探求』講談社文庫)
- 야마무라 나오키·나카마치 신
  「여행하면旅行すれば—」(『이즈 미스터리 걸작선伊豆ミステリー傑作選』河出文庫)
- 야마무라 미사·니시무라 교타로
  「교토여행 살인사건京都旅行殺人事件」(『교토여행 살인사건』集英社文庫)
- 야마무라 미사·고바야시 규조·사이토 사카에
  「악마의 도박悪魔の賭」(위와 같은 책에 수록)

표 5 연작작품 예 (중단된 작품을 다른 작가가 뒤이어 쓴 경우)

- 크레이그 라이스 & 에드 맥베인
  『4월의 로빈 살인사건The April Robin Murders』(早川書房)
- 마제리 루이스 앨링엄 & 필립 카터
  『독수리 화물선Cargo of Eagles』(1968)
- 애드거 앨런 포 & 로버트 블로흐
  「등대The Lighthouse」(하야카와 세계 미스터리 전집18『37의 단편』에 수록)
- 사카구치 안고「귀향병 살인사건復員殺人事件」
  → 다카기 아키미쓰「걸어 다니는 나무처럼木のごときもの歩く」(『귀향병살인사건』角川文庫)
- 오구리 무시타로「악령悪霊」
  → 사사자와 사호 (『별책 소설보석別冊小説宝石』1979년 9월)
- 덴도 신·소노 다다오
  『일요일은 살인의 날日曜日は殺しの日』角川文庫(덴도 신의 같은 제목의 중편소설이 원형)
- 요코미조 세이시『데스마스크死仮面』角川文庫(게재지가 분실한 2회분을 나카지마 가와타로中島河太郎가 대필)
- 윌리엄 아이리시 & 도가와 마사코
  『패배한 개負け犬』(『별책 소설보석』1972년 가을. 윌리엄 아이리시의 미완성 유고를 도가와가 이어 써서 완성시킨 것)
- 찰스 디킨스『에드윈 드루드의 수수께끼』(1870) → 다수

물론 이러한 작품들을 전부 놀이 정신의 순수한 산물이라고 이야기하기는 어렵고, 특히 일본에서 이루어진 연작의 경우에는 간혹 기획력의 빈곤과 집필자의 부족을 커버하기 위해서 편집자가 임의로 지명도 높은 작가의 이름을 실어 독자를 유인하고자 했던 경우도 존재한다.

특히 어지간해서는 작품을 쓰지 않는 에도가와 란포를 끌어오기 위해서 발단發端편 만이라도 쓰게 했던 경우가 많았던 것으로 보아, 이런 문제는 별도로 고려해야할 필요가 있을 것이다.

이러한 '연작'의 경우는 일반소설에서는 극히 드문 일이다. 작가의 죽음에 의해서 중단된 작품을 누군가가 뒤이어 쓰는 경우는 분명 존재한다. 대표적인 예로 오자키 고요의 사망으로 중단된 신문연재작 『금색야차金色夜叉』를 제자인 오구리 후요가 완성시킨 일이나, 죽음을 앞두고 콜린스가 『맹목적인 사랑Blind Love』에 대한 메모를 월터 베전트에게 넘겨 완성시킨 일 등이 있기는 하지만, 그리 자주 일어나는 일은 아니다. 『금색야차』의 경우는 그 줄거리가 단순하고 문체도 흉내내기 쉬운 미문체美文調의 의고전주의擬古典主義로 쓰인 통속소설이었기에 가능했던 것이며, 만약 그것이 나쓰메 소세키의 『명암明暗』이었다면 그 누구라도 그것을 '완성'시키겠다고 함부로 생각할 수 없을 것이다. 이에 대해서는 나카무라 구사다오나 오에 겐자부로가 시도했던 바가 있으나, 이들은 『명암』을 완성시키고자 했던 것이 아니라, 단순히 나쓰메 소세키가 의도했다고 생각되는 결말과, 그에 이르기까지의 과정을 추측하여 『명암』의 의미를 명백히 하려고 한 것에 지나지 않았다.13) 다자이 오사무의 유작 『굿 바이グット・バイ』도 위와 같이 결말에 대한 궁금증을 자극하는 작품이지만, 그러한 시도는 아직까지 존재하지 않는다. (영화에서는 '완성'되었지만.) 미스터리와 일반소설의

---

13) 나카무라 구사다오의 설명은 신초문고新潮文庫판 『명암』의 해설을, 오에 겐자부로의 설명은 「『명암』의 구조『明暗』の構造」(『계간 헤르메스季刊へるめす』 1987. 9)를 참고.

차이는 여기서 명백해진다.

클럽 문학

독자를 상대로 하든 작가를 상대로 하든 파트너와의 관계는 동격이어야 한다. 수수께끼 소설은 기본적으로 같은 사회, 같은 수준의 동료들과 사교를 겸하는 놀이다.

전쟁 중에 『근대문학近代文学』의 동인이 모여서 탐정소설 풀이를 했다고 하는 이야기는 유명하다. 히라노 겐이 가장 성적이 좋았으며, 오이 히로스케, 아라 마사토는 보통, 사카구치 안고가 가장 열등생이었다고 한다. 이후, 사카구치 안고는 현상금을 걸고 『불연속살인사건不連続殺人事件』을 썼는데, 사카구치 안고가 '대단한 상대가 아니'라고 무시하고 있었던 오이 히로스케가 범인을 맞추었다고 한다. 그러자 오이 히로스케는 사카구치 안고의 '코가 납작해졌다'라고 평했는데, 그에 대해 사카구치 안고는 "범인은 맞추었으나 세부적인 해석은 엉망진창이기 때문에 '작가의 패배'를 인정할만한 것은 아니었다"고 응수했다는 이야기는 그야말로 웃음을 자아낸다. 이러한 오이 히로스케가 이후 하니야 유타카와 다른 필명으로 합작을 시도한 것을 보면 미스터리의 세계가 일면에서는 지적 서클의 결사에 가까웠다는 것을 실감할 수 있다.

미스터리는 개인 문예라기보다는 모임의 문예에 가깝다. 이는 렌가連歌의 세계에서 즉흥성을 제외하고 사교성과 유희성을 남긴 것과 같다. 렌가는 각 구의 첫 머리에 정해진 글자를 두고 노래를 짓는 장르이다.

렌가의 오리구折り句14)나 가쿠시다이隠し題15) 등 여러 놀이 방법 중에서 오리구의 예를 들면, 앨러리 퀸의 『그리스관 미스터리The Greek Coffin Mystery』의 34장의 제목을 'THE GREEK COFFIN MYSTERY BY ELLERY QUEEN'의 34자로 시작하는 유희를 연상할 수 있다. (각 장의 제목은 Tomb, Hunt, Enigma, Gossop, Remains…… 으로 이어진다.) 이러한 유희는 미스터리를 제한적인 동질 사회의 구성원 간의 교환交歡, 즉 '클럽 문학'이라고 칭할 수 있게 하는 것이다.

이런 클럽 혹은 살롱과도 같은 성격은 근대 스포츠의 확립을 이루어 낸 스포츠 클럽과 퍼블릭 스쿨명문사립중등학교의 역할을 떠올리게 한다. 퍼블릭 스쿨은 그 자체가 클럽과도 같은 것이어서 학생들은 졸업 후 펠 멜가16) 근처의 명문 클럽에 소속되는 경우가 많았다. 스포츠 클럽은 19세기 중반부터 부르주아의 '젠틀맨화' 현상이 대규모로 진행됨에 따라서 각지에 만들어지게 되었다. 그전까지는 귀족들의 영지 내 혹은 마을의 광장, 길가, 들판 등에서 개최되었던 격투, 경기, 운동을 자신들의 토지 내에서 개최하기 위해 공동으로 돈을 걷어 토지, 설비, 용품들을 갖추고, 관리인을 두어 휴일을 즐기는 스타일이 보급되어 있었는데, 이들의 수가 늘어나면서 클럽대항 시합이 성행하게 되자 전국조직이나 공통의 룰이 필요해졌다. 당시에는 출신학교가 다르면 스포츠의 룰조차도 다른 실정이었기 때문에 이들을 종합하기 위해 만들어진 것이 앞

14) 와카和歌나 하이쿠俳句에서 사물의 이름을 각 구의 첫머리에 한 자씩 놓은 작품.
15) 제목을 붙이지 않고 해당 사물 및 테마를 언급하지 않고 노래 속에서 읊는 것.
16) 런던의 트라팔가 광장Trafalgar Square에서 세인트 제임스 궁전St. James's Palace까지의 클럽 거리.

서 이야기한 풋볼 협회나 하키 협회이다.

아마추어리즘

이러한 클럽들은 아마추어들의 클럽이었다. 아마추어의 정의를 내리자면 어떠한 일이라도 상관없으나 그것으로 돈을 벌지 않는 사람이라할 수 있다. 제1차 세계대전 이전에 클럽에서 스포츠를 즐기던 사람들은 소수의 젠틀맨이거나 혹은 그러한 라이프 스타일을 갖추려고 하는사회적 상승지향이 강한 부르주아에 한정되어 있었다. '젠틀맨 = 아마추어'라고 하는 것은 스포츠 세계에서는 일반적이었기 때문에 직공이나노동자를 신분상의 이유로 제명하는 아마추어 스포츠 단체도 있었다.

1870년대에 토요일 반일제가 보급되면서 노동자도 스포츠를 즐길수 있게 되었다. 그러나 근대 스포츠가 탄생하는 시점에서도 그것이젠틀맨이나 그 추종자들 사이에서 사교와 교육의 수단이었다는 역사적사정은 사라지지 않고 남아, 오늘날까지도 이러한 요소가 남겨져 있는몇몇 스포츠에서는 아마추어리즘이 근저에 강하게 자리 잡고 있다. 하키, 럭비, 크리켓, 등산, 승마 등이 그렇다. 어떠한 예체능분야에서도대중사회로의 움직임에 따라 프로화가 진행되는데, 앞서 본 것 같은 스포츠 분야에서는 지금도 프로화의 전향에 대한 저항이 강하다. 이렇듯,특히 스포츠와 아마추어리즘의 관계는 무척 밀접하다고 할 수 있다.

미스터리 역시 아마추어리즘과 깊은 관계를 맺고 있다. 이는 1930년대까지는 창작을 부업으로 하던 것이 추리작가의 일반적인 상황이었던 점에서도 알 수 있다. 도로시 L. 세이어스는 광고대리점에 근무하였고, 마이클 이네스는 영문학과의 대학교수, 리처드 프리만은 의사(코난 도일도 의사였다), 에드먼드 C. 벤틀리는 변호사에서 정치부 기자로 전직, 크로프츠는 철도기사, 앨런 밀른은 극작가, 시인, 동화작가, 그리고 『펀치Punch』의 부편집장이었다. 로널드 녹스는 카톨릭 신부, 이든 필포츠는 전원소설가, 앨프레드 메이슨도 소설가, 극작가, 반 다인은 미술, 문예평론가, 조지 콜은 옥스퍼드의 경제학자, 체스터턴은 당대 가장 유명한 문인이었다. 멜빌 포스트는 법률가, 리처드 헐은 공인회계사, 월러드 장윌, 아서 모리슨, 크리스토퍼 베일리는 저널리스트, 존 로드는 외교평론가이면서 범죄 연구가, 제임스 힐튼은 추리소설은 한 작품 밖에 없는 작가, 클레이튼 로슨은 편집자이면서 마술연구가, 니콜라스 블레이크는 본명은 세실 데이 루이스라는 시인이자 대학교수였다.

이렇듯 당대의 추리작가들의 본업을 열거하자면 끝이 없을 것이다. 오히려 미스터리를 본업으로 하는 작가를 예로 드는 편이 빠를 것으로 보인다. 1930년대 이전에 데뷔한 프로 작가는 에드거 윌레스와 같은 통속작가를 빼면 엘러리 퀸이나 조르주 심농, 그리고 주부였던 크리스티, 존 딕슨 카, 대실 해밋 정도를 들 수 있다. 크로프츠도 데뷔하고 9년 뒤 건강을 해칠 때까지 철도기사를 그만두지 않았다.

이 작가들이 본업을 따로 가지고 있었던 것은 풍속소설이나 극히 일부의 인기 작가를 제외하고는 고전적 수수께끼풀이 소설의 시장이 지금으로서는 생각하기 어려울 정도로 협소했기 때문일 것이다. 또한 수수께끼풀이 소설이 당시의 대중 독자들이 받아들이기에 어려운 지적 수준을 요구하는 것이기 때문이라고도 볼 수 있다. 1920년대 중반까지는, 후에 살펴보겠지만, 크리스티의 소설이 버지니아 울프의 실험소설과 매상에 큰 차이가 없었을 정도로 대중의 확보가 어려웠다. 이런 상황에서는 전업 작가의 육성이 어려운 것은 물론, 전업 작가라고 해도 다른 분야와의 겸업이 많은 것은 당연했을 것이다.

이 뿐만이 아니다. 더 큰 이유는 미스터리가 지니는 기술상의 특징에 있다고 할 수 있는데, 이는 트릭이나 플롯의 의존도가 일반소설보다 높다는 점이다. 작가가 새로운 트릭이나 플롯을 무한히 개발해내는 것은 불가능하며, 그것들의 조합에도 결국은 한계가 있기 마련이다. 따라서 순수한 수수께끼풀이 소설을 계속해서 생산해내는 것은 원래부터가 상당히 어려운 일인 것이다. 많은 추리작가들이 처음의 두 세 작품이나 기껏해야 몇 개의 작품밖에 걸작을 탄생시키지 못하는 이유도 이러한 연유에서 비롯된다. 일반소설 작가들과는 달라서 '원숙', 혹은 '성숙'이라는 요소가 통하기 어려운 것도 프로에게는 분명 괴로운 일일 것이다. 학문으로 말하자면 수학이나 물리이론 등과 같은 연역적 성질의 학문과도 닮아있다. 지식이나 체험의 축적에서 법칙을 끌어내는 것보다 직관적인 아이디어로 승부하는 분야인 것이다. 그래서 끊임없는 새로운 아이디어를 가진 아마추어를 보충하지 않으면 애초에 이 분야는 신진대사를 활성화시킬 수 없는 구조인 것이다.

범죄소설이나 서스펜스, 스릴러 등의 다양한 장르와의 교합을 시도하거나 추리적 경향의 일반소설이라고 할 수 있는 작품이 늘어난 원인 중 하나도 이러한 추리소설의 한계에서 기인하는 것이다. 미스터리에 대한 수요가 끊임없이 늘어나 프로 작가군이 아니면 도저히 대응할 수 없을 정도가 된 현재에조차 미스터리는 다른 분야에 비교하면 아마추어에 대한 의존도가 높다고 할 수 있는데, 이는 미스터리 장르가 급성장함으로 인하여 아마추어에 대한 의존도가 높아지게 된 경향을 대변하는 것이라 할 수 있다.

미스터리의 룰

미스터리와 스포츠의 또 다른 공통점은 룰을 지니고 있다는 점이다. 이는 단순히 근대의 게임에 반드시 룰이 있기 때문이라기보다는 룰이 있는 놀이 자체가 게임이기 때문인 것으로, 따라서 두 장르 모두 룰을 가지고 있는 것은 당연한 것이다.

스포츠의 룰에 대해서 따로 설명할 필요는 없을 것이다. 그러나 미스터리에는 스포츠의 경우와 달리 벌칙도 없거니와 심판도 없다. 종합하자면 미스터리의 룰의 경우는 '강제성이 없는 룰'이라고 할 수 있다. 다행히도 그런 것들을 생각할 수 있는 단서로 1920년대 말에서부터 50년대에 걸쳐서 본격추리소설의 황금시대를 대표하는 작가나 평론가들이 만든 룰이 존재한다. 그 중에서도 유명한 것으로는 영국의 '탐정클럽'에 입회할 때 사용되는 '서언The oath', 반 다인의 「탐정소설작법 20원칙Twenty rules for writing detective stories」(1928), 녹스의 「탐정소설 10계」(1929), 하워드 헤이크래프트의 「게임의 룰」, 헐의 「탐정소설과 그 10원칙」, 서덜랜드 스콧의 「지켜야 할 15칙, 어겨서는 안 되는 20칙」 등이 있다. 하드보일드의 '거장' 레이먼드 챈들러도 「9개의 명제」를 이야기하여, 이러한 규칙들이 본격과 작가들에게게만 적용되는 것이 아니라는 것을 보여주었다.

이러한 사항들은 마니아들 사이에서는 이미 널리 알려진 것인데, 이 책에서는 단서 공개의 원칙에 의거해 이미지를 명확히 하기 위해 룰북의 일부분을 실어 두었다. 물론 이들을 전문 그대로 싣기에는 너무 길기 때문에 본서에서는 이들의 룰을 간략하게 정리하고, 그 중 평론가 하워드 헤이크래프트와 스콧의 규칙은 생략했다. 이것을 보면, 황금시대의 작가들이 '미스터리는 어떻게 만들어져야하며 어떻게 존재해야하는가'에 대해서 얼마나 진지하게 생각했는지 조금이나마 알 수 있을 것이다.

이렇듯, 이 룰은 탐정작가들의 동업 길드 내의 일종의 규약과도 같은 것이다. 이것은 독자라고 하는 소비자에 대해서 조악한 규격 외의 상품, 즉 소설을 제공하지 않겠다는 생산자＝작가 측의 품질 보증을 위한 자주규제의 룰이다. 이 속에는 탐정작가들로 구성된 〈탐정클럽〉이라는 대표적인 단체의 규약도 포함되어 있는데, 이 클럽은 놀이 감각을 포함하여 만들어진 친목단체라 할 수 있다. 이를 토대로 생각해 볼 때, 이 '룰'은 절반의 진지한 주장으로, 나머지 절반은 놀이 감각을 중심으로 하고 있음을 알 수 있을 것이다.

표 6 '룰 북' 일람

> * 표시는 다른 룰과 중복된 항목이다. DC는 탐정클럽, VD는 반 다인, K는 녹스, C는 챈들
> 러, H는 헐이다. 'K2, 6'은 녹스의 제2계, 제6계와 겹친다는 것을 의미한다.

탐정클럽 「서언」(1928)

*1. 탐정은 하늘의 계시나 여성의 직감, 우연 등에 기대서는 안 된다.(K2, 6, VD5, 14, H1, 6)
*2. 갱단이나 음모, 살인광선, 유령, 비밀창문, 중국인, 최면술, 초능력, 광인 등을 이용하
   는 것은 절도 있게. 미지의 독물은 사용 금지.(K2, 3, 4, 5, VD 8, 13, 14, 19)
 3. 킹스 잉글리쉬에 경의를.(표준 영국어를 사용할 것.)
*4. 단서는 숨기지 말 것.(VD1, 15, H2, 5, C9, K8)

반 다인 「탐정소설작법 20원칙」(1928)

*1. 단서는 모두 명백히 제시할 것.(DC4, VD15, H2,5, C9, K8)
*2. 독자를 헷갈리게 하는 고의적인 기술은 금지.(H3)
 3. 연애는 포함시키지 말 것.
*4. 탐정이 범인이면 안 됨.(K7)
*5. 우연, 암호, 동기 없는 자백에 의한 해결은 안 됨.(K6, C1, 6, DC1, VD20-10)
 6. 제대로 된 탐정을 등장시켜서 문제 해결을 하도록 할 것.
 7. 살인은 필요. 다른 범죄로는 300페이지 이상의 장편소설을 이끌어 갈 수 없다.
*8. 수정점술, 독심술, 강령술 등에 의한 해결은 금지.(VD20-2, DC2)
 9. 탐정은 한 명이어야 함.
*10. 범인은 주요인물이여야 함.(K1)
 11. 집사나 하인이 범인이어서는 안 됨.
 12. 범인은 한 명이어야 함.(공범자는 있어도 됨)
*13. 비밀결사나 마피아 등의 조직을 끌어들여서는 안 됨.(DC2)
*14. 살인방법과 추리방법은 합리적, 과학적이어야 함.(K2, 6, DC1, 2, C2, 9, DC4)
*15. 진상은 어떠한 형식으로든 드러나야 함.(VD1, K8, H2, 5, C9, DC4)
 16. 목적에서 어긋난 장황한 이야기나 분위기에의 도취, 지루한 묘사는 안 됨.
 17. 프로의 범죄자가 범인이어서는 안 됨.
 18. 범죄가 사고나 자살이어서는 안 됨.
*19. 국가적 음모나 정치적 동기는 불가. 개인적 동기만 가능.(DC2)
*20. 그 외에 무능하고 독창적이지 않은 수법은 불가. ① 담뱃재에 의한 추리, ② 가짜
   강령술의 이용(VD8), ③ 지문의 위조, ④ 인형에 의한 알리바이, ⑤ 개가 짖지 않
   음, ⑥ 쌍둥이나 근친자를 이용(K10), ⑦ 피하주사기와 자백제(K4), ⑧ 개입한 뒤의
   밀실 살인, ⑨ 언어의 연상 테스트, ⑩ 암호 또는 약호略號의 이용.(VD5)

녹스 「녹스의 탐정소설 10계」(1929)
*1. 범인은 처음부터 등장할 것. 게다가 공감할 수 없는 인물이어야 함.(VD10)
*2. 초자연적인 요인을 사용해서는 안 됨.(VD14, DC1, 2, C.2, 6)
*3. 비밀의 방이나 통로는 두 개 이상 사용해서는 안 됨.(DC2)
*4. 미발견 독극물이나 긴 설명이 필요한 장치 등은 안 됨.(DC2, VD20-7, C2)
*5. 중국인을 등장시켜서는 안 됨.(DC2)[17]
*6. 탐정은 우연이나 신기한 직관의 힘을 빌려서는 안 됨.(VD5, 14, C1, 2, 6, DC1)
*7. 탐정이 범인이서는 안 됨.(VD4)
*8. 단서는 즉시 공개해야 함.(VD1, 15, H2, 5, C9, DC4)
 9. 왓슨역은 생각하는 것을 숨겨서는 안 됨. 또한 독자의 지능보다 조금 낮게 설정함.
*10. 쌍둥이나 범인과 꼭 닮은 인물을 사용하는 것은 금지.(VD20-6)

챈들러 「9개의 명제」(1944, 1949)
*1. 처음의 상황과 결말에 납득할 수 있는 이유가 필요함.(K6, VD5, C6, DC1)
*2. 살인과 조사방법의 기술적인 실수는 허용 안 됨.(VD14, K2, 4, 6, H4)
 3. 등장인물, 작품의 구조, 분위기 등은 현실적이어야 함.
 4. 작품의 줄거리는 치밀해야 하며, 이야기로서의 재미도 있어야 함.
 5. 작품 구조는 단순하게.(마지막 설명을 누구나 이해할 수 있게)
*6. 해결은 필연적이며 실현가능한 것이어야 함.(C1, K2, 6, VD5, DC1)
 7. 수수께끼인지 폭력적 모험담인지 하나만 선택할 것.
*8. 범인은 벌을 받아야만 함.(H6)
*9. 독자와 페어플레이 하라.(데이터를 숨겨서는 안 된다.)(VD1, 14, 15, K8, DC4, H2, 5)

헐 「탐정소설과 그 10원칙」(1953)
 1. 모순되는 기술은 하지 말 것.
*2. 결정적인 사실을 마지막 순간까지 숨겨서는 안 된다.(K8, C9, VD1, 15, H5, DC4)
*3. 고의로 허위 진술이나 오해를 불러일으키는 진술은 해서는 안 된다.(VD2)
*4. 의학, 법률의 오류는 용납되지 않는다.(VD14, C2)
*5. 독자에게 단서를 제공하라.(H2, K8, VD1, 15 DC4, C9)
 6. 이유가 있다면 앞뒤가 맞지 않는 단서여도 괜찮으나 산만한 결말은 안 된다.
 7. 인물묘사는 정확하게. 가능하면 범인은 동정이 가는 인물로 설정할 것.
 8. 문장은 잘 써야하고 유머는 필요. 연애담은 있어도 괜찮다.
 9. 결말에는 의외성이 필요.
*10. 정당한 이유가 있는 경우를 제외하고 범인의 체포 또는 자백으로 결말 맺을 것.(C8)

---

17) 당시 서양인들은 중국인은 기예단의 곡예사가 보여주듯 훈련을 통해 비현실적인 신체능력
 을 지니고 있거나, 향이나 정체모를 도술, 주술을 사용한다고 생각했기에 금지 항목에 포
 함된 것으로 보인다.

페어플레이의 의미

그렇다면, 만들어진 룰의 내용은 어떤가.

서장의 처음 부분에서 인용한 녹스의 말에서도 알 수 있듯이, 이 룰은 시의 룰이라고 하기보다는 스포츠(녹스는 크리켓이라고 하지만)의 룰과 닮았다. 시의 룰이라고 하는 것은 음율의 도입에 의해서 음악적인 즐거움을 얻기 위한 미적 궁리이거나, 농경의 기본인 사계절의 순환을 신성시 하는 온대농경민족이 짧은 시에 계절어季語를 포함시켜 주술적인 의미를 나타내는 등의 궁리로 실현되는 것을 의미한다. 그러나 이러한 기능은 탐정소설의 룰에는 존재하지 않는다.

여기서 예로 든 5개의 룰 북, 총 53개의 규칙 중 약 20개 정도의 규칙은 스포츠에서 말하는 '페어플레이'의 정신과 닮아있다. 단서는 명확히, 그리고 합리적인 해결을 이끌어낼 것이며, 우연한 힘이나 여자의 직감, 수정점술 등으로 범인을 맞춰서는 안 된다고 하는 일련의 항목이 그렇다. 탐정이 범인이거나, 조역 속에 범인이 있어서는 안 된다거나, 살인이 사실은 사고나 자살에 의한 것이어서도 안 된다고 하는 등의 일시적인 해결방법을 금지하는 항목은 독자에게 공정해야 한다는 생각을 반영시킨 것임을 읽어 낼 수 있다. 녹스가 크리켓을 언급한 것은 크리켓이 전통적인 페어의 개념을 가장 강하게 드러내는 스포츠이기 때문이다. '그것은 크리켓이 아니다.'라는 말이 '그것은 페어가 아니다.'라는 의미로 사용되는 것은 이미 알려져 있다.

그렇다면 왜 페어플레이인가. 스포츠의 룰은 인격을 닦거나 품성을 수양하기 위해서라기보다는 (1) 흉악하고 위험한 행동, 목적을 위해서 (반드시 이기기 위해서는 아님) 수단을 가리지 않는 무질서한 플레이와 그에 따른 혼란을 억제하고, (2) 경기하는 쌍방에 대등한 조건을 보장하기 위함이다. (1)의 경우는 프로레슬링처럼 승패를 겨루기 위해서보다는 피를 보는 것이 목적인, 스포츠라고 말하기 어려운 요소를 지닌 격투기나 짜고 진행하는 엉터리 경기를 억제함과 동시에 지나치게 위험한 플레이에 의한 혼란을 방지하는 것을 목적으로 한다. 복싱의 로블로Low blow, 축구의 무릎보다 높이 들어오는 태클이나 다리 걸기 등이 그것이다. 이렇게 상대에게 상해를 입히는 행위가 있는 경우에는 (2)의 평등한 경기조건을 보장하기 위해서 그 보상으로 퇴장이나 5야드 후퇴, 상태 팀에 프리 스로우, 프리 킥 등의 처벌이 상황에 걸맞게 주어진다. 한마디로 말하면, 이는 '질서 있는 경기' 또는 '사교로서의 경기'를 유지하기 위해서라고 할 수 있다. 피비란내 나는 선정적인 범죄담과 지식인인 독자와의 지혜겨루기 게임인 탐정소설 사이에 존재하는 차이점과도 동일한 이 요소가, 근대 스포츠와 그 이전의 원시적인 경기 사이에 이미 존재했던 것이다.

그런데 미스터리의 룰은 독자에 대한 페어플레이만을 위해서 만들어진 것은 아니다. 53항목 중에는 명백하게 페어플레이와 무관한 항목도 다수 존재한다. 그것은 한 마디로 말하면 '재미의 추구'이다. 예를 들면 '살인은 필요, 다른 범죄로는 300페이지 이상의 장편소설을 이끌어 갈 수 없다'라든지, '제대로 된 탐정(히어로의 의미가 포함되어 있다)을 등장시켜서 문제 해결을 하도록 할 것', '결말에 의외성이 필요', '정당한

이유가 있는 경우를 제외하고는 범인의 체포 혹은 자백으로 결말 맺을
것', '목적에서 어긋난 장황한 이야기나 분위기에의 도취, 지루한 묘사
는 안 된다' 등의 항목은 모두 어떤 의미에서든 재미를 추구하고, 그것
을 독자에게 보장하기 위한 것이다. '작품의 줄거리는 치밀해야 하며
이야기로서의 재미도 있어야 한다.'라는 항목은 이 내용을 말 그대로
옮긴 것이라고 할 수 있다.

그뿐만이 아니다. 생각해보면 페어플레이를 요구하는 것도 결국에는
재미를 보장하기 위해서 아닌가. 단서의 명시도, 합리적인 해결이나 설
득력 있는 살인 방법의 제시도 윤리적인 의미에서라기보다는 그렇게
하지 않으면 재미가 없어지기 때문이라 할 수 있다. 적어도 지적인 독
자층은 분명 이러한 것들이 배제된 탐정소설을 재미없는 작품이라 생
각할 것이다.

이는 스포츠의 룰과 비교해보면 알기 쉽다. 스포츠의 룰이 페어플레
이 할 것을 요구하는 것은 그렇지 않을 경우 게임이 혼란스러워지는
것은 물론 산만하고 재미없는 경기가 되어 스포츠의 즐거움인 긴장과
흥분의 리듬이 끊어지기 때문이다. 하키나 축구의 오프사이드 룰은 필
자와 같이 스포츠를 잘 모르는 사람이 보기에는 골이라고 생각했는데
실제로는 오프사이드인 경우가 많아 답답할 때도 있다. 그러나 이를
경기 경험자에게 물으니 그들은 그렇게 생각하지 않는다고 한다. 반대
로 오프사이드가 없으면 볼의 속도 등으로 인해서 공격 쪽이 압도적으
로 유리해져서 득점이 지나치게 높아지고 게임에서 긴장감이 사라진다
고 한다. 또한 오프사이드 트랩(수비 쪽이 공격 쪽의 볼의 앞에서부터

골키퍼 이외의 사람을 한순간 들여보내고, 공격 쪽이 오프사이드를 저지르도록 유도하는 것)과 같은 고급전략이 사라지기 때문에 재미가 반감된다고 입을 모아서 이야기한다. 이것은 일부 스포츠교육자가 주장하듯이 잠복해있는 것이 비겁하다고 생각한 영국 신사도를 중시한 퍼블릭 스쿨에서 오프사이드가 금지된 것과는 다르다.[18] 그렇게 이야기하면 오프사이드 트랩은 사기적인 전략이 되고 마는 것이다. 오히려 일정한 룰 아래서 지혜를 활용해 상대를 쓰러트리는 술수와 그로 인한 게임의 즐거움이 중요한 부분을 구성하고 있으며, 이는 영국 부르주아의 '질서 있는 경기' 정신과 일치한다. 미스터리의 묘미도 거기에 있다. 이른바 엎치고 덮치는 즐거움이며, 상대방과 서로 읽어나가는 즐거움이다.

재미를 보증하는 조건을 말하자면 페어플레이 이외에도 다수 존재한다. 반 다인이나 녹스, 챈들러가 입 모아 이야기한 '지루함과 장황함의 배제'도 그 한가지이다. 그것은 한편으로는 19세기 중반부터의 사회 경제생활의 급격한 변화와 시간관념의 변화를 반영함과 동시에 또 다른 한편으로는 수수께끼의 지적 긴장과 흥분을 유지할만한 시간이 그리 길지 않다는 기술적인 요청에도 근거를 두고 있다. 탐정소설이 단편중

18) 스포츠 사회사에 관한 지식은 P.C 매킨토시 저, 다케다 기요히코·이시카와 노보루 역『스포츠와 사회』(不昧堂出版, 1970), 나카무라 도시오 저 『스포츠의 풍토スポーツの風土』(三省堂, 1981), 『오프사이드는 왜 반칙인가オフサイドはなぜ反則か』(三省堂, 1985) (한국어로는 이정환 역, 『오프사이드는 왜 반칙인가?』뿌리와이파리, 2002), 『근대 스포츠 비판近代スポーツ批判』(三省堂, 1968), 모리노 신지 저 『스포츠와 룰의 사회학スポーツとルールの社会学』(名古屋大學出版部, 1984) 등에서 많은 도움을 받았다. 그리고 이와 관련된 작품으로는 무라오카 겐지의 「아스레틱시즘과 젠틀맨アスレティシズム」とジェントルマン」 무라오카·스즈키 도시아키, 가와키타 미노루 편『젠틀맨, 그 주변과 영국의 근대ジェントルマン゛その周辺とイギリス近代』(ミネルヴァ書房, 1987)에서 시사하는 바가 많다.

심으로 시작한 것도 이를 반영하고 있는 것으로, 스포츠에서도 게임에 따른 진행 속도가 빨라지면서 지금은 크리켓이나 마스 풋볼처럼 5, 6일 걸리는 일이 없어졌다. 그러나 이러한 점은 빅토리아 시대의 소설이 갖고 있던 중후하고 장대한 감각과 닮은 곳이 있으니 이는 이후에 다시 언급하도록 하겠다.

여기서 언급한 다섯 개의 룰 북에는 포함되어 있지 않으나, 범인과 탐정이 서로 비법을 가지고 있고 이를 통해 논쟁을 벌인다는 것도 재미를 보증하는 조건으로는 빼 놓을 수 없다. 스포츠에서도 의욕이 없고 실수가 많은 시합에서는 선수도 관객도 즐거울 리가 없다. 물론 이러한 점에 주목한 사람이 존재하지 않았던 것은 아니다. 예를 들면 로렌스 트리트는 그의 네 가지 룰 중 하나로 '탐정은 범인을 잡기 위해 노력하고, 범인은 탐정의 눈을 속여 도망치기 위해서 지혜를 짜 낼 것'이라는 항목을 넣고 있다.[19]

물론 여기에 더하여 양자가 모두 최고의 두뇌를 가지고 있다면 더할 나위 없다. 프레드릭 포사이스의 『자칼의 날The Day of the Jackal』에서 재미있는 부분은 살인청부업자인 자칼도 르베르 경감도 둘 다 일류 프로라는 설정에서 비롯된다. 이는 이든 필포츠의 『붉은 머리 가문의 비극 The Red Redmaynes』에서도 반 다인의 『주교살인사건The Bishop Murder Case』에서도 혹은 조르주 심농의 『타인의 목La tête d'un homme』에서도 동일하다. 그러나 이것은 도서倒敍물이나 서스펜스에게 요구할 수 있는 것으로 범인의 정체를 밝히지 않은 본격물에서는 양자의 대결에 의해서 긴

---

19) 로렌스 트리트 편 『미스터리를 쓰는 방법Mystery Writer's Handbook』 Writer's Digest, 1976.

박감을 증가시키는 것은 어렵다. 우수한 탐정이 수사를 진행했을 때 소설 제1장의 끝 무렵에서 범인을 적발할 수 있을 정도의 트릭이라면 평범한 탐정을 이용하여 이야기를 끌고나갈 수밖에 없고 그렇게 되면 결국 작품은 마치 경량급의 권투 시합처럼 시시한 것이 되고 만다. 그렇다면 적어도 서로의 실수가 없는 접전을 그리는 편이 낫지 않은가. 필자는 요코미조 세이시가 여러 개의 걸작을 세상에 내 놓았다는 것은 인정하지만, 작품 내에서 긴다이치 고스케金田一耕助가 어리석게 굴거나 가끔 단서를 놓치고 머리를 박박 긁는 것과 같은 습관이 이 작품을 마치 프로야구의 시즌 끝 무렵의 우승이 결정된 뒤에 치러지는 시합처럼 느껴지게 한다고 생각하곤 했다.

미스터리의 룰을 윤리 코드가 아니고, 고도의 재미를 유지하고 끌어 올리기 위한 조건이라고 생각한다면, 처음에 이야기한 녹스의 말에도 불구하고 그것은 의외로 시의 룰과도 닮아있다. 이는 자유 선율보다는 음율 상의 구속이 존재하는 편이 긴박감을 끌어낼 수 있다는 의미에서 그렇다. 개인 문예로서의 시가가 아니라 집단문예, 더 정확하게는 좌담 으로서의 시가詩歌의 경우에는 상대방이 있기 때문에 더욱 그렇게 될 수 있을 것이다.

그러나 렌가렌구連歌連句는 분명 유한계급 공동체의 게임 문화이지만 동시에 중세의 기반을 가지는 전통적인 문학 장르로서 스포츠와 미스터리와 같은 근대적인 게임 문화로서의 특징까지는 갖추고 있지 않다. 이 장르가 과학 지식, 시간, 공간의 관념, 법의식, 사회, 개인의 윤리관,

더욱이 도시 생활에 있어서의 정신적인 피로 등과 같은 '근대'를 구성하는 사회, 경제, 문화의 여러 요소까지를 파악하고 있다고 보기는 어렵다. 현재의 일본에서는 역사상 최고의 하이쿠, 단카, 시 인구가 있어서 다양한 스타일의 렌가, 렌시連詩 놀이를 즐기고 있는데 다니카와 슌타로의 『카이楷』 동인들에 의한 렌시가 그 중 하나이다. 그러나 그럼에도 불구하고 이런 전통시가가 갖고 있는 기분전환 작용은 미스터리나 스포츠가 지니고 있는, 예를 들어 폭력에 대한 심리적 대상기능이라는 점 하나만 보아도 이질적임을 알 수 있다. 전자에는 분명 그러한 기능이 없다. 또한 격투장에서 기독교신자를 사자와 싸우게 했던 고대로마나 오늘날 처벌을 공개하는 나라와 같이 그러한 대상기능이 있는 경우에는 탐정소설도 스포츠도 필요로 하지 않는다. 더 자극적인 대상물이 이미 존재하기 때문이다. 그 '근대'를 구성하는 여러 요소들 하나하나를, 스포츠와의 비교를 떠나서 어떻게 읽어야 할지를 살펴보고자한다.

제1부

미스터리의 소재

응접실, 컨트리 하우스, 부호의 저택, 중역실에서의 범죄는 사회 저변의 현상에 지나지 않는다. 그것들은 일반적이라기보다는 예외적이다. 그럼에도 초기 탐정소설의 살인자들은 '위험한' '범죄계급'이나 슬럼, 홍등가에서 발생하는 현실의 범죄와 연결된 실제 범죄자들과 어느 정도 얽혀있었다. 그에 비하여 고전적 탐정소설의 범죄는 허풍스럽고 추상적이고 보기에만 그럴싸하다. 범죄를 다루는 것이 이다지도 도식적, 양식적, 인공적이게 된 것은 고전적 탐정소설의 세계가 바로 1914년을 전후하는 시대의 앵글로색슨 제국의 성공한 금리생활자, 지배계급의 세계였기 때문이라고 밖에 할 수 없다.

어네스트 만델, 『즐거운 살인, 범죄소설의 사회사
Delightful Murder, A Social History of the Crime Story』 1984

범죄와 미스터리

로베르 에스카르피Robert Escarpit의 『문학의 사회학La Sociologie de la littérature』[20]이 문예학의 표준이 될 만한 기본적 입문서일지는 확실하지 않지만, 이 책에서는 문학작품의 생산, 유통, 소비라는 구성을 취하고 있다. 미스터리라면 미스터리만이 가지는 작가와 출판사의 활동이라는 생산이나 공급의 사회학적인 조건 고찰에서 시작하여, 중개인, 서점, 비평가, 도서관, 대여점 등의 활동인 유통을 지나, 독자의 활동인 소비의 조건으로 전개해 나간다는 방법을 취한다.

그렇다면 마치 문예경제학에 가깝지 않은가 할지도 모른다. 미스터리도 상품으로서의 일면을 지니고 있으니 그 점에서는 이러한 고찰의 틀을 취할 수밖에 없게 된다.

여기에서도 이러한 틀을 따라서 미스터리의 생산, 유통, 소비를 차례대로 하나씩 검토해 보겠다. 먼저 '생산'의 분야인데, 물건의 생산에는 사람과 원재료, 연료, 설비가 필요하지만 문학작품의 생산을 사회학적으로 논해본다면 결국은 만드는 사람(=작가) 중심이 되어버린다. 예를 들어 레이먼드 윌리엄스는 작가의 사회적 출신(=출신지방, 계급, 종교)이나 교육, 생계수단을 검토의 대상으로 하고 있다.[21]

그러나 픽션의 생산도 일반 상품의 생산과 같이 원재료 혹은 소재의 문제는, 이것을 가공하는 사람의 문제와 함께 무시할 수 없는 것이다.

---

20) 로베르 에스카르피 저, 오쓰카 유키오大塚幸男 역『문학의 사회학』白水社, 1959. 한국어로는 민희식・민병덕 역, 『문학의 사회학』(을유문화사, 1983)이 있다.

21) 레이먼드 윌리엄스 저, 와카마쓰 시게노부若松繁信 역『기나긴 혁명The Long Revolution』ミネルヴァ書房, 1961. 한국어로는 성은애 역『기나긴 혁명』(문학동네, 2007)이 있다.

인간이 진공상태에서 물건을 만들어 내는 것이 불가능하다는 것은 누구나 알고 있지만, 픽션은 상상력만 있으면 창조할 수 있다고 생각하기 쉽다. 하지만 픽션이라 하더라도 재료는 필요하다. 그 재료는 요리를 만들 때의 야채나 생선과 같은 것이 아니어도 된다. 좋은 요리사가 좋은 그릇에 자극을 받아 그것에 예쁘게 담을 요리를 만들려고 하는 것을 '그릇에 맞춰 요리한다'고 하는데, 그 '그릇'도 어떤 의미로는 '재료'이다. 픽션의 재료는 작가의 상상력이나 창작욕을 일으킨다는 의미에서 야채나 생선과 같은 본래의 재료와 동일한 작용을 하거나 그것을 보충하는 연료나 촉매와 같은 작용을 한다. 이러한 기능을 하는 요소가 전혀 없는 상태 속에서 활개 칠 정도로 인간의 상상력은 전지전능하지 않기 때문이다. 바꿔 말하자면 픽션의 '허구'는 이러한 소재의 '현실'이 지탱하고 있는 것이다. 미스터리에 있어서 이 '현실'이란 범죄의 세계가 된다.

무엇보다 미스터리는 문자 그대로 '수수께끼'풀이의 소설이지만 그 수수께끼가 반드시 범죄여야 할 필요는 없다. 실제로 범죄가 되지 않는 사건을 소재로 취한 미스터리도 적지 않다. 단편은 특히 그러하고 초기의 것일수록 그렇다.

도일의 셜록 홈즈 단편, 56편 가운데 범죄가 되지 않거나 경범죄에 그친 사건이 11편 있다. 「신랑의 정체A Case Of Identity」(1891), 「비뚤어진 입술The Man with the Twisted Lip」(1891), 「노란 얼굴The Yellow Face」(1893) 등이 그것으로, 수상한 거동이라는 '수수께끼'는 있지만 결국 그것이 범죄는 아니었다. 유괴인가 아니면 협박인가 하는 의심스러운 케

61

이스가 사실은 '피해자' 자신이 변장을 하여 거지의 사회에서 즐기고 있었다는 「비뚤어진 입술」의 내용도 그러하다. 살인사건은 24편이 있지만 자신을 지키기 위한 살인이나 도망치기 위한 살인, 게다가 과실치사와 같은 것도 있어서 미스터리의 소재로 어울리는 계획적 살인은 반 정도에 그친다.

체스터턴의 〈브라운 신부 시리즈〉도 비슷한 경향이 있어서 살인을 테마로 하지 않는 것이 약 3분의 1 정도 된다. 게다가 그 대부분은 범죄가 성립되지도 않는다. 「이즈리얼 가우의 명예The Honour of Israel Gow」(1911), 「글라스씨는 어디에?The Absence of Mr Glass」(1914), 「다너웨이 가의 운명The Doom of the Darnaways」 등은 범인이 없는 사건이며, 「푸른 십자가The Blue Cross」(1911), 「이상한 발걸음 소리The Queer Feet」(1911), 「날아다니는 별들The Flying Stars」(1911), 「브라운 신부의 부활The Resurrection of Father Brown」(1926), 「펜드래건 가문의 몰락The Perishing of the Pendragons」(1914) 등은 브라운 신부가 범죄를 미연에 방지하는 이야기이다.

그렇다고 해서 결과적으로는 범죄가 되지 않더라도 수수께끼의 발단은 역시 범죄가 관련되어 있거나 범죄의 냄새를 풍기는 것이지 않으면 안 된다. 그렇지 않으면 미스터리가 지니는 특이한 매력이 어느 정도는 사라져 버리기 때문이다.

미스터리적 취향의 작품을 많이 쓰는 마루야 사이이치의 예를 들면 『요코시구레橫しぐれ』[22](1975) 등은 여러 개의 서로 얽힌 수수께끼가 점차 풀려가는 과정을 그린 훌륭한 수수께끼풀이 소설이지만 상식적

---

22) 바람에 흩날리는 보슬비.

으로 이것을 미스터리라고 부르기는 어려울 것이다. 범죄가 없기 때문이다.

화자이자 '탐정'의 역할이라고 할 수 있는 국문학자가 선친과 그 친구가 예전에 여행지에서 마주친 거지 스님과의 이야기 중에 튀어나온 '요코시구레'라는 노랫말의 기원을 찾는다는, 지극히 학문적이라고 할 수 있는 수수께끼풀이의 세계에 진입한다. 이것이 첫 번째 큰 줄기이다. 여기에 그 스님이 '시구레しぐれ의 시인'이라고 불릴만한 다네다 산토카種田山頭火가 아니었나 하는 두 번째 수수께끼가 얽힌다. 게다가 성실한 개업 의사였던 선친이 무슨 이유로 한가하게 긴 여행을 떠날 수 있었던 것인가 하는 세 번째 수수께끼가 슬쩍 더해진다. 여기에는 살인도 유괴도 없다. 스기모토 히데타로杉本秀太郎는 '요코시구레'라는 '언어의 살인사건'이라고 능란하게 이 작품을 비평하고 있지만, 물론 이것은 비유에 지나지 않는다.

게다가 첫 번째와 세 번째의 이야기는 어떻게든 해결이 되었지만 두 번째의 거지 스님의 정체는 결국 풀지 못하고 끝나버리는데 거기에 '탐정'은 마지막을 이런 식으로 맺는다.

"어떠한 경우든 어차피 진상이라는 것은 규명해 낼 수 없다는 것을 이미 산토카를 둘러싼 탐색에서 뼈저리게 느꼈다. 그렇다면 아예 불완전한 상태에서 어설프게 손대지 않는 것이 낫지 않을까. 나는 1939년을, 온 세상 모든 것을 뿌옇게 만드는 흩날리는 보슬비 속에 내려놓기로 하였다."

풍미 넘치는 결말이다. 그러나 미스터리의 독자는 이것으로는 카타

르시스를 얻지 못할 것이다. 범인은 놓아주더라도, '진상'만은 규명해야 한다는 것이 미스터리이기 때문이다. 아쿠타가와 류노스케의 「덤불 속 藪の中」(1922)은 여러 개의 해결이 나열된 채로 진상이 밝혀지지 않은 채로 끝나기 때문에 미스터리가 되기 부족하였다. 어떠한 해결을 내는 것도 단념한 『요코시구레』는 더욱 그러하다.

말하자면 미스터리에 범죄는 역시 필요하다. 그것도 가능하면 단순한 도둑질이나 협박이 아닌, 살인이나 유괴 급의 것이길 바란다. 반 다인의 제7계에서 '살인이 필요. 그렇지 않으면 300페이지의 장편을 끌어갈 수가 없다'와 같은 주장은 그 내용을 단적으로 서술하고 있다. 그것도 여러 개의 살인이라면 더욱 좋다. 음악에서도 하나의 선율만으로 쓰인 곡은 기껏해야 모리스 라벨Joseph-Maurice Ravel의 「볼레로Boléro」(1928) 정도의 길이이다. 그것보다 길게 되면 몇 가지 선율을 결합하지 않으면 지속시킬 수 없다는 것과 닮아있다.

이러한 이유로 이하는 미스터리와 그 소재인 범죄와 허실의 틈새에 대한 잠행의 리포트이다. 일단 범죄가 일어나는 '장소'의 문제부터 살펴보고자 한다.

미스터리의 무대 장치

도시와 범죄, 그리고 미스터리

범죄는 사람과 사람의 접점, 사람의 집합장소에서 발생한다. 이 점에서 본다면 도시, 특히 거대도시는 범죄의 다발지대임이 틀림없다. 이것은 특별한 설명을 필요로 하지 않을 것이다. 과밀에 의한 마찰, 트러블의 발생이나 생활 조건의 악화, 익명인과의 접촉 기회의 증대, 범죄를 유발하는 물자의 집적, 사각死角이 많은 미궁 같은 공간의 발생, 인간관계의 파편화 등 어떤 것도 범죄의 온상이 아닌 것이 없다.

실제로 범죄 통계의 정비가 시작된 19세기에 들어선 유럽을 보아도 1830년대의 프랑스에서는 전체 인구의 30%밖에 점하지 않는 도시 지역의 범죄자수는 70%를 점하는 농촌 지역의 범죄자수에 필적한다고 하며, 같은 시기의 독일에서는 도시(인구 2만 이상)의 범죄 발생률은 0.134%고 농촌은 0.098%였다고 한다. 훨씬 미래인 현대 일본을 보아도 1980년에는 국토 총면적의 27%, 인구의 76%를 점하는 도시에서 연간 전국 범죄의 87%가 발생하였고 도쿄에 이르러서는 총면적의 0.16%, 인구의 7%의 도시공간에 전국 범죄의 14%가 집중되었다.[23]

이것은 작가의 이미지에도 반영된 듯이 보인다. 애드거 앨런 포는 당시 자신이 살고 있던 필라델피아가 아닌 세계 제2의 대도시였던 파리를 그 추리 작품의 무대로 삼았는데 특히 「모르그가의 살인사건The Murders in the Rue Morgue」(1841)의 모두冒頭 부분에서는 화자를 통해 대도시의 발전이 추리소설의 출현에 중요한 역할을 했다는 것을 시사하기도 하였다. 체스터턴도 추리소설의 제1의 본질적 가치는 도시가 갖고 있는 일종의 시적 감각을 표현한 최초이자 유일한 대중문학이라는 점에 있다고 하였다. 코난 도일은 나중에 언급하겠지만 그들과는 꽤 다른 생각을 가지고 있었다. 그럼에도 불구하고 그의 작품의 20여 편은 런던을 주 무대로 하고 있다.

이후로도 런던 그리고 뉴욕을 무대로 한 작가와 작품은 무수히 많다. 윌리엄 아이리시와 같이 뉴욕에서 태어나 결혼에 실패하고부터 계속 호텔에 살면서 대표작 『환상의 여인Phantom Lady』(1942)을 'M호텔 605호실에' 바친다고 하는 전형적인 도시파임을 자청한 작가도 나타났다. 무라카미 하루키에 의하여 '도시소설' 정통의 계보를 세운 것으로 취급되는 레이먼드 챈들러는 LA를, 로스 맥도날드나 빌 프론지니는 샌프란시스코를, 그리고 서해안의 대도시를 미스터리 무대에 더하여 파리, 도쿄, 스톡홀름으로 확장해 간다.

23) 경찰국 방범과警視庁防犯課 감수『도시와 범죄都市と犯罪』東洋經濟新聞社, 1982.

도시범죄의 허구성

그러나 도시와 미스터리는 정말로 범죄를 매개로 하여 묶여있는 것
인가. 도시의 범죄 실태가 그대로 미스터리에 절호의 무대를 제공했다
고는 도저히 생각할 수가 없다.

일단 현실에서 범죄가 많이 일어나는 도시가 반드시 미스터리의 무
대가 되지는 않는다. 예전부터 범죄가 많이 발생하는 형식의 마을은
거대도시를 제외하고는 광산촌, 항구마을, 도로변의 마을, 산업의 종류
로 말하자면 직물촌(여성이 돈을 벌고 남편은 도박에 빠진다), 근래에
는 대도시권의 근교도시라는 곳이 있다고는 하지만 미스터리의 무대로
나타나는 빈도는 그러한 현실을 반영하고 있지 않다. 손이 많이 가고
복잡한 계획적인 범죄는 이러한 형태의 마을이 지닌 난폭하고 충동적
인 공기와는 어울리지 않기 때문이다.

1989년 가와데문고河出文庫에서 나오기 시작한 기행 선집 시리즈를 보
아도 나오는 것은 요코하마橫浜, 고베神戸, 나고야名古屋, 하카다博多, 교토
京都, 가마쿠라鎌倉, 센다이仙台와 같은 마을이다. 그러나 이 중에 요코하
마, 고베, 교토와 같은 도시는 모두 현청소재지이면서 범죄다발도시가
아닌 16도시 안에 포함되어 있다. 가마쿠라도 그렇다. 이에 반하여 나
하那覇, 고치高知, 기타규슈北九州, 거기에 도쿄東京, 오사카大阪의 위성도시
등은 범죄, 특히 흉악범의 발생률이 높은 지역이지만『지쿠호 살인사
건 걸작선筑豊殺人事件傑作選』이나『가와치河内 살인사건 걸작선』,『고치 살
인사건 걸작선』이라고 하는 선집은 결코 편찬될 것 같지 않다. 이러한

마을은 범죄소설의 무대는 되어도 미스터리의 무대로서는 매력이 부족하다고 생각되기 때문이다.

또한 같은 대도시여도, 범죄가 많은 슬럼가(그 정도는 아니어도 번화가)는 거의 미스터리의 배경으로 쓰이지 않는다. 그 첫 번째로는 광산촌이나 공업도시가 사용되지 않는 것과 비슷한 이유이다. 충동적인 폭력범죄나 절도범죄가 많이 발생하지만 미스터리에 어울리는 소재가 될 만한 계획성 높은 범죄의 무대로는 적합하지 않기 때문이다. 거기에는 악의의 종자를 충분히 키울 수 있는 '축복받은' 환경이 존재하지 않기 때문이다.

또, 계획적 범죄가 슬럼가에 존재한다고 하더라도 그것은 상습범이나 특히 프로 범죄자나 폭력조직에 의한 것이 많다. 그러나 그들도 충동적인 범인과 마찬가지로 범인 찾기가 주요 흥미거리인 미스터리의 범인으로서는 부적절한 존재임은 말할 것도 없다. 반 다인도 탐정소설에서 직업적 범죄자를 범인으로 해서는 안 된다고 말하였다.

역설적으로 들릴지 모르겠지만 현실에서는 범죄가 수지에 맞지 않는 경우가 많기 때문에 충분히 생각한다면 실행에 옮길만한 것이 못된다. 특히 살인은 계획을 하더라도 좀처럼 실행하지 않는다.

작년의 『범죄백서犯罪白書』[24]에 의하면, 범죄자 4,500명을 대상으로 처음으로 의식조사를 한 결과, 살인의 동기는 '(1) 상대의 도발 (2) 상대를 용서할 수 없는 이유가 있었다 (3) 상대가 부주의했다'와 같은 순서였다. 모두 상대에 원인을 전가하는 것이 흥미롭지만, 일단 그것을 차지

---

24) 법무성 『범죄백서犯罪百書』 1988.

하고라도 (1)과 (3)은 충동적이거나, 기분에 따라서, 정황상 멈출 수가 없어서 혹은 우연한 유혹으로 인해 대부분의 살인이 발생하였다는 것을 나타낸다. 음모살인은 (2)의 일부를 구성하는 데 지나지 않았다. '용서할 수 없는 이유가 있었다'는 것은 복수 혹은 정의감에서의 살인임을 보여주지만 여기에는 기질적, 감정적 요소는 있을지언정 재산이나 지위, 체면이라는 이해가 얽힌 동기는 포함되지 않는다.

미스터리는 고급주택가에서?

이러한 형태의 살인을 합리화하는 듯한 거액의 재산이나 높은 지위, 사회적 체면 등에 대한 집착과 음모가 나타나는 무대, 즉 미스터리에 어울리는 배경이라고 하자면 역시 '고급주택가'가 될 것이다. 미스터리에서도 직장에서의 일, 생활이 많이 취급되는 최근에는 사무소 거리나 역, 호텔, 레스토랑 혹은 빌딩이나 엘리베이터 등이 자주 등장하게 되었다.

메이페어에 위치한 영국 최초의 미슐랭 별 3개의 레스토랑 '르 가브로쉬|Le Gavroche'

그러나 고전적인 미스터리의 모델로는 중상류 인사의 주된 생활 장소인 대저택이 있는 마을이 단연 으뜸으로 꼽힌다.

미스터리의 무대로서 등장 빈도가 가장 높은 런던을 보아도 근로자 지역이면서 이전에는 세계 최대의 슬럼가를 형성하고 있었던 이스트엔 드가 나오는 것은 잭 더 리퍼Jack the Ripper 이야기 외에는 없다. 제라 드 브라운의 『해로하우스 11번지11 Harrowhouse』(1972) 등 작품이 전혀 없는 것은 아니지만, 그 숫자가 매우 적다고 말해도 될 정도로 세계적 비즈니스 센터인 도시도 거의 나오는 법이 없고 무대는 런던의 서쪽으 로 펼쳐지는 웨스트엔드에서 켄싱턴kensington, 첼시Chelsea와 같은 우아 한 문화, 교육, 고급주택 지역에 집중된다.

웨스트엔드라고 하더라도 세계 굴지의 범죄의 온상이라고 일컬어지 는 소호Soho와 같은 환락가는 주된 무대로 취급되지 않는다. 메이페어 Mayfair 근처의 사치스러운 호텔, 저택가가 미스터리 작가의 취향인 듯 하다. J.T.스토리Jack Trevor Story의 『해결은 침대위에서Mix Me a Person』 (1959), 난과 이반 라이언스의 『셰프여 조심하라Someone Is Killing the Great Chefs of Europe』(1976), 데릭 램버트의 『사자 발톱 만지기Touch the Lion's Paw』(1975), 로버트 파커의 『유다의 산양The Judas Goat』(1978), 데이비슨 라이오넬의 『첼시의 연속살인The Chelsea Murders』(1978)(이상 메이페어), 매저리 앨링엄의 『사건은 장례식장에서Police at the Funeral』(1931)(이상 블룸스베리Bloomsbury) 등은 눈에 띈 몇 개의 사례에 지나지 않는다.

이렇게 말하자면 홈즈도 웨스트엔드의 일각인(단, 고급저택이라고는 할 수 없지만) 베이커 가에, 세이어스의 피터 웜지 경도 피카딜리에 거 주하였다. 이 일대는 현실 범죄의 압도적인 부분을 차지하는 쪼잔한 날 치기, 소매치기, 좀도둑, 경미한 폭력 등과는 연이 멀다. 막대한 재산의 행방, 가문의 명예나 신용의 위기, 몇 대에 걸친 집착을 둘러싼 계획적이고 가끔은 연속된 살인을 필요로 하는 상황들이 미스터리의 대상이 된다.

스파이소설의 경우

런던의 고급주택가에 가장 어울리는 소설은 현대의 스파이소설이다. 메이페어를 중심으로 웨스트엔드에는 각국의 대사관, 고급호텔, 레스토랑, 항공회사, 회원제 클럽, 게다가 관청, 정보기관의 위장 사무소가 늘어서 있다. 스파이의 생활공간도 이 일대와 그 서쪽으로 나아가 켄싱턴, 첼시 부근에 해당한다.

존 르 카레, 그레이엄 그린, 브라이언 프리맨틀, 바르조하르 미카엘, 잭 히긴스, 프레드릭 포사이스, 이안 플레밍과 같은 일류 작가의 작품을 시작으로 대부분의 스파이소설은 이 부근을 영웅들의 활동 배경지로 사용하고 있다. 각각의 구역은 물론 그들이 출입하는 레스토랑, 호텔, 쇼핑하는 가게의 이름, 그들이 몸에 지니는 상품명까지 도구로 사용되고 그에 걸맞은 분위기를 연출한다. 포트넘 & 메이슨은 도대체 몇 권의 스파이소설에 등장하는 것일까. 이안 플레밍의 〈007시리즈The James Bond series〉(1953~)는 고급 가게, 브랜드 상품이 총출연하고, 이러한 속물적인 묘사가 거의 없는 그레이엄 그린의 『인간의 요소The Human Factor』(1978)에서조차 영국에도 화이트 스틸턴White Stilton이나 웬즐리데일Wensley dale과 같은 좋은 치즈가 있다는 것을 알려준다.

이것은 스파이가 국고를 뒤에 업고 돈 걱정 없이 활동하기 때문이라고는 할 수 없다. 보다 본질적으로는 그들은 상류계급의 출신이며 이 부근은 그들의 자연스러운 활동 공간이라는 사정이 있다. 영국에서는 외교관이나 고급 정보담당자는 전통적으로 상류출신의 명문 퍼블릭 스쿨을 거친 옥스퍼드, 케임브리지 졸업생들이 차지해왔다. 정치・외교는 '귀족의 의무'로 여겨져 이러한 신조를 공유하는 동료라면, 배신이나 계략으로 이루어진 스파이들의 세계에서도 나라를 배신하는 것은 있을 수 없다는 양해가 분명하기 때문이다. 메이지시대에 사용되었던 표현을 빌리자면 그들은 '국사탐정國事探偵'인 것으로 '밀정'이나 '간첩' 혹은 '개' 등이 아닌 것이다.

웨스트엔드에서 암약했던 실존 스파이 킴 필비

사실 여기에 함정이 있다. 1930년대 이후의 대학졸업생을 채용한 외무성 간부들은 당시의 젊은이를 사로잡은 좌익체험이 얼마나 심각한

것이었는지, 또 섬세한 감수성을 가진 사람에게 퍼블릭 스쿨 생활의 야
만성과 위선성이 얼마나 마음에 상처를 주는 체험일 뿐이었는지에 대
해서 알지 못했다. 영화『어나더 컨트리Another Country』(1984)를 비롯하
여 그레이엄 그린, 존 르 카레, 프레드릭 포사이스 등의 작품에 모습을
바꿔가며 등장하는 킴 필비Kim Philby나 가이 버지스Guy Burgess 등의 영
국 정보국의 잇따른 불상사는 상류계급 내부에서 밖으로는 드러나지
않게 생겨났던 균열의 깊이를 엿볼 수 있게 한다.

하지만 이것은 여기서 다룰 테마가 아니다. 스파이소설의 무대로서
의 국제도시 런던은 탐정소설과 달리 현실의 장소이다. 웨스트엔드 일
대를 무대로 하지 않으면 현실적으로 와 닿지 않는다. 상세한 거리의
묘사는 그 반영인 것이다. 그에 비하면 탐정소설의 거리는 가끔 배경
으로 등장하는데다가 이상하게도 리얼리티가 결여되어 있는 것처럼 보
인다. 그것은 무엇을 의미할까.

왜 고급주택가인가

런던뿐 아니라 이러한 고급주택가는 확실히 미스터리의 무대에 딱
맞는 분위기를 띠고 있다. 제1, 2차 세계 대전시기에 그 비윤리성 때문
에 '바빌론'에 비유된 할리우드를 포함한 LA의 고급주택가, 베벌리힐스
일대는 하드보일드 미스터리에 절호의 무대를 제공하였다.

석유졸부, 영화 스타, 지방정치가, 전위예술가, 흥행사 혹은 도박사
등 잡다한 인종이 그곳에 거주하며 매니저나 고급 매춘부, 기생오라비,

사립탐정, 마약운반자와 같은 저속한 냄새를 풍기는 인종이 출입한다. 여기에는 더 이상 젠틀맨인 아마추어 탐정이 나설 곳이 없다. 영화 회사의 프로듀서는 스타의 이미지를 지키기 위해 헤이스 코드Hays Code[25]가 만든 악명 높은 코드에 근거하여 핑커튼Pinkerton 탐정사를 고용하여 스타의 사생활을 감시하게하고 탐정들은 스타의 뒤를 밟고 다녔다. 하드보일드 소설의 등장인물은 탐정도 포함해서 이러한 '허업虛業'에 그림자를 드리우고 있었다.

에도가와 란포 소년물의 주요 무대로 등장하는 도쿄도 아자부麻布나 세타가야世田谷의 고급주택가이다. 소년탐정단의 소년들은 모두 높은 담, 거대한 대문 안에서 격리된 양가집 아이들이다. 에도가와 란포의 세계를 연구한 마쓰야마 이와오松山巖에 의하면 란포의 어느 작품을 보더라도 '무슨 일이 일어나도 이상하지 않은 마을[26]'뿐이라고 말한다. 이와 완전히 동일한 말이 런던의 고급주택가 첼시를 무대로 한 라이오넬, 데이비슨의 『첼시의 연속살인』의 마지막 부분에서 담당 경감에 의해 '이것들은 모두 첼시에서 일어난 것이며 그곳에서는 무슨 일이 일어나도 이상하지 않다'고 서술된다.

확실히 이러한 고급주택가에는 '무슨 일이 일어나도 이상하지 않은' 분위기와 범죄발생 동기가 있다. 이웃 간의 출입이 자유롭고 도로에는

---

25) 미국 영화의 검열 제도. 1930년 MPPDA(The Motion Pictures Producers and Distributors Association)에 의해 도입이 결정되어 1934년부터 1968년까지 실시되었다. 이 검열은 미국의 상업 영화에서 도덕적으로 받아들여지는 것과 그렇지 않은 것을 확실히 하기 위한 것이었다.
26) 마쓰야마 이와오 『란포와 도쿄亂歩と東京』 PARCO出版, 1984.

노인들이 햇볕을 쬐고 있는 서민거리에 비하면 고급주택가는 범죄 방지에 필요한 조건으로 불리는 '가시성'도 '비익명성'도 없다. 그럼에도 불구하고 현실에서 그곳이 범죄 다발지대가 아닌 것은 VIP의 저택에는 경관이 붙어있으며 유괴를 두려워하는 부자들은 보디가드를 고용하고 고급 아파트는 관리인이나 방범장치로 보호받기 때문일 것이다.

그러나 고급주택가를 미스터리의 무대에 올리는 것은 이러한 이유 때문은 아니라고 본다. 그렇다면 그 이유는 무엇인가.

본격미스터리와 하드보일드는 사정이 조금 다르다. 하드보일드의 경우, 고급주택가라고 해도 시종일관 대저택의 내부에서 드라마가 진행되는 것은 아니다. 탐정은 신사가 아니므로 저택 안에 손님으로 초대받지도 않는다(요염한 여주인에게 침실로 초대받는 일은 있을지라도). 그는 사건을 의뢰받으면 시내에 나가서 바 혹은 클럽, 정보를 얻을 수 있는 가게, 저렴한 호텔, 예전에 동료였던 경관, 매춘부, 악덕 변호사들과의 접촉을 통해서 정보를 얻는다.

대저택은 권력이나 부를 생산해내는 악이나 부패를 상징하는 의미를 지니고 있기 때문에 하드보일드는 본질적으로 길거리의 드라마가 된다. 거리의 모습이나 마주치는 사람들은 활기차게 보이는 반면 저택의 거실이나 내부 장식에 대한 관심은 거의 없으며 묘사가 있더라도 사건의 흐름에 관련된 것만이 있다.

본격미스터리는 이와 반대로 저택내부의 세부를 가끔은 평면도까지 첨부해서 상세하게 묘사한다. 등장인물들이 그 가정이나 그들과 관계가 있는 인물들로 구성된 실내극적 요소가 강하기 때문에 이러한 사람들이 한 번에 모일 수 있는, 방의 수가 많고 밀실상태를 간단하게 만들 수 있는 대저택이 필요하다. 게다가 불가사의한 살인으로 시작해서 조사와 해결의 과정을 거치는 권선징악의 '제의'가 탐정이라는 사제에 의해 막힘없이 연출되기 위해서는 그 나름의 무대 장치가 필요하다. 다소 부자연스럽더라도 음산한 인공적인 장치가 있는 편이 오히려 속물적인 독자의 호기심을 자극하게 될 것이다.

반면 본격미스터리는 거리에 무관심하다. 어디에 있는 거리인지 확실하지 않은 경우도 종종 있다. 탐정소설을 도시소설로 간주한 체스터턴의 작품도 어느 마을에서 일어난 사건인지 알 수 없는 경우가 적지 않다. 가장 지명이 확실하게 나오는 작품은 「푸른 십자가」이지만 거기에서도 작품 내 이동경로를 그대로 따라가다 보면 설명이 되지 않는 사태에 빠져 결국에는 신부님에게 제대로 '말려들'게 된다.[27] 우화적 작풍의 체스터턴은 논외로 하더라도 코난 도일도 애거사 크리스티도 장소에 있어서는 호사가의 추적을 용서치 않는 경우가 많다.

이렇게 보면 미스터리의 '장소'와 현실의 범죄 장소와는 꽤 격차가 있는 것이 분명하다. 어떠한 범죄가 일어나도 이상하지 않은 분위기와 원인을 가지고, 권력이나 부의 악과 부패를 상징하는 의미를 띠기도 하는 고급주택가가, 명탐정이라는 사제에 의한 사건의 해결이라는 제의의 장소로서 설정된다. 그것은 한편으로는 독자들의 상류생활에 대한 호기심을 만족시키는 선택이기도 하였다.

---

27) 고이케 시게루小池滋 「잡히지 않는 흔적つかめない足どり」, 이노우에 히사시井上ひさし 편 『브라운 신부 BOOKブラウン神父ブック』 春秋社, 1986.

그러나 이렇게 된다면 적어도 본격파 미스터리의 경우 장소의 설정은 어떤 도시든 상관없다는 것이 된다. 영국의 시골은 컨트리하우스라고 불리는 이러한 드라마의 무대로 안성맞춤인 웅장한 저택이 수도 없이 많기 때문이다. 실제로 황금시대의 영국 미스터리에 등장하는 전형적인 무대는 컨트리하우스 혹은 작은 마을로 설정되어 있었다.

시골의 범죄

여기서 시골에서 일어나는 범죄의 특징을 대강 살펴보자.

시골의 범죄에는 어떤 의미에서는 도시에는 없는 무서움이 있다. 도회지가 범죄발생률이 높은 것은 앞에서 보았지만 그것은 범죄건수의 압도적 부분을 차지하는 절도 등의 경범죄가 도시에 집중된 결과이다. 그러나 이것을 살인사건에 한하여 보면 상황은 전혀 달라진다.

현재 1980년대의 10년간 47도도부현都道府県의 인구당 살인발생률을 보면 고치高知가 가장 높고 오키나와沖縄, 후쿠오카福岡, 와카야마和歌山, 야마구치山口, 구마모토熊本의 순으로 되어 있어, 비 도시형 현에서 살인발생률이 높은 것을 알 수 있다. 후쿠오카를 제외하면 인구 150만 명에 미치지 못하는 현밖에 없다. 오사카는 7위, 도쿄는 18위다.

고치가 특히 높은 이유는 다른 곳과 달리 높은 알코올 소비(특히 여성의 소비가 두드러진다), 음주로 인한 남녀 간 트러블(이혼율은 전국의 최상위층이며 더불어 인구당 변호사 수도 전국 1위이다)과 흔히 남국적이라고 불리는 욱하기 쉬운 현민 기질과 무관하지 않을 것이다.

오키나와의 경우 현 면적의 4분의 1을 점하는 미군기지의 존재가 높은 살인발생률의 큰 요인일 것이다. 후쿠오카의 경우 온가가와遠賀川강 유역의 이른바 강줄기 기질과 석탄 생산지의 부진과 관계있을 것이다. 어느 곳이든 절도, 강도는 도시화가 진행될수록 늘어나는 경향이 있지만, 살인은 도시화와는 별개의 요인에 의해 지배되고 있는 것이 명백하다.

그러나 그것과 위스턴 오든이 말한 '탐정소설의 배경은 대부분 영국의 시골로 설정되어서 그렇지 않은 작품은 눈에 보기 힘들다.28)'와 같은 언급과는 별개로 생각해야 한다. 그렇다면 시골의 어떠한 면이 미스터리의 무대에 적합하다고 여겨지는 것일까. 일단, 도시에는 없는 시골의 무서움은 어떤 것인가에서부터 시작해보도록 하자.

시골의 무서움 – 타입 1

시골이 무서운 첫 번째 이유는 사람이 없는 장소가 얼마든지 있다는 것이다. 사람들 눈에 띄지 않고, 소리를 내도 사람에게 들리지 않는, 시체 처리에도 어렵지 않은 깊은 숲이나 계곡이 있다. 여기에 대해서는 설명이 필요 없을 것이다.

두 번째는 마을 사람들은 서로가 잘 아는 사이로, 담합하여 행동한다면 외부에 알리지 않고 무엇이든 가능하다. 이것은 외부인에게 두려움을 준다. 아베 고보의 희곡 「미필적 고의未必の故意」(1971)가 그리고

---

28) 위스턴 오든 「죄 많은 목사관 : 한 중독자의 눈으로 본 탐정소설The guilty vicarage : notes on the detective story」 『Harper's Magazine』 1948.

있는 세계가 그것이다. 그러나 이것은 어디까지나 픽션이며 현실의 사
건으로는 '찬이 먀오 박사'의 사건을 일단 손꼽게 된다. 마키 이쓰마가
『세계괴기실화世界怪奇実話』(「거리에 숨은 죽음의 날개街を陰る死翼」, 3권,
1931-32)에서 다루었기 때문에 일본에서도 전쟁 전부터 알려져 있던
사건이다. 이것은 1928년 6월 영국의 호수지방을 신혼여행 중이던 중
국인 부부의 부인이 교살당하고 남편이 범인으로 체포되어 유죄 판결
을 받고 처형되었다는, 언뜻 보면 흔히 있을 법한 사건이다. 그러나 그
것뿐인 사건을 어째서 마키의 작품에서는 물론 크리스마스 험프리스의
『7인의 살인자』(1930)나 고테 & 로빈 오델J.H.H.Gaute & Robin Odell의 『살
인신사록The murderers who's who』(1980)29) 등에서 다루어질 정도로 큰 사
건취급을 받고 있는 것인가와 같은 점이 여기서의 논점과 연결된다.
후자는 1828년부터 150년간 일어난 370건의 선별된 주요사건 중 하나
로 이 사건을 꼽고 있다.

　미국에서 법률 박사학위를 취득한 먀오(28)는 미국에 거주하는 유복
한 중국인 여성(28)과 뉴욕에서 결혼하여 영국으로 여행을 와서 경치
가 아름다운 그라스미어Grasmere 호숫가의 호텔에 투숙하였다. 다음날
오후 부부는 산책하러 나갔다가 4시반경 남편만 호텔로 돌아오고, 호
텔 직원에게는 부인이 도중에 추워져서 생각난 김에 가까운 마을로 내
려가 두꺼운 속옷을 사러 갔다고 말했다. 그런데 3시간 후 강가의 좁
은길에서 부인의 교사체가 마을 주민에게 발견되었고 사망 시간은 4시
부터 5시 사이로 추정되었다.

---

29) 고테 & 로빈 오델 저, 가와이 슈지河合修治 역『살인신사록』弥生書房, 1980.

『시드니 모닝 헤럴드Sydney Morning Herald』
1928.10.26

수사 당국은 남편을 체포하여 기소하였다. 그 이유는 다음과 같다. (1) 그 지방에 익숙지 않은 부인이 혼자서 물건을 사러 나가는 것은 부자연스럽다. (2) 현장은 도로에서 떨어진 수욕장으로만 연결된 작은 길로 모르는 남성과 들어갈 만한 곳이 아니다. (3) 부인이 강간당한 듯이 보이지만 그것은 속임수다. (4) 시체의 옆에 장갑이 떨어져 있어서 반지를 강탈당한 것처럼 보이지만 그 반지는 남편의 카메라 필름 통 안쪽에 숨겨져 있었다. (5) 호텔의 여주인이 부인을 찾으러 나갔다는 것을 듣고 그는 '수욕장에 갔는가' 하고 메이드에게 끈질기게 물어보았다. 수욕장은 마을 주민도 잘 모르는 곳이었음에도 불구하고.

게다가 동기에 대해서도 ① 부인의 재산 횡령과 ② 부인의 불임증에 대한 불만이 제시되었다.

그러나 여기에는 피고 측의 반론이 가미된다. (1) 남편이 혼자서 호텔로 돌아온 것은 감기 기운이 있어서 부인이 빨리 돌아가라고 권했기 때문이며 부인은 외국생활을 오래하여 영어도 유창하기 때문에 괜찮다고 생각하였다. (2) 현장은 모르는 남성과 들어갈 만한 곳이 아니라고 하지만 위협당해 끌려 들어갔을지도 모른다. (3) 강간으로 보이려했다고 해서 남편의 짓이라는 증거는 되지 않으며, 대량의 피가 흘러 상대의 옷에 묻지 않을 수가 없는데 남편의 옷에는 그러한 흔적이 없다. (4) 반지는 아내가 넣어놓은 것으로 그녀는 생각지도 못하는 곳에 물건을 두는 습관이 있었다. (5) 메이드에게는 "'수욕을 하는 곳'(the place where they take a bath)이라고 한 것이 아니라, 버스를 타는 곳(the place where they take a bus)라고 말한 것이다."라고 주장하였다. 중국인의 중국식 발음이나 당시 시골 호텔의 메이드가 외국인의 발음에 어느 정도의 이해력을 지니고 있었는지를 생각해보면 충분히 납득할만한 이야기이다.

동기도 성립되지 않는다. 중국에서는 부인이 사망하면 재산은 친척의 관리 하에 놓여 남편이라고 해도 마음대로 손을 댈 수가 없으며(이 부분은 법률가인 남편이 잘 알고 있었다) 또한 아이를 원했다면 당시의 중국에서는 두 번째, 세 번째 부인을 두는 것은 예삿일이었고 이혼하여 다른 여성과 같이 살아도 되는 것이었다. 게다가 살해하는 것이라면 굳이 동양인이 눈에 띄는 영국의 시골을 선택할 필요 없이 선상에서 바다에 밀어 떨어뜨릴 기회가 얼마든지 있었을 것이다.

이러한 증거도 동기도 없는, 정황증거도 몹시 의심스러운 상황임에도 불구하고 경찰은 처음부터 남편을 범인으로 정하고 다른 노선은 찾아보려고 하지도 않았다. 변호인도 어째서인지 부부의 뒤를 따라 왔다는 '2인조의 동양인'에 주의를 환기시키기만 할 뿐이어서 결국에는 피고인이 스스로 열변을 토하며 자기변호를 하는('bus'와 'bath'의 발음의 차이를 실연하는 것을 포함하여) 이례적인 사건이 되었다. 그러나 그의 열변도 배심원에게 수용되지 않았으며 상고 또한 기각되어 사건 반년 후 그는 처형된다.

마키 이쓰마는 당시 영국에 체재중이어서 사건에 흥미를 가지고 자세히 조사했다고 한다. 그는 남편이 무죄였다고 주장하며 다음과 같이 말한다. "어찌하여 이것을 치한이 부인을 습격해서 죽였다고 하는 그 흔한 일반범죄로 간주하지 않았을까. 소위 떠돌이들이 일으킨 범죄도 이 주변의 시골에서는 적지 않았다. 이렇게 긴 재판의 과정동안 단 한 번도 이러한 상황을 고려하지 않았다는 것은 실로 불가사의할 정도이다. 그러나 이들은 제대로 알고 있었다. 경찰도 재판소도 신문도 대중도 아무 말 하지 않더라도 이미 알고 있었던 것이다. 만약 그렇게 된다면 범인은 영국인 중에 있는 것이 틀림없다. 서양 남자의 저급한 무리들 중에는 일본이나 중국의 여성은 어떨까, 하는 호기심이 확산되고 강해지는 것이 사실이다. 그곳을 자그마한 위 순 양이 혼자서 한적한 시골길을 터벅터벅 걷고 있었던 것이다."

나의 상상은 마키 이쓰마와 조금 다르다. 현장은 관광지로서도 시끌벅적한 곳이 아니었으며 호텔이 있을 뿐인 작은 마을이었다. 사건이 지난 40년 후에도 그러했다. 마키도 '이 부부의 행동과 …… 먀오가 혼자가 되고서부터의 움직임이 모두의 눈에 비춰진다는 것은 거의 섬뜩할 정도이다. 산책을 나가서부터 혼자서 호텔에 돌아올 때까지 계속해서 릴레이처럼 사람의 시선이 이어져 온 것이다.'라고 말하고 있다. 그 정도라면 부랑자도 동양인 정도는 아니더라도 눈에 띄었을 것이다. 게다가 마을주민이나 경찰이 영국인이라는 이유로 무죄인 사람을 사형하면서까지 그들 무리를 감싸려 한다고 생각하기는 어렵다. 그렇다면 지역 사람의 범행이라고 생각하는 것이 가장 자연스럽지 않은가. 지역 명사의 방탕한 아들의 짓이라고 한다면 더욱 설명하기 쉽다. 이 평범한 사건이 범죄사에 남은 것은 그 수상쩍음을 모두가 느꼈기 때문이다. 서부극에 자주 등장하는 상황이지만 실제로 이러한 '한낮의 암흑'같은 재판은 시골에서밖에 일어나지 않는 성질을 지니고 있다.

코난 도일이 「너도밤나무 집The Adventure of the Copper Beeches」(1892)에서 홈즈에게 다음과 같이 말하게 하는 이유는 이러한 사정이 있기 때문이다.

"도시에서는 모든 곳에 법망이 펼쳐져 있다. 그러나 이렇게 인적이 드문 곳에 있는 농가를 보아라. 각각 자신들의 밭에 둘러싸여있다. 이런 곳에서는 악마와 같은 잔혹하고 악한 사건이 매년 아무도 모르게 행해지고, 그대로 발견되지 않은 채 지나가버리고 있는지도 모른다."

시골의 무서움 - 타입 2

시골의 무서움에는 또 다른 타입이 있다. 작은 고립된 마을 안에 뒤얽힌 인간관계가 도망칠 곳 없이 폭발하면 이상한 대량살인을 초래한다. 도시의 슬럼에도 이와 비슷한 숨막힘이 있지만 큰 도로에 나가면 여기에는 자유로운 바람이 불어 '얼굴 없는 사람'이 되기도 하고, 사람이 끊임없이 바뀌는 낙오자 무리들이 모이는 슬럼가도 많다. 그러나 시골은 그렇지 않다.

고립된 촌락의 인간관계의 내홍內訌이 만든 범죄라고 한다면, 우선 '쓰야마 사건津山事件'을 꼽을 수 있다. 이는 1938년 5월 심야에 오카야마 현岡山縣 북부의 쓰야마 시津山市에서 북쪽으로 25킬로 들어간 깊은 산 속의 촌락에서 발생한 한 청년에 의한 30명 살인사건이다. 이것은 아마 세계 범죄사에서도 이례적인 단기간에 발생한 대량살인사건이다.

범인은 검은 폴라 옷에 각반을 차고, 회중전등을 소뿔처럼 머리의 좌우로 2개 붙였으며, 자전거용 전등을 가슴에 달고, 일본도와 단도를 허리에 차고, 멧돼지 사냥용 엽총과 도끼를 손에 든, 특이한 옷차림을 하고 가장 먼저 같이 살고 있던 할머니의 목을 도끼로 내리친 후 22가구의 촌락 중 10가구와 옆 촌락의 1가구를 습격했다. 그는 2시간 동안 4가구 13명을 전멸시키고 남은 7가구에서 16명을 살인, 중상 한명, 경

쓰야마 사건 범인의 특이한 옷차림을 모델로 한 듯한 『소년구락부少年倶楽部』의 만화

상 2명을 낸 후에 가까운 산 정상에서 엽총으로 자살하였다. 요코미조 세이시의 원작을 영화로 한 『팔묘촌八つ墓村』30)(1949)에서는 이 모습이 충실하게 재현되어 있지만 그것을 보고 실제 사건에서 소재를 가져온 것이라고

---

30) 요코미조 세이시의 작품의 경우 1949년 발표되었으며, 영화의 경우 노무라 요시타로野村芳太郎 감독이 메가폰을 잡고 1977년에 상영되었다.

생각한 사람은 적을 것이라고 생각한다.

무엇보다 『팔묘촌』에서는 주인공이 조상의 저주로 발광하게 되었다는 설정이지만 쓰야마 사건의 범인은 발광하지 않았다. 대량살인은 정신이상이 아니면 원한에 의한 것이라고 하는데 이 경우도 원한이 주된 것으로 여기에 염세와 절망감이 더해졌다. 범인은 어려서 부모와 사별하여 할머니 밑에서 자랐다. 초등학교에서는 조용한 수재였고 상급 학교에 진학할 정도의 논밭도 있었지만 손자를 너무 사랑한 할머니가 그를 마을 밖으로 내보내지 않았기 때문에 빈둥거리고 있던 차에 결핵에 감염되었다. 병은 그렇게 심각하지 않았던 듯 했지만 당시 폐결핵에 대한 공포는 지금으로는 상상할 수 없을 정도로 컸기 때문에 그는 자포자기하고 주위에서도 감염을 두려워하며 그를 따돌리기 시작하였다.

게다가 촌락의 남녀관계가 굉장히 문란하였던 것은 사건을 마을 단위로 확대시킨 이유가 된다. 1930년대였지만 달리 놀거리가 없는 산속의 촌락에서는 '요바이'31)의 습관이 남아있어서 간통의 현장을 막으려 해도 간통남이 술 한 병을 사들고 가서 사과를 하면 일이 해결되고는 하였다. 범인도 18세 무렵부터 촌락의 부인들과 관계를 맺으며 사건까지 몇 명의 부인 또는 아가씨와의 교섭이 있었다. 그러나 병을 계기로 여성들은 그에게서 멀어지거나 결혼하여 촌락을 떠나는 일이 계속되었고 초조해진 그는 되는대로 손을 뻗었으나 상대에게 외면당하거나 '색에 미쳤다'는 악평을 듣게 되었다. 당연히 그것은 그의 고독감과 원념

31) 밤중에 성교를 목적으로 이성이 자고 있는 곳에 방문하는 일본 풍습.

을 키워 결국 그는 '살인 리스트'를 만들기 시작했다. 그 안에는 차갑게 대하였거나 욕을 한 남녀 외에도 관계를 맺은 여성들의 결혼을 알선한 남녀까지 들어있었다. 할머니를 살인한 것은 돈도 모두 다 썼으며 이 정도의 일을 했으니 이후 할머니를 혼자 남겨두고 가는 것이 불쌍하다고 생각했기 때문이었다.

범행이 일어난 밤은 마침 중국 쉬저우徐州가 함락된 날이었기 때문에 나는 그보다 35년 전, 요양遼陽행성이 함락한 밤 똑같이 결핵을 앓고 제등행렬의 소란 속에서 조용히 죽어있던 다야마 가타이『시골 교사田舍教師』(1909)의 주인공 하야시 세이조林淸三를 떠올린다. 실존하는 청년을 모델로 했다는 하야시는 온순한 수재이었으나 집이 가난하여 재능을 펼칠 기회를 얻지 못하고 성충동이나 열등감에 고뇌하면서 결핵으로 어린나이에 죽는다. 여기까지는 닮았다. 그러나『시골 교사』를 읽은 우리 세대의 청년 - 그 안에는 젊은 날의 사타 이네코佐多稲子도 있다. - 대부분은 목 놓아 울었지만, 쓰야마 사건의 도이都井睦雄 청년의 기록을 읽고 울 사람은 아무도 없을 것이다. 두 사람의 세계를 갈라놓은 것은 자질의 차이도 있었을 것이지만(도이 청년은 하야시 청년과 달리 인생론이나 문학에 흥미를 표하지 않았다), 생활한 지역의 환경 차이도 무시할 수 없다고 나는 생각한다. 이런 생각을 갖게 된 것은 쓰야마 사건의 현장을 다녀오고 나서부터였다.

현장은 지도만 보아도 매우 접근하기 힘든 곳이었다. 주고쿠中国산지의 맹장과도 같은 계곡 깊숙한 곳에 있으며 차도는 촌락의 맨 끝자락에 조금 못미처서 막혔을 뿐 아니라 차도에서 이어지는 좁은 길은 촌락 이외에는 통하지 않는다. 즉, 무슨 일이 있지 않는 한 사람들이 들어가지 않는 장소였으며 어설프게 들락거리면 수상한 인물이거나 반세기 전의 '그 일'을 아직도 캐고 다니는 이상한 사람이 될 것이다.

작년에 마음먹고 우울한 방문을 시도해 보았지만 계곡의 깊이와 촌락의 협소함은 예상을 뛰어 넘었다. 그리고 역시 촌락의 입구에서는 '무슨 용건으로 왔느냐'는 질문을 받았다. 나는 이제까지 마쓰모토 세이초의 「미스터리의 계보ミステリーの系譜」[32]로 현장을 상세하게 머리에 넣어두었지만 꽤나 느낌이 다르다는 인상을 받았다. 아마도 마쓰모토는 현장을 오지 않았을 테지만 그가 아니더라도 누구도 여기에는 오기 힘들 것이라고 다시 한 번 생각하였다. 사방 100미터 정도의 급경사에 20가구가 집을 짓고 살아서 초등학교에 다니려 해도 자전거로 20분을 내려가야 한다. 이러한 고립된 작은 세계에서 병에 걸리거나 일도 수입도 없는 청년이 성적으로도 사회적으로도 동네에서 따돌림 당하는 상태에 놓였던 것이다. 이는 같은 시골이라고 해도 관동 평야의 일각에 위치하여 걸어서 쿠마가야熊谷 혹은 하뉴羽生에 나가면 서점은 물론 인생이나 문학을 늘어놓을 친구도 있었던 하야시 청년과는 전혀 다르다고 생각하지 않을 수가 없었다.

---

32) 마쓰모토 세이초 『미스터리의 계보ミステリーの系譜』 新潮社, 1968. 한국어로는 김욱 역 『미스터리의 계보』(북스피어, 2012)가 있다.

'메이햄 파바 Mayhem Parva'의 세계

시골이라는 장소가 지니는 무서움의 두 번째 타입은 그러나, 신비로운 것은 아니다. 살인은 동기도 방식도 명확하고 일회적인 폭발이고 범인의 자살로 끝난다. 오니구마사건鬼熊事件[33]도 그러했다. 범죄소설이나 실화임에도 소재로서 인간탐구의 대상이 성립되기는 하지만, 추리소설로서는 성립되기 어렵다. 쓰야마 사건도 마쓰모토 세이초의 앞서 기록한 실록 외에 니시무라 보의 『오밤중의 마을眞三つの村』(1981), 쓰쿠바 아키라筑波昭의 『쓰야마 30인 살인津山三十人殺し』(1981)으로 실화 혹은 그에 가까운 작품밖에 나오지 않았다. 게다가 호소력에 있어서는 이들이 참고로 사용한 생생한 자료집 『쓰야마사건 보고서津山事件報告書』[34]에 전혀 미치지 못하는 것으로 이러한 사건의 성질을 잘 나타내고 있다.

그에 비하면 첫 번째 타입의 공동 모의형 범죄는 그 자체가 미스터리하며 또 미스터리를 짜기도 쉽다. 먀오 박사의 사건은 사실상 미궁에 빠진 케이스라고 생각해도 좋으며 그러한 종류의 이야기는 이전부터 적지 않다. 추리물은 아니지만, 윌리엄 고드윈의 『있는 그대로의 사물 혹은 칼렙 윌리엄스의 모험Things As They Are; or, The Adventures of Caleb Williams』(1794)을 시작으로 코난 도일의 「프라이어리 학교The Adventure

---

33) 1926년 치바현千葉県에서 발생한 살인사건. 정부情婦를 장작으로 패 죽이고 그녀와 관계를 갖았던 남자를 낫으로 죽인 후 방화하는 등 모두 7-8명의 사람을 살해한 사건. 살인 사건이 일어난 부락과 그가 도주해 간 마을의 부락민들은 그에게 밥을 주면서 도주를 도왔고, 그의 진술에서는 "옥수수 한 톨 남의 것을 훔쳐 먹지 않았으니 처자에게 알려 안심시켜라"고 하며 도주 행각을 벌인 것으로 드러나 당시 일본 사회를 경악케 하였다.

34) 사법성 형사국司法省刑事局 『쓰야마 사건보고서』 1939.

of the Priory School」(1904)에 이르는 지역 유력자에 의한 '범죄 은폐'가 그 첫 번째 계열이다. 애거사 크리스티의 『오리엔트 특급 살인사건Murder on the Orient Express』(1934) 등도 그 변형이라고 할 수 있다. 이러한 타입의 마을을 그대로 열차에 끌어다 놓은 것이기 때문에 호화열차의 승객은 우연히 탑승한 사람들의 집단이 아닌 작은 마을과 닮은 서약집단이었던 것이다.

그렇다면 마을의 살인 이야기는 대부분 이러한 폐쇄적인 공동체를 주된 무대로 하고 있는가 하면 반드시 그렇지만도 않다. 오히려 반대로 범죄가 일어날 것 같지도 않은 한적하지만 전혀 시골이 아닌 ― 콜린 왓슨에 의하면 '남부 잉글랜드의 시골과 런던 주변의 베드타운을 더해 둘로 나눈 것과 같은'35) 마을이야말로 영국 미스터리의 익숙한 배경이 된다. 애거사 크리스티 작품의 세인트 메리 미드마을로 대표되는 마을을 콜린 왓슨은 '*메이햄 파바 Mayhem Parva'라고 부른다.

여기에는 사람이 모이기 쉬운 교회나 목사관, 급히 달려온 경관이나 탐정이 묵는 숙소, 마을 공동시설, 농약이나 하얀 머리 염색약을 쉽게 손에 넣을 수 있는 약국, 그 외의 상점 등도 제대로 있어서 마을의 중심에서 떨어진 곳에 유복한 연금생활자나 전문직의 사람들, 유언장을 자꾸만 바꿔 쓰는 늙은 부인 등이 살고 있다. 가게주인, 정원사, 미장이 등 일하고 있는 사람들도 있다. 그곳에는 제1차 세계

35) 콜린 왓슨 『맹렬한 속물근성Snobbery with Violence』 TBS Ltd., 1971.

*"메이햄 파바"란 무엇인가. 콜린 왓슨은 어떠한 설명도 더하지 않았으며 옥스퍼드 영어 사전 등을 찾아봐도 딱 맞는 말은 나오지 않는다. 결국, 근무처의 영국인 선생님에게 물어보았지만 그에 의하면 '메이햄은 disorder, disaster 혹은 death를, '파바'는 작은 마을을 의미한다고 한다. 이를 보면 '팔모촌'으로 번역해도 될 것 같다. 조금 더 목가적인 느낌을 내고자 한다면 '어지럽혀진 마을'로 번역해도 좋다고 하였다.

대전기의 구시대의 사회 질서가 건재하지만 그렇다고 해서 어떤 유력자도 마을을 감싸주는 것은 불가능할 정도의 현대적인 분위기가 흐르고 있다.

이러한 타입의 마을이 범죄의 무대로 설정되는 이유는 무엇일까. 첫 번째는 소설 기법의 문제다. 범죄가 일어나지 않고는 배기지 못할 듯한 이상하고 불길한 환경에서 예상대로 사건이 발생하기보다는 평화롭고 평범한 배경에서 불의의 흉악한 사건이 일어나는 편이 훨씬 스릴 있는 효과가 나타나기 때문이다. 또한 독자 측의 심리적 조건으로도 제1, 2차 세계대전 사이의 불안한 시대에 대여점에 매일 들르는 독자는 어두운 현실을 만들어 투영하는 것이나 꺼림칙한 기분, 가슴 아픈 기분에 빠질 법한 책은 선호하지 않았다. 'Cozy-오붓하고 편안한'과 같은 단어가 그들이 좋아하는 타입의 이야기를 적절하게 표현하였기 때문에, 피 냄새가 나지 않는 현실에서 멀어진 살인게임 역시 일종의 도피문학으로서 사랑받게 된다.

게다가 한 시대의 풍조로서 19세기 말 이후 전원 취미의 보급에 대해서도 언급하지 않을 수 없다. 도시환경의 악화로 시작된 전원생활에 대한 동경이나 근대이전의 세계로의 회귀 희망, 낭만주의나 유토피아 사회주의 등의 운동과도 연결되어 부풀어져 갔다. 그 저변에는 사실 마을과 지주와의 관계 변화가 있다. 시릴 파킨슨에 의하면 "평범한 마을에 그 장원의 정주하고 있는 지주가 한 명이라는 개념은 순수하게 빅토리아 시대에서부터의 일이다. 그때까지는 농업에서의 수입만으로 한 명의 지주를 지지하기 위해서는 몇 개의 장원이 필요했으며 높은 지위의 귀족을 부양하기 위해서는 수백 개의 장원이 필요하였다. 그러던 것이 하나의 장원으로 가능하게 된 것은 공업에서의 배당 수입에 의해서였다. 19세기 마을의 번영은 마을에서 무언가를 거둬가기는커녕 그 마을에 있는 힘껏 투자하는 지주 덕분이었다. 이것이 없었더라면 그들의 쾌적한 전원생활은 불가능했을 것이다."[36]

파킨슨이 말하는 것이 완전히 정확한 것은 아니며 공업에서의 배당 수익뿐만이 아니었다. 농업수익도 늘어났으며 농업이 세기말의 대불황 이후 경쟁력을 잃은 후 지주는 부를 도시나 해외로 조금씩 옮기고 그 결과 많은 마을이 지주의 수탈에서 벗어났다. 제1차 세계대전 이후가 되면 지주의 농업 탈출은 더욱 진행되어 빌린 농지의 자작화 비율이 1927년까지의 13년간 10%에서 36%로 급증하였다. 이 '무혈혁명'이야 말로 영국의 전원생활의 이미지를 '살기 좋은' 것으로 만든 기초적 요 인이며 게다가 그것을 '문화적 통합의 상징'[37]이라고 하는 것도 가능하 였다. 조지프 키플링도 모리스도 E.M.포스터도 D.H.로렌스도 즉, 누구 라 할 것 없이 전원 예찬의 대합창에 합류하였던 것이다.

시골 저택물과 그 의미

이러한 전원 예찬에 더하여 부르주아들의 사회적 상승지향도 있어서 세기말 이후 컨트리 하우스가 성행하여 신축, 개조, 구입되었다. '메이

---

36) 시릴 파킨슨 저, 후쿠시마 마사미쓰福島正光 역 『맡겨둔 수하물Left Luggage』 至誠堂, 1968.
37) 레이먼드 윌리엄스 저, 야마모토 가즈히라山本和平·마스다 히데오增多秀男·오가와 마사나小川
雅魚 역, 『시골과 도시The Country and the City』 晶文社, 1985. 한국어로는 이현석 역 『시골과 도
시』(나남, 2013)가 있다.

영국 컨트리 하우스의 도서관

햄 파바'물과 다소 겹치지만 그와 병행하여 '컨트리 하우스'물이라고 불리는 장르가 출현하였다.

컨트리 하우스란 귀족이나 젠트리 gentry의 시골영토에 있는 본가이다. 그들은 국회의 회의기간 중이나 사교 시즌 중에는 런던에 체재하며 그곳에 있는 것이 타운 하우스이다. 16세기에 부의 축적과 건축 재료의 발달과 함께 외국의 왕족의 궁전과 같은 장려한 저택이 세워지게 되면서 이것이 18세기까지 이어져 영국의 각지에는 멋진 건축군을 남겼다. 정원이나 미술품도 귀중한 것이 많다.

미슐랭의 별 세 개, 별 두 개가 붙는 - 일본으로 치자면 국보, 중요 문화재 급의 - 이들 건물은 문학적 찬미의 대상이 되며 17세기 이후 많은 시 혹은 소설에서 취급되었다. 미스터리는 이 전통을 20세기의 문학 세계에서 받아 계승하였다고 할 수 있다. 컨트리 하우스를 무대로 하는 미스터리는 제1차 대전 후 급증한다. 그 전까지는 가스통 르루의 『노란 방의 비밀Le Mystère de la chambre jaune』(1908), 에드먼드 벤틀리의 『트렌트 최후의 사건Trent's Last Case』(1913)이 눈에 띄는 정도였으나, 애거사 크리스티의 『스타일스 저택의 괴사건The Mysterious Affair at

Styles』(1920), 『침니스의 비밀The Secret Of The Chimneys』(1925), 앨런 밀른 의『붉은 저택의 비밀The Red House Mystery』(1922) 등이 출판된 시기부터 봇물 터지듯 이 타입의 미스터리가 증가하였다.

그렇다면 컨트리 하우스 작품과 '메이햄 파바' 작품을 가르는 지점은 어디에 있는 것인가. 컨트리 하우스는 장소는 시골에 있으나 근접 사회와의 연결이 거의 없으며 오히려 멀리 떨어진 대도시나 해외 식민지 등과 더 밀접한 관계를 형성하고 있다. "서로 뒤얽힌 관계로 맺어진 올림푸스의 신들로도 착각할법한 젠트리가 저택에서 저택으로 왕래하고 있다."38)고 말하는 것은 완전히 한 시대 이전의 정경이라고 할지라도 그 '젠트리'를 '실업가, 식민지에서 돌아온 행정관, 의사, 추리작가, 부자의 미망인'과 같은 모습으로 바꿔본다면 그것은 그대로 컨트리 하우스 미스터리의 배역이 된다.

컨트리 하우스는 나라의 안팎에서 중상류층의 사람들을 종종 장기 체류 손님으로 받고 그 사교의 장을 제공한다는 점에서 리조트 호텔과 유사하다. 그러나 황금시대의 미스터리에서 호텔은 아직 충분히 대중적이지 않았기 때문에 거의 사용되지 않았다. 애거사 크리스티와 같이 어렸을 적부터 외국의 호텔에서 생활하여 친숙했던 작가도 처음에는 호텔을 등장시키지 않았다. 호텔에서는 전원 취미를 만족시킬 수 없었으며 분위기적으로도 부족함이 있었기 때문이었을 것이다. 현재의 우리에게는 상상하기 어렵겠지만 20세기 초반의 영국의 중상류층 사이에

38) 하버트 조지 웰스Herbert George Wells 저, 나카니시 노부타로中西信太郎 역 『토노 번게이Tono-Bungay』岩波文庫, 1909.

영국의 대표적인 컨트리 하우스 채스워스의 외관

서는 생활을 절약할 필요가 생길 경우 저택을 빌려주고 이탈리아, 프랑스의 고급 리조트, 호텔에서 생활하는 경우가 드물지 않았다. 역으로 말하자면 그 정도로 컨트리 하우스의 생활은 사치스럽고 비용이 많이 드는 것이었다.

덧붙여 말하자면, 채스워스 하우스Chatsworth House[39]급이 되면 문에 부딪치지 않고 몇 킬로든 실내에서 롤러스케이트를 즐길 수 있으며 비 오는 날에는 같은 곳을 지나지 않고도 몇 시간이든 걸어 돌아다닐 수 있을 정도의 규모였다. 피아노를 쳐도 자고 있는 사람을 깨울까봐 걱정할 필요가 없으며 가방을 놓아둔 장소를 잊어버렸다면 찾는 데 몇 개월이 걸린다고도 한다. 방의 수는 175개, 거실이 51개, 욕실이 24개, 계단이 17곳, 유리창이 7,873개……[40] 분위기는 말할 것도 없지만 아

---

39) 영국 잉글랜드 더비셔Derbyshire에 있는 저택이다.

무리 많은 수의 등장인물이나 복잡한 장치라 하더라도 자유롭게 설정할 수 있기 때문에 거대한 극장의 기능을 지닌다. 그뿐 아니라 정원에는 조셉 팩스턴[41]의 유명한 온실 외에도 미궁이나 동굴, 비밀정원까지 붙어있다.

오카야마현 후키야의 히로가네가의 토담

그에 비하면 일본의 지방 저택은 규모도 구조도 전혀 다르다. 중요 문화재급의 근세 저택, 예를 들어『팔묘촌』의 촬영장소로 사용된 오카야마 현 후키야의 히로가네広兼가는 아래쪽의 도로에서 올려다보면 산 중턱에 둘러싸인 성과 같은 토담의 규모에 한순간 숨을 들이키지만 안

40) 스기에 아쓰히로杉惠稔宏『영일 뉴스 No. 9英日ニュースNo. 9』英日文化協會, 1981.
41) 조셉 팩스턴Joseph Paxton(1801~1865)은 영국의 베드포드서 출신의 건축가. 그는 정원사로 출발했지만 가든 디자이너, 건축가, 엔지니어로 그리고 훗날에는 영국 의회의 국회의원으로까지 활동 영역을 넓힌다.

에 들어가면 주거 부분은 그다지 넓지도 않다. 또한 미닫이문을 떼면 원룸이 되는 개방적인 구조이기 때문에 일본 가옥을 무대로 한 작품이 밀실이나, 그 이외의 다른 트릭을 사용하기 얼마나 어려운지 다시 한 번 납득할 수 있을 것이다. 『혼진살인사건本陣殺人事件』(1948)과 같이 떨어진 창고를 사용하지 않을 수가 없다. 그러면서도 일본의 전통 가옥은 숨겨진 방, 숨겨진 계단이 있는 경우가 많다. 지방의 전통가옥에서는 혈족 결혼에 의한 심신 장애자나 나병환자용의 저택 내 감옥이 필요했었던 사정도 있다. 그 중에는 꽤 공들여 만들어져 알아차리기 어려운 것도 많다. 고베의 오카모토岡本에 있는 다니자키 준이치로가 설계한 저택은 그렇게 큰 집이 아님에도 2층에서부터 아래층으로 통하는 숨겨진 계단을 현재 거주하는 외국인 교수는 몇 년간 알아차리지 못하고 생활하고 있었다고 한다.

이러한 장치나 건물구조는 그 정신부터가 본격물과는 어울리지 않는다. 본격물의 단골인 평면도를 만드는 것 또한 불가능하다. 그런 의미에서 일본 가옥은 어디까지나 변격물에 적합한 것이라고 할 수 있다. 방의 배치는 물론이고 문제가 될법한 미스터리는 대부분 서양풍의 건축을 무대로 설정하고 있다. 오구리 무시타로의 『흑사관 살인사건黒死館殺人事件』(1934), 하마오 시로의 『살인귀殺人鬼』(1931)가 그렇고, 시마다 가쓰오의 『위를 보지 마라上を見るな』(1955)는 지방 전통가옥을 무대로 하면서도 중요한 밀실 부분만은 낙하물 공포증의 당주가 특별히 지은 콘크리트 방으로 되어 있다. 사카구치 안고의 『불연속살인사건』(1947), 히사오 주란久生十蘭의 「호반湖畔」(1937), 쓰노다 기쿠오의 『다카기 집안의 참극高木家の惨劇』(1947), 미야노 무라코의 「고이누마 집안의 비극鯉沼家の悲劇」(1949) 등은 각각 트릭보다 플롯으로 승부하거나 혹은 가옥구조의 세부는 문제 삼지 않는 분위기파거나 하였다.

그러나 이러한 동서양의 시골저택의 작품이 언제까지고 큰 흐름을 점하고 있을 수는 없었다. 실제로 일본의 경우에는 피난체험과 요코미조 세이시 작품이 안겨준 충격의 여파(그 자체가 피난의 산물)로 위의 작품군(오구리, 히사오 제외)은 전쟁 후 일시적으로 집중되어 나타났다. 서양에서도 작은 마을을 무대로 한 미스터리는 지금도 뿌리 깊게 쓰이고 읽히고 있지만, 컨트리 하우스물은 점점 옅어지는 경향이 있다. 도시화와 산업화의 끝없는 진전에 따라 미스터리의 무대는 호텔을 시작으로 아파트, 오피스, 스타디움, 극장, 역, 하수도에 열차, 비행기, 지하철로 확산해 나갔다. 게다가 이것들은 호텔 하나를 보아도 변화가 현저하다. 고급호텔은 약 3,000명의 인원을 수용할 수 있었으며, 16명의 전속 호텔 탐정을 고용하는 경우도 종종 있었다.(로렌스 프로스트는 그 중 하나였다) 이렇듯, 고급호텔은 그 자체가 하나의 새로운 형식의 '마을'이었으며 그곳에서의 범죄의 수법이나 대응 테크닉도 자연히, 이전의 아담했던 리조트 호텔의 '안락한' 분위기에서 일어날 수밖에 없었다.

새로운 무대에 관해서는 다시 언급할 기회가 있을 것이다. 이렇듯 컨트리 하우스 작품이 점한 위치는 이젠 명백해졌을 것이다. 그러므로 여기서는 레이먼드 윌리엄스의 말을 인용하는 것으로 이 장을 마치고자 한다.

"베이커가에서 시작한, 덧없는 도시의 안개 속에서 형성된 인간관계의 분석 형태가, 마지막으로 그 본래의 장소인 거리로 되돌아가기 전에, 일시적인 안식처를 이 표층만 있는 생활양식에서 찾았다는 것은 무리도 아니다. 이런 말을 하는 것은, 컨트리 하우스가 …… 모든 형식의 사회적, 개인적 관계로부터 기계적인 수수께끼 풀이를 유발하는 데 불필요한 모든 요소를 제거해 버린 불투명함에 안성맞춤인 무대였기 때문이다."[42]

42) 레이먼드 윌리엄스, 앞의 책.

제2장

범죄 조사의 허실

'와토의 「양치기」'

미스터리의 무대와 현실에서 일어나는 범죄의 장소가 반드시 일치하지 않다는 사실은 앞장에서 살펴본 바와 같다. 미스터리에서 전형적인 살인의 무대로 사용되는 시골의 대저택이, 현실에서 실제로 범죄의 장소가 되는 일은 거의 없다. 또 이와 함께 전형적인 범죄 장소로서 종종 소설에 등장하는 평화로운 작은 마을도, 현실에서 일어나는 범죄와는 거의 관계가 없는 피터팬의 '네버랜드'가 아니냐는 비판을 받았다. 이래서는 연극의 무대장치를 보는 것과 다를 바가 없다는 말이다.

이러한 현실과의 괴리는 미스터리의 중심 부분을 차지하는 수사 자체에서도 느낄 수 있다. 영국의 시인이자 사회역사가인 로버트 그레이브즈Robert Graves와 앨런 하지Alan Hodge는 황금시대의 미스터리에서 드러나는 현실의 수사실태로부터의 괴리를 '와토의 「양치기」'라고 불렀다.

1920년대 중반부터 연간 수천 권의 탐정소설이 출판되고 있었지만 이들 작품 중 백에 하나도 경찰 조직, 법정, 지문, 화기, 독물, 증언법에 대한 전문지식을 갖추고 있지 않았으며, 천에 하나도 사실적인 요소를 갖추지 못했다. 가장 현실에서 동떨어지고 전문적인 검증을 거치지 않은 이야기가 가장 인기를 얻어왔다. 그러나 탐정소설을 현실성의 기준으로 판단하는 것이 옳지 않은 이유는, 마치 와토의 「양치기」를 현재의 목양업을 기준으로 판단해야 한다고 아무도 말하지 않는 것과 똑같다.43)

와토의 「양치기shepherd」

43) 로버트 그레이브즈 & 앨런 하지 저 『긴 주말Long Week-end』 Faber & Faber, 1941.

와토Jean-Antoine Watteau는 18세기 로코코 시대에 요절한 화가이며, 섬세하고 정취가 있는 터치를 살려 주로 전원생활을 그린 것으로 잘 알려져 있다. 앞에 인용한 저서의 저자 중 한 명인 그레이브즈는 애거사 크리스티에게 『0시를 향하여Towards Zero』를 헌정 받을 정도의 미스터리 광으로, 스스로도 단편소설을 썼다는 사실은 그다지 알려져 있지 않을 것이다. 그런 그들이 위에서 인용한 다음 부분에서 제1급 작가이면서도 범죄 현장을 숙지하고 있는 것은 대실 해밋 뿐이라고 기술하고 하지만 그 대실 해밋이 영국에서는 인기가 없다고 개탄하고 있다.

또 한 명의 뛰어난 사회역사가인 로날드 피어솔Ronald Pearsall도 미스터리의 황금시대 이전 시기에 관해서 비슷한 지적을 하고 있다. 1920년까지의 '4대 탐정소설'은 콜린스의 『월장석The Moonstone』, 벤틀리의 『트렌트 최후의 사건』, 코난 도일의 『바스커빌 가문의 개The Hound of the Baskervilles』, 그리고 흄의 『이륜마차의 비밀The Mystery of a Hansom Cab』이라고 일컬어지는데, 피어슬이 말하기를 찰스 디킨스로부터 지식을 얻은 콜린스는 논외로 하더라도 이들 작가들의 공통점은 어이없을 정도로 현실감각이 없다는 것이다. 그들은 수사의 절차와 방법도 모르고 범죄 현장이나 범인을 본 적조차 없었다고 한다.[44]

이러한 현실과의 괴리는 초기부터 황금시대까지의 영국 미스터리물만의 문제는 아니다. 하드보일드 탐정들의 수사 활동은 대체로 말하자면 아무리 라이센스가 있다고 하더라도 자격이 부족해 보이는 난폭한

---

44) 로날드 피어솔 저, 고바야시 쓰카사小林司・시마 히로유키島弘之 역 『셜록 홈즈가 태어난 집 Sherlock Holmes Investigates the Murder in Euston Square』, 新潮社, 1983.

수사 방법이 많고, 일본의 미스터리, 특히 도리모노쵸捕物帖45) 등은 실태로부터 더욱 멀다. 그것은 낡은 시대 설정을 취하고 있기 때문만은 아니다. 대표적인 도리모노쵸 작가인 노무라 고도에 따르면 "근대법은 범죄의 동기가 아닌 행위의 결과에 대해 벌하지만, 제니가타 헤이지銭形 平次는 그 동기까지 생각해서 위선과 불의를 처벌한다. 나는 제니가타(엽전모양)의 헤이지로 하여금 엽전을 던지게 하면서 '법의 유토피아'를 만들려고 했다. 거기서는 선의의 죄인은 용서된다. 이러한 형태의 법치국가는 마게모노髷物46)의 세계에서만 가능하다."47)고 한 바 있다. 그러나 아무리 에도시대라 하더라도 탐정에게 그만큼의 자유재량권이 허용되고 있었던 것은 아니었다.

그럼에도 불구하고 미스터리가 출현하기 위해서는 먼저 경찰 조직과 범죄 수사법이 확립되지 않으면 안 된다는 말도 사실이다. 하워드 헤이크래프트가 말한 것처럼, "19세기까지 탐정소설이 탄생하지 않은 것은 경찰조직이 존재하지 않아서 경찰에 대해 쓸 수가 없었기 때문"이었다.48)

또한 세이어스에 따르면 영국인은 책을 읽을 때도 등장인물의 심리적 진실보다는 물리적 세부에 이르는 정확함을 선호하는 - 즉, 상상력이 모자란 - 인종이므로 효과적인 경찰조직이 확립될 때까지 탐정소설

---

45) 일본 에도시대에 하부 수사관이 죄인체포를 위해서 적어둔 기록부라는 의미에서 시작하여 범죄 사건을 제재로 한 역사물의 추리소설을 뜻하기도 한다.
46) 옛날 상투 틀고 있던 시대의 일을 소재로 한 소설, 영화, 연극 등.
47) 노무라 고도 『수필 제니가타 헤이지隨筆銭形平次』 旺文社文庫, 1979.
48) 하워드 헤이크래프트 『오락으로서의 살인Murder for Pleasure』 Carroll & Graf Pub., 1941.

은 나타나지 않았던 것이라고 한다.[49] 그러나 영국인이 아니더라도 인간의 상상력은 그만큼 전지적이지 못하다. 인용의 연속이라 마음이 내키지 않지만, 부알로-나르스자크가 보다 일반화시켜 말하기를 탐정소설의 탄생조건으로 (1) 도시문명의 출현, (2) 경찰의 발전, (3) 신문의 보급과 연재소설의 발달, (4) 과학의 진보를 들고 있다.[50] (1)에 대해서는 이미 확인한 바 있다. 여기서는 (2)와 (4)에 대해 미스터리와 어떤 관련이 있는지를 살펴보도록 하겠다. 우선 과학 진보와의 관계부터 보도록 하자.

과학과 범죄, 그리고 미스터리

미스터리와 과학의 진보의 관계를 살펴본다고 해도 '과학적 사고의 영향'과 같은 커다란 문제는 이 논의에서 제외하겠다. 좀 더 좁은 의미에서의 과학적 수사와의 관계가 이 장에서의 논제이다. 지문법, 혈액형 판정, 베르티용식 인체 식별법(인체 감별), 모발, 잇자국의 감별기술, 법의학, 독극물학, 현미경 검사기술, 탄도학 등은 모두 수사 활동을 도왔다. 주사형 전자현미경(화약 잔존물 검사)과 열분해 가스 크로마토그라피(도료나 합성섬유의 감정), 플라즈마 발광 분광 분석(유리 조각의 감별), 래디오이뮤노어세이(약물 검출) 등을 활발히 사용하는 현대에는

---

49) 도로시 L. 세이어즈 『탐정은 어떻게 진화하였나The Omnibus of Crime』 박현주 옮김, 북스피어, 2013.

50) 부알로-나르스자크 저, 시노다 가쓰히데篠田勝英 역 『탐정소설Le Roman policier』, 文庫クセジュ. 1977.

시드니 애드워드 패짓Sidney Edward Paget의
〈셜록 홈즈 시리즈〉 삽화

범인들도 섣불리 현장에 흔적을 남겨서는 안 되었다. 예를 들면 허투루 핏자국을 남기면 경우에 따라서는 대상을 오만 명 중 한 명까지 좁히는 것도 어렵지 않기 때문이다.

이런 점에 있어서는 범인 측도 다소 과학 지식의 혜택을 입었다. 예를 들어 금고 털기의 경우 나무가 철강이 되면 니트로글리세린(흔히 '스프'라고 불리는 것)을 쓰게 되고, 이에 맞서 망간강철이 나오게 되자 이번에는 아세틸렌가스를 쓰는 식의 기술 개발 경쟁이 전개된다. 그러나 현실의 범죄에 대해서 말하자면, 범인은 아주 복잡한 기술은 사용하지 않는다. 전술한 바와 같이 원래부터 충동적인 범죄가 많다보니 사람을 죽이고 나서 지문을 닦아 내거나 흉기를 찾기 힘든 장소에 버리거나 하는 것이 고작이었다. 피해자의 얼굴을 망가트리거나 옷을 벗기거나 하는 것도 드문 케이스이며, 더구나 아내를 독살할 때 자기는 미리 미량의 비소를 장기복용해서 내성을 길러놓은 후에 아내와 함께 비소를 넣은 음료수를 마신다는 일은 현실 세계에서는 절대로 일어나지 않는다. 대부분은 전수방위형의 행동이다.

그러나 그래서는 미스터리가 아니다. 범인이 어떤 지혜도 없고 도망치기만 한다면 게임이 성립하지 않기 때문이다. 트릭을 꾸미거나 위조한 단서를 주고, 경우에 따라서는 증인을 말살시켜 완전범죄를 계획하는 존재여야 한다. 그들은 『형사 콜롬보』에 등장하는 신사숙녀들처럼, 많은 경우 지능이 뛰어난 엘리트로서 교묘하게 근대 과학의 성과를 활용한다.

사진을 예로 들어보자. 원래 경찰 측의 유력한 무기인 사진을 역으로 범인 측이 알리바이 성립을 위해 이용하는 예는 커닝턴의 『장난감 상자Jack-in-the-Box』에서 시작되어, 크로프츠(『프렌치 경감의 다망한 휴가Fatal Venture』 외), 클레이튼 로슨의 단편(『멀리니와 사진의 수수께끼 Merlini and the Photographic Clues』), 전전의 란포(「무서운 착오恐ろしき錯誤」, 「유령幽靈」, 「키스キス」), 아유카와 데쓰야(「내려가는 기러기下りはつかり」, 『준급행열차를 타고準急ながら』, 『바람의 증언風の証言』), 쓰치야 다카오 (『그림자의 고발影の告発』), 마쓰모토 세이초(『시간의 습속時間の習俗』) 등 많다. 물론 범인은 모두 인텔리이다. 그렇다면 사진에 얽힌 이야기가 일본에 많은 것은 카메라 왕국이라는 산업 구조가 반영된 결과일까. 혹은 일본 미스터리의 장기인 '정교한 알리바이 깨기'의 절대량이 다른 미스터리 소설을 압도하고 있기 때문일까.

전화를 사용한 트릭을 보게 되면, 이제는 셀 수도 없다. 그 걸작 중 하나로 에드 맥베인의 『킹의 몸값King's ransom』(1959)이 있는데, 이는 당시 미국에서도 일부 부호나 실업가들만이 사용했던 자가용에 구비된 무선전화기를 통해서 유괴범이 행선지를 지시했다는 신선함으로 대중의 인기를 얻었다. 자동차의 무선전화기라는 것을 생각도 할 수 없는 가난한 국가였던 일본에서 이것을 번안해서 영화화시킬 때, 구로사와 아키라黒沢明의 각본 팀은 신칸센 차내의 전화와 유일하게 개폐식이었던 화장실 창문을 사용했는데, 이 아이디어도 나쁘지 않았다. 이렇게 되면 미스터리에 관한 한 '범인은 예술가요, 탐정은 비평가일 뿐'이라고 해도 틀린 말은 아니라는 생각이 든다.

이러한 경우라면 과학의 이용은 미스터리의 트릭의 폭을 넓혀 트릭의 의존도가 높은 미스터리의 수명을 늘리는 것과 동시에, 범인과 탐정 사이의 게임을 고도화·복잡화하고 더욱 재미를 배가시키는 데에 도움이 될 것임에 틀림없다. 자동차, 기차, 엘리베이터, 시계, 라디오, 텔레비전, 테이프 레코더, 신용카드, 컴퓨터 등은 모두 생활이나 비즈니스의 편의로 제공되는 것과 동시에 그것들이 출현할 때마다 탐정과 범인의 '상호작용'을 이끄는 새로운 공방의 장을 제공한다.

그러나 이들 과학 진보의 성과를 이용함에는 역설적인 상황이 따라다닌다. 신기하지 않으면 안 되지만, 지나치게 신기해서는 안 된다. 이미 누구나 알고 있는 지식을 새로운 척 늘어놓는다면 어리석어 보일 것이다. 비행기가 있는데 탐정이 기차 밖에 생각하지 못한다면 비난을 받아도 어쩔 수 없다. 하지만 한편 트릭이 너무도 신기한 전문적인 지식에 의존한다면 그것은 정보소설이나 SF가 되어 버려서 독자는 흥이 깨지거나 공평하고 적당한 사전지식을 주지 않았다고 생각해 버리고 만다. 세이어스의 작품이 일부의 인텔리에게 강력히 지지받으면서도 대중적인 인기를 확보하지 못했던 이유는 그러한 박식함으로 인해 과잉된 '정보소설'의 경향이 짙어졌기 때문일 것이다. 반 다인의 탐정소설작법 20원칙에 "미지의 독물과 피하 주사는 안 된다"라는 룰이 포함되어 있는 것은 그 때문이다.

『킹의 몸값』에 등장하는 무선전화기는 1950년대의 미국이기에 신선하게 비친 것이며, 에도가와 란포의 『D언덕의 살인사건D坂の殺人事件』에서 백열전구의 트릭마저도 섬뜩함을 자아낼 수 있었던 것은 바로 일반 가정에 전기가 공급되기 시작한 시대였기 때문이다. 컴퓨터를 통한 범죄도 개인 컴퓨터의 보급이 진행된 현재사회에서는 미스터리의 테마로서 익숙해졌지만, 아직 극히 일부의 연구 기관이나 대기업에서만 대형 컴퓨터가 사용되었던 1970년대 초반까지는 SF의 세계에 속해 있었다(예를 들어 에드워드 호크Edward Hoch, 『컴퓨터 검찰국Computer Investigation Bureau』(1971)). 미스터리의 독자는 결코 전위적이지 않으며 학습 지향형이지도 않다. 새로운 트릭이나 아이디어를 잠재적으로는 끊임없이 요구하고 있지만 비약은 좋아하지 않으며 그 거리를 '학습'으로 채우게 하는 것도 환영하지 않는다.

과학을 미스터리 장르에 적용시키기에는 아직까지 한계가 있다. 과학적인 수사 방법은 현실에서는 견고한 대규모 조직을 가진 경찰기관이 아니면 활용하기 쉽지 않다. 지문도 사진도 또는 범죄수법의 파일이 있다고 해도, 대량의 데이터가 축적되고 그것들을 쉽게 식별할 수 있는 분류법이 확립되지 않으면 효과를 발휘할 수 없다. 그러기 위해서는 조직과 인력과 설비와 돈이 필요한 것이다. 영국이나 프랑스보다 경찰의 전국적 조직 형성이 늦어졌던 미국에서 경찰보다 먼저 핑커튼 탐정회사에 그러한 감식 부문이 만들어진 것은, 역시 그만큼의 필요가 있었다는 사실을 반증하고 있다.

조직의 문제

선진 각국에서 경찰제도가 만들어진 것은 19세기 전반 무렵이다. 탐정소설의 주인공 중에서도 자연스럽게 경찰관이 등장하게 된다. 에밀 가보리오의 르콕 탐정, 콜린스의 커프 형사부장, 찰스 디킨스의 버킷 경위는 각각 실존 모델을 바탕으로 그려졌다. 더불어 크로프츠의 프렌치 경위, 얼 비거즈의 찰리 챈, 조르주 심농의 매그레 경감, 엘러리 퀸의 퀸 경감으로도 그 계보가 이어진다. 그러나 그들의 활동은 조직적이라기보다는 개인적이며 또한 아마추어 탐정들 ― 뒤팽, 홈즈, 손다이크, 반듀센, 브라운 신부 등 ― 에 비하면 화려하지 않고 존재감이 적었다. 명탐정의 반대편에 서거나 조연, 나아가 명탐정을 돋보이게 하는 역할을 맡아야 하는 경우도 적지 않았다.『붉은 머리 가문의 비극』(1922)에 등장하는 브랜든 경사가 미녀에게 홀리며 명민한 미국의 사립탐정 피터 건스를 돋보이게 하는 설정으로 꾸며진 것은, 작가인 이든 필포츠가 의식했다고는 볼 수 없지만 이 시기의 경관들의 일면을 상징하고 있다.

조직화된 경찰이 전면에 나서는 소위 '경찰소설'이 등장하게 된 것은 1945년 로렌스 트리트의 경관 트리오 시리즈의 제1탄인『피해자의 V V as in Victim』가 그 효시이며 1950년대에 나온 〈87분서 시리즈87th Precinct series〉(1956~)나 〈기디언 경감 시리즈Commander George Gideon series〉(1955~)에 의해 확고한 장르로 구축하게 된다. 즉 경찰조직이 생겨난 지 한 세기 이상이나 지난 후에야 비로소 미스터리 작품이 조직이라는

런던 경찰국

면에 있어 현실과 대응할 수 있게 된 것이다. 탐정소설 작가들에게 '조
직'이 장기간 부재했던 이유는 무엇일까. 거꾸로 말하자면 어떤 이유에
서 독립한 탐정들이 인기를 유지할 수 있었을까.

첫 번째 이유는 경찰 조직이 탄생은 하였으나 그 내용은 아직 부실
한 상태가 오랜 기간 지속되었기 때문이다. 영국의 경우 스코틀랜드
야드(런던경찰국)는 1829년에 창설되었지만, 대중들의 뿌리 깊은 '반관
의식 = 민간 자경단적 발상'이 걸림돌이 되어 효과적인 조직을 구성하
고 인재를 끌어 모으는 데 상당한 시간이 걸렸고 희생도 따랐다. 초기
형사들은 레스트레이드 타입으로 감은 좋지만 교육이 부족하고 과학적
방법을 경시하며 좀도둑은 잘 잡아도 복잡한 범죄의 경우에는 손을 놓
아버리기 일쑤였다. 경찰들 사이에서만이 아니라 각 분과 사이에서도

협력체제가 없었으며 인기도 없어 사람을 모집해도 정원 미달인 경우가 많았다. 범죄 기록의 집중관리가 비로소 실현된 것은 1914년이었다. 지방의 상황은 더 안 좋아서 특히 인종적 편견에 따른 억울한 사건이 잇따랐다. 인도인 사무변호사가 누명을 쓴 '에달지 사건'(1906), 독일계 유태인이 범인으로 조작된 '슬레이터 사건'(1908) 등이 그 예이며 앞서 소개한 먀오 박사 사건에서도 필자는 그 그림자를 느낀다.

그러나 여전히 영국 경관들에 대한 대중의 신뢰와 친밀감은 다른 나라에서는 찾아볼 수 없는 것이었다. 영국 경관은 '바비 Bobby'라고 불리고 미국 경관은 '캅 Cop'이라고 불리는데 전자의 이미지는 '순경 아저씨'이고 후자는 '짭새'에 가깝다. 영국 대중들의 신뢰와 친밀감의 근거는 단적으로 말하자면 '시민'적 전통에 있다. 민간 자경단을 선호했던 영국 대중들은 당초 경찰에 부정적이었으나 시위와 폭동으로 비무장 경관이 사망할 때마다 경찰을 지지하는 의견이 커졌다. 널리 알려진 바와 같이 비무장 경관제는 까다로운 영국 대중을 설득하여 거시적 관점에서 경찰의 위치를 확고히 하는 현명한 방법이었던 셈이다. 미국을 비롯한 다른 나라의 경관 대부분이 군인 출신으로 무장을 당연시하며 지배층의 억압을 위한 도구라는 성격이 짙었던 것에 비해, 영국 경관은 처음부터 문관文官으로 발탁되었으며 런던경찰국 수사국장은 경찰조직 외부로부터 임명되었다.

이러한 억압적이지 않은 경찰을 외국인들은 잘 이해하지 못했던 듯하다. 1910년 이스트엔드의 시드니 거리에서 발생한 총격전은 보석가게를 표적으로 구멍을 파나가던 러시아와 폴란드 출신 무정부주의자들이 그들을 체포하려던 비무장 경관 두 명을 순간적으로 사살하면서 시작되었다. 이는 그들이 영국 경관을 자국 경관처럼 문답무용으로 일단 총을 쏘고 보는 존재라고 오해했기 때문이라고 지적되고 있다. 1918년 제1차 세계대전 중에 영국 경관은 임금인상과 조합승인을 요구하면서 파업에 돌입하는데 이는 외국인의 눈에는 더더욱 이해하기 힘든 일이었을 것이다.

미국 경찰의 경우 그만한 신뢰는 얻지 못하고 있었다. 낡은 제도와 관습이 본국에서는 사라졌다고 하지만 식민지에는 뿌리 깊게 남아있는 것은 흔한 일이다. 이는 경찰도 마찬가지여서 과거 영국 경찰은 부패, 무능하고, 그와 반대 관계에 있는 민간 자위방식과 범인체포에 대한 포상금제도의 전통은 그 풍토적 조건에도 힘입어 미국에서 활발하게 살아남았다. 서부 총잡이와 같은 사립탐정이나 악덕경관이 전성기를 맞이했던 것도 미국적 현실의 반영이라 할 수 있다.

명탐정에게 부적합한 범죄

경찰조직이 주인공이 되기 힘든 또 하나의 배경으로 아마추어와 프로를 불문하고 독립적인 민간 명탐정에게 일을 맡기는 사람들의 사고를 들 수 있으나, 이는 다 다음 장에서 논하기로 한다.

조직으로서의 경찰 — 경찰에 소속되어 있을 뿐인 경관이 아니라 실제로 조직 안에서 움직이는 경관들 — 이 비로소 주역으로 등장하여 '경찰소설'이라는 장르가 성립한 것은 앞서 논한 바와 같이 1940년대 후반부터 1950년대에 걸쳐서이다. 조직이 아니면 잘 대처할 수 없는 부류의 범죄, 어떤 명탐정이라도 개인으로는 처리할 수 없는 부류의 범죄가 현실 세계에서도, 또 미스터리 작품 안에서도 늘어나게 되었다는 점이 배경이 되었다. 대표적으로 몸값을 요구하는 유괴범죄가 있다.

유괴는 어느 시대에나 존재했으며 이를 그린 소설도 집필되어 왔다(스티븐슨의 『유괴Kidnapped』(1886) 등). 그러나 현대 사회에서 빈번히 발생하는 것과 같은 부류의 몸값을 노린 유괴가 처음으로 발생한 것은 1874년의 '찰리 로스 사건'이며 이러한 유괴가 세계적으로 주목을 받게 된 계기는 1932년의 '린드버그 사건'이다. 대서양 단독횡단비행에 성공한 국민적 영웅 린드버그의 1년 8개월 된 아이가 유괴되었는데 5만 달러의 몸값을 지불했음에도 아이는 이미 살해된 상태였다. 2년 후 지불한 몸값의 지폐에서 단서를 찾아 (해당 지폐 번호는 기록되어 있었다) 범인을 체포했다. 남은 돈 14,000달러도 그의 집에서 발견되었다. 범인은 전기의자로 보내졌지만 그가 진범이 아닐 수도 있다는 의문은 여전히 남아있다.

이 사건을 계기로 유괴와 관련된 미스터리 작품이 급증하였다. 애거사 크리스티의 『오리엔트 특급 살인사건』, 반 다인의 『유괴살인사건the kidnap murder case』(1936), 제임스 체이스의

상공에 비행기가 날고 경찰, 보도진의 차로 북적거리는 린드버그 저택

『미스 블랜디시Miss Blandish』(1938)가 그것이다. 그러나 린드버그 사건을 동기로 사용하는 데 그친 『오리엔트 특급 살인사건』을 비롯하여 이들 작품은 모두 유괴 수사를 정면으로 다루었다고는 볼 수 없다. 유괴사건은 어떤 명탐정이라도 혼자서는 도저히 감당하기 힘든 성격의 범죄이므로 경찰의 조직적인 활동이 필수적이다. 범인과의 협상과 이에 대한 조언, 몸값의 전달, 잠복 등 지체 없는 대응이 필요한 만큼 훈련된 경관을 대량으로 비밀리에 동원해야 한다. 에도가와 란포의 단편「흑수단黑手組」의 경우 아케치 고고로가 혼자서 유괴사건을 해결하지만 해당 사건은 사실 유괴사건이 아니었으므로 해결 가능했던 것이며 프로 유괴단인 흑수단이 상대였다면 아무리 아케치라고 하더라도 감당하기 힘들었을 것이다.

이리하여 탄생한 것이 경찰소설의 걸작들인 토머스 월쉬의 『맨하탄의 악몽Nightmare in Manhattan』(1950), 윌리엄 맥기번의 『파일 7File7』(1956), 에드 맥베인의 『킹의 몸값』이다.

몸값을 목적으로 하는 유괴는 검거율이 높은 중죄이기도 하다. 미국에서는 린드버그 사건 이후 연방법에 의거하여 영리목적 유괴의 수사를 FBI가 담당하게 되었다. 능력이 의심스러운 주州 경찰이 아니라 FBI의 스페셜리스트가 사건을 담당한다는 사실은 범인에게 스릴 넘치는 상황임에 틀림없다. 『파일 7』에서는 주도면밀한 계획 하에 유아를 유괴하여 몸값을 전달받을 기회를 노리는 범인 집단에 대해, FBI가 완벽에 가까운 프로의 모습으로 대응한다. 이는 이야기에 기분 좋은 고도의 긴박감을 부여한다. 전국에서 백 명 이상의 프로들이 어디에 숨어 있을지 모르는 범인의 눈을 피해 조용히 모여들어 제자리에 배치되는 초반은 숨죽이며 읽어나갈 정도다.

그러나 『킹의 몸값』에서는 FBI가 아닌 87분서의 단골 형사들이 유괴범에 대항하고 있다. FBI는 주를 넘나드는 범죄임이 확인되거나 모든 유괴범죄가 자동적으로 유괴범죄로 인정되기까지 걸리는 1주일(현재는 24시간)이 경과되지 않은 사건에는 개입할 수 없기 때문이다. 단 『파일 7』의 대응을 보면 이 기간은 상당히 표면적일 뿐, 제대로 지켜지지는 않는 것으로 보인다. 그 때문인지 여기서 맹활약하는 것은 형사들이 아니라 몸값을 요구 받은 자수성가한 자산가 '킹'이라는 설정이 묘하게 맞아떨어진다. 시市 경찰의 수준으로는 유괴사건 수사는 무리라고 에드 맥베인의 무의식이 말하고 있는 듯하다. 그리고 보면 『파일 7』이전까지 피터 맥기번은 악덕 경관물만을 집필해 왔다. 그에게 있어 '경찰소설'이란 다름 아닌 악덕 경관물이었었는데 FBI를 통해 처음으로 정직하고 유능한 경관을 '발견'했다고도 볼 수 있다.

유괴는 모방성이 있는 범죄라고 하는데 미스터리 작가에게도 자극을 주는 듯하다. 일본에서도 1960년 5월에 발생한 '모토야마 사건'(마사키 군 유괴살인사건) 이후 유괴 관련 작품이 이어졌다. 같은 달에 재빠르게 아리마 요리치카의 「죽이지마殺すな」의 연재가 시작되었고, 다음 해에는 모토야마 사건을 바탕으로 한 다카기 아키미쓰의 『유괴誘拐』가 발표되었다. 1962년에는 니키 에쓰코의 『검은 리본黒いリボン』, 쓰즈키 미치오의 『유괴 작전誘拐作戦』, 미요시 도오루의 『말라버린 계절乾いた季節』이 집필되었다. 유괴물 시대의 막이 열린 것이다. 그 이후로도 유괴를

다루지 않는 작가는 드물게 되었으며 이에 따라 동기나 몸값 전달 방법 등도 다양화되었고 장르가 성숙하게 되면서 유머 유괴물까지 다수 등장하게 되었다.

유괴 비즈니스의 시대

몸값을 목적으로 하는 유괴가 경찰의 조직화와 경찰소설의 탄생을 촉진시킨 것은 사실이나, 생각해보면 유괴에 대응하는 것이 경찰만의 업무라고는 할 수 없다. 유괴는 과거, 강간 등과 같이 친고죄였으며 나라에 따라 다르나 일반적으로 어느 단계부터 몸값을 목적으로 하는 유괴만이 비친고죄로 변한 경위가 있다. 따라서 범인과 피해자(또는 그 대리인) 사이에 거래가 성립해도 이상할 것은 없다. 하드보일드물에서는 변호사나 사립탐정이 부탁을 받고 몸값을 전달하거나, 실종사건의 수사를 하는 가운데 유괴사건에 휘말리곤 한다. 현실 세계에서도 그런 경우가 적지 않았다. 이 경우에는 '탐정'이라고 할지라도 범인을 찾아내거나 체포하는 것이 목적은 아니다. 때로는 지역의 명문가나 독지가가 쌍방 합의로 중개를 담당하는 경우도 있다. 린드버그 사건에서도 72세의 교육자가 중개를 맡았고 몸값의 협상과 전달을 담당하였다.(그 때문에 범인과 한통속이 아닌가 하는 의심도 받았다.)

1960년대 말부터 유괴를 둘러싼 상황이 변화하였다. 유럽이나 남미를 중심으로 유괴가 유망한 사업으로 전문화되고, 심지어 테러리스트가 정치적 목적과는 별개로 자금을 모으기 위해 유괴사업을 시작하게 된 것이다. 검거율이 매우 낮아 (이탈리아에서는 약 5%, 일본은 95% 이상) 정부를 의지할 수 없게 된 기업과 사업가들은 자위조치를 취할 수밖에 없었다. 이에 따라 경호회사와 변호사, 보험회사, 군인 출신 및 공안담당관 출신들이 속속들이 키드냅 비즈니스라 불리는 새 분야에 진출하게 되었다. 신변경호나 예방조치, 안전교육 및 유괴보험의 영업, 범인과의 거래가 그 업무 내용이다.

미쓰이물산의 와카오지若王子 지점장 유괴사건에서 그의 석방협상에 나선 것은 영국의 컨트롤리스크사였다. 컨트롤리스크는 1970년대 최초로 특수공정부대원 출신들이 모여 설립한 유괴 컨설팅 회사다. 이러한 회사는 대부분 보험회사와 연관이 있다. 보험회사는 몸값을 지불하기 전에 유괴 컨설팅 회사의 지도를 받는 것을 조건으로 유괴보험 가입을 승인하고, 컨설팅 회사는 범죄대책의 하나로 보험가입을 권하는 구조로 되어있다. 다만 이탈리아나 일본의 경우 유괴를 장려할 수 있다는 우려 하에 유괴보험은 승인되고 있지 않다.(이탈리아에서 실시될 경우 납입금이 엄청날 것이다.)

유괴 그리고 유괴 대책 쌍방이 비즈니스화 되면서 범인의 체포나 처벌보다는 최저의 비용으로 피해를 막으려는 데 관심이 모여 경찰보다는 컨설팅 회사가 더 나설 곳이 많아졌다. 이러한 현실은 말 그대로 현대사회를 그대로 보여준다고도 할 수 있다.[51] 그러나 유괴 컨설팅 회사는 본질적으로 이미 제1·2차 세계대전 사이에 미국의 변호사와 사

---

51) 마크 블레스Mark Bles & 로버트 로Robert Low 저, 신조 데쓰오新庄哲夫 역 『유괴 사업The kidnap business』新潮社, 1987.

립탐정이 영세 규모로 이어온 사업의 연장선상에 있으며 다만 그 사업의 스케일이 다소 커진 것에 지나지 않는다. 컨설팅 회사의 활약을 그린 딕 프랜시스의 『위험The Danger』(1983)도 그런 의미에서는 하드보일드의 현대판이라고 할 수 있다.

1930년대와 현대사회의 차이는 유괴의 표적이 개인 자산가에서 기업 간부나 정부 요인들로 옮겨졌다는 데 있다고 할 수 있다. 피해자가 개인이 아니게 됨에 따라 사태는 더더욱 비즈니스화 되어 간다. 개인의 경우 대부분은 피나는 노력으로 쌓아 올린 재산과 가족의 생명이라는 힘든 교환을 하게 되지만, 기업의 경우에는 안전 비용을 얼마나 저렴하게 할 수 있는지의 문제만 고려한다.

이렇게 '돈으로 지불 가능한' 또는 지불할 수밖에 없는 비즈니스 감각의 확산은 유괴라는 범죄가 갖는 비윤리성을 상대화시키게 되었다. 신이 존재하지 않는 시대에 걸맞다는 말로 간단히 정리할 수도 있지만 유괴범뿐 아니라 악인은 반드시 처벌받는다는 고전적 미스터리의 윤리 코드에 비추어 보면 납득하기 어려운 상황이 광범위하게 나타나게 된 것이다. 현대 미스터리가 현실 세계로 접근할수록 일종의 '씁쓸한 맛'이 첨가되고 많은 독자들이 기대하는 권선징악에 따른 결말이 이뤄지지 않는 이유의 하나는 이러한 부조리한 현실을 반영했기 때문일 것이다. 다음 장에서 다루는 카타르시스(정화작용)를 얻을 수 없는 작품군은 이러한 세태를 나타내고 있다.

유괴라는 영역에 생각보다 많은 페이지가 할애되어 범죄조직을 더 넓게 고찰할 페이지가 줄어들었다. 그러나 페이지의 문제는 차치하더라도 범죄조직과 수사당국의 대항적 성장 속에서 태어난 미스터리 작품으로 볼 수 있는 것이 많지 않고, 조직의 발전 자체를 쫓는 르포르타주에 가까운 실록소설이나 범죄 서스펜스 종류가 대부분이기 때문에 사실 간단히 써내려 갈 수 없었다. 이런 점에서 조직을 그리는 데 가장 성공한 것은 스파이소설이라고 할 수 있는데, 이는 범죄조직과는 비교도 되지 않는 무게를 가진 국가라는 조직에 대한 충성과 배신 — 공적 신의와 사적 신의의 대립 — 과 같은 누구나 생각하게끔 하는 인간적 문제를 다룰 수밖에 없기 때문이다. 이는 또한 미스터리의 에토스(정신 풍토) 문제를 고찰하는 제2부의 과제이기도 하다.

제2부

이데올로기

미스터리의 이데올로기란 내가 생각해봐도 고리타분하고 아연해지는 이야기지만, 앞서 제1부에서 다룬 소재를 작가가 어떻게 요리할 것인가에 대한 발상과 그 배경에 있는 문화를 찾아보고자 하는 것이 이번 제2부의 설정 과제이다. 이 위험한 문제 영역을 어디서부터 파고들어야 할지 그 자체가 문제이지만, 일단은 미스터리를 읽을 때 느끼는 '카타르시스' 즉, 정화작용의 감각을 이정표로 삼고 탐사를 떠나보고자 한다.

제1장

카타르시스의 여러 형태

카타르시스란?

흔히 미스터리에는 '권선징악'의 이데올로기가 있다고 한다. '권선'은 둘째치고라도 '징악'에 있어서는 말 그대로이며, 최근에는 꽤 예외가 많이 늘어나고는 있지만 많은 작품이 이러한 종결을 짓고 있다. 이는 아마도 독자가 이러한 측면들을 끊임없이 요구하고 지지하기 때문일 것이다. 악이 처벌받는 결말이 아니면 독자가 만족하지 않는다는 것은 이른바 '카타르시스(정화작용)'와 유사하다. 미스터리는 다른 '도피문학'들과 함께 독자를 일상의 노고와 억압으로부터 해방시켜주는 역할을 하는데, 이러한 해결 방법은 일단 독자를 어떠한 갈등, 긴장 혹은 혼란에 빠뜨리고 ─ 혹은 말려들게 함으로서 ─ 해방시키는 반복의 방법에 이른다. 이것이 카타르시스와 흡사하다는 것이다. 카타르시스는 시, 비극, 음악의 효용을 설명할 때 아리스토텔레스가 사용한 용어다. 예를 들어 비극에서 선량하고 총명한 주인공을 엄습한 비운에 가슴 아파하며 동정의 눈물을 흘리는 것으로 관중의 마음에 스며드는 감정의 갈등을 씻어주는 작용을 의미한다. 일종의 대리체험으로 인해 감정이 진정되는 것이다. 종교적인 측면에서의 열광도 그것을 억지로 억누르면 불에 기름을 붓는 격이 되고, 그렇다고 방치하면 무질서하고 난폭한 형태를 취하기 쉽지만, 의식이나 음악으로 그 열광에 적합한 발현형태를 부여한다면 적당한 부분에서 진정된다고 한다.[52] 이 언어는 최근 정신분석의 분야에서도 사용되었는데 억압된 의식에 갇힌 정신적 외상이 신경증의 원인이 된 경우 그것을 밖으로 끌어내는 것으로 증상을 경감, 소실시킨다는 치료법이 그것이다. 억압에는 그 나름의 힘이 필요하기 때문에 그것을 없애는 것만으로 편해진다. 말하자면 더울 때 뜨거운 차를 마셔서 그 발한작용으로 시원함을 얻는 것이다.

독자를 위한 카타르시스

아리스토텔레스의 카타르시스는 독자를 위한 것이다. 그러나 창작활동은 작가 자신에게도 카타르시스를 가져다주는 일면을 지닌다. 자서전이나 고백문학은 이에 가장 직접적인 형태이다. 고백을 통해 광기로부터 구원받기도 하고, 쓰는 것을 통해 비로소 정신의 평형을 되찾았다는 예는 적지 않다. 16년간 함께한 여성을 어머니의 집요한 반대와 출

---

52) 험프리 하우스Humphry House, 『스토리텔링의 비밀Aristotle's Poetics』 Rupert Hart-Davis Ltd, 1956.

세를 위하여 버렸다는 심각한 체험이 없었더라면 아우렐리우스 아우구스티누스의 『고백록Confessions』은 탄생하지 않았을 것이며, 이후 근대 일본의 사소설에 이르기까지 '고백문학'의 많은 작품도 이러한 성질을 포함하고 있다고 생각할 수 있다.

그러나 미스터리를 포함한 엔터테인먼트에 있어서 작가의 카타르시스는 중심적인 동기가 아니다. 물론 세상에는 억압의 종류가 끝이 없기 때문에 퍼즐게임을 만든다든가 사람을 연속하여 살인하는 것으로 무의식적 광기를 억누르는 작가가 있어도 이상하지 않거니와, 나중에 언급하겠지만 사회적, 인간적 억압의 존재에 민감한 미스터리 작가 중에는, 그것을 다루지 않고는 있을 수 없다는 욕구가 강해져 온 것은 확실하다. 실제로 마가렛 밀러와 같이 자신의 정신장애를 극복하기 위하여 굉장히 뉴로틱한(신경증적인) 서스펜스를 써내려간 예도 있다. 물론 엔터테인먼트가 일단 독자들을 즐겁게 하기 위해서 쓰는 것인 반면 고백문학은 기본적으로 자신을 위해서 쓰는 것이라는 점에서 본질적인 차이가 존재한다는 것을 부정하기는 힘들다. 미스터리의 카타르시스는 우선 독자에게 있다는 전제 하에 이야기를 전개하는 것이 좋을 것이다.

윤리적 카타르시스

미스터리는 독자들에게 어떠한 카타르시스를 주고 있는가.

우선, 악행을 범한 범인이 제대로 벌을 받고 독자의 정의감이 만족

된다고 하는 윤리적 카타르시스가 있다. 1930년대까지의 미스터리는 대부분 예외 없이 이러했다. 그러나 시대가 지남에 따라 이러한 형식의 카타르시스를 얻을 수 없는, 뒷맛이 씁쓸한 작품이 증가하였다. 이것은 작가와 독자 간의 윤리 감각의 변질을 나타내는 놓칠 수 없는 움직이라고도 말할 수 있다. 윤리적 반反카타르시스의 유형별 작품 예를 오래된 유형부터 보도록 하자.(표 7 참조)

(1) 범인이 사실 악인이 아니고 도리어 피해자가 악인인 경우. 대부분이 복수물이다. 착한 사람인 범인(복수자)이 탐정에게 쫓기는 부분에서는 어찌해야 할지 당혹스럽겠지만, 독자가 범인에게 감정이입만 한다면 카타르시스에는 지장이 없다. 니콜라스 블레이크의 『야수는 죽어야 한다The Beast Must Die』(1938) 등(이하 표 7 참조).

(2) 다만 그것이 과잉보복이 되면 카타르시스는 손해를 본다. 코넬 울리치의 『상복의 랑데부Rendezvous in Black』(1948)에서는 전세기의 한 승객이 떨어뜨린 병이 소녀의 목숨을 빼앗고, 연인인 청년이 복수의 화신이 되어 그 비행기에 탑승한 승객의 연인을 한 명도 남김없이 죽이겠다고 결심한 뒤 연속해서 무고한 사람을 살해해 나간다. 이러한 점에서 야마모토 슈고로의 『5편의 동백나무五瓣の椿』(1957)는 동일하게 코넬 울리치의 『검은 옷을 입은 신부The bride wore black』(1967)를 모티브로 한 복수의 연속 살인물이지만, 복수에 그치지 않고 '범행에 죄의식을 갖고, 당연한 일이지만 무너져가는 것이 뒷맛을 깨끗하게 한다.'고

오이 히로스케는 말한다. 원작의 범인이 어디까지나 복수를 위해 살아 온 것에 비해 작가도 비평가도 다분히 일본적이라 할 수 있다. 그렇다 해서 일본에도 과잉정보의 작품이 적지는 않지만, 그들 대부분은 잔혹 함에 무게를 둔 니시무라 주코 혹은 가쓰메 아즈사의 폭력소설에 집중 되어 있다. 또한, 마쓰모토 세이초의 『안개깃발霧の旗』(1960)은 사쿠타 게이치의 『수치의 문화 재고恥の文化再考』(1967)에서 논한 것처럼 단순한 과잉정보로 분류할 수 없는 문제를 제시하고 있다.

(3) 착오에 의한 살인. 특히 무고한 사람을 살해한 경우, 찝찝한 뒷 맛을 피할 수가 없다. 앞서 제시한 『검은 옷을 입은 신부』, 기노시타 다 로의의 『은과 청동의 차이銀と青銅の差』(1961)가 이러한 경우에 해당된다.

(4) 처벌할 수 없는 살인. 먼저 완전범죄에 성공한 경우라고 해도 범 인의 감정이입 정도가 높은 덴도 신의 『대유괴大誘拐』(1978)에서는 범 인을 위해 쾌재를 부르기도 하지만, 카트린 아를레의 『지푸라기 여인La femme de paille』(1956)는 범인에 공감을 할 수 없기 때문에 찝찝한 감정 이 남게 된다.

다음으로 두 번째 타입은 범인을 알고 있어도 재판을 받게 할 수 없 는 다양한 경우이다. 범인의 도망—『팡토마스Fantômas』(1911), 증거부재 —의 『독초콜릿 사건The Poisoned Chocolates Case』(1929) 등, 증거가 없는 상태로 범인이 자살 혹은 자백—엘러리 퀸의 『프랑스 파우더의 비밀 The French Powder Mystery』(1930) 등, 다른 사람에 의한 범인 살인 —반 다인의 『딱정벌레 살인사건The Scarab murder case』(1930) 등, 탐정이 범인을 죽이는 엘러리 퀸의 『Y의 비극The Tragedy of Y』(1932) 등의 경우를 생각해 볼 수 있다. 특히 언급한 작품 가운데 마지막의 경우와 그 반대인 탐정이 범인을 도망치게 해주는 경우(체스터턴이나 노무라 고도의 작품에서 가끔 볼 수 있다)는 둘 다 법의 질서보다 소박한 정의감, 공적인 법보다는 사적인 법을 우선시하는 쪽이 카타르시스를 얻기 쉽다는 것을 피력하고 있다.

소박한 카타르시스가 얻기 힘들어진 새로운 형태의 케이스는 다음 항목부터 더 명확하게 드러난다.

(5) 책임능력이 없는 범인. 정신병자를 범인으로 설정할 경우 설령 체포한다 하더라도 법적인 책임을 물을 수가 없고, 범인 역시 죄의 자각이나 좌절감이 없어서 '징벌'의 범주에 포함되지 않는다. 게다가 로버트 블록의 『싸이코Psycho』(1959)처럼 몇 년 뒤에 퇴원하여 다시 범죄를 저지르기 쉽다. 1940년 이후 이러한 이상자를 다룬, 대부분 뒷맛이 씁쓸한 서스펜스가 급증한다. 인격분열만 하더라도 헬렌 유스티스의 『수평선 위의 남자The Horizontal Man』(1946), 마가렛 밀러의 『내 안의 야수Beast in View』(1955), 헬렌 맥클로이의 『살인자와 죽음The Slayer and the Slain』(1957), 딕슨 카의 『벨벳의 악마The Devil in Velvet』(1957), 엘러리 퀸의 『상대편 플레이어The Player on The Other Side』(1963), 스탠리 엘린의 『거울아, 거울아Mirror, Mirror on the wall』(1972), 다케모토 겐지의 『장기살인사건將棋殺人事件』(1981) 등이 떠오른다. 어린이가 범인인 경우도 이 항목

에 속하지만 새로운 경향으로 볼 수 없다.

(6) 인격적으로 결함이 있는 탐정. 정의의 대리인이어야 할 탐정이나 경관이 악한으로 등장하거나(맥기번의 『살인은폐Shield for Murder』(1951)), 사립탐정이면서 경찰과 결탁하기도 하고(로버트 브라운 파커의 『약속의 땅Promised Land』(1978)), 인격적으로 비열하고 거들먹거리는 무능한 경감(조이스 포터의 『도버 경감 시리즈Detective Chief Inspector Wilfred Dover』(1964-))이었다고 하였다면 독자는 반드시 보증된 사건 해결을 안심하고 기다릴 수 없다. 이들은 고전 미스터리의 '명탐정'에 대한 의도적 도전으로 등장하게 된 것이다.

(7) 경찰의 퇴폐 혹은 내부 대립. 이와 같은 요인들로 인해 좋은 경관도 생각대로 움직이지 못한다. 이러한 구조는 독자의 정의감도 어디에 의지해야 좋을지 망설이지 않을 수 없게 된다. 극단적인 경우로 영화 『더티 해리 2Magnum Force II』(1973)에서처럼 검거해도 구형을 피해 법을 무력하게 만들고, 사회악을 '처벌'하는 '정의파' 경관 그룹과 어디까지나 법의 파수꾼으로 임하는 해리들의 사이의 항쟁이 이야기의 중심축이 되어버리기도 한다.

표 7 카타르시스의 결여-유형별 작품 예

1. 윤리적 카타르시스의 결여
   1) 착한 범인과 나쁜 피해자
      - 애거사 크리스티 : 『오리엔트 특급 살인사건』(1934)
      - 니콜라스 블레이크 : 『야수는 죽어야 한다』(1938)
      - 앤드류 가브 : 『힐다를 위한 눈물은 없다No Tears for Hilda』(1950)
   2) 과한 보복
      - 코넬 울리치 : 『상복의 랑데부』(1948)
      - 가쓰메 아즈사 : 『처형대의 희미한 축제処刑台のはき祭り』(1979)
      - 마쓰모토 세이초 : 『안개깃발』(1960)
   3) 착오로 인한 살인
      - 코넬 울리치 : 『검은 옷을 입은 신부』(1940)
      - 기노시타 다로 : 『은과 청동의 차이』(1961)
   4) 처벌받지 않는 범인
      ① 완전범죄
         - 패트리샤 하이스미스 : 『태양은 가득히Plein Soleil』(1955)
         - 카트린 아를레 : 『지푸라기 여인』(1956)
         - 덴도 신 : 『대유괴』(1978)[53]
      ② 범인이 누구인지 알고 있지만 처벌할 수 없는 상황
         [범인 도주]
         - P.수베스트르 & M.알랭 : 〈팡토마스〉
         [증거 부재]
         - 『독초콜릿 사건』(1929)
         - 다카기 아키미쓰 : 『저주의 저택呪縛の家』(1949)
         - 사가 센 : 『화려한 시체華やかな死体』(1962)
         [증거가 없는 상황에서 범인이 자살 혹은 자백]
         - 엘러리 퀸 : 『프랑스 파우더의 비밀』(1930)
         - 사카구치 안고 : 『불연속살인사건』(1947)
         [의외의 인물이 범인을 살인]
         - 반 다인 : 『딱정벌레 살인사건』(1930)
         [탐정이 범인을 살인]
         - 엘러리 퀸 : 『Y의 비극』(1932)
         - 애거사 크리스티 : 『커튼Curtain : Poirot's Last Case』(1975)[54]
   5) 책임능력이 없는 범인
      ① 정신 이상자
         - 헬렌 유스티스 : 『수평선 위의 남자』(1946)

---

53) 한국 영화 「권순분 여사 납치사건」(2007)의 원작 소설.
54) 크리스티가 창조한 탐정 에르퀼 푸아로가 등장하는 마지막 이야기이다.

　　　- 마가렛 밀러 : 『내 안의 야수』(1955)
　　　- 헬렌 맥클로이 : 『살인자와 죽음』(1957)
　　　- 로버트 블록 : 『싸이코』(1959)
　　　- 딕슨 카 : 『벨벳의 악마』(1959)
　　　- 엘러리 퀸 : 『상대편 플레이어』(1963)
　　　- 스탠리 엘린 : 『거울아, 거울아』(1972)
　　　- 다케모토 겐지 : 『장기살인사건』(1981)
　　② 미성년자
　　　- 엘러리 퀸 : 『Y의 비극』(1932)
　　　- 야마무라 마사오 : 『유도노산기슭의 저주받은 마을湯殿山麓呪い村』(1980)
　　　- B.M.길 : 『아동범죄Nursery Crimes』(1982)
　6) 인격적으로 결함이 있는 탐정
　　- 대실 해밋 : 『붉은 수확Red Harvest』(1929)
　　- 맥기번 : 『살인은폐』(1951)
　　- 조이스 포터 : 〈도버 경감 시리즈〉(1964~)
　　- 로버트 브라운 파커 : 『약속의 땅』(1976)
　7) 경찰 내부의 대립 또는 퇴폐
　　- 존 볼 : 『밤의 열기 속으로In the Heat of the Night』(1965)
　　- 조르주 심농 : 『매그레 경감과 고집 센 목격자들Maigret et les temoins recalcitrants』
　　　(1959)
　8) 부조리한 범죄
　　① 말려든 형식
　　　- 윌리엄 아이리시 : 『환상의 여인』(1942)
　　　- 카트린 아를레 : 『지푸라기 여인』(1956)
　　　- 폴라 고슬링 : 『도망치는 집오리-페어게임』(1978)
　　　- 메리 히긴스 클라크 : 『어느 산부인과의 비밀』(1980)
　　② 비인격적인 인질
　　　• 풋볼관중-토머스 해리스 : 『블랙 선데이Black Sunday』(1977)
　　　• 바이올린-아카가와 지로 : 『빨간 우산』(1978)
　　　• 비단잉어-오타 란조 : 『세 번째 용의자』(1979)
　　　• 컴퓨터-미요시 도오루 : 『컴퓨터의 몸값』(1970)
　9) 윤리적 애매모호함
　　① 귀속감의 동요
　　　- 잭 히긴스 : 『독수리 착륙하다The Eagle Has Landed』(1975)
　　　- 브라이언 프리맨틀 : 『사라진 남자Charlie Muffin』(1977)
　　② 충성 대상의 다양화
　　　• 가족-그레이엄 그린 : 『인간의 요소』(1978)
　　　• 이념-존 르 카레 : 『팅커, 테일러, 솔져, 스파이』(1974)
　　　• 조국-이안 플레밍 : 〈007시리즈〉

2. 지적 카타르시스의 결여
  1) 완성도의 미흡함
    ① 단순히 완성도가 떨어짐 – 작품 생략
    ② 동일한 트릭의 반복적인 사용
      - 애거사 크리스티 : 『끝없는 밤』(1967)
    ③ 사건해결의 연장 – 작품 생략
    ④ 사건의 부분적 미해결
      - 아리마 요리치카 : 『4만 명의 목격자』(1958)
      - 조셉 코닉 : 『죽은 자가 잠든 늪』(1986)
    ⑤ SF적 해결
      - 코넬 울리치 : 『밤은 천 개의 눈을 가지고 있다』(1945)
  2) 범인의 자백에 의한 사건 해결
    - 앨런 밀른 : 『붉은 저택의 비밀』(1922)
    - 애거사 크리스티 : 『그리고 아무도 없었다』(1939)
    - 아야쓰지 유키토 : 『십각관의 살인』(1987)
  3) 우연한 해결
    - F.W.크로프츠 : 『프렌치 경감과 스타벨의 비극』(1927)
    - 로버트 피쉬 : 〈슈록 홈즈 시리즈〉(1966)
    - 조이스 포터 : 〈도버 시리즈〉
    - 베쓰야쿠 미노루 : 『탐정 이야기』(1977)
  4) 사건 해결의 부재
    ① 범인의 행방불명
      - 조르주 심농 : 『벨의 죽음』(1952)
    ② 복수의 사건해결
      - 에도가와 란포 : 『도난』(1925)
      - 피터 이스라엘 : 『상납』(1974)
    ③ 의심스러운 해결
      - 에도가와 란포 : 『음울한 짐승』(1928)

3. 심리적인 카타르시스의 결여
  1) 주인공의 죽음 혹은 파멸
    - 존 르 카레 : 『추운 나라에서 돌아온 스파이The spy who came in from the cold』(1963)
    - 브라이언 프리맨틀 : 『디킨의 전쟁Deaken's War』(1982)
    - 루스 렌델 : 『활자 잔혹극』(1977)
    - 시미즈 다쓰오 : 『찢어진 해협裂けて海峡』(1983)
  2) 조력자의 죽음 혹은 과실이나 배신
    - 스티븐 킹 : 『샤이닝The Shining』(1977), 『저주받은 천사Firestarter』(1980)
  3) 너무나도 의외의 범인
    - 작품 생략 (사람에 따라 의외성의 기준이 다르기 때문에)
  4) 어떻게 전개되어도 불쾌할 수밖에 없는 이야기 구조
    - 휴베르 몽테이 : 『돌이킬 수 없는 육체Le Retour des cendres』(1961)

윤리적 카타르시스의 변질

지금까지는 범인과 탐정을 중심으로 살펴보았지만 피해자의 눈으로 전환해서 보면 카타르시스 결핍증은 더욱 명확하게 드러난다.

(8) 부조리한 범죄. 고전 미스터리의 피해자는 대부분 '살해당해 마땅한' 혹은 '살해당해도 어쩔 수 없는' 이유를 지니고 있다. 과거의 악행, 쌓아올린 재산, 비뚤어진 성격 등. 그래서 복수와 재산에 대한 욕심이 가장 큰 두 가지 동기가 되었고 피해자의 연령대는 꽤 높은 것이 보통이었다. '과거를 가진 악인'이 피해자라는 설정은 독자의 마음을 가볍게 만들고, 용의자의 범위도 넓어져 작가는 플롯을 구성하기 수월한 이점이 있었다.

그러나 현대의 미스터리에는 피해자가 기억에도 없는 원인을 이유로 살해당하거나 쫓기는 사례가 늘어났다. 어쩌다 범행을 목격했다든가, 범인과 닮았기 때문에 용의선상에 오르는 경우도 있다. 이전의 경우 목격자가 협박하는 사람이 되어 그 때문에 살해당하는 내용이 기본이었다면, 애거사 크리스티 때부터는 '순수한 목격자'가 일반적인 인물로 설정되었다. 즉, 그/그녀는 자신이 본 것의 의미를 모른 채 다른 사람에게 말하고, 그 다른 사람이 의미를 파악하여 협박하는 사람이 되는 구성이 늘어난 것이다. 양쪽 모두 입막음으로 살해당하면 연속살인이 된다. 목격자가 간단하게 처리되지 않고 이유도 모르고 도망치는 전개가 되면 '말려든 형식'의 서스펜스물이 된다. 무죄임에도 용의자 취급을 받고 경찰과 범인 양쪽으로부터 도망치는 그야말로 말려든 형식이다. 아이리시의『환상의 여인』(1942), 아를레의『지푸라기 여인』, 폴라 고슬링의『페어게임Fair Game』(1978), 메리 히긴스 클라크의『어느 산부인과의 비밀The Cradle Will Fall』(1980) 등이 이에 해당한다.

1950년대 이후 이러한 입막음 동기의 살인은 급격히 증가한다. 우연히 어떤 것을 보고 들었기 때문에 자신의 의지나 행동과는 무관하게 쫓기게 되고 더군다나 자신은 그 의미를 모르는 '이유 없는 피해자'가 도시화와 그 익명성의 집중을 배경으로 증가해 온 것이다.[55]

가장 현대적 범죄라고 할 수 있는 몸값을 요구하는 유괴의 피해자도 부자나 악당의 일족에서 멀어져, 사건에 말려드는 형식으로 이동해간다. 아마도 그 전환점이 된 것은 에드 맥베인의『킹의 몸값』일 것이다. 범인은 대부호 '킹'의 아들을 유괴하려했으나 실수로 운전수의 아들을 데려온다. 그러나 요구는 물리지 않는다. 킹은 너무나 부조리한 상황이 출현했기 때문에 아무런 개인적 애착도 없는 인질을 위해 거금을 지불하지 않으면 안 되는 사태에 말려들게 되는 것이다. 현실의 세계에서도 60년대 이후 납치된 비행기의 승객과 교환하는 '초법규적 조치'로 범죄인을 해방하지 않으면 안 되는 사건이 연발하게 되었다. 인질과 피공갈자의 사이에서 인간적인 인연 — '근친 그 외 피갈취자의 안부를 우려하는 자의 우려' — 이 정치적 사고나 기업의 노무정책 등에서 대변하게 되었다. 미스터리의 세계에서도 대규모 경기장의 관중이나 대

---

55) 심포 히로히사新保博久 「장르별 피해자 조서ジャンル別被害者調書」『추리소설백화점 본관推理百貨店 本館』多樹社, 1989.

도시는 물론 인격을 가지지 않은 동물, 명화, 오래된 악기, 컴퓨터, 빌딩과 같은 다양한 '인질' 혹은 '물질'이 나타나게 되었다. 아카가와 지로의 『빨간 우산赤いこうもり傘』(1978)의 바이올린, 오타 란조의 『세 번째 용의자三人目の容疑者』(1979)의 비단잉어, 미요시 도오루의 『컴퓨터의 몸값コンピュータの身代金』의 컴퓨터 등이 이에 해당한다.

이렇게 되면 유괴범죄가 지니는 잔혹함과 비열함의 충격은 물론 이와 대립되는 도의적인 분노도 자연스레 약해질 수밖에 없다. 실제로 실패한 경우의 형량도 비교할 수 없을 만큼 경미하다. 몸값을 요구하는 유괴의 경우 법적 형량이 3년 이상 무기형까지 있는 것에 비해 여기서 언급한 사례는 공갈로 처리되어 법정형은 10년 이하 이지만 실제 형량은 현재의 일본에서는 99% 이상이 3년 이하로 3분의 1은 1년 이하, 집행유예에 달하는 것도 전체 건수의 약 3분의 1에 달하는 상황이다.

게다가 '초법규적 조치'는 법의 지배가 미치지 않는 세계를 의미하며, 이렇듯 국가에 의존할 수 없다는 의식이 확산됨에 따라 이에 대응하는 유괴 컨설턴트 비즈니스가 출현하게 되었다는 것은 이미 앞서 언급하였다. 총잡이를 고용하여 자기보호를 하는 서부극 목장주의 세계가 현실로 재현되기 시작하는 것이다. 그러나 이러한 현대의 총잡이는 유괴방지의 기술이나 설비, 보험, 인질을 무사히 데려오는 교섭의 노하우를 어디까지나 합리적으로 제공할 뿐인 '컨설턴트'에 지나지 않으며, 정의의 집행자로서 유괴범을 처형하기는커녕 체포하는 것조차 염두에 두지 않는다는 것이 통례이다. 이러한 현상은 독자들의 욕구불만이 더욱 높아질 수밖에 없는 상황이라고밖에 할 수 없다.

(9) 윤리적 애매모호함. 요도호 사건[56]의 경우 국가는 실패한 탐정이자 피해자였지만, 국가가 범인의 역할을 수행한 상황이기도 하였다. 대게 스파이소설에 등장하는 국가는 이러한 형태이다. 보통은 적국이 범인의 역할을 수행하지만 현대의 스파이소설에서는 자국의 정보기관의 상층부가 주인공을 매장하려는 가해자로서 나타나는 경우도 종종 나타난다. 순수한 조국애가 주는 카타르시스를 요구하는 것이 점점 어렵게 되었다.

요도호 사건이 보도된 『아사히신문朝日新聞』(1970년 3월 31일자)

---

56) 요도호淀號납치사건은 1970년 3월 31일 공산주의자 동맹적군파가 일본 하네다공항에서 후쿠오카공항으로 가는 국내선 비행기 JAL를 납치하여 일으킨 일본 최초의 항공의 하이잭—비행기 납치—사건이다.

본래 스파이활동(단순한 정보수집과 분석을 제외하고)에는 사람을 속인다는 본질적인 반윤리성이 내포되어 있어서 일본에서는 이러한 이유로 첩보활동이 인기도 없고 활발하지도 않았다. 이러한 수단의 기만성을 정당화하는 것이 '국가를 위하여'라는 대의명분이었지만, 한편으로는 '어찌하여 국가에 충성을 다하지 않으면 안 되는가'라는 윤리적 근거는 처음부터 박약하였다. 개인이 자국을 지지하는 것은 그 국가가 옳거나 뛰어나기 때문이 아니라 어쩌다 그 국가에 태어나고 자랐기 때문이라는 근거에 지나지 않는다. 딱 프로야구에서 좋아하는 팀과 같은 것으로, 지연적인 귀속감이나 친근감 그리고 '교육'에 의한 것이며 거기에는 심리적이거나 생리적인 근거는 있을지언정 윤리적인 근거는 없다.

이처럼 국가에 대한 충성심의 근거가 애매하고 게다가 많은 국가들이 현실에서 보여주는 책략은 스파이물에서 윤리적인 명쾌함을 빼앗는다. 따라서 충성의 대상도 자연히 다극화 될 수밖에 없다. 정치적 사고를 포기하고 '조국' 혹은 자신의 '조직'이 최고임에 일말의 의심이 없는 제임스 본드, '가족'을 선택한 『인간의 요소』의 모리스 캐슬, 저자 르카레에 의해 신랄하게 묘사되기는 하였으나 '이념'에 목숨을 바친 『팅커, 테일러, 솔져, 스파이Tinker, Tailor, Soldier, Spy』의 빌 헤이든,[57] '원망'과 '소외감'을 원천으로 하는 찰리 머핀[58]…… 등, 경우도 다양하고 그

---

57) 이 소설은 실재 이중 스파이로 활약한 킴 필비Kim Philby의 사건을 소재로 하고 있으며, 작중인물인 빌 헤이든은 킴 필비를 모델로 그려졌다. 저자인 르 카레 역시 과거에 영국 정보부 M16소속의 비밀요원이었으나 킴 필비가 비밀요원 명단을 소비에트연방에 넘기면서 르 카레의 경력은 끝났다. 그는 1999년 슈피겔지와의 인터뷰에서 킴 필비에 대하여 '구역질 나는 인물'이라고 평한 바 있어, 여기서의 '신랄한 묘사'란 르 카레가 필비에 대해 가지고 있었던 좋지 않은 감정이 투영된 것으로 보인다.

선택 또한 단순하지 않다.

킴 필비59)에 대하여 『팅커, 테일러, 솔져, 스파이』의 작가 르 카레는 "대학시절 몸에 밴 역사에 대한 미숙한 입장(마르크스주의)에 충실했던 건지도 모른다. 하지만 그는 대의보다 훨씬 소중한 것 — 자신의 가족과 친구 — 을 배신하고 있다. 그는 그들에게서 기쁨을 발견하지 않았는가."라며 엄격하게 비판하고 있다. 그러나 소설가 그린은 "그는 조국을 배신했다. — 그렇다. 아마 그렇게 된 것이다. 그러나 우리들 중에 조국보다 더 소중한 것, 소중한 사람을 위해 배신을 하지 않은 자가 있는가? 필비의 입장에서 보자면 그는 진정 조국의 이익이 되는 것을 만들기 위하여 일했던 것이다"라고 말한다. 그린은 사적인 신의를 중요시하고 있다는 점에서는 르 카레와 일치하지만, 관점을 넓혀서 생각해야 할 것을 주장하면서 "비밀 정보기관은 필비를 말살할 것이 아니라 그를 부추겼어야 했다. 방해 혹은 임무를 계속할 것을 허가받은 스파이는 잡힌 스파이보다 훨씬 위험성이 적다"고도 말한다. 이것은 CIA의 전 국장 윌리엄 콜비William Egan Colby(1920-1996. 1973-1976년 CIA 국장을 역임)가 이전에 언급한 "서로 상대를 알아볼수록 서로 안전성이 높아"지므로 스파이가 오히려 유용하다는 역설에 가깝다.60)

---

58) 브라이언 프리맨틀의 「사라진 남자Charlie Muffin」(1974)의 주인공.

59) 킴 필비(1912-1988). 영국 출신의 영국 정보원으로 이중 스파이로 의심받기는 했으나 공식적으로 기소된 적은 없었다. 1963년 소련으로 망명했으며 1968년에 발표한 자서전 『나의 조용한 전쟁My Silent War』에서 20여 년간 KGB와의 이중 스파이였음을 밝혔다. 레닌 훈장과 소비에트 영웅 칭호를 받은 그는 1988년 소련에서 사망하였다.

60) 킴 필비의 『나의 조용한 전쟁』(1968)에 그린이 보낸 서문. 나카조노 에이스케中薗英助 『현대 스파이 이야기現代スパイ物語』, 講談社, 1984.

스파이물이 본질적으로 가지고 있는 윤리적 애매함은 이러한 냉소주의cynicism와 고작 종이 한 장 차이이다. 단세포적으로 명쾌하게 착한 사람인 제임스 본드조차도 러시아 연방 정부나 '스펙터specter'와 같은 악랄무자비한 조직을 상대하다보면 사악하고 혹독한 그리고 때로는 박정한 수단을 쓰지 않을 수 없게 된다. 이것은 과잉보복과 비슷하여 원래라면 시원시원한 본드의 활약에 독자들은 카타르시스를 느껴야하지만 어딘가 개운하지 못한 작은 그림자를 드리우게 된다. 대형 스파이물의 대부분이 이중스파이인 것은 또 다른 형식의 윤리적인 당혹감이나 안티 카타르시스를 낳는다. 이로써 본격미스터리 시대의 이분법은 스파이시대에 와서는 더 이상 통용하기 어렵게 되었다.

지적인 카타르시스의 결여

윤리적 카타르시스는 미스터리 장르만이 갖고 있는 고유의 산물이 아니다. 미스터리를 다른 문학 장르와 구별시키는 '갈등에서부터 해결로' 이르는 패턴의 특징은 일단 그것이 지적인 성질이라는 점에 있다. 불가능한 상황이 설정되어있는 것으로 지적인 긴장이 독자에게 발생하고 이리저리 끌려 다니는 중에 혼란이 깊어지지만 결국에는 명탐정에 의해 수수께끼가 해결된다. 도서倒敍물의 경우에도 명탐정이 독자와 경쟁하면서 얼마나 범인을 잘 찾아내는가, 얼마나 알리바이를 잘 무너뜨리는가는 역시 지적 카타르시스를 이끌어내는 과정임에는 틀림없는 것이다.

아래에서 지적 반反카타르시스의 내용을 살펴보도록 하자.

(1) 완성도의 미흡함. 유명작가의 작품에서도 중요인물이 도중에 사라져버린다든가, 증인이 특별한 이유도 없이 거짓말을 하는 것으로 불가능 상황을 설명한다든가, 더 안 좋을 때는 이미 죽은 것으로 되어 있는 인물이 예고도 없이 살아 돌아온다든가 하는 경우가 있다. 작품의 예는 사양하도록 하겠다.

굳이 미스터리가 아니어도 이것만으로는 카타르시스를 얻을 수 있을 리가 없다. 조금 더 제대로 된 미스터리 고유의 '허술함'을 들어보자면 일단 동일한 트릭의 반복사용을 들 수 있다. 애거사 크리스티의 『끝없는 밤Endless Night』(1967)은 『애크로이드 살인사건The Murder of Roger Ackroyd』(1926)을 전적으로 차용한 새로운 궁리를 하지 않은 자기모방이다. 두 번째는 부분적 미해결 즉 중도에 흐지부지되는 것을 들 수 있다. 아리마 요리치카의 『4만 명의 목격자四万人の目撃者』(1958), 조셉 코닉의 『죽은 자가 잠든 늪死者の眠る沼』(1986). 다만 아리마의 경우, 의식적으로 설명할 수 없는 것을 남겨둔 것으로도 이해할 수 있다. 그는 이 작품으로 '야구소설'(즉 풍속소설)을 쓰려고 했었던 것뿐이며 추리소설을 쓰려던 의도가 없었던 것으로 탐정작가클럽상[61]을 최초로 사임할 정도였다. 세 번째는 SF적이라고도 할 수 있는 초자연의 자의적 도입을 들 수 있다. 이 또한 하려면 제대로 해야지 그렇지 않으면 전혀 카

---

61) 1948년에 〈탐정작가클럽상〉이란 이름으로 출발하여 1963년부터 오늘날까지 '일본추리작가협회상'으로 개명하여 맥을 이어가고 있는 일본 미스터리 부문에서 가장 명예로운 상이다. 장편 및 연작단편집 부문과 단편 부문, 그리고 평론 및 기타 부문으로 나뉜다.

타르시스를 느낄 수가 없다. 울리치의 『밤은 천 개의 눈을 가지고 있다Night has a Thousand Eyes』(1945)가 이에 해당된다. 마지막으로 해결의 연장 — 해결이 정당한 이유도 없이 늘어져 그동안 쓸데없이 사람이 살해당한다. 잡지연재물에 많이 나타나는 형태로 일본의 미스터리에 자주 등장하는 형식이라는 정도만 언급해 두겠다.

(2) 범인의 자백에 의한 사건의 해결. 이것으로 카타르시스를 느끼지 않는다면, 그것은 탐정이라는 제사장이 없는 제식이라는 점에서의 불안감 때문이거나 혹은 그것이 증명이 없는 고백에 지나지 않기 때문에 어쩌면 아직 반전의 한방이 있는 것은 아닐까 하는 기대의 불충족감 때문일지도 모른다. 앨런 밀른의 『붉은 저택의 비밀』, 크리스티의 『그리고 아무도 없었다And then there were none』(1939), 아야쓰지 유키토의 『십각관의 살인十角館の殺人』(1987)이 여기에 해당된다. 그러나 방금 언급한 작품들은 불충족감을 주는 수준에서는 벗어나 있다.

(3) 우연한 해결. 허술한 탐정에 의해 의외의 사건이 해결될 때 보이는 특징으로 아래의 작품에서는 크로프츠의 작품을 제외하면 처음부터 명탐정물을 익살스럽게 전개하려는 의도가 있었다고 볼 수 있다. 물론 어느 정도는 색다른 카타르시스를 느끼는 것이 가능하지만 이러한 패러디적 장치는 논리적 해결에 의한 해방감과는 또 다른 것이다. 크로프츠의 『프렌치 경감과 스타벨의 비극Inspector French and the Starvel Tragedy』(1927), 조이스의 『도버 시리즈』, 피쉬의 『슐록홈즈 시리즈』(1966~),

베쓰야쿠 미노루의 『탐정 이야기探偵物語』(1977) 등을 예로 들 수 있다.

(4) 사건 해결의 부재. 먼저 '범인의 행방불명'의 경우는 다음과 같다. 조르주 심농의 『벨의 죽음La Mort de Belle』(1952)의 주인공은 중년의 교사인데 그의 집에 살기 시작해서 얼마 안 되는 아내 친구의 딸이 참혹하게 살해당한다. 아내를 포함하여 주위 사람들은 그날 밤 우연히 딸과 둘 뿐이었던 그에게 의심의 눈초리를 보내기 시작한다. 이 과정에서 그는 시간이 지나감에 따라 정신의 균형이 조금씩 무너지고 결국 파국을 맞이한다. 강한 서스펜스를 동반한 심리적 자기 붕괴극으로 끝내 범인은 모르는 채 끝나고 또 그 해결이 목적도 아니다. 작품의 결말부의 뒷맛이 깨끗한 이야기는 아니지만 그것은 범인이 잡히지 않은 것과는 관계가 없다. 지적 카타르시스는 여기에 존재하지 않는다. 설령 있다고 한다면 그것은 다른 종류의 그 무언가일 것이다.

'복수複數의 해결'도 수수께끼풀이 소설에 있어서는 무해결과 마찬가지이다. 이는 본격미스터리의 범주에서 멀어진 징후 가운데 하나이기도 하다. 에도가와 란포의 『도난盜難』(1925), 피터 이스라엘의 『상납 Hush money』(1974)이 여기에 해당된다. 그리고 란포의 본격에서 멀어진 또 다른 징후인 '의심스러운 해결' —해결은 되었지만 당사자는 그것으로 옳은지를 의심함으로서 작품의 깊이를 부여하는 해결 — 로『음울한 짐승陰獸』(1928)이라는 작품을 제공하고 있다. 이 작품을 통해 그의 현대적 감각을 새삼 다시 볼 수 있다. 이러한 종류의 경향 가운데 과도기를 대표하는 명작 『독초콜릿 사건』조차도 1929년에 발표된 작품이기 때문이다.

지적·윤리적 냉소주의의 시대

이렇게 보면 카타르시스의 영역에서도 변화가 있는 것이 분명해졌다. 주로 (3)과 (4)에서 언급하였다시피 명탐정의 패러디화 혹은 서스펜스, 일반소설에의 접근이라는 다양한 시도들에서 고전적인 수수께끼풀이 소설의 회의와 비판이 표현되고 있다. 이제는 순수하게 퍼즐게임에만 몰두하던 시대는 끝난 것이다. 물론 현대에도 본격물의 수요가 많지만 이는 새로운 미스터리 독자층이 일단 고전의 '재고'에서부터 손을 대는 것으로, 신제품의 흐름으로만 봐서는 점점 쇠퇴하고 있는 것이 역력하다. 윤리적인 영역에서도 마찬가지로 지적인 영역에서도 냉소주의의 확산은 명백해졌다.

원래 본격미스터리는 제1차 세계대전에 의해 일어난 중산계층의 지적·윤리적 혼란의 생산물이었다. 전쟁으로 인한 대량의 죽음, 혁명, 사회 혼란은 낡은 윤리관을 흔들고 어째서 이런 일이 일어났는지, 도대체 누가 나쁜 지를 알 수 없다는 깊은 좌절감을 특히 지식층에게 가져다주었던 것이다. 전후의 십자말풀이Cross Word Puzzle와 '메이햄 파바'파의 미스터리 유행은 그들의 이러한 정신적 외상의 대상작용이라고도 말할 수 있다.[62]

---

62) 콜린 왓슨, 앞의 책.

하지만 그 이후에도 세계는 점점 더 이해하기 힘들게 되어갔다. 대공황과 계획화의 시대에 들어 조직과 그 역할이 비대해져감에 따라 사회 조직은 한층 더 파악하기 어려워졌다. 이러한 시대가 되자 더 이상 '탐정놀이'는 기분전환하기에는 너무 한가롭고 시대감각에서도 유리되었다고 일부 독자들은 느끼기 시작한 것이다.

해피엔드의 종언

1940년대서부터 미스터리에 새로운 흐름이 시작되었다. 그중 하나는 윤리적 냉소주의의 산물로서 2가지의 흐름을 포함하고 있다. 첫 번째는 '탈윤리'파라고도 불리는 것으로 패러디물, 유머물, 최근에는 아카가와 지로 등의 가벼운 미스터리가 이에 속한다.

두 번째는 위의 것에 비해 상대적으로 진지한 노선으로 '반윤리'파라고도 불리는데, 이는 고전 미스터리의 세상에서 동떨어진 상황설정, 작위적 등장인물, 특히 천재탐정들 그리고 징악적인 해결 ─ 이 모든 것은 고전 미스터리에서 속물적 허위의 냄새를 맡고 더 이상 '윤리적'이란 것을 느낄 수 없게 된 독자들에게 어필한다. 먼저 하드보일드 소설에서는 쪼잔한 악당들과 볼품없는 거리의 탐정, 섹시한 악녀들의 보잘 것 없는 세계를 어느 정도 노골적으로 그려냄으로서 속물적 허위성을 떨쳐내지 못한 미스터리계의 상황에 숨통을 틔워주었다. 평범한 경관들이 화려하진 않지만 착실히 수사를 해내는 경찰소설이 잇따르고, 악덕 경관물이나 이른바 사회파 추리소설도 이 흐름에 속한다. 다양한 의미에서의 '진실' 추구가 이 장르의 특징인 것이다.

또 다른 큰 방향은 지적 냉소주의의 결과로 나타난 수수께끼 풀이 소설로부터 서스펜스, 호러 등 심리적, 감각적 카타르시스를 중심으로 하는 작품들의 흐름이다. 이 작품들은 공포나 불안, 고통에서부터 해방 감을 느끼는 것이 되지만 최근에는 같은 서스펜스라 하더라도 해피엔 드라고는 말하기에는 어려운, 상처뿐인 고통스러운 결말이 늘어나고 있는 점이 주목된다. 스티븐 킹의 많은 작품에서는 악마('악'이 아니다) 는 사라지지만 멸망한 것은 아니고 착한 사람도 상처 받거나 죽기도 하며 어떤 때에는 악마에 홀려 죽기도 한다. 또한 루스 렌델의 『활자 잔혹극A Judgement In Stone』(1977)에서는 결말이 처음부터 명백히 드러나 있고 이야기는 오로지 어두운 결말을 향해 간다.

해피엔드는 심리적 카타르시스에 있어서 가장 선호되는 것으로 갈등 으로부터 '해방'된 형태이며 이것이 없으면 카타르시스가 없다고 느끼 는 사람도 많다. 그러나 아리스토텔레스식 비극의 효과에 가장 가까운 '공포와 동정'을 통해서 얻어지는 정화 감각은 오히려 『활자 잔혹극』을 읽을 때 맛볼 수 있는 것이다. 따라서 이러한 작품에 카타르시스가 없 다는 비판은 맞지 않다고 생각한다. 그렇다고 해서 비극적 결말이 아 니면 카타르시스라는 말을 쓸 수 없다고 생각하는 것도 너무 과하게 반대로 간 것이다. 비극적 결말이 사실은 해피엔드인 경우도 많기 때 문이다. 토머스 하디Thomas Hardy의 『테스Tess of the d'Urberville』(1891)에 등장하는 히로인이 이 세상에서 너무나도 많은 고통을 받았기 때문에 죽음도 '해방'의 일면을 지닌다고 말했던 것처럼 말이다.

그렇다고 해도 이처럼 힘겹고 무겁고 아무리 보아도 '현실도피'와는 동떨어진 미스터리를 즐기는 독자층은 어떻게 나타났고 또 어떤 사람들로 이루어져있는 것인가. 다음 장에서는 미스터리의 에토스를 담당하는 계급을 중심으로 법, 과학, 종교의식 등의 여러 양상을 살펴보도록 하겠다.

제2장

에토스

앞에서 본 다양한 종류의 카타르시스와 그 변질의 배후에는 각각 독자적인 에토스(정신풍토)가 있을 것이다. 윤리적 카타르시스의 배후에는 그 사회의 범죄에 대한 태도나 법의식, 지적 카타르시스의 배후에는 사회의 지적 관심의 레벨과 질이, 그리고 심리적 카타르시스의 배후에는 그 사회와 시대의 공기(분위기)나 피부감각이라고 할 수 있는 것이 있는 게 당연할 것이다. 이 장에서는 그 중 주요한 몇 가지를 다루게 될 것이다.

데모크라시설說

고전적 추리소설이 읽히기 위한 사회적 조건에 대해서는 하워드 헤이크래프트의 유명한 설이 있다. 그는 영국고등법원 수석판사의 말

("범죄서사와 구별되는 탐정서사는, 독자의 공감이 정의의 손아귀에서 벗어나려고 하는 범인 편이 아니라, 법과 질서의 편에 있는 안정된 사회에서만 성행할 수 있다")을 인용하면서, "정부가 우리의 정부라면 우리의 공감은 우리가 만든 법에 모인다. 정부가 놈들의 정부라면, 우리의 공감은 본능적으로 놈들이 몰아내고 있는 한 마리의 늑대에 모인다"라며 민주주의야말로 탐정소설을 번영시키는 기본조건의 하나라고 설명했다.[63]

헤이크래프트가 말하는 민주주의란 우선 정치적 민주주의다. 그에 따르면 제2차 세계대전 직전 이탈리아에서 크리스티와 에드거 월레스는 파시스트당에 의해 금서로 지정되었고, 독일에서도 1942년 초반에는 모든 수입탐정소설이 서점에서 모습을 감췄다. 신문은 영문학의 이 '사생아'를 규탄하며 '순자유주의'의 음모라고 단정지었다고 한다. 독재국과 탐정소설은 어울리지 않는 것이다.

그러고 보면 소련이나 중국, 나아가 민주주의가 충분히 자리잡지 않은 개발도상국에서도, 미스터리 생산국이라고 할 만한 곳은 없다. 예를 들어 한국에서는 김성종 등 인기작가도 있고 중간지나 대중지에는 미스터리가 얼마든지 게재되고 있지만(단 번역물이 많다), 미스터리 전문지는 없다. 『탐정실화』, 『탐정』이라는 월간지가 1960년대 창간되었지만 전자는 8호, 후자는 9호에 폐간되었다. 대만에서는 『추리잡지』라고 하는 작은 전문지가 수년 전에 창간되었지만 내용은 일본의 작가 · 평

---

63) 하워드 헤이크래프트, 앞의 책.

론의 번역이 대부분이다.

소련에서도 미스터리는 꽤 읽히고 있는 듯 하지만 두드러진 자국산 미스터리는 없다. 1980년경이 되어 겨우 '러시안 미스터리'라고 불리는 소련의 시민생활을 무대로 한 일군의 추리서스펜스 소설이 나타나게 되었지만 그것들은 모두 외국인 특파원, 정보부원, 작가가 썼던가((N. 베인, 데릭 램버트, 크레이그 토머스, 마틴 크루즈 스미스) 또는 망명 소련기자, 법률가가 쓴 것(E.토폴리, F.네즈난스키의 일련의 소설, 다큐멘터리)으로 소련에서 현재 거주하고 있는 작가의 작품은 적어도 우리 눈에는 아직 보이지 않고 있다.

확실히 일반적으로, 정치경찰이나 군사정권 아래에서 밀고, 도청, 검문, 고문이 일상일 뿐더러 시민적 자유가 제한된 나라에서는 증거에 근거한 추리를 통해 사건을 해결하고자 하는 정신이 자라나지 않는다. 또 지도나 전화번호부, 시간표, 풍경사진 등이 국가기밀로 취급되는 나라에서 함부로 '탐정놀이'나 '수수께끼 찾기'를 할 수 있는 분위기는 없다. 그러한 나라에 어울리는 것은 오히려 반체제적인 영웅(로빈 후드)이겠지만, 그런 영웅을 영웅으로써 수용하는 것 자체가 자유로운 반항의 기질을 불가결한 전제로 하고 있다.

그럼에도 '법과 질서에 대한 공감'에는 정치체제에 대한 공감과 나란히 더 직접적으로는 우수한 경찰, 좋은 재판에 대한 신뢰라는 사법체제의 측면이 있다. '안정된 사회'라는 말에는 그러한 함의가 있다. 아래에서는 이 문제에 조금 페이지를 할애하려 한다(그렇다고 해도 경찰의 힘과 조직이 미스터리에서 가지는 의미에 대해서는 이미 언급했으므로, 여기에서는 재판의 문제에 한정한다). 이 경우 이미 지적해 두고 싶은 것은 정치체제에 대한 공감이 없으면 사법체제에 대한 신뢰도 자발적인 것이 될 수 없다는 것이다. 나치 독일이나 프랑코의 스페인은 치안이 좋았다고 유명했지만 시민의 사법에 대한 신뢰가 무조건적으로 컸다고는 할 수 없다. 그것은 역시 겉보기로만 '안정된 사회'일 뿐이며, 아마도 미스터리와는 어울리지 않는 정신풍토였을 것임이 틀림없다.

시민의 재판참가

그리고 법과 질서에 대한 신뢰란 최종적으로는 재판에 대한 신뢰다. 재판에 대한 시민의 만족도는 법원의 공정함과 효율에 우선 의존하며 그것들이 비슷하다면 다음으로는 자신들의 참가도가 높은지에 의존할 것이다.

시민의 재판참가에는 배심제와 참심제參審制가 있다. 참심제란 비전문가인 시민대표가 재판관과 함께 하나의 재판체제를 구성하여 재판을 진행하는 방식으로, 유럽 대륙에서 주로 볼 수 있다. 이 경우에는 아무래도 프로인 재판관이 비전문가인 참심원을 실질적으로 리드하게 된다.

이에 반해 영미권 국가들에서 널리 볼 수 있는 배심제에서 전형적인 스타일은, 유자격자 명단에서 추첨으로 선발된 12명의 시민이 법정에서 심리를 들은 뒤 별실로 이동해 증언이나 증거를 검토한 것을 토대로 하여, 만장일치로 평결을 내리는 방식이다. 평결에 근거하여 재판관은 피고를 석방하거나 형량을 포함한 판결을 내리게 된다. 시드니 루

멧의 영화 「12인의 성난 사람들12 Angry Men」(1957)를 떠올리면 좋다.

일본의 배심제

배심제도 참심제도 우리에게는 익숙하지 않은 것처럼 보이지만 실은 일본에서도 전전戰前에 배심제가 있었다. 형식상은 현재도 정지되어 있는 것에 지나지 않는다. 다이쇼 데모크라시의 영향 하에서 1923년에 제정되어 1928년부터 시행, 1943년에 정지(폐지가 아닌)되었다. 당시는 아직 '민도가 낮아'서 그 장점을 살리지 못하고 인기를 얻지 못했다고 이야기되며, 실제 피고의 98%가 배심제에 의한 재판을 사양했다.

일본의 배심제 시행을 전하는 1928년 10월 1일자 『아사히신문』

일본의 배심제 시행을 전하는 1928년 10월 2일자 『아사히신문』

그러나 이 배심제는 영미의 그것과 닮았지만 다른 것이었다. 배심원의 자격도 훨씬 제한적이었다. 미국 연방법에서는 18세 이상 남녀였지만 일본에서는 30세 이상의 남성으로 국세 3엔 이상의 납세자로 정해져 있었다. 쇼와 3년 당시의 유자격자수는 선거 등록자수의 7분의 1에 불과했다. 비용도 미국에서는 무료였지만 일본에서는 배심을 요구한 경우 피고의 부담이 되었다.

가장 큰 차이는 (1) 일본의 경우 평결결과가 재판관을 구속하지 않았고, 재판관은 평결에 동의하지 않을 때 배심원을 교체해 다시 할 수 있으며(미국에서는 반대로 무죄평결의 경우 그것이 최종결정이 된다), (2) 유죄평결이 나왔을 때 피고는 항소할 수 없다(미국에서는 가능)라는 두 가지다. 이는 무엇을 위한 배심원인가 알 수 없을 뿐더러, 불리한 결과가 나오면 돌이킬 수 없기 때문에 배심을 요구하지 않는 피고가 압도적 다수였다 해도 이상할 게 없다.

즉 이것은 대중에 대한 신뢰를 결여한 이름뿐인 배심제인 것이다. 민도가 낮다는 이유로 이용하기 어려운 제도를 만들고, 그것에 적응하지 못한다고 해서 역시 민도가 낮기 때문이라고 단정해서는 국민도 설 자리가 없다. 이 일본판 배심제에는 자백한 경우에는 요청할 수 없다든지, 평결은 과반수라든지, 그 이외에도 주목할 만한 특징이 있었다.

배심제와 미스터리

배심제의 효과 중 하나는 재판에 대한 일반의 관심을 높이는 점에 있다. '민주주의의 학교' 사법판이라고 해도 될 것이다. 일본판 배심제 수준이라고 해도, 시민의 참가의식을 높였다는 점에서는 없는 것보다는 훨씬 나았던 듯하다. 히카게 조키치의 「식등飾燈」에서는, 배심원으로 뽑힌 것이 큰 자랑거리로 재판에 빠져들어 가업을 소홀히 한 결과 파산한 쌀장수의 이야기가 나온다. 일본의 재판 미스터리가 집중적으로 출현한 것은 이 배심제도가 제정되고 나서 수년 후의 일이다(작품의 예는 표 8을 참조).

표 8 재판 미스터리 작품의 예

영국

- 리처드 오스틴 프리만 『붉은 엄지손가락 지문The Red Thumb Mark』(1907)
- G.K.체스터턴 『통로에 있었던 사람The Man in the Passage』(1913), 『판사의 거울The Mirror of the Magistrate』(1925)
- 필립 맥도날드 『미로The Maze』(1931)
- F.W.크로프츠 『크로이든 발 12시 30분The 12,30 from Croydon』(1934) 「모험가 제임스 태런트James Tarrant, Adventurer」(1941)
- 앤소니 버클리 『시행착오Trial and Error』(1941)
- 레이먼드 포스트게이트Raymond Postgate 『12인의 평결Verdict of Twelve』(1940)
- 시릴 헤어 「법의 비극Tragedy at Law」(1942)
- 에드가 루스트가르텐 「여기에도 불행한 이가 있다The Case to Answer (One More Unfortunate)」(1947)
- 조세핀 테이 「프랜차이즈 저택 사건The franchise affair」(1948)
- 브루스 해밀턴 「목 매달린 판사Hanging Judge」(1948)
- 마이클 길버트 「죽음에는 깊은 뿌리가 있다Death has Deep Roots」(1951)
- 헨리 세실 「판사에게 석방은 없다No Bail for the Judge」(1952) 「법정 밖 재판 Steeled out of Court」(1952)
- 에드워드 그리어슨 「노래로 인한 명성Reputation for a Song」(1952) 「두 번째 남자The Second Man」(1956)
- 애거사 크리스티 「검찰측의 증인The Witness for the Prosecution」(1953)
- 마이클 언더우드 「콜린 와이즈의 범죄The Crime of Colin Wise」(1964)

- B.M.길(=바바라 마가렛 트림블Barbara Margaret Trimble) 「열두 번째 배심원The Twelfth Juror」(1984)

일본
- 고가 사부로 「하세쿠라사건支倉事件」(1927)
- 하마오 시로 「살해당한 덴이치보殺された天一坊」(1929)
- 구즈야마 지로 「붉은 페인트를 산 여자赤いペンキを買った女」(1929)
- 사토 하루오 「빈의 살인용의자維納の殺人容疑者」(1932)
- 오사카 게이키치 「꼭두각시 재판あやつり裁判」(1936)
- 히카게 조키치 「식등飾燈」(1957) 「남자의 성男の城」(1961)
- 오오카 쇼헤이 「문 그림자의 남자扉のかげの男」(1960, 증보하여 「무죄無罪」1978) 「와카쿠사 이야기若草物語」(1961~1962, 원고수정되어 「사건事件」 1977)
- 다카기 아키미쓰 「파계재판破戒裁判」(1961) 「유괴誘拐」(1962) 「추적追跡」(1962)
- 다카하시 야스쿠니 「충돌침로衝突針路」(1961) 「거짓된 맑음偽りの晴れ間」(1970)
- 가이코 다카시 「구석의 미로片隅の迷路」(1961)
- 사가 센 「화려한 시체華やかな死体」(1962) 이하 다수
- 고이즈미 기미코 「변호측 증인弁護側の証人」(1963)
- 와쿠 슌조 「가면법정仮面法廷」(1972) 이하 다수
- 니시무라 교타로 「사라진 승무원消えた乗組員」(1976)
- 이사 치히로 「역전逆転」(1977)
- 고스기 겐지 「인연絆」(1987) 외

미국
- 프랜시스 하트 「벨라미 재판The Bellamy Trial」(1927)
- E.S.가드너 「벨벳 발톱The Case of the Velvet Claws」(1933) 이하 83권의 페리 메이슨 시리즈
- 카터 딕슨(=존 딕슨 카) 「유다의 창The Judas Window」(1938)
- 퍼시발 와일드 「검시Inquest」(1938)
- 엘러리 퀸 「재앙의 마을Calamity Town」(1942)
- 리처드 게먼 「낙원의 살인A Murder in Paradise」(1954)
- B.S.밸린저 「이와 손톱The Tooth and the Nail」(1955)
- 어빙 월러스 「7분The Seven Minutes」(1969)
- 레온 유리스 「QBVII」(1970)
- 존 브루스 「공중충돌Airscream」(1978)
- 배리 리드 「우연한 선택The Verdict」(1980)
- 헨리 덴커 「복수법정Outrage」(1982)
- D.킨케이드 「석양의 폭탄마The Sunset Bomber」(1986)
- H.E.골드플러스 「심판The Judgment」(1986)
- 스콧 터로 「무죄추정Presumed Innocent」(1987)

재판 미스터리는 일본에서는 기묘하게도 집중적으로 발생한 경향이 있었는데 그 다음의 발생기는 1960년대 초반에 이르러서였다. 새로운 형사소송법의 이념이 어느 정도 정착한 것, 50년대에 마쓰가와松川,[64] 야카이八海,[65] 스나가와砂川[66]의 사건들, 고마쓰가와小松川여고생살인사건[67] 등 대형 형사사건이 화제가 된 것, 그리고 이것은 사건이지만 영화『12인의 성난 사람들』의 흥행(59년 키네마순보 베스트1)이 직접적인 계기를 제공한 것이 집단 발생의 이유라고 할 수 있지 않을까.

작품표를 보자면 외국의 재판 미스터리에 비해서 일본의 법정물은

---

64) 1949년 8월 17일 새벽 동북본선 마쓰가와역 부근에서 열차가 탈선 전복되어 기관사 등 3명이 사망한 사건.

65) 1951년 1월 25일, 야마구치현山口의 야카이八海에서 하야카와 소베이(64세)와 그의 아내 히사(64세)의 시체가 이웃에 의해 발견된 사건. 남편의 시신은 얼굴과 머리, 온 몸에 상처가 난 채 침실의 이불 속에 있었고 아내의 시신은 옆방에서 목을 매달고 있었다. 형사들은 목을 매단 것이 자살을 위장한 것이라 판단하고 부부 살인 사건으로서 수사를 시작하여 요시오카 아키라(22세)를 범인으로 지목, 그를 체포했다.

66) 1957년 7월 도쿄도 스나가와의 미군 비행장 확장에 반대하는 주민, 학생 등이 철책을 끊고 기지 영역으로 들어갔다가 미·일 간 주둔군지위협정에 따른 형사 특별법 위반 혐의로 기소된 사건이다.

67) 1958년 재일조선인 이진우가 고마쓰가와 고등학교에 재학중이던 여고생을 살해한 사건. 이 사건으로 이진우는 사형판결을 받았고, 재일조선인에 대한 차별문제가 일본사회에 큰 반향을 불러일으켰다.

시작도 늦고 근년까지 수가 적었음을 알 수 있다. 또 실록물이나 픽션에서도 실제 사건을 모델로 한 작품이 많다는 것이 특징이다. 『시쿠라 사건支倉事件』은 시마쿠라 기헤이 사건島倉儀平事件,[68] 「빈의 살인용의자」는 구스타프 바우어 사건Gustav Adolf Bauer Case, 『유괴』는 모토야마 사건本山事件,[69] 『추적追跡』은 시라토리 사건白鳥事件,[70] 그리고 『구석의 미로片隅の迷路』는 도쿠시마 라디오상인 살인사건德島ラジオ商事件[71]을 각각 모델로 하고 있다. 법정물이라고 해도 예를 들어 『시쿠라 사건』의 범인이 완전히 괴물스럽게 나오고 있는 것처럼 사건이나 인간의 특이한 재밋거리가 흥미를 끌었다는 점이 서구의 그것과는 두드러지게 대립적이다.

서구에서는 배심제를 통해서 시민이 재판에 참가하는 과정 속에서 법과 인권의식의 향상이라는 성실하고 윤리적인 카타르시스가 결합되는 측면뿐만 아니라 재판의 실태를 통해 그것을 게임으로서 즐긴다는, 불성실한 것은 아니지만 지적인 카타르시스 작용의 어떤 측면도 자연스럽게 몸에 익히게 되었다. 때문에 미스터리의 세계에서도 명탐정물이 한계점에 다다름에 따라 작가들이 법정에서의 투쟁을 매력 있는 새로운 분야로서 개척해 픽션 속에서 살려보려고 했던 것은 지극히 자연

---

68) 1917년 절도, 방화, 사기, 강간 살인, 사체 유기 발화 살인 등의 죄목으로 체포된 시마쿠라가 범행을 자백한 이후, 자백이 고문에 의한 것이라는 이유로 무죄를 주장했으나 사형판결은 철회되지 않자, 결국 자살한 사건.

69) 1960년 5월 16일 도쿄도 세타가야 구에서 일어났던 남자 아이 유괴 살인 사건.

70) 시라토리 사건은 1952년 1월 21일 삿포로 시경 소속 시라토리 카즈오 경부가 살해당한 사건이다. 일본 공산당과 자유법조단에게 범인의혹이 몰렸으나, 이들은 현재까지도 이 사건이 누명이라고 주장하고 있다.

71) 도쿠시마 라디오상 살인은 1953년 11월 5일 발생한 사건으로, 범인으로 아내인 후지 시게코(37)가 지목당한 사건이다. 이 사건으로 후지 시게코는 32년의 징역을 살게 되었고, 사망 이후 무죄판결이 내려졌다. 대표적인 일본의 누명사건 중 하나이다.

스러운 일이었다. 사건의 특이성에 의존할 필요는 없었던 것이다. 조금 더 자세히 살펴보자.

투쟁의 룰

배심제가 미스터리와 잘 어울리는 이유는, 다른 재판방식에 비해 흥정의 재미를 느끼게 해줄 수 있기 때문이다. 일본과 영미의 법정물을 읽고 나서 금세 느끼게 되는 것은 법정에서 검찰 측과 변호사 측이 말을 주고받는 모습에 상당히 차이가 있다는 점이다. 유죄무죄를 결정하는 것은 비전문가 집단이므로, 그들을 상대로 점수를 따려고 하는 법정 테크닉은 페리 메이슨Perry Mason(E.S.가드너의 작품에 등장하는 변호사)이 등장하는 작품에서 볼 수 있듯 무시무시한데, 재판관은 심판으로서 배심원에게 예단이나 편견을 심어줄 수 있는 시도를 엄하게 배제하지 않으면 안 된다. 그렇지 않으면 '국민의 목소리'는 '신의 목소리'가 되어주지 못하기 때문이다.

그런데 일본의 법정에서 재판관은 법정을 지휘해 증거나 증언의 가부를 결정하는 심판일 뿐만 아니라 그것을 종합해서 판결을 내리는 배심원의 역할도 수행하지 않으면 안 된다. 영미에서라면 배심원과 판사가 분담하고 있는 두 역할을 한 사람이 해야 한다. 그 결과 어찌해도 증거의 채용 과정 등이 가볍게 흘러가 버리기 쉽다는 것이다. '전문傳聞증거'를 처리할 때 보이는 경향 등이 그러하다.

'전문'이란 일상적으로 '건너 듣는 것'을 의미한다고 알려져 있지만,

법률용어로는 그것뿐만 아니라 일반적으로 증거로서의 효력이 약한, 변호인의 반대심문을 거치지 않은 목격자 등 참고인의 조서 등을 가리키는데, 그 상태인 채로는 증거로서 인정되지 않는다. 참고인으로부터 조서를 작성하는 것은 보통 경찰의 취조실에서 변호인이나 피고의 입회 없이 이뤄지므로 기억이 어긋나거나 애매한 진술에 대해 검증이 없고 수사관의 유도, 강제, 편견에서 자유롭지 못하다. 이런 이유에서, 변호인의 동의가 있든지 법정에서 증언되는 경우를 제외하면, 원칙적으로 참고인 조서는 증거로서 법정에 제출되지 못하는 것이다.

그런데 형사소송 법학자들은 일본의 법정에서 전문 증거의 취급이 영미에 비해 상당히 허술한 편이기 때문에 예외가 원칙처럼 되어 위의 조건이 지켜지지 않은 참고인 조서가 아무렇지도 않게 채용되고 있다고 지적한다. 와쿠 슌조의 『위증법정偽証法廷』(1988)은 바로 이런 문제를 다룬 소설로, 등장하는 판사가 전문 증거를 다루는 모습은 신중하고 적절하고 모범적으로 보일지라도 현실에서는 그렇지 못하다고 한다. 그것은 아마도 앞서 언급한 판사의 1인 2역과 관계없지는 않을 것이다. 증거를 보는 역할과 볼 것인지 안볼 것인지를 판단하는 역할을 동일인물이 맡는다는 것은 본래 무리한 것이다. 내용을 보지 않고 채용의 여부를 결정할 수는 없는 노릇이므로 아무튼 일단 봐야하지 않을까라는 식이 되며, 보고 나면 일단 봐 버리기도 했고, 자신은 프로니까 증거에 의한 잘못된 영향을 받지 않을 것이라는 자부심도 발동한다. 또 조금이라도 시간을 절약해 심리를 진행하고 싶다는 의식도 있을 것이다. 어느 쪽이든지 간에 배심원을 대할 때만큼의 배려는 아무래도 없기 마련이다.

반대로 배심제에서 변호사, 검사는 둘 다 엄격한 심판의 눈 속에서 상대방의 계속되는 이의제기를 넘기면서 배심원을 설득하지 않으면 안 된다. 그것은 그들에게 우선 레토릭rhetoric의 중요함을 가르쳐주었다. 좋게 말하면 세련된, 나쁘게 말하면 궤변적인(『베니스의 상인The Merchant of Venice』의 포샤 같은) 수사능력이 요구되는 것이다.

레토릭과 함께 증거수집능력이나, 관련된 법률 및 판례를 찾아내 거기에 비춰 사실을 분석해고 의미부여하는 힘도 중요하다. 특히 후자는 재판 미스터리의 볼거리 중 하나인데, 그 때문에 법률가가 아니면 재판물은 쓰기 힘들다고 하는 경찰소설의 경우에는 잘 없는 상황이 출현했다. 경찰출신이 아닌 경찰소설 작가는 얼마든지 있지만 법정소설작가의 다수는 구미, 일본 모두 법률가가 점하고 있다. 다카기 아키미쓰, 오오카 쇼헤이, 최근에는 고스기 겐지 등 성공한 아마추어가 없는 건 아니지만 말이다.

이러한 일련의 엄격한 제약조건은 재판 미스터리에게 명탐정물과는 다른 지적 카타르시스를 약속할 것이다. 그것은 엄격한 룰에 구속된 스포츠와 닮아있다. 명변호사의 업무는 오프사이드 트랩, 고의 반칙 등 함정에 가득한 룰의 틈새를 아슬아슬하게 파고드는 공방을 연상시킨다. 재판 미스터리는 본격미스터리와는 다른 의미에서 '룰의 문학'인 것으로, 구속과 대결이 독자적인 긴장과 매력을 낳는 장르다. 기 데 카르의『파계법정』등 삼중고에 시달리며 심지어 비협력적인 피고를 변호해야만 하는, 후디니의 탈출 마술과도 닮은 구속의 서스펜스가 있다.

그것을 즐기기 위해서는 현실에서 재판이 어떻게 돌아가는지를 숙지하지 않으면 안 된다.

재판 게임의 주역에도 일본과 영미에서는 차이가 보인다. 일본이나 중국에서도 '오오카 재판'물(『오오카 정담大岡政談』이라는 고단에서 주인공이 펼치는 판결)이라든지 『로쿠슈코안鹿洲公案』(남정원藍鼎元, 미야자키 이치사다宮崎市定 역, 東洋文庫)과 같은 명판관물의 흐름이 있었고, 거기에서는 재판관이 드라마 주인공 자리를 차지하는 전통이 있다. 그에 반해 배심제에서는 오래 전부터 재판관은 단순한 진행 담당일 뿐이다. 진행자 역할을 넘어서 권력을 행사하려고 하는 주제넘은 재판관은 극 중에서 망신을 당하거나 살해당하거나 할 정도다(『법정 밖 재판』, 『법의 비극』, 『목 매달린 판사』). 또 범용하고 무능한 판사를 등장시키는 예가 적지 않다(『여기에도 불행한 이가 있다』).

영미재판극의 주인공은 많은 경우 변호사다. 배심원은 변론에 쉽게 휩쓸리며 '어느 쪽이 뛰어난 변호사를 갖고 있는지를 판정하기 위해 뽑힌 열두 명의 사람들'(오노레 드 발자크Honore de Balzac)이라고 불릴 정도이므로, 변호사는 그야말로 배심제가 낳은 스타라고 해도 좋다. 변론이 정교하고 우수한 조사원을 가진 명변호사의 출현은 새로운 캐릭터의 분야를 열었다.

반면 명변호사는 다른 문제를 낳기도 했다. 변호사는 비즈니스로서 변호를 맡는 것이므로, 명성과 수입을 높이기 위해서라면 무슨 짓을 해서라도 이겨야 한다. 미국처럼 인구 당 변호사수가 일본의 27배나 되는 과도경쟁의 나라에서는 더더욱 그렇다(크리스티 『검찰 측의 증인』

에서는 일류변호사가 보수도 승산도 적은 피고의 사건을 받아들이는
데, 우리에게는 매우 부자연스럽게 보인다). 그들은 당연히 피고의 이
익을 위해 일하지만, 그것이 반드시 정의와 일치하는 것은 아니다. 유
죄임을 알면서(혹은 의심하면서) 승산이 있다면 무죄를 주장하는 일은
드물지 않다. 이것은 경찰물이나 아마추어 탐정물에는 없었던 요소다.
경관은 '법'을 위해, 아마추어 탐정은 '정의'(와 약간의 '자기 만족')을
위해, 그리고 하드보일드한 사립탐정은 거의 '자기 만족'을 위해 일한
다고 한다면, 변호사는 비즈니스와 결부된 '승부'를 위해 일한다고 하
는 제3(또는 제4)의 원리를 이 분야에 가져왔다. 그가 화려한 법정 테
크닉을 구사하며 이 '의리 없는 싸움'에 열중하면 할수록, 독자의 윤리
적 카타르시스는 갈 길을 잃고 마는 것이다.

압제에 대한 저항

지금까지는 일본과 영미의 재판제도와 재판 미스터리를 비교하면서
배심제와 미스터리가 잘 어울린다는 점을 살펴보았다. 그러나 실은 배
심제라고 해도 다 똑같은 것은 아니며 영미 양국 사이에서도 그것이
수행해 온 역할에는 상당한 차이가 있다.

미국이 배심제를 시행한 때는 영국의 지배하에 있던 시기로, 배심원
으로 뽑힌 시민은 얄궂게도 영국 통치자의 간섭 아래에 있는 재판관에
대항해, 억압받는 자신들의 이익을 지키는 역할을 수행했다. 그것은 압
제에 대한 '인민의 방파제'로서 자주 갈채를 받았다고 한다.

이는 미국만의 일이 아니다. 배심원의 그러한 역할은 미국이 지배자가 되어 군림한 오키나와에서도 볼 수 있었다. 1964년 8월 미해병대원 살해사건의 재판은 그것을 생생하게 보여주고 있다(이사 치히로『역전逆転』). 두 명의 해병대원이 심야의 길거리에서 지나가던 오키나와 청년에게 시비를 걸었고, 도와주러 온 청년의 친구 3명도 합세하여 난투가 벌어졌다. 밤이 밝자 해병 한 명은 시체로, 한 명은 부상을 입어서 발견되었는데, 부상병은 전혀 기억이 없다고 주장했고 물증도 목격자도 없는 채, 청년 4명이 상해치사와 상해죄로 기소되었다는 사건이다.

12명의 배심원 중 일본인은 세 명뿐(게다가 중간에 1명이 빠진다)이었지만, 상황의 애매함을 수상하게 여긴 한 명이「12인의 성난 사람들」의 헨리 폰다처럼 끈질긴 설득을 이틀 넘게 계속한 끝에, 다른 전원의 마음을 돌려 평결은 상해치사에 대해서는 무죄가 되었다. 그럼에도 불구하고 첨부죄목에 불과했던 상해죄에서 미국인 판사는 대다수가 집행유예를 예상했음에도 불구하고 3년, 2년의 실형을 선고했다(한 명만은 유예). 이 판결은 노골적인 위협과 보복의 정책적 형벌이었지만, 그럼에도 배심제가 그 기능을 다한 것임에는 틀림없다. 한 배심원의 노력이 없었더라면 20년 실형은 꼼짝없이 내려졌을 것이다. 식민지 시대에 미국 시민이 가졌던 저항의 전통이 오키나와 시민에게도 이어진 것이다.

지배자로서는 마음에 들지 않겠지만, 미국의 법정물에는 윤리적 카타르시스의 한 형태로서 피억압 상태에 대한 공감과 거기로부터의 해방이라는, 포퓰리스트적라고 해도 좋을 카타르시스를 느끼게 하는 경향이 뿌리 깊게 자리하고 있다. 근년 베스트셀러가 된『우연한 선택』

은 강대한 보스턴의 권력체제를 상대로 한 의료소송 싸움에 도전하는 이야기로, 현실성은 떨어져 보일지라도 그런 종류의 카타르시스를 느끼게 해주는 예다.

법과 정의의 불화

배심제는 압제에 대한 저항과 더불어, 법만으로는 실현되지 않는 정의를 '해결'하는, 즉 법과 정의 사이에 존재하는 간극을 메우는 기능을 지니고 있다. 이러한 법과 정의가 어긋난다는 감각, 내지는 그런 사실에 대한 분노는 영국보다 미국에서 격렬한 표현으로 나타나는 경향이 있다.

미국에서는 한편으로는 주점이나 광장의 즉결재판의 전통을 이은 '성급한 정의파'라고 할 수 있는 청교도들이 있고, 다른 한편으로는 법과 질서를 지켜야 할 경찰의 질이 낮다는 점과 더불어 사법 상층부가 지방정치의 진흙탕에 얽혀있다는 점도 있다. 배심제에는 마을을 자기 손으로 정화하는 시민적 정의의 실현기구라는 역할이 부여되어 있는 것이다. 거기에서는 배심원이 히어로다. 배심원은 법정에서의 논쟁에 참여하지 않기 때문에, 재판소의 주인공은 되기 힘들고 그러한 드라마도 많지 않지만(최근에는 『12명 째의 배심원』), 전통적으로 법정물에서 하나의 흐름을 형성해 온 것은 의심할 여지가 없다.

근년에는 법과 정의 사이의 간극의 해결이 법 자체의 결함에 대한 공격이라는 형태를 취하는 경향도 나타났다. 헨리 덴커의 충격적인 『복수법정『Outrage』은 그 훌륭한 예다. 소녀를 강간, 살해한 범인이 범행 직후 순찰 중인 경관에게 검문, 체포당해 물증은 물론 자백까지 받아냈음에도, 재판에 회부되지 않고 방면되었다는 것이 사건의 발단이다. 자백이 채용되지 않은 것은 범인이 다른 강간 사건으로 보석 상태였기 때문이다. 뉴욕주에서는 보석 중인 사람으로부터 자백조서를 받는 경우 앞 사건의 변호사가 입회해야 하는데 이 사건에서는 그렇게 하지 않았기 때문이다. 또 물적 증거가 인정되지 않은 이유도 범인이 현행범도 아니고 법을 어길 것이라고 보일만한 상황이 아니었음에도 경관이 피의자를 불러 세우고 신체검문을 했기 때문이다. 참으로 받아들이기 힘든 이야기이다. 당연히 납득하지 못한 소녀의 아버지는 범인을 사살하고 자수해 재판을 받게 되는데, 그 과정에서 법의 문제점이 낱낱이 드러난다고 하는 것이 줄거리다. 그는 결국 무죄가 되지만, 어떤 근거로 그것이 가능한가라는 점이 지적 서스펜스를 북돋는다. 이러한 위법증거의 배제 규칙은 물론 경찰에 의한 인권침해를 억제하는 의미도 있지만, 반대로 범인의 합법적 방면에 대한 사회적 불만도 증가하게 된다. 배심제는 이러한 사회적 불만의 배출구라는 의미도 부여 받았다는 것을 이 책을 읽으며 엿볼 수 있는 것이다.

법과 질서가 반드시 정의와 일치하지 않는다는 또 다른 패턴은 오심을 저지르지만 결과적으로는 그것이 정의와 부합한다고 하는 위와는 반대의 조금 아이러니컬한 케이스다. 1927년의 『벨라미 재판』 이외에 이런 종류의 작품은 많이 있으며 시기적으로도 비교적 확산되었음을 알 수 있다. 특히 영국의 예가 많은 것은 법과 질서에 대한 기본적인 공감은 뿌리내렸지만 그것을 맹신하지는 않겠다고 하는 영국인의 법의식 또는 인간감각의 반영일 것이다. 재판관이나 법조계의 실상에 대한 또렷한 인식과 그것을 감싸는 유머가 영국 재판 미스터리의 장점으로, '사회파'적 경향에 휩쓸리기 쉬운 미국의 재판 미스터리와는 또 다른 에토스의 산물임을 느끼지 않을 수 없다.

만만찮은 증인들

재판극의 주인공으로는 지금까지 언급해 온 재판관, 변호사, 배심원 이외에 증인(피고를 포함한다)이 있다. 특히 서구에서는 작품 상에서도 현실에서도 그들의 존재가 중요하다. 때때로 그들이 평범함과는 거리가 먼, 만만치 않은 존재이기 때문이다.

그들이 주인공이 되는 경우는 대개 어떤 사정이 있어 거짓을 하거나 사실을 숨기거나 해서, 그것이 재판의 행방을 좌우하게 되는 때다. 사실을 있는 그대로 말하는 정직한 증인은 설령 그것으로 인해 재판의 결과가 결정된다고 해도 재판극의 주인공은 될 수 없다. 그럴만한 '사정'도 그럴만한 '성격'도 가지지 못하고 있기 때문이다. 〈페리 메이슨 시리즈〉 등에서는 어느 작품을 봐도 사연이 있어 보이는(실제로 사연이 있는) 의뢰인(대개의 경우 피고가 된다)이 분규의 원인을 만들어 메이슨을 곤경에 빠뜨린다.

'사정'이 없는 경우도 서구인은 정말 있는 대로 잘 이야기하지 않는다. 거짓말을 하는 것도 아니지만, 진실도 간단하게는 말하지 않는다.

그것이 그들의 '성격'이다. 일본인과 달리 거짓말도 방편이라는 사상이 없고 사회가 거짓말에 대해 엄격한 것도 사실이다. 정부고관이나 유명인이 실각하는 이유가 대개 스캔들 그 자체보다도 스캔들을 감추려고 하다가 내뱉은 거짓말 때문인 것은 고급 창부에게 국가기밀을 누설한 프러퓨모-킬러 사건72)의 프러퓨모 국방장관 및 그 외 다수의 예에서 드러난다(리크루트 사건73) 최대의 수확은 거짓말을 했다는 이유로 실각된 요인이 속출한 것으로, 이것으로 일본은 겨우 국제적 수준에 도달했다).

불필요하게 사실을 말하지 않는 것도 일본인과는 대조적이다. 일본인은 살인과 같은 중대범죄의 경우에도 하루나 이틀의 구금만으로 자백하는 것이 통상적이라고 한다. 전쟁에서 포로가 되어도 처음에는 강한 저항을 하다가도 일단 입을 열면 상대방이 놀랄 정도로 뭐든지 말해버리는 것이 보통이라는 것은 잘 알려진 사실이다.

그러나 더욱 극단적인 것은 '자수'의 경우다. 자수는 극히 일본적인 현상이다. 아오야나기 후미오青柳文雄에 따르면, 일본에서 자수는 살인죄

---

72) 1963년. 고급 콜걸인 크리스틴 킬러Christine Keeler(1963년 당시 21세)가 영국 국방장관이었던 존 프러퓨모John Profumo(당시 48세)와 런던 주재 소련대사관 해군 무관이었던 에브게니 이바노프Yevgeni Ibanov(당시 37세)와 동시에 애인 관계라는 사실이 드러나면서 당시 해럴드 맥밀런Harold Macmillan 수상의 보수당 정권을 뒤흔든 사건이다. 킬러를 통해 영국과 나토NATO의 군사기밀이 소련 측에 흘러 갔을 가능성까지 제기되었다. 정치인이 매춘부에 국가기밀을 누설했다고 의심된 사건이다.

73) 1988년에 일어난 일본 최대의 정치 스캔들이다. 일본 정보산업회사인 리쿠르트사가 계열회사 리쿠르트 코스모스의 미공개 주식을 공개직전에 정, 관, 경제계의 유력 인사들에게 싸게 양도하여 공개 후에 부당 이익을 보게 함으로써 사실상의 뇌물을 공여한 사건이다. 다케시타竹下登 수상과 미야자와宮澤喜一 대장상 등 각료 3명의 사임으로 정계와 재계를 뒤흔들었다.

164

에 있어서 수사 단서의 6% 내외를 차지하는데, 취조 중의 여죄 고백 등을 포함하면 비율은 더욱 높아진다. 거기에 반해 서구의 경우, 자수는 자신의 이익에 반하는 행동이므로 극히 드물고, 만약 자수한 사람이 있더라도 그 사람이 정신이상이 아닌지를 우선 조사하지 않으면 안 되며 이상이 없다면 무슨 목적으로 자수했는지를 또 조사하지 않으면 안 된다고 한다. 일본인의 자수와는 다르게 자수의 80%가 거짓이라고 단정하는 전문가도 있을 정도이다.[74] 실제로 미스터리에 등장하는 자수는 대부분 그런 종류다.

그렇다고 한다면 일본처럼 자수가 감형의 대상이 된다고 하는 것은 말이 안 된다. 스스로 자신에게 불이익이 되는 진술을 한다는 것은 권리 포기에 불과하며, 재판이 본질적으로 투쟁이라고 생각하는 서구적인 발상에서 보자면 포상을 줄만한 아무런 가치도 없기 때문이다. 서구에 한정하지 않더라도, 도덕적이면서 합리적인 중국의 법제에서도 일본과 같은 전면적인 자수감형의 규정은 없다고 한다. 반대로 미국과 같이 형의 감면이나 소추하지 않음을 조건으로 다른 사람의 범죄를 증언하는 '거래'는 일본에서는 기피된다. 즉 법의식 이전에 권리의식의 문제가 있는 것이다.

교회의 역할

일본인이 쉽게 자백하고 자수하고 또 사죄하는 것은 권리의식이 약

---

74) 아오야나기 후미오, 『일본인의 범죄의식日本人の犯罪意識』中公文庫, 1986.

하기 때문일지도 모른다. 혹은 자주 이야기되는 것처럼 남들과 비슷하게, 눈에 띄지 않으려는 성향이 있을 뿐더러, 고독을 견딜 수 있도록 교육받지 않았기 때문일지도 모른다.

그러나 여기에 일단 주목하고 싶은 것은 교회의 역할이다. 카톨릭 신자는 죄를 지었다고 생각하면 교회에서 고해하고, 그러한 제도가 없는 다른 종교에서도 성직자는 신자의 비밀을 지키는 상담 상대가 되어주는 것이 보통이다. 그러므로 일본을 포함한 많은 나라에서는 성직자에 대해 법정의 증언의무를 면제해주고 있다. 그런데 실질적인 무종교 국인 일본에서는 기껏 증언의무를 면제해도, 교회나 사원에서 고백한다고 하는 관습이 없기 때문에 그곳은 고백 충동을 발산시킬 그릇이 되지 못하고 있다. 고백을 들어주는 것이 종교인의 업무에 들어있지 않기 때문이다.

고백할 장소가 없다는 것은 매우 피로한 일인데, 소노 아야코는 자신이 카톨릭이 된 것이 고해를 할 수 있기 때문이라고 하기도 했다. 고백할 장소의 유무는 자백, 자수에 관한 일본과 서구의 차이를 가르는 하나의 요인이라고 생각해 볼 가치가 있을지도 모른다.

교회의 역할은 고백의 장소에 그치지 않는다. 홋타 요시에掘田善衛에 따르면 유럽, 적어도 카톨릭 권에서는 분실물도 교회로 전달되는 경우가 많다고 한다. 그들의 생활 속에서 교회의 위치, 특히 교회에 대한 신뢰도는 경찰이 도저히 따라잡을 만한 것이 아니다.

분실물을 전달받은 신부가 그것을 경찰에 건네는지는 모르지만, 죄에 대한 고해를 들은 신부가 자수를 권한다고 하는 것은 유럽에서는 있을 수 없는 일이다. 자수할지 말지는 속세의 문제로, 범죄에 대한 용서는 교회가 관여할만한 문제가 아니기 때문이다. 알고 지내는 스페인인 신부에게 물어본 바로는 같은 카톨릭 교회라고 해도 일본인 신부라면 자수를 권하는 경우가 훨씬 많다고 한다. 일본에서는 성직자라도 교회가 국가로부터의 독립되어 있다는 의식이 옅기 때문이다. 때문에 (이것은 개신교의 경우지만) '다네타니種谷목사 사건'과 같이, 교회에 숨어든 활동가를 자수하게 하는 것이 늦었다는 이유로 범인은닉죄가 적용된 목사에 대해 기독교계의 반응은 차가웠다. 한국에서는 부산의 미국문화원 방화사건의 범인학생을 똑같이 며칠 만에 설득해 자수시킨 신부가 즉시 보고하지 않았다는 이유로 체포되었을 때 교회가 일제히 격렬한 항의를 했음에도 말이다.

교회와 미스터리

이와 같이 교회가 제대로 기능하고 있다면, '만만치 않은 증인들' 또는 보다 넓게 '평범함과는 거리가 먼 등장인물들'을 성장시켜, 투쟁의 드라마인 미스터리에 깊이를 제공하는 데에 관여하게 된다.

그러나 이것은 교회 = 종교와 미스터리의 관계에서는 정공법이 아니고, 기껏해야 조연 에피소드의 중요성을 부여해주는 정도의 측면이다. 미스터리는 역사적으로 보면 19세기 말, 전례 없던 종교의 쇠퇴기에 출발한 문학으로 종교가 깊게 자리 잡고 있는 사회에서는 자라나기 어려운 성질을 가지고 있다.

그것은 예컨대 1860년대 영국과 러시아를 비교해 보면 분명해질 것이다. 영국에서는 복음주의운동이 퇴조하고 진화론을 둘러싼 논쟁이 종교의 영향력을 감쇄시켜 이미 콜린스나 디킨스가 탐정소설을 써 인기를 구가하고 있던 시대였다. 그런데 같은 시기의 러시아의 법정에서는 종교가 개입되면 제대로 된 재판이 불가능했다. 예를 들어 어느 고용주가 가게 여직원을 절도 혐의로 고소했으나 증거가 없어 무죄가 되었을 때 고용주가 성상 앞에서 십자가를 긋고 자신의 주장에 거짓은 없다고 맹세하자 법정은 그것에 근거해서 여직원을 유죄로 했다. 또 예를 들면 성모제의 전야에 재판소에서 심리가 이뤄진 뒤 배심회의실에 이동했을 때, 심사원의 한 명이 이런 대축일에 불행한 자를 심판하는 것은 죄가 될 것이라고 말하자 모두가 찬성하여 이미 치러진 심리를 무시하고 전원일치로 피고를 방면했다고 한다.[75]

이것은 물론 종교가 나쁘다기보다는 '민도民度'의 문제다. 보다 후대인 1881년에 경찰청장이 된 바라노프 장군은 부하의 대부분이 자신의 이름도 쓰지 못하는 것을 알고 어이없어 했다고 한다.[76] 하지만 종교의 영향력이 근대적인 법의식과 과학적인 사고를 저해하는 방향으로 사용되는 것은 사실이며, 그러한 역할을 해온 종교로부터의 해방이 미스터리가 성립하기 위한 최소한의 전제였다.

그 '해방'이 영국에서는 빨랐다. 영국에서는 꽤 오래 전부터 자연신학이라고 하는 사유방식으로 종교와 과학이 통합되었다. 즉 과학연구

75) 히젠 에이이치肥前栄─『독일과 러시아ドイツとロシア』未来社, 1986.
76) 줄리안 구스타브 시몬즈Julian Gustave Symons 『범죄와 발견Crime and Detection』, Studio Vista, 1966.

가 신의 섭리를 증명하는 것이라고 하는 한 인정되었던 것인데, 그 통합은 1840년대부터 무너지기 시작해 『종의 기원On the Origin of Species』 (1859) 이후, 60년대에는 많은 사람이 과학과 종교는 다른 분야에 속한다고 의식하게 된다. 코난 도일도 다윈의 영향을 받아서, 학생시절에 카톨릭에서 불가지론不可知論(무신론이라고 해도 된다)으로 전환했다. 니콜라스 블레이크의 말을 빌리자면, '명탐정'은 종교로부터 독립한 "과학이라는 새로운 신을 대변하는 사제"로 가정되는 존재가 된 것이다.

영국의 경우

하지만 러시아와 같이 특히 뒤처져 있었던 나라와의 비교는 일단 제쳐두고, 미스터리 생산의 선진성이라는 점에서 미국이 영국에 뒤처지고, 독일은 일본에게도 뒤처지게 된 것은 왜일까라는 문제를 종교와의 관계를 중심으로 생각하려고 하면 종교로부터의 해방도만을 보는 것은 불충분하며 종파별 차이에도 주목하지 않으면 안 된다. 이하에서는 영국을 중심으로 살펴보도록 하자.

그 전에, 종교와 미스터리의 사이에 논할 만한 관계가 애당초 성립하는 것인가라는 의문을 검토해 보고자 한다.

미스터리의 애호가인 동시에 목사의 아들이기도 한 영국의 사회학자에게 이러한 주제로 써보겠다고 이야기하자 일언지하로 "그건 무리일걸. 미스터리와의 관계를 말할 거라면, 계급이야."라는 말을 들었다. 확실히 종교만으로 미스터리의 생산, 소비의 분포를 설명하려고 한다면 너무나 억지일 것이다. 하지만 종교는 자주 특정의 계급, 당파를 연결시켜 지배강화의 수단이 되거나 억압의 동기를 제공하기도 한다. 종교의 문제를 빼고서 계급의 문제를 정확히 포착하는 것은 불가능하다.

영국은 독일, 미국과 함께 개신교 국가지만, 개신교라고 해도 영국국교회(성공회)라고 하여 교의나 의전이 카톨릭과 유사하고, 국가와의 결합도 강하여 전체 종교의 대략 3분의 2를 점하고 있다. 이어서 카톨릭이 10%를 넘는 정도이고, 나머지는 비국교파인 개신교 종파들 등이 차지하고 있다.

우선 국교회 이외의 개신교 종파들부터 살펴보자. 그들은 한마디로 독서, 학습에 열심이다. 카톨릭이 교회내의 스테인드글라스나 벽화, 조각, 성유물 등을 사용해 문맹인 민중도 알 수 있는 '그림풀이' 교육을 시행했던 것에 반해, 후발종교인 개신교는 본래 그러한 '설비'가 충분치 못했을 뿐더러 신부, 교회 등의 '매체'없이 직접 성서로부터 배우는 것을 이념으로 삼았다. 이것이 개신교 종파들의 종교교육이 문자중심이 될 수 밖에 없었던 사정이다. 영국의 경우에는, 거기에 비주류 종파라고 하는 상황도 더해진다. 최대파라고 할 수 있는 감리교는 특히 독서에 열중하여, '하루에 5시간의 독서'를 모토로 삼고 있었다. 그들은 탄광, 공업지대의 노동자를 중심으로 구성되어 있었는데, 이에 사무원층이 더해져서 독서라고는 해도 교양서나 생활개량, 자격취득을 위한 실용서 등을 주로 읽었으며, 사회적인 지위의 상승이 주된 목표였다. 만약 자기계발서를 '양서'라고 하고, 오락이나 심심풀이용의 책들을 '악서'라고 지칭할 수 있다면, 그들의 독서취향은 분명히 양서지향이라 할 수 있을 것이다.

　무엇보다도, 감리교의 잡지는 대부분 '증명된 신의 섭리'라는 코너를 통해 범죄 실화를 다루고, '교훈'을 명목으로 범죄에 대한 흥미를 선교 수단으로 이용하려 했다. 오락은 게으름이며, 게으름은 모든 죄악의 근원이라는 원칙을 내세우면서도, 이렇듯 질 낮은 센세이셔널리즘을 잡지에 결부시키는 방식은 그들의 읽을거리가 무조건적으로 '양서'라고 할 수 없음을 의미하며, 이는 오히려 '질 나쁜 양서'라 칭해야 마땅할 것으로 보인다.

　오락을 죄악으로 여기는 사고방식을 좀 더 극단적으로 드러내는 것은 칼뱅계 (소위 말하는 청교도)의 종파이다. 그들은 독서와 교육에는 열심이었지만, 그 대상은 대부분 성서나 신앙서에 한정되어 있었다. 21세기 전반의 영국 문단의 대표적인 인물이었던 에드먼드 고스의 자서전 『아버지와 아들Father and Son』 (1907)을 읽어보면 유년기의 고스는 그의 부친 필립이 박물학자로 저명한 당시

에드먼드 고스(1849-1928)

의 대지식인이었음에도 불구하고 옛날이야기나 동화책을 본 일이 없으며 성서 낭독만을 듣고 자랐다고 한다. 이것은 당시의 청교도파의 전형적인 교육 방식이었던 것으로 보인다. 필립이 속해있던 플리머스 형제단Plymouth Brethren Assembly은 확실히 칼뱅파 중에서도 손꼽을 만큼 편

협한 종단이긴 했으나 청교도파 전체를 돌아보더라도 상당히 금욕적이었으며, '자본주의의 정신'과는 결부되어 있을지언정, 유희나 오락에는 적대적인 자세를 견지하고 있었던 것은 말할 필요도 없을 것이다.

이런 식이라면 '악서'들은 성장할 수 없다. 교훈의 옷을 입은 선정적인 범죄물들이 읽히기는 했으나 지식인들이 읽는 질 높은 오락물 — 추리나 관찰을 좋아하는 탐정물과 같은, 소위 말하는 '질 높은 악서' — 은 출현할 수 없게 되는 것이다. 독일이나 스위스와 같은 개신교 국가가 탐정소설이 부재한 나라가 된 이유는 바로 여기에 있는데, 영국에서도 칼뱅파가 주요 거점으로 삼았던 스코틀랜드에서는 탐정소설이 뿌리내리지 못했다는 사실 역시 이에 기인한다. 19세기 당시 스코틀랜드인들은 식자율이나 글을 읽고 쓰는 능력이 잉글랜드 사람들보다 높았으며, 옥스퍼드, 케임브리지 등과 같은 명문대에서 그들을 받아주지 않았음에도 불구하고 18세기 이래로 자연, 사회과학을 중심으로 상당히 높은 수준의 학문을 구축하고 있었다. 그럼에도 이곳에서는 피억압과 비관용이 결부되어 엔터테인먼트에 적합한 풍토가 성립되지 않았던 것으로 보인다.

국교회의 괴물성

이에 비해 먼 옛날 보편적인 종교의 자리를 차지하고 있었던 카톨릭과 종교개혁으로 지배적인 종교의 자리를 차지하게 된 국교회는 지배계급의 종교에 적합한 너그러움과 일종의 관용성을 공유하고 있었다.

카톨릭은 종교개혁에 의해 토지와 수도원을 잃고 가장 박해받는 종교가 되었다. 이는 카톨릭의 상층부의 관심을 정치나 행정에서 학문, 예술, 언론활동 등의 분야로 바꾸어 놓았다. 그러나 거기에는 '양서'만을 취급하며 정신적, 물질적 향상에 도움이 되지 않는 책들을 배격하려는 비국교회파 개신교적인 편협함은 없었다. 만일 그렇지 않았다면 녹스, 체스터턴, 그린 등이 카톨릭으로 개종하는 일은 아마 없었을 것이다.

국교회는 카톨릭보다 더욱 이단배격과 피억압에서 자유로운 종파였다. '국교'라고는 해도, 나라에서 도움을 받고 있는 것은 아니었다. 국교회는 지금까지도 국유림관리 위원회, 왕실에 이은 3대 지주의 하나로, 약 22만 에이커의 토지를 보유하고 있을 뿐 아니라 그것을 능가하는 자산을 증권형태로 주조, 도박, 병기를 제외한 전 분야에 걸쳐 소유하고 있는 대투자가이기도 하다. 게다가 만팔천의 교구교회의 유지비에 대해서는 자체적으로 지불하는 것은 오천에 지나지 않고, 남은 3분의 2정도는 자발적인 후원, 예를 들어 노퍽Norfolk 공, 솔즈베리Salisbury 경, 왕실, 오래된 대학의 기숙사 자금 등에 의존하고 있다. 이러한 후원에 대한 보답으로 교회는 전통적인 젠트리의 2남, 3남들이 선호하는 직장이었으며, 2차 세계대전까지는 상위 성직자의 수입 역시 막대했던 것으로 보인다.

이렇듯 국교회가 대규모의 자산을 지닌 단체였을 뿐 아니라 만년여당종파이기도 하며 지배계층과 상호의존체제를 갖추고 있었던 세속색이 강한 대조직이었기 때문에 시간이 지남에 따라 만사를 처리함에 있어 그에 걸맞은 겸양, 나쁘게 말하면 안일함이 생겨난 것은 어떻게 보면 당연한 일일 것이다. 예를 들어 스코틀랜드에서는 다수파였던 장로파(청교도)가 국교가 되었으며, 여왕은 매년 여름 에든버러Edinburgh 별궁에 체재 중일 때는 장로파의 스코틀랜드 교회에 기도를 드리러 가곤 했다. 교회는 아무 상관도 없었던 것이다.

다윈의 진화론을 둘러싼 과학 대논쟁에서도 이러한 겸양은 유감없이 발휘된다. 국교회의 권력자들의 의견은 완전히 갈라져 옥스퍼드의 주교였던 윌버포스William Wilberforce와 같은 반대파가 있는가하면, 템플Frederick Temple이나 찰스 킹슬리Chales Kingsley와 같은 강력한 지지파도 존재했으나 교회가 후자를 문제 삼는 일은 없었다. 실제 템플은 캔터베리 대주교가 되었으며, 킹슬리 역시 웨스트민스터 시원의 참사회원이 되었다.

현재에도 수소폭탄이나 사형 폐지 등의 문제에 있어 국교회 성직자의 발언은 양극단을 포괄할 정도로 다양하다. 실제로 국교회의 목사관에서 길러낸 인재들만 꼽더라도 그 풍부함이나 의견의 다양성을 통해 살펴볼 때 국교회의 에토스가 문화 생산에 적합한 토양이었다는 것을 알 수 있다. 애디슨, 스위프트, 골드스미스, 웨슬리, 콜리지, 스턴, 크래브George Crabbe, 브론테 자매, 킹슬리, 테니슨, S.버틀러, 넬슨, 로즈 뿐만 아니라 미스터리 작가들도 카톨릭에서 불가지론으로 넘어간 코난 도일을 제외하고는 대부분이 국교회나 무종교였던 것으로 보인다. 카톨릭 작가였던 녹스, 체스터턴, 그리고 넓게 잡아 그레이엄 그린도 국교회에서 개종한 인물들이다. 이 또한 국교회의 자유로움을 잘 보여주는 예라 할 수 있다.

놀이에 대한 관용

국교회는 이렇듯 새로운 것에 대해서는 기묘하게 관용적인 태도를 보였다. '보수적이면서도 새로운 것을 좋아하는' 영국인 기질의 형성은 아마도 이러한 원인이 있었을 것이라고 보기도 하지만, 반대로, 아마도 보수적이면서도 새로운 것을 좋아하는 영국인 기질이 국교회의 이러한 성격을 형성했던 것인지도 모른다. 이 얘기는 그리 간단하지만은 않다.

하지만 확실히 말할 수 있는 것은 국교회의 에토스는 놀이에 대해서는 관용적이라는 면을 지니고 있었다는 점이다. 그것은 국교회가 유한계급의 종교라고 하는 사실과 무관하지만은 않다. 영국의 지배계층은 유한계급이었다. 19세기 후반을 얘기한다면 확실한 부르주아 사회이긴 했지만 정치의 세계는 여전히 지주중심의 지배체제가 형성되어 있었다. 토지는 '높은 사회적 신분의 상징'이었으며, 예전부터 부유층이었던 금융업자나 무역상은 물론이고 회사 경영자나 전문가 계층, 식민지 등에서도 일단 성공하면 앞장서서 토지를 손에 넣기는 했으나, 예전부터 지주의 자리를 지켜오던 사람들은 역으로 증권투자나 사업경영으로 전환하였다. 이렇듯 당시의 영국에서는 상호교환과 같은 긴밀한 지배체제가 성립되어 있었는데, 그 접착제의 하나가 국교회였다. 공업지대의 자본가를 중심으로 하는 비非 국교회파 개신교가 근면과 절제의 정신으로 상공업을 발전시켜 부를 축적하더라도, 그들은 기존의 지배계층 사회Establishment에 받아들여지지 않았다. 그렇기 때문에 성공한 자본가, 특히 2세대 이후의 사람들은 국교회로 개종하는 경우가 종종 있었다.

그것이 젠틀맨으로 향하는 보증수표였던 것이다. 빅토리아 시대의 격언 "쌍두마차가 2세대 이상에 걸쳐서 국교회의 문 앞을 멈추지 않고 지나는 일은 없다."에 나온 대로였다.

그들은 젠틀맨의 전통적 가치관을 존중해 불로소득에 의거한 지주적 생활을 이상으로 생각하고, 땀흘려가며 노동하는 상공업적인 활동 전부를 멸시했다. 금세기 전반에 걸쳐 가장 저명한 교회인이며 국교회의 에토스의 대변인이기도한 존 잉John Ingc은 상업문명의 비판자였던 것으로 유명했다. 현재에도 영국의 각계의 엘리트들이 일본이나 미국의 엘리트들이 바쁜 것을 과시하는 것에 반해, 여유 있음을 과시하는 것은 바로 그것이 높은 사회적 신분의 상징이었기 때문일 것이다.

이렇듯 한편에서는 새로운 과학적 사고에 관용을 베풀고, 다른 쪽에서는 놀이나 오락을 배척하지 않는 유한계급의 에토스를 자기의 에토스로 하는 종교를 '국교'로 했던 것은 '게임의 문학'이며 '지적인 악서'였던 탐정소설에 있어서는 행복한 것이었음에 틀림없다. 미스터리에 있어서 잉글랜드가 보여주는 가장 큰 선진성의 비밀 중 하나는 바로 여기에 있었던 것이다.

종교, 범죄, 미스터리

그러나 아무리 국교회가 여유로운 곳이었다고는 해도, 19세기 전반에 걸친 복음주의운동이 활발했던 기간에는 도덕이나 계율을 강화할 수 밖에 없었다. 복음주의는 국교회, 비국교회를 가리지 않고 세속화되어 도덕적으로 추락한 교회에 대한 개혁운동이었으며, 동시에 18세기 이래의 계몽=합리주의 운동의 위협에 대한 대항마의 의미 역시 가지고 있었다. 빅토리아 시대의 시문학에 널리 보이는 도덕적 향취는 이러한 흐름에 대한 반영이라 할 수 있다. 이정도로 문학에서 교훈이나 논리가 중점적인 역할을 한 시대는 아마도 없었을 것이다.

그러나 이러한 빅토리아 시대는 범죄문학이 전성기를 구가하고 있었으며, 수상한 범죄 '실화'에서부터 콜린스, 디킨스, 새커리, 토머스 하디, 거기에 헨리 제임스와 같은 고답적인 소설에 이르기까지 범죄를 빼고는 성립될 수 없는 상황이 출현했다. "19세기의 인쇄용 잉크에는 그 중요 성분으로 피가 섞여있었다."라는 말이 떠돌 정도였다. 이 시대에 특히 범죄가 다발했던 것은 아니었음에도 '범죄에 대한 병적인 호기심'이나 '피에 대한 탐닉'이 지배했던 것은 도덕적 향취를 더하는 것으로 어느 시대에나 존재해온 범죄에 대한 관심을 만족시킬 수 있었기 때문이다. 대중잡지들 중 다수는 페이지를 할당하여 살인뉴스를 자세하게 실으면서, 다른 페이지에서는 범죄에 대한 병적인 호기심을 비난하는 방식을 취하고 있었다. 감리교 계열의 잡지 역시 비슷한 방식을 취하고 있었는데, 그들의 목적이 상업신문이나 잡지와 똑같지는 않았으나 교훈만 끼워 넣을 수 있다면 어떤 폭력적인 장면이나 선정적인 장면도 표현할 수 있다는 점에서는 비슷했다. 역설적인 상황이기는 하나 융통성 없는 복음주의가 오히려 범죄에 대한 관심을 전개시키는 데 공헌했던 것이다.

리차드 알틱Richard Altick은 초등교육의 도입이나 선거법 개정보다 범죄물을 보급하는 편이 국민의 읽고 쓰는 능력을 향상시킬 뿐 아니라, 출판 산업과 문화를 발달시키는 힘이 된다고 주장했으며, "빅토리아 여왕이 붕어하셨을 때의 영국이 살인의 산물이라고 말하는 것까지는 무리일지 몰라도, 적어도 앞선 80년간 일어난 살인의 실태와 그에 관련된 지나친 보도가 없었다면 1901년의 영국은 아마도 다른 사회가 되어 있었을 것이다."

리차드 알틱(1915-2008)

라고 말한 바 있다. 그의 말에 등장하는 '살인의 산물'을 '종교의 산물' 혹은 '종교의 구원으로 넓어진 살인물의 산물'이라고 바꿔 말한다면 지나친 말일지도 모르지만, 이러한 연쇄된 인과가 존재하는 것은 분명 부정할 수 없는 진실이다.

그러나 19세기 말이 되면, 범죄에 대한 노골적인 열광은 최소한 중류인사들 사이에서는 그 영향력을 잃어가고 있었다. 동시에 종교의 영향력도 전체적으로 낮아져, 교훈적인 내용의 읽을거리 역시 비중을 잃어갔다. 그럼에도 뭔가 변명할 거리 없이 범죄물을 읽는 것은 찜찜한 일이었으며, 이는 '점잖은' 생활양식에 집착하는 젠틀맨이었던 중산계층의 사람들에게 특히 그러했다. 그런 그들에게 범죄물을 탐독할 수 있게 하는 새로운 변명거리를 제공한 것이 바로 '추리' 혹은 '수수께끼 풀이'라는 요소였다. "지식인 계층이 부끄러워하지 않고 대중소설을 탐독할 수 있는 장르가 바로 탐정소설이다."라고 말했던 서머싯 몸의 말

바로 그대로였다. 책으로 추리를 즐기고 있다고 말하면 신사로서의 체면도 지킬 수 있을 뿐 아니라, 과학=명탐정이라는 새로운 '종단'의 등장이라는 의미도 있다.

반면 홈즈나 손다이크와 같은 제사장들은 새로운 과학의 신들을 대변하면서 동시에 윤리적으로는 낡은 질서를 대변하는 양상을 보였다. 빅토리아 시대풍의 모든 덕목들이 붕괴하기 시작하고 이를 대신해 아나키즘이나 유미주의, 사회주의, 성적 퇴폐 등이 등장하여 사회적·문화적인 혼란을 확장해갔지만, 이러한 상황 속에서 홈즈와 같은 인물들은 이에 대한 해독제와 같은 역할을 하고 있었던 것이다. 그들의 권선징악적 활동은 도덕적 규범의식의 완전한 몰락을 막는 방파제였으며, 이러한 보수성은 오락문학에 요구되는 안정지향을 만족시키기 위해 지식인 계층에게도 환영받았다. 이러한 의미에서도 그들은 새로운 신들이었다. 탐정소설은 지적 관심에 있어서의 새로움과, 윤리적 관심에 있어서의 보수성의 밸런스 위에서 성립된 과도기의 상징이라 할 수 있는 특징을 지니고 있었던 것이다. 이 중 후자 — 윤리적 영역 — 에 변화가 도래한 것은 1940년대의 일이었다.

미국의 작가들

이쯤에서 미국의 상황에 대해서도 이야기할 필요성이 있을 것이다.

영국교회라는 세속성이 강한, 따라서 도덕적으로는 '관용'적인 특정 종교가 다수파를 점한 영국에서 탐정소설이 유리한 토양에 놓여있었다는 것은 당연한 이야기라고 하자. 그러나 그렇게 된다면 청교도가 이주해 만든 국가였던 미국은, 같은 개신교 그 중에서 루터파가 중심이었던 독일 이상으로 탐정소설이 부재한 나라였어야만 했을 것이다. 그럼에도 불구하고 미국이 영국에 다음가는 미스터리의 생산국으로 군림해온 이유는 무엇인가.

미국의 사정에 어두운 필자는, 이 질문에 자신 있게 답하는 것은 불가능하지만 이것 하나만은 명확하게 말할 수 있을 것이다.

분명 미국은 와스프WASP[77]의 나라였다. '와스프'는 미국에서 백인 = 앵글로색슨 = 개신교를 말하는 용어이지만 영국과는 달리 미스터리 작가는 의외일 정도로 이러한 계열에서는 배출되지 않았다. 엘리트층에 의한 아마추어적인 미스터리 생산은 영국의 영향이 강했던 초기를 제외하고는 대부분 발생하지 않았는데, 포스트(법률가), 비거즈(저널리스트), 그리고 반 다인(미학평론가)이 이에 해당된다. 이후, 상황은 크게 변하게 된다. 엘러리 퀸은 유대계 이민자의 자손이며, 챈들러와 미키 스필레인은 아일랜드계였다. 대실 해밋은 고교중퇴자로 신문판매원에서 시작했다. 또 에드 맥베인은 고등학교를 졸업하긴 했지만 잡다한 직업을 전전했던 인물이었다. 크레이그 라이스는 방랑 화가의 딸이었고 힐러리 워는 정규직으로 채용된 적이 없는 만화가 지망생이었다. 또한 체스터 하임즈는 15세에 보석 절도로 7년 반동안 교도소에 있었던 흑인으로 출소 후에도 호텔 짐꾼이나 정부情夫, 접시닦이 등의 풍부

---

77) 와스프WASP. 앵글로색슨계 백인 신교도로 미국 사회의 주류를 이루는 지배 계급으로 일컬어짐.

한 할렘 체험을 지니고 있었다. 로스 맥도날드는 대학교수였지만 작가가 되기까지는 경제적으로 늘 궁핍한 삶을 살았으며 E.S.가드너는 법률가이기는 했으나 독학파였다. 국회의원의 아들이었던 존 딕슨 카는 대학을 중퇴하고 문학청년 생활을 했다. 이처럼 처음부터 프로작가를 지망했던 경우가 많았던 것이 영국의 아마추어리즘과 미국의 차이점으로, 위의 작가들 외에도 패트리샤 하이스미스, 코넬 울리치, 존 맥도날드, 스탠리 엘린 등의 작가도 동일한 양상을 보인다.

미스터리 작가들은 1940년대까지는 펄프 매거진Pulp magazine, 그리고 그 펄프 매거진이 소멸한 50년 이후에는 주로 페이퍼백78)의 형태로 직업 활동을 이어갔으며, 마니아에서 프로의 코스를 밟는 경우가 압도적이었다. 이러한 방식의 경우, 그들이 엘리트 계층이니 개신교니 하는 출신 배경은 아무런 메리트가 없어진다. 오히려 '기회의 나라'에 걸맞은 잡다한 직업 체험을 살린 미스터리로 두각을 드러내고자 하는

펄프 매거진으로 발간된 잡지

헝그리한 경쟁의 정신이야말로 미국 미스터리계의 지배적인 에토스였던 것인지도 모른다.

두 번째로, 청교도주의의 에토스가 작품의 논리적 질에 영향을 미쳤

---

78) 책 표지를 종이 한 장으로 장정한 포켓판 도서. 대중보급용 형태의 책으로 일반 단행본보다 작고 보통 30~40% 정도 책값이 싼 게 특징이다. 미국이나 유럽에서는 이미 대중화되어 있고, 우리나라에서도 문고본을 대신해 페이퍼백 형태의 책이 출간되고 있다.

던 것은 명확한 사실이다. 미국의 청교도주의는 때로는 금주법이라는 천하에 쓸모없는 법을 통과시키기도 하고 성적 스캔들의 유무를 정치가의 자격기준으로 삼기도 했으며, 부탁받지도 않았던 베트남에 파병을 결정하기도 하는 등, 과잉이라고 할까 한쪽으로 치우친 윤리성의 진원지 중 하나였다. 이러한 독단적인 자기기준에 의한 '즉결재판'적 성격은 하드보일드의 세계에도 영향을 미쳤을 것으로 보인다.

하지만 동시에 하드보일드의 탐정들은 그들 나름대로는 충분히 윤리적이었으며, 종종 금욕적이기까지 했다. 그들은 위험에는 아랑곳하지 않고 적은 사례를 위해(라기보다는 대부분 자기만족을 위해) 신뢰할 수 있는지 없는지도 모를 의뢰인을 위해 몸을 던지곤 한다. 그들은 영국 미스터리의 윤리적 배경이 된 '법'과 '질서' 또는 '정의' 중 앞의 둘은 거의 무시하고 있으며, 한결같이 '정의'만을 행동규범으로 삼는다. 그 정의 역시 한편으로는 스스로의 '규칙'을 지킨다는 입 밖으로는 부끄러워서 꺼낼 수도 없을 사적인 것에서부터 한편으로는 거의 체제비판이라고 해도 좋을 사회적 성격의 것까지 다양한 범위를 지니고 있다. 전자는 챈들러나 로스 맥도날드의 서정적 작풍의 작품에서 주로 드러나는데, 예를 들어 '상냥함'을 자신의 정의로 삼는 식이다. 필립 말로Philip Marlowe의 너무나도 유명한 대사 "터프하지 않으면 살아갈 수 없다. 상냥하지 않으면 살아갈 자격이 없다."에서 보이는 것처럼 말이다. 후자는 W.P. 맥기번의 악덕 경관물 등에서 전형적으로 드러난다.

그러나 어느 쪽이든 하드보일드는 '비정'이라는 오해를 받기 쉬움에도 불구하고 충분히 윤리적이다. 법과 질서를 이야기의 프레임워크로

삼고 있을 뿐, 살인, 수사, 게임에 열중하는 영국 미스터리의 방식이 오히려 본질적으로는 시니컬하며, '비정'하다고 말하는 편이 더 적합할 것이다. '질 높은 악서'— 양질의 엔터테인먼트 — 에 대응하는 영국의 본격파에 비해 하드보일드는 일본의 사회파 추리소설에도 해당하는 '양서'를 지향하는 '악서'라고 할 수 있을 것이다. 그리고 아마도 그 배후에는 청교도주의가 낳은 정신풍토가 깔려있는 것은 아닌가.

불교 – 일본의 국교회

일본의 종교세계가 토착 종교였던 신도 외에도 샤머니즘과 오래 전 유입된 종교였던 불교, 유교라는 이질의 3요소로 성립되어 있었던 것은 주지의 사실이다.

이들 중 독서나 오락에 대한 태도가 영국의 국교회와 닮아있었던 것은 불교였다. 좋게 말해서는 관용, 나쁘게 말해서는 중도적이라는 점이다. 본래 온화한 종교인데다가 아스카飛鳥 시대에 일본에 유입된 후부터는 더욱 그래서 그전까지는 일본 내에서 잔혹한 형벌이 종종 시행되었음에도, 불교 유입 후 350년간 사형이 금지되었을 정도라고 한다. 그 관용성은 불교제종파 간의 관계에 있어서도 명확하다. 일본과 같이 과거부터 이어져온 종파가 다수 남아있는 불교 국가는 거의 없다고 해도 과언이 아니다. 중국에서는 정토교79)와 융합한 선종이 남아있을 뿐

---

79) 정토종淨土宗은 아미타불의 구원을 믿고, 염불을 외어 깨달음을 얻는다고 설파하는 불교 종파이다.

이며, 한국에는 조계종과 원불교[80]의 두 종파만이 남아있다. 인도에서는 불교 그 자체가 힌두교에 흡수되었을 정도이다. 이는 종파 간의 교의나 본질의 차이가 적었다든지 종파의식이 약했다든지 하는 문제가 아니라 '이론상 대립하는 자와는 싸우지 않는다.'라는 체질의 차이라 할 수 있다.[81] 교단 간의 대립도 전쟁도 적었으며, 다른 종교에 대해서도 이는 마찬가지로 '본지수적설本地垂迹說'[82]이나 신불습합神佛習合[83]에서 보이는 것처럼 신도에 대해서도 그것을 이교로 보는 시선은 거의 없었다. 배타적 종교인으로 보이는 니치렌종日蓮宗[84]도 신도에 충성을 맹세했으며 당초 대립적이었던 입장을 취하고 있었던 정토진종淨土眞宗[85]도 서서히 그 대립성을 희석해갔다. 자신들의 교의를 보급하려 하는 욕망이 없었던 것은 경전의 한자본 발화가 아직까지 고쳐져 있지 않다는 점 하나만으로도 충분히 설명가능하다. (500년 전에 쓰여진 렌뇨蓮如의 '백골의 문장'이 아직까지도 가장 이해하기 쉬운 버전이라는 점에서도 이는 잘 드러난다.) 즉 세속의 독서나 오락에 대해 어떠한 원

---

80) 우주의 근본원리인 일원상一圓相의 진리를 신앙과 수행의 대상으로 삼고, 진리적 신앙과 사실적 도덕을 중시하며, 이를 통하여 낙원을 실현시키려는 이상을 가진 종교이다.

81) 나카무라 하지메中村元, 『일본사상사日本思想史』, 東方出版, 1988.

82) 일본에서의 본지수적설本地垂迹說은 아마테라스를 대일여래의 화신으로 보는 설로, 일본을 구제하기 위해 신도의 신의 형태로 현신하였다라는 사고를 통해, 신도와 불교를 융합하고자 하는 시도였다.

83) 일본이 불교를 수용한 후 나타난 신앙 형태로, 신도와 불교의 융합현상을 일컫는다. 신불습합은 나라奈良 시대부터 형성되어 헤이안平安 시대에 이르러 본지수적설本地垂迹說을 통해 정형화되었다.

84) 일본 불교의 한 종파로 창시자는 13세기의 승려 니치렌이다. 일본 불교에서 가장 큰 종파의 하나로 부처의 가르침의 요체가 『법화경』에 담겨 있다고 믿는 종파이다.

85) 정토진종淨土眞宗은 일본 불교 종파의 하나로 가마쿠라 시대 초기에 친란親鸞(1173~1262)이 창종한 종파로, 정토종의 계통에 속한다.

칙을 적용하고자하는 의지 자체가 없었던 것으로 보인다.

다음으로 그 세속성을 살펴볼 필요가 있다. 불교와 세속권력과의 관계는 역사가 매우 길다. 특히 종교개혁의 경우 교단이 종교화된 데다가 종교개혁 세력이 전국시대에 세속권력과 무력 충돌하여 패배한 이후, 에도막부 아래에서 기독교 억압의 하청기관화 됨에 따라 종교적 힘을 잃고, 속된 말로 '장례식을 위한 종교'로의 과정을 밟을 수밖에 없게 되었다. 한편, 세속화라는 것은 종교가 고유의 임팩트를 잃고 도덕화된 것을 의미하는데, 이러한 시대적 흐름 속에서 불교는 점차 재속在俗종교화 되게 되고, 자신들의 종교적 본질을 지켜왔던 진종도, 에도 중기까지는 윤리적 활동을 구원의 예비조건으로 판단해 이윽고 악인정기惡人正機[86]를 주창하지 않게 되었다고 한다.

세 번째로, 불교는 나름대로 '합리적'인 종교였다. 주술, 환상, 열광의 요소가 포함되어 있었던 밀교 역시도 가마쿠라기鎌倉期에 들어와서는 이미 그러한 요소들이 꽤나 희박해져 있었다고 한다.

다른 종파들 역시 마찬가지로, 예를 들어 '기적'은 일찍이 도겐道元에 의해 부정당했으며 에도시기에 활약했던 스즈키 쇼산鈴木正三은 당시 전래되었던 카톨릭 비판과 얽어 "진정한 종교에 있어 기적이란 있을 수 없는 것이다. 일본에서는 기적을 행하는 것은 주로 여우나 너구리들 뿐이다."라고 단언한 바 있다.

---

86) 정토진종의 개조인 친란의 가르침의 특징을 나타내는 말. 악인만이 아미타불의 구원의 주대상이다. 여기에서 말하는 악인이라는 것은 무사, 상인, 어부 등 특정 사회계급이나 도덕상, 법률상의 배덕 위법자를 가리키는 것이 아니다. 종교적 입장, 즉 불의 앞에서 자기를 직시할 때, 자기의 모든 행위, 나아가서는 그 존재 자체도 악이라는 인식을 말한다.

이렇듯 세속성과 합리성은 영국교회보다 한층 더 '열려'있었던 일본 불교만의 특성으로 인해 일본의 근대는 서양이 경험했던 것과 같은 근대화의 장애물로서의 종교와의 전쟁 경험을 가지지 않을 수 있었던 것이다. 불교는 과학사상 발달의 저항선을 형성하는 역할은 하지 않았으며, 이를 근거로 판단해 봤을 때 어쩌면 일본은 영국보다 더 미스터리가 자랄 수 있는 토양을 가지고 있었는지도 모른다.

미스터리 갭－그 원인

그런데 실제로는 그렇게 되지 않았다. 코난 도일이 홈즈로 대히트를 쳤던 1890년대는 일본에서는 구로이와 루이코가 대활약을 하고 있었던 메이지 20년대에 해당하는데, 당시에는 코난 도일 이전의 가보리오나 보아고베라는 오히려 모험담에 가까운 작품들의 번역(번안에 더 가까운)이 주를 이루고 있었다. 추리문학의 전통이 당시의 일본에는 완전히 결여되어 있었기 때문에

구로이와 루이코(1862-1920)

수수께끼가 먼저 제시되고 그것이 나타내는 단서를 토대로 차례차례 사건의 해결을 향해간다는 협의로서의 미스터리적 발상은 널리 이해되기 힘들었던 것으로 보이며, 그로 인해 기묘한 '번역'이 출현하기 시작

했다. 코난 도일의 『주홍색 연구A Study in Scarlet』(1887)는 알려진 대로 기괴한 사건이 홈즈와 왓슨에 의해 조사되는 전반부와 범죄의 동기가 된 모르몬교의 비밀을 이야기하는 후반부로 구성되어 있는데, 이러한 방법은 독자들에게 익숙하지 않았다고 판단했던 것인지, 메이지 34년 에서 5년에 걸쳐 『시사신보時事新報』에 연재된 번역에서는 후반부를 먼저 배치하는 변용이 더해졌는데, 그 결과 이 작품이 서스펜스가 부족한 범죄소설이라는 평가를 받게 되었다는 것은 말할 필요도 없을 것이다.

에도가와 란포의 「2전동화二錢銅貨」에서 출발하여 고가 사부로 등이 그 뒤를 잇고, 『신청년新青年』이 발행되었던 일본의 탐정소설 창작시대 는 1920년대 초반의 일로, 영미에서는 크리스티, 크로프츠, 반 다인, 딕슨 카 등의 소위 말하는 '황금시대'의 개막기에 해당한다. 또한 일본산 하드보일드가 생겨난 것이 미국보다 약 20년이 늦은 쇼와 30년대의 일이다. 전쟁 전의 작품은 내용적으로는 변격이 주를 이루고 있었으며, 본격 장르는 요코미조 세이시의 전후 연작이 등장하기 전까지 딕슨 카의 벽을 넘지 못했고 아유카와 데쓰야의 출현까지 크로프츠나 반 다인을 능가하는 작품은 없었다. 전체적으로 일본의 추리소설사는 약 30년 정도 늦게 영미의 뒤를 쫓아갔는데, 그 수준에 있어서도 장르에 있어서도 꽤나 격차가 벌어져 있었던 것은 부정할 수 없는 사실이다.

불교가 영국교회에 비해 '열려'있었음에도 불구하고 이렇듯 격차가 존재했던 것은 어째서인가. 먼저 앞서 이야기했던 '민주주의', 특히 조사와 재판에 있어서의 민주주의의 수준에 차이가 있었기 때문이라 할수 있다. 종교적 주박에서 해방되었다는 것이 곧 개인들의 인간적인 자유나 제도의 근대성을 보증하는 것은 아니기 때문이다.

두 번째로는 불교가 세속화되었다고는 해도 영국교회처럼 기존의 지배계층사회의 강력한 일각을 형성하고 있었던 것은 아니다. 몇 종류의 종파가 의원을 국회에 보내고 집표 장치＝압력단체가 되던지, 오오타니大谷가와 천황가가 친인척관계였던 것 정도일 뿐으로 강력한 지배계급은 물론, 실력 있는 지식계급을 만드는 것에 있어서도 큰 성공을 거두지는 못했다.

어떤 나라에서도 성직자는 지역의 유력자 중 하나였으나 일본에서는 세속화가 진행됨에 따라 그 종교적 신앙이 약화되었고, 종파의 수가 지나치게 많았던 데다가 단가檀家가 적은 절의 지주는 지방명사로도 이름을 올리지 못했던 사정이 있었다. 영국의 목사관에서 성장한 인재들의 풍부함과 비교하자면 일본 불교계의 문화 생산력의 미약함은 분명한 것이었다. 구라타 햐쿠조나 곤 도코, 니와 후미오, 다케다 다이준 정도로는 조금 모자란 면이 없잖아 있다.

이를 추리작가들에 한해 말한다 해도 종교적 배경이 있는 작가들은 거의 없다. 미즈카미 쓰토무가 승적에 올랐던 것은 유명한 일이지만 그는 입을 줄이기 위해 선사에 버려졌다 11세에 출가했을 뿐으로, 이윽고 절을 떠난다. 당시의 체험을 살린 『기러기의 절雁の寺』도 범죄 심리 소설로, 추리적 요소는 거의 존재하지 않는다. 이외에도 유메노 규사쿠가 26세에서 28세에 걸쳐 선종의 승적에 올랐다거나 렌조 미키히코가 최근 아버지의 대에서 끊긴 절을 잇기 위해 출가하긴 했으나 작품과의 관련은 찾아볼 수 없다. 대본교의 간부 노가미 류(노가미, 「홍

주凶走」, 『올요미모노オ―ル讀物』) 창가대학회의 전 회원이었던 시모다 가게키에게도 체험을 통해 쓴 작품(시모다, 『절복귀折伏鬼』)이 있으나, 프로 작가인 현역승려는 사하시 호류(『사가 살인사건師家殺人事件』, 『시나노 고찰의 살인사건信濃古寺殺人事件』) 한 명 뿐이다.

그 외의 작가에 의한 종교 미스터리를 들더라도 체스터턴이나 포스트 혹은 그레이엄 그린과 같이 작품에 그들의 사상이 반영되어 있는 것은 거의 없다. 종문宗門의 권력투쟁을 테마로 삼거나(이자와 모토히코『본묘사소망本廟寺燒亡』), 승려가 지식인으로서 우연히 탐정 역을 맡거나(아토다 다카시 『A사이즈 살인사건Aサイズ殺人事件』), 범죄에 가담하거나(요코미조 세이시 『옥문도獄門島』), 혹은 피해자가 신흥종교에 돈을 쏟아 부은 것이 범죄의 동기가 되던가(에도가와 란포 『십자로十字路』) 하는 정도이다. ― 그 외의 신흥종교 물로는 다카기 아키미쓰의 『주박의 집呪縛の家』, 쓰치야 다카오의 『텐구의 얼굴天狗の面』, 사사자와 사호의 『뒤돌아 보지마ふり向くな』, 니시무라 교타로의 『묵시록 살인사건黙示錄殺人事件』, 오사와 아리마사의 『사각형의 유산死角形の遺産』 등 어느 것을 보더라도 신앙과는 무관계한 점에서 종교가 사용되고 있을 뿐이며 이는 일본의 실질적인 무종교 상황을 역으로 반영하고 있다.

한편 특정한 사회층에서 미스터리 작가가 다수 탄생한다는 점에서 계급과 미스터리 생산과의 대응관계는 계급의 분화가 명확했던 전쟁 전에는 꽤 명확히 드러나는 면이 있다. 본격물 중 다수가 전문직 계급에서 탄생되었다. 고가 사부로는 화학기사였으며, 기기 다카타로는 게이오 대학의 의학 교수였고, 고사카이 후보쿠는 도호쿠 제국대학의 의학 교수였으며, 하마오 시로는 검사이자 자작, 귀족원 의원이였다. 일반소설, 희곡, 평론 등과 같은 다른 분야(일반소설, 희곡, 평론 등)의 작가도 전문직이라고 보았을 때, 그들 중 한때 미스터리를 창작했던 작가로는 다니자키 준이치로, 사토 하루오, 아쿠타가와 류노스케, 오카모토 기도 등이 있다. 그러나 그들의 작품을 '본격'으로 규정짓기에는 조금 작품의 범위가 넓은 경향이 있다. 이에 비해 소위 말하는 변격파 작가는 그 중 다수가 제대로 된 직업이 없는 프로지향의 마니아에서 출발한 작가들로, 미국과 닮은 점이 있다. 이들 작가로는 란포나 세이시를 시작으로, 오구리 무시타로, 유메노 규사쿠, 쓰노다 기쿠오, 마쓰모토 타이 등이 있으며, 오시타 우다루(화학기사), 운노 주자(전기기사) 등은 예외에 속하나 그들의 시작은 본격물이었다.

이렇듯 미스터리와 계급은 꽤 명확한 대응관계를 보였으나, 종교와는 그러한 관계를 갖지 못했다는 점에서 영국의 그것과는 다른 일본 종교의 존재를 알 수 있다.

유교의 역할

세속화한 불교가 엔터테인먼트에 대하여 관용적인 정신풍토를 제공했음에도 불구하고, 일본의 미스터리의 발달이 불교에 비해 비세속적이며 비합리적인 요소를 지닌 국교회 아래 존재했던 영국에 비해 늦어진 세 번째 이유로는 불교의 '관용성'을 들 수 있다. 교단 종교화된 불교는, 도덕 민중교화의 측면은 유교 ─ 정확히는 유학 ─ 에게 전담시키는 분업 체제를 취하고 있었다. 아무리 '관용적'이라고는 해도, 영국교회는 그 정도까지는 허락하지 않았다. 그 정도의 종교성은 남겨져 있었을 뿐더러 양보할 상대라는 것이 어떤 종교이던 간에 서로 경합관계에 서 있었기 때문이었다.

유교의 엔터테인먼트에 대한 태도는 영국으로 말하자면 비국교회 프로테스탄티즘에 닮아있다. 지식사회 지향의 주지적인 종교였기 때문에 물론 독서는 장려했으나 그 내용은 '성경현전 외에, 잡서를 보아선 안된다.'라는 양서지상주의였으며, 더욱이 농공상의 자손에 대해서는 '간단한 쓰기와 산수만을 가르쳐서 그 가업을 이어받을 수 있도록 하라. 절대로 쓸데없고 무용한 잡기를 가르치지 말라.'라는 실학을 우선한 가르침을 전파했다. 이런 정신 태도는 메이지 이후까지 이어진다. 필자와 같은 쇼와 한 자리 숫자 세대(1935년 이전 출생)들이 여전히 소설을 탐독하는 데 있어 뭔가 께름칙함을 느끼는 것은 이 유교의 영향인 것이다.

서민의 오락시설인 책 대여점의 변천을 살펴보더라도, 일본의 경우에는 의외로 편파적임을 알 수 있다. 에도 중기 이후의 발전에 대해 살펴보더라도 다수를 점하던 영세규모의 책 대여점은 대부분 오락물을 다뤘으나, 대규모의 책 대여점에서의 대출순위는 그와 달랐다. 그 대표격인 나고야名古屋의 다이소大惣와 영국의 최대 규모 책 대여점인 뮤디Mudie를 비교해보면 픽션이 최고 순위를 달리며 그 뒤를 역사물이 쫓는 구성이 되어 있다는 점에서는 별 차이가 없으나, 다이소는 동시에 토카이도東海道를 왕래하는 문인묵객의 사설도서관이었으며 문화살롱의 역할도 하고 있었다. 특히 주목해야 할 것은 인쇄본 뿐만이 아닌, 사본寫

本을 대량으로 빌려주었던 것으로, 그 중에는 출판 단속령에 위반되는 종류의 정치비판이나 정치실태의 폭로, 또 외국사정소개 등의 금서가 다수 섞여있었다. 그 곳에는 상당한 위험이 있었던 것으로 보이며, 카운터 컬쳐counter culture의 선구자로서의 성실함이 엿보인다. 뮤디는 빅토리아 시대의 기성도덕에 충실했으며, 악서를 축출하는 사설검열관적 역할을 하고 있었는데 그 악서 중에서는 예를 들어 조지 기싱George Gissing처럼 매춘부의 실태를 동정적으로 그려내고 사회재판을 포함하고 있는 작품도 있었다. 이러한 점에서 오히려 다이소 쪽이 개방적이었다고 할 수 있을 것이다.[87]

메이지 기에 들어와서는 국가 전체적으로 서양문물을 흡수하려는 움직임이 고조되어 있었기 때문에, 유학의 양서지향은 더 강해진다. 메이지 10년대에 탄생한 새로운 형태의 대형 책 대여점은 동서양의 학술서, 번역서를 주로 학생, 연구자들에게 빌려주는, 마치 대학도서관과 같은 역할을 하고 있었다. 대표적인 업자인 '공익대본사共益貸本社'의 과금은 공립도서관과 같은 금액으로 장서부수의 4분의 1은 영어서적이 차지하고 있었다. 그에 대항하여 '이로하いろは' 역시 장서의 9할은 학술참고서로 채웠으며, 패관소설 종류는 1할도 채 되지 않았다. 이 대여점의 대출규모는 메이지 33년경에는 10만 권으로, 우에노上野의 제국도서관의 이용자 9만 명과 맞먹었다고 한다.[88] 영국의 책 대여점은 오랜 전

---

87) 곤다 요조今田洋三, 『에도의 책방江戸の本屋さん』, NHK북스, 1977. 히로니와 모토스케広庭基介, 「에도시대 대여점의 개략사江戸時代貸本屋略史」, 『도서관계図書館界』18권 5~6호, 대여책 문화연구회資本文化研究会, 『대여책 문화資本文化』 증간호, 「특집, 대여점 다이소特集、貸本屋大惣』, 1982.10.31, 귀네비어 그리스트G.L.Griest, 『뮤디의 대출도서관과 빅토리아 시대의 소설Mudies' Circulating library and the Victorian Novle』, 1970.

통을 가지고 있으며, 학술서도 준비되어 있었다는 사실은 경제학자 데이비드 리카도가 아담 스미스의 『국부론』을 처음 접한 것이 온천휴양지 바스Bath의 책 대여점에서였다고 하는 사실에서 알 수 있다.

그러나 일본과 같이 대학도서관과 비슷할 정도의 고도의 내용을 가지고 있는 책 대여점이 20세기 초까지 남아있었다는 사실은 영국에는 없었던 일이었다. 뮤디의 본령은 어디까지나 동일한 제목의 소설의 대량구입＝대여로 그에 의해 출판경향에 영향을 미치곤 했다.

낭독에서의 해방

무엇보다도 유교 양서지향이 각 시대의 일본 독서사회를 얼마나 지배하는 분위기였는지가 문제이다. 무가武家가정에서도 아버지는 한서의 음독을 통해 아이들을 유교질서의 세계로 이끌지만, 어머니는 구사조오시草双紙89)의 그림 해석을 통해 공상 세계에서 놀 수 있도록 하는 일종의 휴식을 종종 마련해주었다. 이러한 이중구조는 데라코야寺子屋(서당)나 학교에서의 텍스트 학습, 그리고 책 대여점의 픽션이나 실록 등의 탐독과도 공존상태에 이르게 된다. 서민 세계에서의 오락적 독서의 비중은 점차 커지게 된다. 실제로 책 대여점이 서민들의 부담 없는 유희로 퍼지게 된 것을 나타내는 증거는 다수 존재한다.

---

88) 구쓰카게 이사키치沓掛伊左吉, 「메이지의 대여점明治の貸本屋」, 『일본 고서통신日本古書通信』321-323호.

89) 에도시대 중기에서 후기에 걸쳐 에도를 중심으로 서민들 사이에서 유행한 그림이 들어있는 소설.

빌린 책은 일반 가정에서는 저녁 식사 후에 아버지가 됐든, 가족 중의 '지식층'이던 장남이든 간에 가족들 앞에서 낭독하는 것이 메이지기의 일본의 보편적인 모습이었다. 책이 수입에 비해 고가이거나, 가족 모두가 읽고 쓰는 것이 가능하다고는 할 수 없던 시대이자 사회에서는 빌린 책을 낭독하는 것이 일반적인 '독서'형식이 될 수밖에 없었다. 이 뿐만이 아니다. 일본의 경우, 이렇게 아버지를 중심으로 한 가족 전체의 단란한 모습은 유교적 질서 감각에도 적합했다. 이러한 것이 있었기 때문에 '악서'라고 불리던 소설책도 눈감아 주게 되었는지도 모른다.

이러한 상황 속에서 가족 일원 중 지식층이 가족 모두가 좋아할 만한 책으로는 만족할 수 없게 되고, 단독으로 자기가 좋아하는 책을 읽게 되면, 그것은 유교적 모델에 분명히 어긋나는 일이다. 이러한 행위가 단순히 '양서'를 읽는 것이라고 한다면, 일족의 대표 지식인이 출세하는 것 = 일족의 명예로 이어진다는 의미에서 딱히 문제는 없지만, 소설, 즉 '악서'를 읽는 행위는 '괴짜'를 만들어낼 뿐 아무런 의미도 가지지 않게 된다. 근래에 이르러서 까지도 소설을 읽는 것을 탐탁치 않아하는 눈으로 보는 가정이 적지 않았다는 것은 소설 자체의 영향력과는 별개로 소설과 함께 혼자만의 세계에 빠져버리는 것이 가족 전체의 유대감을 깨뜨리는 행위를 의미하기 때문은 아닌가 하고 마에다 아이는 지적하고 있다.[90]

반대로 말하자면 낭독 방식으로 즐길 수 있는 것은 '가정의 문학'이

---

90) 마에다 아이『근대 독자의 성립近代読者の成立』有精堂, 2001. 한국어로는 유은경 역『일본 근대 독자의 성립』(이룸, 2003)이 있다.

라고 불릴 수 있는 타입의 소설에 한정된다. 보다 개인 지향적인 타입이자 대부분은 더 질이 높은 오락문학이라고 할 수 있는 '질 높은 악서'는 낭독에 적합하지 않았다. 미스터리가 그 전형적인 예였다. 미스터리를 낭독해서 가족 구성원들이 각자의 해결안을 내면서 이야기하는 모습은 보통 가정에서는 상상하기 어렵다. 연령, 지식, 추리력도 다 다르기 때문에 복선을 장치하는 법, 트릭의 질, 단서 제시 방법 등 그 어떤 것도 어떤 사람에게는 매우 어렵지만 다른 사람에게는 매우 쉬운 것이 되어버린다. 즉 미스터리는 가족 단위로는 즐기기 어려운 '개인의 문학'인 것이다. 서장에서는 미스터리를 '클럽의 문학'이라고 불렀지만 그것은 지적 동질자가 모여 즐긴다고 하는 의미이지 이것이 '가정의 문학'과 동일하다는 의미가 아니라는 점은 굳이 지적할 필요도 없을 것이다.

일본에서 탐정소설의 창작이 시작된 1920년대 초는 거의 이 '낭독의 시대' 혹은 '가정의 문학'의 종언기와 일치한다. 1엔 책[91] 경쟁이 활발히 전개되어 책을 사기 쉽게 되고 그 속에서 책 대여점이 침체기에 빠졌을 때이다. 같은 일이 약 30년 전에 홈즈가 출현한 1890년대의 영국에서도 일어났다는 점이 흥미롭다.

빅토리아 시대(1838-1901)의 영국도 '가정의 문학' 시대였다. 가족이 모여(이 시대의 중산계층은 자녀가 많았다) 아버지의 낭독을 들었는데 부도덕한 테마나 성적 묘사는 주의하여 피했다. 교훈이 있고 독자를 감동, 향상시키는 작품이 주를 이루었으며, 이야기는 대부분 파란만장

---

91) 정가가 권당 1엔으로 책정된 저가의 전집. 1926년 〈현대일본문학전집〉에서 시작되어, 쇼와시대 동일한 유형의 전집이 유행하기 시작함에 따라 '1엔 책'이라는 명칭이 사용되기 시작했다.

한 여행담이었다. 책 대여점이나 작가에게도 그것은 긍정적인 구조였고, 이것이 이른바 세 권짜리 대하드라마가 유행하게 된 근원이 되었다. 그 선구자적인 디킨스가 자작을 낭독하는 것을 즐겼다는 점이나 공개 낭독회로 큰돈을 벌어들인 일, 그리고 지속된 낭독회 끝에 최후에는 미국 순회 중에 몸이 상해 그것이 원인이 되어 숨지게 된 것은 시대를 상징할만한 일이다.

이와 같이 이른바 집단적 독서(가정이든 극장이든) 습관이 뿌리박힌 시대에는 개인적·내면적 지향이 강한 타입의 문학은 성장하기 어렵다. 리스먼David Riesman이 말하는 '내부지향형' 인간은 커뮤니케이션 수단이 구화가 아닌 활자로 옮겨지고, 청교도주의의 영향을 받아 묵독 습관이 형성된 이후에 출현했다고 한다.[92] 이러한 소위 '지적 묵독층'이 한꺼번에 확대된 것이 영국에서는 19세기 말이었다. 염가의 책이 출현하고, 대형 책 대여점이 삼권본 방식을 폐지하면서 중후장대한 대하드라마 책의 명맥이 끊긴 1890년대에 이것과 교대하듯이 현대 미들브로우 잡지의 선구라고 불리는 『스트랜드 매거진The Strand Magazine』을 무대로 홈즈 물이 나타나고 대성공한 것은 매우 의미가 있는 것이다. 『스트랜드 매거진』과 같은 가정 구입 잡지는 빌린 책과는 다르게 빠른 시간 내에 모두가 읽고 돌려줘야한다는 제약이 없고 원하는 사람이, 원하는 때에, 원하는 부분을 읽을 수 있기 때문이다.

미스터리가 '개인의 문학'으로써 세기말의 문예의 다양한 흐름의 하

---

92) 데이비드 리스먼David Riesman, 『고독한 군중Lonely Crowd』(1950). 한국어로는 류근일 역, 『고독한 군중』(동서문화사, 2011) 외 다수가 있다.

나를 형성하게 된 사회·문화사적 배경은 대략 위에서 살펴본 것과 같은 움직임 속에서 형성된 것이다. 그러나 이야기는 이미 작가의 에토스 영역에서 독자론의 영역에 들어오게 되었다. 다음 장에서는 미스터리의 독자 문제를 다루고자 한다.

제3부

읽는 자, 읽게 하는 자

여기서 말하는 '읽는 자'란 물론 미스터리의 독자를 가리킨다. '읽게 하는 자'는 앞에서 언급했던 '쓰는 사람=작가'를 제외한 미스터리의 생산에 참여하는 출판, 잡지, 신문과 유통을 담당하는 책 대여점, 도서관, 소매점 등에서 일하는 사람이나 조직을 가리킨다.

책 대여점이나 도서관은 자신이 책을 읽는 것은 아니지만, 독자를 대신해서 책을 구입하기 때문에 서점과 같은 의미로 유통을 담당한다고 할 수는 없다. 그러나 동시에 그들은 책을 독자의 품으로 보낸다는 뜻에서 역시 유통을 담당한다. 또한 책을 선택하는 역할을 담당하기 때문에 출판인과 독자 양쪽에, 즉 생산자와 소비자 양쪽에 영향을 미치는 중간자적 입장에 서있다. 이 때 책 대여점이나 도서관의 선택은 독자의 선호를 반영하기도 한다. 이러한 움직임을 넓은 의미로 '유통'이라고 해도 이상하지 않을 것이다.

다른 소비품과 마찬가지로 책, 특히 오락 서적의 소비는 유통, 즉 '읽게 하는 자'로부터 영향을 받기 쉽고 또 그 영향은 시대 흐름에 따라 증대하는 경향이 있다. 그렇다하더라도 역시 '읽는 자'부터 이야기를 시작해보자.

셜록 홈즈에서 '황금시대'로

미스터리 독자층의 성장사는 대략 세 시기로 구분된다.

(1) 1890년 전후부터 제1차 세계대전까지.

　　셜록 홈즈 시리즈로 인해 미스터리 독자층이 형성된다.

(2) 제1차 세계대전과 제2차 세계대전 사이.

　　이른바 '황금시대'. 미스터리의 '부르주아화'를 포함한 독자층의

　　양극화가 진행된다.

(3) 제2차 세계대전 이후.

세 번째 시기는 대상이 너무 많고 시기도 가까워서 솔직히 말해 감당
할 수 없을 것 같아 고찰에서 제외하도록 하겠다. 게다가 앞의 두 시기
로 논의를 좁혀야 미스터리 독자상像의 '원형'이 더욱 잘 드러날 것이다.

당시 포의 미스터리 작품들은 많은 독자를 거느리지 못했다. 「모르그가의 살인사건」은 호평을 받았지만 작품을 게재한 『그레이엄스 매거진Graham's Magazine』(1842년에 4만부)의 매출이 늘었다는 이야기는 없고, 이후 포의 '추리소설은 각각 다른 잡지에 팔렸다. 「마리 로제의 수수께끼Mystery of the Marie Roget」(1899) 등은 적어도 두 잡지사에서 게제를 거절당했다. 『황금벌레The Gold Bug』(1843)로 받은 상금 100달러가 아마도 이 4편의 소설이 낸 수입 가운데 최고 수입이었던 것으로 보인다.

제1기는 처음으로 미스터리의 독자층이 형성된 시기이다. 물론 주지하다시피 그 이전에도 미스터리는 애드거 앨런 포*[93]나 윌키 콜린스, 찰스 디킨스 등을 중심으로 쓰였고, 특히 콜린스의 『흰옷을 입은 여인The Woman in White』(1860)이나 『월장석』, 디킨스의 『바너비 러지Barnaby Rudge』(1841)와 『황폐한 집Bleak House』(1853), 그리고 『에드윈 드루드의 비밀』 등은 이미 수많은 독자층을 형성하고 있었다. 그러나 이러한 소설은 콜린스와 디킨스의 작품이었기에 읽힌 것이며 탐정소설이라서 읽힌 것은 아니다. 작가들 역시 탐정소설과 그 외의 소설을 구별해서 생각하지 않았고, 특별한 장르의 소설을 써야겠다는 소명의식도 없었다. 독자들 역시 같은 생각이었고, 실제로 추리적 요소의 유무와 소설의 매출 사이에는 관계가 없다. 디킨스의 경우, 『황폐한 집』은 약 3만 5천 부가 팔렸고, 그 전작 『데이비드 코퍼필드David Copperfield』(1850)도 약 2만 5천 부 가량 팔렸다. 또 2년 후에 나온 『리틀 도릿Little Dorrit』(1852)도 비평가 사이에서는 평판이 나빴으나 3만 5천 부 이상 팔렸다. 유작인 『에드윈 드루드의 비밀』의 제1부는 5만 부가 팔렸지만 전작 『우리 서로의 친구Our Mutual Friend』(1865)도 3일 만에 3만 부 판매라는 호조를 보였다.[94]

---

93) 줄리안 시몬즈 저, 야기 도시오八木敏雄 역 『고자질하는 심장The tell-tale heart : the life and works of Edgar Allan Poe』 東京創元社, 1981.

94) 리처드 D. 알틱Richard D. Altick 『영국의 일반 독자The English Common Reader』 University of Chicago Press, 1957.

하지만 코난 도일의 경우는 조금 달랐다. 1891년에 30만 부로 창간한 잡지 『스트랜드 매거진』의 판매부수는 6개월 후에 홈즈 시리즈 연재를 시작하자 금세 50만 부를 넘었다. 게다가 코난 도일은 콜린스나 디킨스와 달리 탐정소설을 일반소설(이라고 해도 그의 경우에는 역사, 모험소설)과 구별해서 생각하고 있었고, 독자들 역시 같은 생각이었다. 탐정소

『스트랜드 매거진』

설에 중점을 두지 않았던 코난 도일은 역사소설에 전념하기 위해 홈즈를 '죽이'지만, 역사소설 따위에는 관심이 없는 독자들이 코난 도일의 처사에 분노하고 항의를 해서 결국 8년 후 홈즈를 '생환'시켜야 하는 상황이 되었다. 이때 잡지 『스트랜드 매거진』은 한 번에 3만 부씩 발행부수를 늘렸다고 한다. 이것은 획기적인 사건이다. 코난 도일의 독자가 아니라 홈즈의 독자, 즉 미스터리의 독자가 사상 최초로, 게다가 몇십만 명이라는 규모로 성립된 사회현상이었다.

그럼 이렇게 형성된 미스터리의 독자는 순조롭게 성장을 이루어 대중화의 길을 걷게 된 것일까?

언뜻 그렇게 보인다. '황금시대'에 들어서면 애거사 크리스티, 도로시 세이어스, F.W.크로프츠, 반 다인, 엘러리 퀸, 존 딕슨 카 등 1급 추

리소설가가 배출되었다. 작품 수도 늘어나고 이 시대 말기에는 영어로 쓰인 신간소설의 4분의 1을 탐정소설이 차지하게 되며 인기가 높아진 것을 알 수 있다. 여전히 아마추어의 성향을 진하게 풍기면서도 한편으로는 프로화된 작가들도 많아졌다. 즉 프로를 양육할 만한 규모의 안정적인 미스터리 인구가 생기고 미스터리가 일회성의 유행 이상으로 정착되었다는 것이다. 특히 콜린 왓슨은 미스터리가 생활필수품의 하나가 되어, "주부는 빵이나 설탕이 떨어지지 않게 신경 쓰는 것처럼 그것(탐정소설)을 쇼핑바구니에 넣고 집으로 가는 것이었다."라고 저술하고 있다.95)

그러나 이렇게 독자층을 양적으로 확대한 작가는 사실 앞에서 언급한 작가들이 아니라 오늘날 거의 잊혀진 이름인 에드거 월레스, 에드워드 필립스 오펜하임, 시드니 홀러 등 통속소설을 대량으로 집필한 몇 안 되는 작가들이었다. 그들은 문자 그대로 밀리언셀러 작가이며, 에드거 월레스의 경우 1933년에 영국에서 읽힌 모든 책의 4권중 1권은 그의 작품이라고 추정될 정도였다. 그의 연수입은 1928년까지 약 5만 파운드에 달했다. 그는 런던 교외에 컨트리 하우스를 가지고, 시내에 나갈 때에는 칼튼Carlton 호텔의 스위트룸을 잡아 가족과 머물고, 비서의 아파트에 전화선을 연결했다. 20명의 가사 도우미를 고용하여 여행을 갈 때에는 자신과 아내가 각각 2대의 롤스로이스Rolls-Royce를 몰았고 자녀와 비서에게도 차를 배당했다. 칼튼의 식당을 몽땅 빌려서 200명 규모나 되는 저녁 연회를 열었고 연극의 흥행과 경마에 돈을 물 쓰듯이

---

95) 콜린 왓슨, 앞의 책.

썼다고 한다. 이에 반해 나머지 거의 모든 작가는 1년에 2권씩 써도 겨우 용돈 벌이할 정도의 수입 밖에 얻지 못했다. 크리스티조차 그녀의 데뷔작이라 할 수 있는 『스타일스 저택의 괴사건』을 2,500부 인쇄했으나 그 해에는 2,000부 밖에 팔지 못했고, 얻은 수입은 고작 25파운드에 지나지 않았다(당시 1파운드는 10엔 — 수입상황에 대해서는 이하의 예시참조). 두 번째 작품으로 얻은 수입은 50파운드. 그녀의 작가적 위치를 확립시킨 『애크로이드 살인사건』조차 그 해에는 5,500부 중 1,500부가 팔리지 않고 남았다(이 책의 추정수입은 350 내지 500파운드).

이러한 판매고는 순문학 작품 수준이라고 해도 과언이 아니다. 그 다음 해에 나온 버지니아 울프의 실험소설 『등대로To the Lighthouse』(1927)조차 그해에 3,900부가, 그리고 2년 후 장편 에세이 『자기만의 방A Room of One's Own』(1929)이 3주 만에 5,500부가 팔렸기 때문이다. 더군다나 크리스티가 소속된 콜린스가 대형 출판사였는데 비해, 울프가 소속된 호가스 출판사Hogarth Press는 그녀가 남편과 함께 만든 자비 출판사나 마찬가지인 곳이었다. 크리스티 책의 판매부수가 초년도에 2만부를 넘게 된 것은 전쟁 중 등화관제[96]로 활자 이외의 즐거움이 없어진 이후의 일이다. 그 이전 그녀의 수입은 1938년에 최대의 계약처였던 콜린스로부터 받은 2,500파운드였으며, 이것은 에드거 월레스와 비교할 수 있는 수준은 아니었다.(월레스는 1932년에 사망했다). 즉 '황금시대'의 간판을 질적으로 지탱한 것은 아마추어나 순문학 작가와

---

96) 전쟁 중 적기의 야간공습에 대비하고 그들의 작전수행에 지장을 주기 위하여 일정지역의 일반등화를 일정시간 동안 강제로 제한하는 일.

큰 차이가 없는 독자수를 보유한 작가들이었던 것이다.

'부르주아화' 문제

그렇다면 제1기의 홈즈 작품이 불러 모은 몇 십만 명 수준의 독자와 황금시대의 작가들의 몇 천 명 (기껏해야 1~2만 명) 수준의 독자를 비교해보자. 전자에 해당하는 독자들은 도대체 어디로 사라진 것일까?

홈즈에 열광하던 독자층이 그대로 확대돼서 에드거 월레스, 오펜하임의 독자가 되었다고는 볼 수 없다. 작품의 질도 다르고 후자에는 그 나름대로 선례들이 있기 때문이다. 19세기에 활약한 헨리 우드 부인, 메리 E.브레든, 미국의 안나 캐더린 그린, 호주의 퍼거스 흄 등은 오늘날 잊혀진 존재지만 당시 베스트셀러 작가들이었고, 에드거 월레스 등은 이들 계보에서 독자들을 이어받았다. 한 예로, 우드 부인의 작품 가운데 19세기 중반 250만 부의 판매고를 올린 대표작 『이스트 린East Lynne』(1861)은 줄거리를 읽는 것만으로 웃음을 터트릴만한 극화劇畵풍의 멜로드라마이며, 작중 인물이 살인사건에 얽힌 점을 제외하면 어디를 봐도 『바스커빌 가문의 개』와의 연결점이 없다.

즉 미스터리의 독자는 본래 이중 구조를 형성한다. 물론 '미스터리'의 의미를 넓게 잡아서 그런 것이며 '황금시대'에는 넓게 잡은 부분의 독자수가 늘어나고, 협의의 미스터리가 수수께끼풀이 위주의 장르로 순수화됨에 따라서 독자가 감소했기 때문에 양극분화가 눈에 띄게 된 것이다. 이 후자의 국면에 대해 프레이둔 호베이다는 '황금시대'의 미

스터리는 코난 도일이나 콜린스 등 이전시대의 작가들이 지녔던 대중
성을 잃어버렸다면서 다음과 같이 말한다.

> 추리소설은 처음에는 대중소설의 분야에 속했었지만 제1, 2차 세
> 계대전 간의 추리소설은 더욱 부유한 계층의 독자층을 지향하게 되
> 었다. 1925년 이후 수많은 작가가 배출되었지만 이들의 작품 속 등장
> 인물들은 모두 귀족계급이나 부르주아계급에 속했고 사교적이지 않
> 아 대중과 사귀는 것을 좋게 생각하지 않았다. 이후 동기나 살인, 도
> 망, 법률 위반 등이 차차 새로운 독자층의 요청에 응하게 된다. 즉
> 추리소설은 점차 부르주아화 되었던 것이다.[97]

여기서 말하는 '부르주아화'란 전후 문맥을 살펴보면, 미스터리가 경
제적인 면에서뿐만 아니라 시간적인 면에서 그리고 아마 지적인 면에
서도 부유한 계층을 주된 독자층으로 삼게 된 것을 의미한다. 황금시
대의 미스터리에는 확실히 그러한 독자를 상정한 고답적인 측면이 있
다. '기분전환'이나 '놀이'라고 해도 서민들의 그것과는 달리 곳곳에 귀
족적이며 지적인 분위기를 드러내는 요소가 짙게 나타난다.

그렇다면 이러한 '반대중적'까지는 아니어도 '비대중적'인 성격의 수
수께끼풀이 소설의 독자는 도대체 어떤 사람들이었는가? 어떤 조건이
그들을 만든 것인가? 우선 그 이야기로 넘어가기 전에 해당 조건을 갖
추었던 영국의 상황과 비교하기 위해서 동시대의 미스터리 신흥 지역이

---

97) 호베이다 저, 미와 히데히코三輪秀彦 역『추리소설의 역사는 아르키메데스부터 시작한다Historie
du Roman Policier』東京創元社, 1981.

었던 일본과 개발도상국이었던 한국의 독자 상황을 빠르게 훑어보자.

'황금시대'의 일본

『신청년』

영미의 황금시대에 해당되는 시기가 일본에서는 한 단계 늦게 시작되었고 이 시기는 창작 탐정소설의 성립기에 해당한다. 크로프츠의 『통The Cask』(1920), 크리스티의 『스타일스 저택의 괴사건』이 발표된 1920년은 『신청년』(발행처는 하쿠분관博文館) 창간의 해이며 그 3년 후에 에도가와 란포의 「2전동화」가 그 잡지에 등장한다. 이후 신인의 등용문이 된 이 잡지는 영국의 『스트랜드 매거진』에 해당하는 역할을 했지만, 1950년까지의 30년 역사 중 전성기의 판매량은 고작 3만부였다. 『스트랜드 매거진』과는 독자층의 두께가 다르다는 사실을 먼저 인지해야 한다.

그러나 이후 일본에서는 단기간이었지만 아주 급격하게 탐정소설 열풍이 일어났다. 1926년 란포의 등장 이후, 고가 사부로 등이 아사히신문과 같은 대형 신문사에서 연재를 시작했다. 1927년에 시작된 제1차 엔본円本 전쟁98)에서 헤이본샤平凡社의 『현대 대중문학 전집現代大衆文學全

集』전 60권 중 11권의 탐정소설에 작가 20명이 배당되었다. 5번째 아니면 6번째에 배본된 란포의 책은 당시 16만부 이상 출간되었다. (그러나 마지막 권에 배본된 란포의 두 번째 책은 1만 부 정도였다.) 1929년에는 탐정소설 전집이 4사(하쿠분칸, 헤이본샤, 가이조샤, 순요도)에서 동시에 발매되는 대성황을 이루었다. 모두 20권내지 24권 완결로 한 달에 2권씩 발행되었다. 4사를 합산하면 매달 20만 권 이상이 팔린 셈이다. 이 해에는 『뤼팽Arsène Lupin전집』(헤이본샤)이나 『고사카이 후보쿠 전집』(가이조샤) 등 개인 전집까지 등장하였다. 게다가 후자의 경우에는 전 8권으로 출간될 예정이었으나 많이 팔리자 급히 17권으로 늘어날 정도였다. 1931년에는 처음으로 란포 전집이 13권 완결로 발매를 시작한다(헤이본샤, 제1회 배본 분은 총 21만 부가 팔렸다).

그러나 이러한 열풍은 사실 대중문예 전체의 발흥에 이끌려간 출판사 주도형에 더 가까운 것이었다. 작가나 작품의 공급이 질적으로나 양적으로나 둘 다 수요를 따라잡지 못했다. 유사한 전집 기획의 횡행, 읽을 만한 작품의 부족, 대필자의 출현은 그런 상황이 반영된 현상이었다. 인기, 역량으로 봐서 '코난 도일'격이었던 란포는 마지못해 — 그는 지적 소수 서클의 문학으로서의 탐정소설을 신봉하고 있었다 — 이 열풍 가운데 호더 & 스토턴사Hodder & Stoughton와 손을 잡은 에드거 월레스의 역할을 맡게 된다. 그러면서 점차 스스로 통속소설을 마구 쓰고, 대필자의 손을 빌리기까지 한다.

---

98) 출판계의 불황과 대중문화 상황 속에서 계속해서 엔본이라는 1권을 1엔으로 판매하는 책이 등장했다. 그 수는 100종류까지 이르러 엔본 전쟁円本合戰이라고 불렸다.

어쩌면 이 시기에 초기 란포와 어깨를 나란히 하는 작가가 나타나지 않았던 것이 일본의 탐정소설 열풍이 오래가지 못한 이유이기도 하다. 탐정소설은 '그늘의 문학'이라는 기존의 뒤처진 사회적 인식이, 작품이 조악해지고 '변격'으로 치우침에 따라 더욱 강해지는 악순환이 생겼다. 1930년대에 열풍의 퇴조가 일어난 것은 당연한 일이었다. 결국 이후 일본에서 대중적인 미스터리 장르의 인기가 정착하기 위해서는 제2차 대전 이후까지 기다려야만 했다.

한국 미스터리에 대한 고찰

한국의 미스터리는 일본보다 십여 년이 지난 후에야 출현한다. 일본의 지배하에 있었던 1934년 『조선일보』에 연재된(5.16-11.5) 『염마』(1934)가 한국 미스터리의 효시이다.[99] 그러나 필자인 '서동산'이 누구인지는 최근까지 알려지지 않았다. 그렇기 때문에 1937년에 『조선일보』에 연재된 『가상범인假想犯人』의 작가 김내성이 최초의 탐정작가라고 여겨져 왔다.

이후 1987년이 되어서야 연세대 김영민 교수가 문체 분석, 작품에 등장하는 지역과 작가와의 연관성, 그 외 관련 자료를 통해 '서동산'은 순문예작가로서 다수의 작품을 남겼고, 또한 당시 『조선일보』 기자였던 채만식인 것을 밝혀냈다(『조선일보』 1987.4.22.).

---

[99] 한국 미스터리의 효시에 관해서는 연구자에 따라 아직 의견이 분분하지만 2000년 이후에는 대체로 1908년 12월 4일부터 1909년 2월 12일까지 『데국신문』에 연재된 이해조의 「쌍옥적雙玉笛」을 효시로 보고 있다. 이 소설에서 처음으로 〈정탐소설〉이라는 타이틀이 사용되었다.

서동산 = 채만식의 '발견'을 크게 보도하는 『조선일보』

　채만식은 현재 전집이 발간될 정도로 유명한 작가이며 게다가 1934
년 8월에 간행된 문예지 『신인문학』에 '서동산'이 채만식과 동일인물이
라고 명기되어 있었다고 하니 왜 그것이 지금까지 밝혀지지 않았는지
의문이 들기도 한다. 이 '발견'이나 '한국 탐정소설사의 다시 쓰기'에
고개가 갸우뚱하는 마음도 솔직히 없는 것은 아니다. 그러나 그만큼
한국에는 억압, 빈곤 그리고 전쟁 후 민주주의의 결여 등 미스터리의
성장을 방해하는 거의 모든 조건이 뿌리 깊게 존재하고 있었다는 것을
재확인하게 된다. 어쨌든 이것이 전형적인 미스터리 개발도상국의 실
상이다.

여가의 다양한 모습

이야기를 다시 돌려 미스터리 독자층의 성립, 특히 영국에서 먼저 추리소설의 '부르주아화'를 지탱하는 독자층이 형성된 것에 대해 살펴보자. 도대체 영국의 무엇이 미스터리 독자층을 형성하는 데 적합했는가?

보통 독자론에서 우선적으로 고려하는 것은 읽고 쓰는 능력(리터러시literacy)의 보급이다. 이렇게 보면 1870년대 초등교육의 의무화에서 비롯된 일련의 교육개혁으로 인해, 1890년대에는 리터러시의 근대적 표준이라고 불리는 한 자리수대의 문맹률이 달성되었다는 사실에서부터 논의를 출발해야 할지도 모른다. 또한 보다 중요한 요인으로 빅토리아 여왕 시대의 영국을 둘러싸고 있었던 이상한 '살인에 대한 열광' ─ 범죄·재판의 실록이나 허구적 이야기의 장기적인 대유행 ─ 이 대중의 읽고 쓰는 능력을 높였다는 사실을 언급해야 할지도 모른다. 그러나 그것은 어디까지나 밑바닥에 가까운 계층의 리터러시의 수준을 끌어올렸을 뿐, 지적 미스터리의 독자층 형성과는 관계가 먼 것 같다. 초등·중등 교육보다 고등교육, 학교보다 책 대여점이나 도서관과 가정에서의 독서습관이 더욱 이러한 지적 엔터테인먼트의 독자층 형성에 중요한 역할을 했다고 생각해도 좋다. 그러나 이것에 대해서는 다음 장 '읽게 하는 자'에서 다루겠다.

여기서 주목해야 하는 것은 '여유'이다. 정신적, 경제적, 시간적으로 여유가 풍부한 계층이 미스터리의 향수에 적합한 토양을 제공해준 것

은 아닐까 싶기 때문이다. 정신적 여유에 대해서는 이미 확인했다. 경
제적 여유를 둘러싼 문제는 뒤로 미루고 여기서는 시간적인 여유, 즉
여가에 대해 알아보도록 한다. 우선적으로 다음과 같은 여러 가지 여
가의 발생 형태가 구분되어야 한다.

  (1) 일하는 사람의 근로시간이 줄어든다. (노동시간의 단축)
  (2) 일하지 않아도 되는 사람이 많아진다. (땅값·이자·배당 생활
      자나 학생, 전업주부의 증가)
  (3) '강제적인 여가'가 늘어난다. (실업, 병, 정년퇴직, 및 특히 통근
      의 증가. 뒤에서 다루게 될 이유로 당시의 전업주부는 오히려 여
      기에 속한다)

  결론부터 먼저 말하자면, 예외적으로 영국은 역사적으로 가장 빨리,
상기의 여가 형태가 집중적으로 발생했던 나라였다.
  먼저 노동시간의 단축에 대해 이야기해보자. 현재 영국은 선진국 중
에서는 두드러지게 연간 총 노동시간이 짧은 나라는 아니지만, 역사적
으로는 1847년의 공장법(하루 10시간, 주 54시간) 제정 이래 노동시간
단축을 주도해온 나라이다. 1867년에는 전체 산업에 토요일 반일휴가
를 채택, 1871년에는 국민휴일법을 제정하였고, 1890년대에는 노동시
간을 9시간에 가깝게 줄였다. 마침 1870년대 중반부터 경제사상 '대불
황기'로 알려진 4반세기에 걸친 긴 정체기에 들어서면서 산업 활동은
침체되고, 이것은 노동시간을 단축했다. 그러나 노동자 계급의 경우, 그

들의 단축된 노동시간이 얼마나 독서, 특히 미스터리의 오락을 향유케 했는지는 의문이다.

산업 활동의 정체는 노동시간을 줄이고 실업자 수를 증가하게 만든 것뿐만 아니라, 일하지 않아도 되는 사람들의 수와 수입을 증가시키는 기묘한 효과도 발생시켰다. 이 불황기는 기간산업이 독일이나 미국을 선두로 하는 신흥국에 뒤떨어지기 시작한 시기이다. 국내 산업에 투자를 해도 이익이 없다는 것을 깨달은 기업가들은 투자처를 해외로 전환했다. 그것도 해외에 공장을 건설하고 그곳에서 생산을 시작하는 것이 아니라 식민지의 공채나 철도, 광산의 주식 등을 사는 형식을 취했다. 해외경쟁으로 인한 타격이 가장 큰 산업은 농업으로, 지주 혹은 농장 경영자의 대다수는 농업에서 손을 뗐고 도시의 주택지나 상업지, 해외 증권을 많이 구매했다. 이렇게 해서 19세기 말부터 20세기 초반에 걸쳐 엄청난 수의 불로소득층이 탄생했다. 제1차 세계대전 직전에는 영국의 국민소득의 10분의 1, 개인소비의 6분의 1이 그러한 해외부터의 이자와 배당수입으로 조달되었다.

이 해외투자 규모는 제2차 세계대전 후에 미국이 실천하고 윈스턴 처칠에 의해 '인류사상 가장 무사무욕self-forgetfulness한 행위'라고 불린 유럽부흥계획(5년간의 마셜 플랜)을 1년에 2번씩 할 수 있을 정도로 어마어마한 것이었다. 현재 '일본판 마셜 플랜'이 필요하다는 주장이 제기되고 있으나, 일본흥업은행의 시산에 따르면 일본의 자금 규모는 그 마셜 플랜의 고작 20분의 1(즉 제1차 세계대전 이전의 영국 자본 유출의 200분의 1)밖에 되지 않는다고 한다. 게다가 이자의 유입은 그 자본의 유출금액을 크게 웃돌았다. 엄청난 규모의 불로소득이 당시 영국에 유입된 것이다.

이후 국내의 토지, 건물, 주식 등으로부터 얻은 수입이 더해지기 시작한다. 주택 집세는 국민소득의 6.4%를 차지하고 있었는데, 이것만해도 앞서 언급한 해외투자 수입의 60% 남짓에 이르는 방대한 금액이다. 이러한 불로소득으로 살고 있는 '유민遊民'들의 수가 어느 정도인지를 알아보는 것은 어렵다. 그러나 홈즈를 비롯해서, 영국의 미스터리에 지겹도록 등장하는 중상류층 사람들의 직장이나 업무 이야기가 배제된 우아한 생활에 대해 읽고 있노라면 블라디미르 레닌이 『제국주의론 Imperialism』(1916)에서 영국을 식민지에 의존하는 '금리 생활자의 나라'라고 부른 것을 떠올리게 된다. 그리고 레닌은 프랑스를 '고리대금 제국주의'라고 부르며 식민지의 중심은 아니지만 프랑스도 영국 다음 가는 해외증권 투자국이라고 주장했다. 이것은 어쩌면 프랑스 미스터리가 비교적 빨리 출현한 이유 중 하나일지도 모른다.

여행·통근의 벗

'강제적인 여가'를 많이 누리는 사람들이라고 하면 바로 떠오르는 사람은 실업자, 연금생활자, 환자, 수감자 등이다. 그렇다고 해도 실업자는 정신적인 여유가 없기 때문에 아마 미스터리의 좋은 독자는 아닐 것이다. 수감된 죄수에게 살인이나 탈옥하는 장면이 나오는 소설을 줄수 있을지도 문제다. 옛날부터 큰 병원, 특히 결핵의 요양소 근처에는 반드시 책 대여점이 있었고, 이곳에서 소독약 냄새를 풍기는 책을 빌려 주곤 했으니 입원 환자는 아마도 큰 고객층이 될 것이다. 그러고 보니 당직 의사나 간호사도 강제적인 여가를 누리는 사람들에 속한다. 그리고 대기시간이 긴 이른바 접객업 종사자, 특히 유곽의 여자도 책 대여점의 단골 고객이었다. 유곽 근처에도 책 대여점이 많이 있었다.

연금생활자는 중요한 잠재적 독자층이다. 영국인의 이상 중 하나로 '은퇴하고 미스터리를 즐기는 생활'이 있다고 할 정도다. 그러나 노인은 일반적으로 보수적이기 때문에 젊었을 때부터 미스터리를 즐기는 취미를 갖고 있어야 한다. 그러면 노인의 인구 비율이 높은 나라에서는 그들의 취미에 맞는 형식의 미스터리가 일정한 시장을 형성할 가능성이 있다. 그러나 이 시기의 영국은 아직 노인 국가가 아니었다. 전체 인구 대비 55세 이상의 비율은 1851년에는 10.7%에서 1911년에 12.3%로 증가하는 정도에 그쳤다(1931년에 17.5%). 출생률이 눈에 띄게 떨어지는 시기는 20세기 초반부터 제2차 세계대전까지다.

유스턴 기차역의 모습(1837)

'강제적인 여가'를 누리는 사회 계층이 이 시기에 급속히 팽창하는 가운데, 통근객=교외주민과 가정에 갇힌 여성은 미스터리의 독자층으로서 중요한 역할을 담당하였다.

철도여행이나 통근을 할 때의 심심함을 달래기 위한 독서의 존재를 단적으로 보여주는 것이 철도매점이다. 1848년에 런던의 유스턴역Euston station 내에는 서점이 탄생하였고 후에 책대여 서비스도 하게 되었다. 이는 현재 영국 최고의 문방구·서적의 체인점으로 잘 알려진 '헨리 스미스'의 설립자인 윌리엄 헨리 스미스[100]가 창안한 것이었다. 스미스에게 대량으로 소설을 제공한 것이 런던의 라우틀리지 출판사 Routledge Press의 〈철도문고〉와 존 머레이John Murray의 〈철도독서문고〉이다. 1852년에는 프랑스에서도 아셰트Hachette서점이 〈철도문고〉를 도입해 각지의 역내에 지점을 두었다.

영국, 프랑스 둘 다 19세기 중엽의 열차 내 독자는 거의 중산계층이었다. 1851년 영국의 조사에 따르면 역내의 책 대여점은 보통 서점에 비해서 훨씬 고급한 교양서, 소설, 여행 안내서를 대여하고 있었다. 아셰트의 〈철도문고〉의 목록도 여행 안내서, 여행기, 프랑스문학, 고전문학, 농공업관계서, 아동서 등으로 분류되어 있었다고 한다.[101] 열차 내 독서수요가 중산계층에 한정되어 있던 이유 중의 하나는 당시 노동자 계급은 여행할 기회가 적었기 때문이며, 다른 하나는 3, 4등의 열차는 큰 방의 형태이며 대개 붐비고 있었고 그곳에서는 승객끼리 '교류'하는 것에 바빠서 독서할 틈이 없었기 때문이다.

미스터리의 잠재적인 독자층으로서 통근객, 즉 교외주민이 급증하게 된 것은 역시 19세기 말이 다가온 후였다. 런던은 1841년 이래 10년마

---

100) W.H.스미스W.H.Smith 대여 사업, 1860-1966.

101) F.A.멈비F.A.Mumby, 『출판과 도서 판매Publishing and Book selliing』(Jonathan Cape, 1930), 볼프 강 쉬벨부시Wolfgang Schivelbusch 저, 가토 지로加藤二郎 역 『철도여행의 역사The Railway Journey』(法政大學出版局, 1982). 한국어로는 박진희 역 『철도여행의 역사』(궁리, 1999)가 있다.

다 50만여 명씩 인구가 증가하며 대형화되어가고 있었고, 1900년까지 인구는 450만 명에 달했다. 그러나 이 중에서 런던의 야간인구는 3만 명 이하였으며, 이웃한 웨스트민스터Westminster와 같은 곳에서 일하는 시민의 대다수는 밤이 되면 교외에 있는 집으로 돌아갔다. 승합마차에 비하면 훨씬 저렴한 철도 및 지하철의 보급은 중산계층이나 하층민 생산직 노동자, 그리고 상층계급을 교외주민으로 만들었다. 이 과정에는 1883년 할인운임 열차법이 결정적인 영향을 미쳤다. 이때부터 스미스의 철도매점의 책 종류도 변화하였다. 신문(특히 일간지), 잡지, 읽기 쉬운 오락서적이 중심이 된다. 1회 완결인 단편을 게재한 『스트랜드 매거진』과 같은 잡지는 특히 인기 있는 품목 중 하나였다. 홈즈를 '부활'시킨 「빈집의 모험The Adventure of the Empty House : The Return of Sherlock Holmes」이 실린 『스트랜드 매거진』이 나왔을 때 철도매점에는 마치 세일 때처럼 엄청난 사람들이 몰려왔다고 한다.

여성과 여가

여가와 독자와의 관계를 생각할 때 여성의 역할을 빼놓을 수 없다. 확실히 통근 인구의 증가는 소설의 전통적 독자로서의 여성의 지위를 위협했다. 적어도 제1차 세계대전까지는 통근객의 압도적인 다수는 남성이었기 때문이다. 남성들이 열차 내에서 읽을거리로 요구한 것은 깊게 고민할 필요 없는 가볍게 기분전환 할 수 있는 책이며, 빅토리아 시대에 전형적인 가정문학으로서 인기를 끌었던 중후하고 장대한 파란만장한 장편소설과는 대조적인 성격인 것이어야 했다. 이 통근 남성들의 등장이 미스터리 독자층 형성에 큰 영향을 준 것은 틀림없다.

그러나 여성, 특히 중산계층의 여성은 여전히 소설의 가장 유력한 독자층이었다. 그것은 통근과 다른 의미로 그녀들에게 '강제'적으로 주어진 여가 때문이다. 중산계층의 주축이었던 상공업자의 아내나 딸은 원래 가업을 돕고 가사노동에 종사하는 것이 일반적이었다. 그러나 19세기 경제가 번영하는 과정에서 가게나 공장, 사무소가 커지게 됨에

여가를 즐기는 빅토리아 시대의 여성
가와무라 사다에河村貞枝 「빅토리아 시대의 여성과 레저」
(『'비노동시간'의 생활사』)에서

따라 가업에 있어서 그녀들의 역할은 여점원이나 여공에게 넘어갔다. 동시에 가사노동이라는 역할까지 하인의 손에 넘어가게 되었다. 성공한 부르주아 가정뿐만 아니라 그다지 풍요롭지 않은 신흥의 하급 전문직이나 사무직에 속하는 가정까지 신사계급 신분의 증거로서 앞 다투어 하인을 고용했다. 신사의 이상이 '유한생활有閑生活'에 있던 것과 마찬가지로 정상 가정의 숙녀라면 가정 내의 잡일을 하거나 금전을 얻기 위해 밖에 나가서 일하면 안 된다는 생각이 퍼졌기 때문이다. 그런 점은 '직업부인'이라는 말이 차별적으로 사용된 전쟁 전 일본과 반 정도는 비슷하다('반'이라는 것은 일본에는 가사를 멸시하는 사상은 없었기 때문이다). 그래서 그녀들은 독서나 피아노, 수채화, 수예, 파티, 일기

나 편지쓰기 등 비실용적인 심심풀이를 해야 했다. 그런 뜻에서 그녀들은 노동으로부터 해방되었다기보다 오히려 여가를 강제적으로 부여받은 사회 계층이라고 할 수 있다.

여가의 조건 · 하인

여성이 여가를 유지하기 위해서는 남편의 재력과 쉽게 고용할 수 있는 많은 하인이 있어야만 했다. 빅토리아 시대 말기에 들어서도 일반적으로 많은 노동자의 자녀는 집안 생계를 돕기 위해 일하러 나갔다. 그들의 최대 고용처가 중상류층 가정이었다. 19세기 말 절정기에는 고용인의 인구는 여자만 150만, 남성을 합치면 200만을 넘어 섬유산업의 전체를 웃도는 최대 산업을 구성하고 있었다. 벤저민 디즈레일리는 영국이 '두 가지 국민'으로 형성되어 있다고 했지만 그것은 여성에 대해서 더 잘 맞는 말이었다.

그렇다면 이러한 하인들 덕분에 중산계층의 여성이 가사로부터 해방되고 우아한 독서를 하고 있었는가 하면 반드시 그렇지도 않았다. 적어도 시기가 뒤로 가면 갈수록 그렇다고 말할 수 없게 된다. 믿을 만한 하인의 확보가 점점 어려워졌기 때문이다.

우선 하인의 공급량은 노동자계급의 생활수준의 상승을 반영해서 20세기 초를 절정으로 점차 줄어든다. 또한 그동안 하인들의 수요가 계속 팽창한 이유는 그다지 풍요롭지 않은 하급전문직, 관리직 등 하층 중산계층이 증가하고 그러한 계층도 사회적 체면을 위해 하인을 필요로 했기 때문이지만, 그들 대부분은 고작 한 명 내지 두 명의 하인을 고용했다. 이미 1871년에 120만 명의 하녀 인구 중에서 3분의 2가 혼자서 무엇이든지 다 하는 잡노동 하녀가 차지하였고 그 비율은 이후 착실하게 계속 상승했다. 그 정도로는 당시 아이가 많은 주부에게는 그다지 도움이 되지 않았다.

또한 그렇게 좋은 하인이 와주지 않았다. 하인 사회는 그 자체가 엄격하고 번쇄한 계급사회이므로 근무처인 집의 격과 본인의 직종에 따라 그 지위와 수입에 큰 차이가 있었다. 최하층부에 해당하는 잡일을 하는 하인은 처지나 능력, 의욕에 문제가 있는 경우가 많고, 남의 것을 훔치는 버릇이 있거나 바로 임신을 하거나 해서 사람이 자주 바뀌는 경우가 많았다. 주부는 이러한 일에 쫓겨서 여가를 즐길 여유가 없었다. 사회역사가 L.C.B.시먼이 소개해 유명해진 영국의 어떤 퇴역 군의관의 1883년의 일기는 마치 하녀를 둘러싼 분쟁기록과 같다. 마찬가지로 군의관이었던 모리 오가이의 「고쿠라일기小倉日記」(1899-1902)나 소설 「닭鷄」(1868) (및 그것을 반영한 마쓰모토 세이초의 『오가이의 첩鷗外の婢』(1969))을 비교해서 읽는다면 하녀를 부리는 고생은 당시의 동서양을 막론하고 다를 것 없었다는 사실을 잘 알 수 있다.[102] 어느 쪽이든지 상시 두 세 명의 하녀를 고용할 수 있는, 최하층의 고용주라고 할 수 없는 신분이었음에도 불구하고 그렇다. 특히 오가이의 경우 고쿠라 시절의 대부분을 혼자서 보내고 아주 신중한 성격이라, 그렇게 집안 일거리도 많지 않았는데 그는 반드시 두 명 이상의 하녀를 두었고 하녀에 관한 문제에는 상당히 많은 고민을 했다고 전해진다.

---

102) 루이스 시먼 『빅토리아 시대 런던의 삶Life in Victorian London』, Batsford Ltd, 1973.

육아로부터의 해방

20세기, 특히 제1차 세계대전부터는 또 다른 요인에 의해 주부들의 부담이 줄어들었다. 피임기구의 보급으로 인해 아이의 수가 격감하고 여성이 육아로부터 해방된 것이다. 1870년대에 7명 이상의 아이를 가진 부부는 43%나 있었지만, 1925년 결혼한 부부 중에는 2%에 불과했다. 세기 교체기의 전형적인 여성은 임신·출산 및 각 아이마다 일 년의 포육 기간을 합쳐서 15년 동안 아이에게 얽매어 지내야했다. 당시 20세 여성의 평균 잔여 수명은 46년이었으니 그 중 3분의 1이 구속기간이라는 뜻이다. 그것이 반세기 후에는 같은 상황의 여성은 평균 수명이 75년으로 늘어나고 그 중에서 4년간, 즉 14분의 1의 기간만 육아를 하면 되었다. 중산계급 여성의 '구속'기간은 물론 이 평균을 밑돌았고 이들이 그러한 육아로부터의 해방을 주도한 것은 그 출산율을 봐서도 확실하게 알 수 있다.[103] 그렇게 제1차 세계대전 때부터 중산계층의 여성들은 구인난을 해결하듯 새로운 여가의 조건을 획득한 것이다.

가정에서의 구금

한편, 여성의 직장은 19세기 말부터 서서히 늘어났고 결혼 전이면 일하러 나갈 수도 있었으며 업무에 따라 반드시 '품위를 잃는' 것이 아니었으나, 그래도 1차 세계대전까지는 주류가 아니었다. 전화 교환수나

103) R.H. 티트머스R.H.Titmus, 「여성의 입장The Position of Women : Some Vital Statistics」『복지 국가에 관한 에세이Essays in the Welfare State』 Unwin University Books, 1963.

타이피스트는 1881년부터 30년 동안 23배나 늘어나 14만 5천명이 되었지만, 그것들은 주로 수공업자의 딸들이 얻는 직업이었다. 중산계층 여성의 전통적 직업이었던 교사와 간호사는 같은 기간에 각각 1.5배, 2.3배로 늘어나 20만 2천명과 9만 4천명에 이른다. 게다가 상위 전문직이 늘어났다고 해도 여성 성직자가 같은 기간 말에 8천여 명, 저술가나 저널리스트는 1,800여 명, 의사가 600여 명 정도 밖에 되지 않았다.

버지니아 울프는 1918년 여성 참정권이 제정된 시기에 이모로부터 연간 500파운드의 유산을 받아 기뻤다고 고백하고 있다. 그전까지는 신문사에서 어중간한 업무 — 당나귀 품평회나 결혼식 기사 쓰기 — 를 하거나 봉투에 이름과 주소를 쓰거나 노부인에게 책을 읽어주거나 조화를 만들거나 유치원생한테 글자를 가르치고 있었으나 1918년 이전의 여성이 할 수 있는 일은 그런 것 밖에 없었다고 서술하고 있다.[104] 당대 최고 지식인 중 한명이었던 레슬리 스티븐의 딸인 그녀조차 그렇다는 것이다.

1870년대부터 여자의 중·고등교육이 급속히 증가하지만, 그녀들의 잠재적인 지적 능력을 발휘할 수 있는 직장은 그만큼 증가하지 않았다. 결국 제1차 세계대전 중 남성 노동자 부족으로 인해 '희석화dilution'라고 불리는 현상이 발생하고 남성 직장에 여성 비율이 증가하기까지 기다려야 했다. 요컨대 중산계층의 여성은 가정에 '구금'된 상태였다.

---

104) 버지니아 울프『자기만의 방A Room of One's Own』The Hogarth Press, 1929. 한국어로는 이미애 역, 『자기만의 방』(민음사, 2006)이 있다.

구금에 대한 대상代償

이 '구금'은 어떤 결과를 가져왔는가. 미스터리 독서도 구금의 결과 중 하나이다. 앞에서 언급했듯이 빅토리아 시대 여성의 소설 독서량은 남성보다 훨씬 많았다. 원래 18세기에 소설이 탄생한 것도 여성 독자들의 덕분이라고 하지만 빅토리아 시대에 한층 더 열을 올린 그녀들의 독서열은 소설 출판에 무시할 수 없는 영향력을 가지게 되었다. 신작 소설 최대의 고객인 책 대여점은 여성의 취향에 맞게 그들의 책 구입 정책을 조정한다. 출판업자나 작가의 집필 경향조차 이에 좌우된다. '부도덕적인' 내용이나 노골적인 성묘사가 사라진 데도 그 영향이 크다.

그녀들이 사랑하는 책은 유명 작가의 작품, 여성용으로 쓰인 낭만적인 연애물, 사교계를 그린 소설, 스릴러 등 다양했지만 그 중에는 탐정소설도 있었다. 여성이 탐정소설을 잘 읽지 않는다고 생각하는 것은 일본의 전쟁 전 상황을 바탕으로 한 추측에 불과했으며, 영국에서는 옛날부터 미스터리야말로 여성의 읽을거리였다. 이미 1860년대에 당시 최대의 책 대여점이었던 뮤디에서 가장 많이 대여된 책은 5명의 여성 작가 작품이었는데, 그 중에는 탐정소설작가로서 유명한 우드 부인과 메리 엘리자베스 브래든의 작품이 포함되어 있었다. 그녀들의 소설이 읽힌 이유는 추리적 요소보다 멜로드라마적인 요소 때문인지도 모른다. 그러나 보다 거칠며 '남성적'이었던 홈즈 작품의 여성 팬도 적지 않았다. 독신인 홈즈를 여성들이 보살펴주겠다는 편지가 많이 왔고 홈즈가 '살해'당했을 때에는 여성들로부터 비난의 목소리가 나오기도 했다.

주부 작가인 제시카 만에 의하면 가정에 구금된 상태의 주부는 범죄소설에 매료되는 독특한 심리적 조건에 놓여있다고 한다. 그녀는 살인 이야기가 주부들에게 일종의 대리만족을 주는 것은 아닐까 생각한다. 억압이나 단혼單婚에서 도망칠 수 있는 방법은 누군가의 죽음 밖에 없었고(당시 이혼하기가 정말 어려웠다), 품행이 좋은 여성일수록 살인 이야기에 매료되었다고 한다.105) 약간 억지스럽게 들리지만 살인의 무대가 가정에서 거의 떨어지지 않고 주인공의 직장이

뮤디에서 책을 빌려가는 여성들(Mudies Select Library, illustration in London Society, 1869)

등장하는 경우가 드물다는 점 등, 범죄의 실상과 먼 상황 설정이 횡행하는 이유를 제시카 만처럼 생각하면 이해하기 쉬운 면이 있을 것이다.

제1차 세계대전 이후에 여성과 미스터리의 관계는 확고한 것이 된다. 줄리안 시몬즈는 다음과 같이 말했다.

제1차 세계전쟁 중에 일어난 여성들의 해방은 특히 유럽에서 가정생활의 새로운 구조를 만드는 데 큰 역할을 담당했고, 그 과정에서 여성들은 보다 많은 여가를 얻고 그녀들 다수는 독서를 했다 …… 일부 '2펜스 책 대여점'의 중심을 이루는 책은 스릴러나 웨스턴 소설이

---

105) 제시카 만, 『수컷보다 더 사나운Deadlier than the Male』 David & Charles, 1981.

며, 그것들은 지속적으로 남성 노동자계급의 주요 읽을거리였으나 다른 대다수 가게는 여성이 압도적으로 많이 이용했다. 여기서도 자신의 세계관이나 사회관을 확인해주는 책에 대한 수요가 먼저 생기고 그것을 공급이 따라가게 되었다 — 길고 읽기 쉬운 '책 대여점 소설', 가벼운 로맨스, 탐정소설. 탐정소설의 대부분은 여성으로 인해 쓰였지만 그것은 바꿔 말하면 여성용이었다는 것이다."[106)]

콜린 왓슨이나 퀸 리비스도 비슷한 관찰 결과를 제시한다.

> "책 대여점 독자의 대다수는 통근객이나 임금 노동자가 아니었다. 중산계층의 주부나 어머니, 자매들인 여성이 대다수였으며 그들은 보통 가족들의 읽을거리를 골라서 새로운 책을 가져가는 역할을 담당했다."[107)]
>
> "책 대여점의 책을 바꾸는 사람은 남성보다는 여성이며 많은 책 대여점 회원은 소설을 바꾸러 대여점을 매일 찾아온다."[108)]

여기서 시몬즈가 말하는 "제1차 세계전쟁 중에 일어난 여성들의 해방"이란 앞서 언급한 아이의 감소나 전쟁 시 희석화로 인한 여성의 취업 기회의 급증 — 기계 공장의 취업자만 해도 80만, 오피스 취업자만 50만 명에 이르렀다 — 은 물론, 성차별 철폐법(1919)의 도움을 받은 여성의 경제적, 사회적 자립화를 가리키는 것이라고 보면 될 것이다.

---

106) 줄리안 시몬즈, 『블러디 머더Bloody Murder』 Faber and Faber Ltd, 1972. 한국어로는 김명남 역 『블러디 머더』(을유문화사, 2012)가 있다.
107) 콜린 왓슨, 앞의 책.
108) 퀸 리비스 『픽션과 독서계Fiction and the Reading Public』, Chatto & Windus, 1932.

수많은 남자가 전사한 결과 175만 명에 달하는 여성인구가 과잉 발생한 것, 즉 독신여성의 급증도 빅토리아 시대의 결혼 지상 신앙을 타파하고 자립화를 촉진시키는 효과를 가져왔음에 틀림없다. 그러나 이 중에서 어느 정도가 중산계층 여성의 '해방'에 공헌했는지는 확실하지 않다. 자존심이 강한 그녀들의 대다수는 애거사 크리스티처럼 전쟁 중에만 무급으로 구급간호나 급식 시설 등에서 일하는 것이 고작이었기 때문이다. 그렇다고 하더라도 이러한 경험들이 '독약의 지식'을 포함해 그녀들의 세계를 넓히고 자립에 대한 계기를 주었다는 사실을 주지해야 한다.

읽을 것을 쓰다?

중산계층 여성이 가정에서 구금되고 그것에 잇따른 급속한 자립화의 과정은 조금 아쉬운 결과를 낳았다. 여성 미스터리 작가의 배출이다. 풍부한 여가를 누리는 대부분의 지적 여성에게 소설 쓰기란, 일기나 편지 쓰기로는 만족할 수 없는 기분전환과 자아실현의 방법이자 체면을 잃지 않고 수입을 얻을 수 있는 거의 유일한 방법이기도 했다. 1890년쯤에는 아직 여성이 탐정소설을 쓰는 일은 '농담이거나, 바르지 못한 행실의 중간이라는 느낌'이었다고 일컬어졌다. 이러한 분위기 속에서 그동안 여성 탐정작가가 몇 명이나 등장하고 있다는 것은 그런대로 절실한 요구가 있었음이 틀림없다는 것을 보여준다.

그러나 아내의 재산소유권조차 인정되지 못했던 1882년까지는 제쳐

두고(샬럿 브론테는 결혼하고 『제인 에어Jane Eyre』(1847)의 저작권이 남편 소유로 된다는 것을 알고 놀랐다고 한다), 앞에서 언급한 우드 부인이나 브래든 이후 여류 탐정작가의 대다수는 여유가 있는 지식인 가정에 속해 있었으며 그들이 그렇게 구속을 느끼고 있었는지는 의문이다.

대표적인 작가인 로운즈 벨록은 힐레어 벨록의 누나이며, 작가의 아내이자 잡지 저널리스트이다. 그리고 안나 캐더린 그린은 형사 변호사의 딸이자 가구 설계업자의 아내, 메리 라인하트는 간호사 출신이자 의사의 아내, 캐롤린 웰스는 도서관 사서였다. 이 중에서 그린과 라인하트는 전업주부였기 때문에 '구금'으로부터의 해방파였을지도 모른다. 이 후 1920년대가 되면서 '탐정소설의 여왕들'이나 '뮤즈 4인방'이라고 불리는 크리스티, 세이어스, 매저리 앨링엄, 나이오 마쉬 그리고 그녀들처럼 다작한 작가는 아니지만 조세핀 테이 그리고 마가렛 콜까지 등장해 독자를 놀라게 한다. 이 여섯 명 중에서 세이어스, 마시, 테이, 콜은 각자 지적인 직업에 종사하고 있었고 크리스티와 앨링엄만 전업주부였다. 그렇다고 해도 앨링엄은 '종이와 잉크 속에서 자랐다'라고 말할 정도의 문예가 출신이었다. '가정에서의 구금' 때문에 미스터리를 다뤘다고 할 수 있는 작가는 크리스티 정도이며, 이정도면 여성 미스터리 작가의 출현은 여성의 자립화 때문이라고 보는 것이 타당할 것이다.

여성 작가들이 미스터리를 다룬 이유는 '범죄가 수지에 맞기' 때문이라고 한다. 세이어스, 앨링엄은 '미스터리는 돈이 되니까'라고 단언했고, 마시는 자기가 제작을 하고 있는 연극 활동을 지탱하기 위해 미스터리를 쓴다고 했으며, 크리스티는 처음에는 취미에 대가가 지급되는 것에 놀랐지만 곧 그 수입에 의지하게 되었다(오직 콜만이 '즐겁고 아무 제약도 없는 부업'으로 썼다고 언급하고 있다). 그러나 돈을 벌기 위해서라면 소녀 로맨스나 모험 소설을 쓰더라도 똑같이 고수입을 얻을 수 있었던 것이다. 제시카 만은 자신의 경험으로 작가는 결국 자신이 지금까지 읽어왔고 또 읽고 싶은 장르를 쓰게 되어있다고 한다. 킹슬리 에이미스도 지적 호기심만 있으면 충분히 사회소설과 같은 대중예술에 가까워 질 수 있지만, 비주류 장르인 SF나 재즈나 탐정소설 등은 소년시절에 중독되어 버리지 않으면 정말로 그 맛을 알 수 있는 데까지 갈 수 없다고 언급하고 있다.[109]

이 말에 따르면 영국에 여성 미스터리 작가가 속출하기 시작한 이유는 그 이전에 여성독자들 사이에 미스터리 중독 현상이 퍼져있었기 때문이라는 것이다. 즉, 그것은 간접적으로 여성 미스터리 독자층이 성립되었다는 것을 증명하고 있다. 또한 전쟁 이전의 일본에서 사실상 여성 탐정작가가 나타나지 않았던 것은 여성이 탐정소설을 읽지 않았기 때문이라고 유추하는 것도 가능하다. 전쟁 전의 여성작가로는 「감나무柿の木」(1939)를 쓴 미야노 무라코가 있으나 작품의 추리성은 미약하다. 전쟁 이후에도 1957년 니키 에쓰코가 데뷔하기 전까지 여류 작가는 등장하지 않았다. 니키의 등장으로 인해 여성 추리소설 팬이 크게 늘어났다고 하지만, 거꾸로 말하면 그때까지의 여성 독자층은 극히 얇았을 것이다. 그 이후에도 80년대 후반까지는 일본의 미스터리 세계에서 여

---

109) 킹슬리 에이미스, 『제인 오스틴은 어떻게 되죠?What Became of Jane Austin』 Jonathan Cape, 1970.

성 작가가 영국만큼은커녕 그것에 가까운 지위조차 점한 적이 없다.

왜 그런가. 일본의 탐정소설은 대가 에도가와 란포를 비롯하여 변격 지향이 강하고 엽기적인 감각의 문체로 여성에게 생리적인 반발심을 느끼게 했다. 소녀 잡지 등도 그 때문인지 탐정소설은 게재하지 않고 따라서 예비 미스터리 팬을 만들지 못했다. 또 빅토리아 시대의 영국에서는 양가집 규수라도 대중 오락화 된 피비린내 나는 살인에 대한 흥미를 금지당하지 않았지만, 일본에서는 그것은 상스러운 일이라고 여겨졌다는 차이도 있다. 살인이 소재로 등장하는 것만으로도 그 작품은 경원시되었다. 또 일반적으로는 일본에서 여자는 똑똑하지 않아도 되고, 책을 읽지 않아도 되고, 읽는다고 하더라도 실용서나 수양서, 즉 '양서'에 한정된 독서를 해야 한다는 '여대학女大學'110)적 관념이 영국에 비해서 훨씬 강고하게 뿌리 내리고 있었다. 1차 대전 후에도 직업부인을 대상으로 실시된 어떤 독서 조사에 따르면, 압도적으로 많이 읽힌 것은 구라타 햐쿠조, 가가와 도요히코, 이시마루 고헤이, 에바라 고야타 등의 통속적 수양서와 인생론 중심의 문학서였고, 그것들은 기쿠치 간이나 구메 마사오 등의 여타의 대중 연애소설보다 훨씬 많이 읽혔다고 한다.111) 이러한 현상은 영국 책 대여점의 대출 리스트에서는 절대 볼 수 없었다.

---

110) 에도시대 중기부터 여성의 교육에 사용된 교양서이다. 여기서 말하는 '대학'이란 교육기관의 대학이 아니라 사서오경의 하나인 대학을 말한다.
111) 마에다 아이, 앞의 책.

경제적 여유

이번 장에서는 여유의 경제적인 측면에 대해서 알아보도록 한다.

시간의 여유 다음으로 문제가 되는 것은 '고등유민高等遊民'112)의 생활을 보증해줄 재력일 것이다. '유민'이라고 해도 완전히 놀면서 살아갈 수 있는 상류계급은 그 수도 적은데다가 그들에게는 독서하는 습관이 많이 없기 때문에 여기서는 다루지 않기로 한다. 그렇다고 해서 나쓰메 소세키의 '고등유민'의 모델이 된 크레이그 선생님(런던 유학 시절의 과외 선생님)처럼 실업 인텔리까지 그 범위를 넓히면 시간과 돈에 구애받지 않는 전형적인 미스터리 독자층의 이미지에서 약간 벗어난다. 여기서는 지적 전문직 중에서 시간적으로 부유한 층인 공무원과 학자들의 수입을 예를 들어보겠다.

1905년에 케임브리지를 졸업하고 다음 해 인도성者에 들어간 23살 존 케인스의 첫 월급은 200파운드이며, 1910년에 같은 학교를 나와 모교의 강사가 된 버트런드 러셀의 첫 월급도 200파운드였다. 1908년에 상무부에 들어간 복지국가의 아버지라 불린 28살 윌리엄 베버리지는 처음부터 600파운드를 받았으나 이것은 재학 중에 행한 실천 활동이 업무와 관련 있다 해서 평가가 반영된 이례적인 후대로, 대학교를 나온 공무원, 학자의 평균 첫 월급은 200파운드였다. 20세기 초의 200파운드는 소득분포의 상위 10% 이내에 들어가는 고액이며 납세 자격도 주

---

112) 메이지 시대부터 쇼와 초기의 근대에 걸쳐 제국대학 등의 고등 교육기관에서 교육을 받고 졸업하였지만 경제적으로 부족함이 없기 때문에 관리나 회사원 등이 되어 노동에 종사하지 않고 독서 등을 하며 시간을 보내는 사람. 나쓰메 소세키가 만든 용어로 그의 작품에서 종종 사용하였다.

어지고 하인도 고용할 수 있는 금액이었다. (1906년의 소득세 납부 대상은 연봉 160파운드 이상의 계층이었으며 인구의 14%를 차지하고 있었다.) 대학을 졸업하자마자 이런 계층으로 진입할 수 있었던 것이다. 동시대에 '노동 귀족'이라고 불린 숙련 노동자의 평균 연봉이 96파운드에 불과했는데 말이다. 사무계 근로자의 연봉은 이것보다 훨씬 높고 은행이나 보험계 등에 종사하는 사무원의 45%, 국가공무원의 37%, 지방공무원의 27%가 연봉 160파운드 이상의 계층에 속했다.

이를 당시 일본과 비교해보면 어떨까. 1900년에 도쿄대학을 나와서 농상무청에 들어간 야나기다 구니오의 첫 월급은 45엔이었다. 특별 대우 학생인 마쓰모토 조지가 첫 월급으로 50엔을 받았고, 차석인 야나기다가 45엔, 3등 이하 졸업생은 40엔을 받았다고 한다. 1911년에 도호쿠대학東北大学 조수가 된 오구라 긴노스케의 첫 월급은 40엔이었다. 이것을 파운드로 환산(1파운드=10엔)하면 그들의 연봉은 48~60파운드정도가 된다. 특대생 수준을 제외하면 영국 대졸업자의 첫 월급의 4분의 1이다. 이 정도 급여로는 하녀를 고용할 수 없었다. 1906년 당시의 목공의 일당이 65전, 대장장이가 57전, 남성 농부가 34전이었으니 생산직 노동자와의 수입 격차는 영국보다 조금 컸다고 볼 수 있을 것이다.

조금 더 상위계층의 수준에서 비교해보면, 1903년에 영국 유학에서 돌아온 36살 나쓰메 소세키는 일고─高113) 교사일 때부터 연봉 700엔,

---

113) 현재 도쿄대학 교양학부, 지바대학 의학부와 약학부의 전신으로 1886년 일본의 근대 국가 건설에 필요한 인재 육성을 목표로 제일 처음 건설된 구제고등학교이다.

도쿄대 강사로 연봉 800엔, 메이지대明治大 강사로 월급 30엔을 받았다. 곧 도쿄대 교수로 임용된다는 이야기가 나왔고, 연봉은 1,500엔이 되지만, 메이지대를 그만두어야 했기에 그만큼 수입이 감소했다. 1907년 도쿄대 교수의 연봉은 800~2,000엔이었으며 강의 외 수업 수당이 600엔을 상한으로 지급되었으니 나쓰메 소세키의 수입 수준은 급료표의 아래에서 두 번째 정도에 해당됐을 것이었다. 그가 머지않아 아사히신문사로 옮긴 것은 연봉 2,400엔에 더하여 상여금 1,200엔을 지급한다는 매력적인 대우 때문이었다. 이 연봉은 도쿄 부지사의 연봉과 같은 액수이며 중의원 의원의 세비보다 훨씬 고액이었다.

이것을 영국의 교사와 비교하면 1908년에 66세의 나이로 케임브리지를 떠난 앨프리드 마셜은 펠로우 수당을 포함해서 700파운드를 대학에서 받고 있었으니, 도쿄대 교수의 수입은 최고급이어도 이것의 3분의 1정도 밖에 되지 않는다. 소세키의 수입은 그가 도쿄대 교수가 돼도 영국의 대졸업자에 미치지 못하고, 소득세의 최저에도 달하지 못했다. 아사히신문사로 옮기고 나서야 수입이 영국의 중산계층의 수준이 되는 300파운드 라인을 넘게 되었다.

그러나 이러한 환율에 따른 수입 비교는 물가의 차이가 있기 때문에 생활수준의 차이를 정확하게 표현하지는 못한다. 일반적으로 선진국이 더 생활비가 비싸고 당시 영일 양국 간에서도 그러한 경향이 있었다. 소세키는 1년에 1,800엔의 유학비를 받고 단신으로 부임하면서 그렇게 여유 있는 유학생활을 보내지 못했다. 책값으로 유학비의 3분의 1이나 썼다고 하지만 하숙비도 비쌌다. 그가 가장 오래 체류했던 식사가 제공되는 하숙은 클라팜 커먼Clapham Common 근처의 '치안이 좋지 않은' 곳에 위치했음에도 불구하고, 일주일에 1파운드 15실링(월 70여 엔)이나 했다. 이것은 같은 시기에 실시된 시봄 라운트리의 유명한 생계비 조사에서 산출된 부부와 아이 3명의 일주일 최저생활비인 1파운드 1실링 8펜스를 대폭 웃돌고, 남성 반숙련 노동자(버스 차장이나 증기 기관차에 불을 때는 사람 등)의 평균 수입과 비슷한 금액이니 일본인의 약점을 노린 요금이었을지도 모른다. (그러나 1902년을 배경으로 쓰여진 코난 도일의 「붉은 원The Adventure of the Red Circle」에선 대영박물관의 바로 근처라는 좋은 자리에 있는 방 두 개짜리 하숙이 2파운드 10실링(월 100여 엔)으로 제시되어있으니 맞는 것인지도 모른다.) 그래도 도쿄 교바시京橋의 기타하라 하쿠슈나 시가 나오야가 체류했던 고급 하숙집의 하숙료가 월 30엔, 혼고本鄉의 표준 하숙료가 15엔이었던 일본과 비교하면 역시 어느 정도는 영국의 물가가 비쌌다고 보는 것이 타당하다. 그러나 이것을 고려해도 소득 격차는 여전히 상당한 것이었음에 틀림없다.

그리고 또 하나, 이러한 임금, 봉급 소득 비교만으로는 부족하고, 불로소득 격차가 있었던 것도 빠뜨려서는 안 된다. 공무원, 학자의 영일 소득 격차가 3~4대 1, 생산직 노동자의 소득이 5~6대 1, 그것에 반해 한 사람당 국민소득은 8~9대 1이었다. 그 격차를 설명하는 것이 불로소득의 크기다.

소세키는 『마음こゝろ』(1914)의 선생님, 『그 후それから』(1909)의 다이스케代助처럼 '고등유민'을 그려냈지만 그들의 존재는 당시 일본에서

일반적이지 않았다. 또 그들은 놀고먹고 살 수는 있어도 사회적으로는 결코 편하게 살 수 있는 상태가 아니었다. 둘 다 주위 사람들에게 제대로 된 직업을 가지라는 재촉을 당하고 있었다. 이에 비해 케인스는 모처럼 다닌 인도성을 2년 만에 깨끗하게 그만두고 유급 자리가 없는데도 불구하고 아서 피구 교수와 아버지가 내주는 100파운드씩을 모아 케임브리지에서 경제학을 다시 배우는 길을 선택하게 되지만, 그 해 그의 총수입은 놀랍게도 700파운드가 넘었다. 학생 지도 비용을 제외하면 그것의 대부분은 명목적인 위원 수당이나 상금이었다. 이것은 케인스뿐만이 아니었다. 학생시절에 케임브리지를 방문한 소세키는 그곳으로 유학 갈 것을 포기하게 된다. 그 이유 중 하나가 그곳은 학자 간의 교류가 활발하고 연간 4~500파운드의 생활비가 필요한 곳이었기 때문이다. 대학은 봉급만으로 생활하는 사람이 적은 사회였다. 당시 영국에서는 불로소득이 학문, 문화의 여유를 보증하고 있었다.

문학에서의 도피

이러한 경제적 여유가 있었던 지적 중산계층이 미스터리의 독자가 된 배경에는 19세기 말 이래 문학이 변했다는 사정도 있다. 소설 장르에 대한 독자들의 흥미가 떨어지고 재미가 사라진 것이다. 극적인 기복이 심하고 다소 느끼하기는 해도 알기 쉽고, '무아지경' 상태가 되거나 '깊은 동정'을 유발하는 19세기의 리얼리즘 소설은 세기말의 새로운 문예사조에서 멀어지고, 그 대신 심리 분석적이거나 탐미적이며 '예술

책 대여점 뮤디사의 메인홀 『Mudie's Circulating Library and the Victorian Novel』에서

적'인 소설이나, 난해한 지적 메시지를 포함한 소설이 인기를 끌게 되었다. 그 결과 소설은 그러한 '순문학'과 '대중문학'이라는 양극으로 나뉘게 된다. 19세기에는 조지 엘리엇과 디킨스가 아주 가까운 이웃이었으나, 20세기에는 헨리 제임스와 메리 코렐리가 아예 다른 나라 사람처럼 여겨지는 이중구조가 생겼다.

그렇게 되면 디킨스의 작품은 물론 엘리엇의 작품도 즐기는 지식층이 읽는 소설이 없어진다. 메리 코렐리의 작품은 너무 통속적이라서 질리는 반면, 헨리 제임스의 작품은 약간 고상해서 친근하지 않다. 제임스 조이스나 울프, 에드워드 포스터, 데이비드 로렌스는 질색이라는 소설 애호가 층이 남게 되었으며, 그들을 만족시키는 읽을거리의 하나로서 탐정소설이 등장하게 된 것이다.

'문학에서의 도피'라고도 할 수 있는 이 현상에 대해서는 서머싯 몸114)도 세이어스도 지적하고 있지만, 마저리 니컬슨은 한 발 더 나아가 이처럼 '현대문학'을 참을 수 없게 된 지식인은 탐정소설을 읽는 것뿐만 아니라 쓰기 시작했다고 주장한다. 그전까지는 경멸의 눈으로 보던 '스릴러'를, 새로운 고전이 될 가능성을 내포한 '탐정소설'로 고쳐 만드는 즐거움을 발견한 것이다.115) 다시 말해 그들은 읽고 싶은 것을 쓸 수 있는 자급능력이 있는 독자이며 그 덕분에 수요와 공급이 동시에 시작될 수 있었다는 것이다.

사실 지식인들은 이 새로운 '이야기'의 등장에 내심 기뻐하면서 창작에 착수했다. 체스터턴, 벨록 남매, 앨런 밀른, 존 프리스틀리, 이든 필포츠, A.E.W.메이슨과 같은 다른 분야의 작가들, 콜 부부나 마이클 이네스, 반 다인과 같은 학자들, 윌리엄 블레이크, 로이 풀러, 윌리엄 몰, 딜런 토마스와 같은 시인, 녹스와 같은 종교인 등 실험적, 고답적인 작풍의 작가를 제외한 거의 모든 지식인들이 한번 이상은 탐정소설 창작 작업에 착수했다고 해도 과언이 아니다. 그렇기 때문에 탐정소설의 일부는 지적으로 고도하게 공들인 것이 되었고 미스터리 분야 자체가 양극화되기도 했다.

이러한 사실은 미스터리가 지식인으로 인해 읽히며 쓰인 것뿐만 아

---

114) 윌리엄 서머싯 몸 저, 다키구치 나오타로滝口直太郎 역 「탐정소설쇠망사The Decline and Fall of the Detective Story」『인생과 문학The Vagrant Mood』新潮社, 1959.

115) 마저리 호프 니컬슨 저, 하워드 헤이크래프트 편, 스즈키 유키오鈴木幸夫 역 「교수와 탐정The Professor and the Detective」『추리소설의 미학The Art of the Mystery Story』研究社出版, 1976.

니라 순문학처럼 서평, 평론의 대상이 된 것을 봐도 알 수 있다. 뉴질랜드의 연극인이기도 한 나이오 마쉬는 1950년 무렵 17년 만에 영국을 방문해, 탐정소설이 지식인층이 읽어도 되는 책으로 논의되는 것에 놀랐다고 말하고 있다.[116] 그러나 미스터리 평론이 예전부터 활발하게 실시되어있었다는 것은 하워드 헤이크래프트가 편집한 평론집만 봐도 확실히 알 수 있다.[117] 미스터리의 서평만으로 1914년에 12편, 1925년에 약 100편, 1939년에는 200편 이상이 나왔다.[118]

이렇게 되면 작가도 무책임하게 쓸 수 없다. 세이어스는 격식이 있는 클럽에서 등장인물이 피우고 있던 담배의 상표가 실은 싼 것이었다는 것을 교정 후에 깨닫고 정정했다고 한다. 워낙 세부 묘사가 중요한 장르인 만큼 등장인물의 복장, 화제, 말투, 인용, 건물 구조, 건물의 내장 구조, 집기의 양식 등에 신경을 써야 한다. 인물에 대한 묘사는 작가의 본성이 나오기 때문에 특히 어려운 부분이다. 일본의 작가, 예를 들어서 마쓰모토 세이쵸나 야마사키 도요코가 학자나 법률가, 의사의 세계를 다루면 권세욕, 금전욕 덩어리 같은 인물이 등장해 권력투쟁의 나날을 보내게 된다. 학자 가운데 그런 강렬한 인물이 없다고는 하지 않겠다. 그러나 그것은 역시 전형적이라기보다 예외적인 경우로 어느 쪽인가 하면 양처럼 집단을 선호하는 사람들을 더 많이 보아온 나는 이러한 작품의 너무나도 비현실적인 묘사에 질려버린다. 모르는 세상

116) 제시카 만, 앞의 책.

117) 하워드 헤이크래프트 편 『추리소설의 시학』, 앞의 책.

118) N.브랜슨N.Branson & 마고 하이네만Margot Heinemann 『1930년대 영국Britain in the Nineteen Thirties』 Panther, 1971.

에 대해 단순히 조사(와 선입견)만으로 쓰게 되면 아무래도 그렇게 되는 것이다. 인물묘사가 활기차지 않다거나 인물들이 틀에 박힌 꼭두각시 같다고 여기저기에서 비판을 듣는 크리스티의 작품을 포함해 서구의 미스터리에 거의 위화감을 느끼지 않은 것은 역시 이러한 것에 익숙해져 있기 때문이다.

여성탐정의 변천

호베이다가 주장하는 '부르주아화'한 계층에는 남성뿐만 아니라 이른바 자립한 여성층도 포함되어 있다는 것은 이미 독자＝작가라는 측면에서 살펴봤다. 그러나 여기서는 조금 다른 측면, 다시 말해 탐정소설 가운데 여성의 이미지, 특히 여성탐정의 이미지 변천이라는 측면에 대해서 살펴보고자 한다. 여성탐정은 꽤 일찍부터 등장했다. 여성탐정이 최초로 등장한 것은 최초의 남성탐정인 포의 뒤팽 탐정Auguste Dupin보다 20년 늦은 1861년(1864년이라는 설도 있음)이었다. 그러나 제1차 세계대전이 끝날 때까지 적어도 34명의 여성탐정이 등장한다(그 중 19세기 내에 20명). 여성 독자, 여성 작가가 이미 상당수에 달하고 있었다는 것을 알 수 있다. 하지만 그녀들의 대다수는 당시 여성에 대한 사회적 편견에 맞게 만들어진 존재였다. 작가들은 색다른 성격 설정을 해놓고 결국 탐정이라고 해도 여성은 여성일 수밖에 없는 것을 재확인시키는 결말을 맺었다. 그래서 처리하기 곤란해 중간에서 작품을 중지하거나 '라이헨바흐 폭포119)가 아니라 결혼의 제단에서' 히로인이 퇴장

239

하길 바라는 일이 생기기도 한다.[120]

예를 들어 세기 교체기에 활약한 M. 맥도넬 보드킨이라는 작가는 폴 벡Paul Beck이라는 남성 탐정에 이어 여성탐정 도라 멀Dora Myrl을 창조해 곧 두 사람을 라이벌 관계로 만들었다. 경쟁에 이겨서 범인을 잡은 것은 벡이지만 멀은 다른 더 매혹적인 경쟁에서 이긴다. 즉 그의 마음을 사로잡아 벡 부인이 된 것이다. 이런 것이 당시의 독자들을 기쁘게 하는 결말이었다.[121]

제1차 세계대전을 경계로 상황은 변해 활기 넘치는 여성탐정이 나오기 시작한다. 그 대표는 세이어스가 창조한 해리엇 베인Harriet Vane일 것이다. 세이어스의 '이상화된 분신'이라고도 불리는 해리엇은 놀랍게도 같이 동거하고 있던 유행작가의 살인 사건 피의자로 처음 등장한다. 우연히 공판을 방청하러 온 귀족 탐정 윔지 경Lord Peter Wimsey가 그녀의 무죄를 믿고 활약함으로써 그녀는 구제된다(『맹독Strong Poison』, 1930). 이후 해리엇은 탐정의 길에 들어서지만 벡 부부와 달리 이 두 사람은 쉽게 결혼하지 못한다. 자존심이 강한 해리엇은 죽음과 불명예로부터 구제받았다는 열등감이 있기 때문에 피터의 프러포즈를 계속 거절한다. 5년 후 드디어 그녀가 『대학 축제의 밤Gaudy Night』(1935)에서 피터를 받아들일 때까지 거만한 피터의 성격을 '대수술'하거나 해리엇이 지적인 면에서 피터와 대등하다는 것을 확인시켜줘야 했다. 이 부분

---

119) 명탐정 셜록 홈즈가 「마지막 사건」에서 숙적 모리어티 교수와 싸우다 빠져 죽은 장소.
120) 제시카 만, 앞의 책.
121) 미쉘 슬렁Michele Slung 저, 기타 모토코喜多元子 역 『여자의 음모Women's Wiles』 머리말, 早川書房, 1982.

은 세이어스의 분신인 만큼 쉽게 결혼에 골인시킬 수 없었던 것이다.

제1차 세계대전을 사이에 두고 2명의 여성탐정인 드라 멀과 해리엇 베인이 2명의 남성 탐정과의 '문제 해결'에서 차이를 보이는 것은, 그 사이에 여성의 자립이 그런대로 '정착'했다는 것을 상징적으로 제시한다고 볼 수 있다. 이후 제마이마 쇼어Jemima Shore, 코델리아 그레이 Cordelia Gray, V.J.위쇼스키Warshawski 등 매력적인 캐리어우먼의 등장이 속출한다.

이렇게 보면 미스터리의 독자가 '황금시대'에 들어서 남녀를 가리지 않고 상당히 배타적으로 상류와 중류계급, 특히 전문직의 사람들에게 집중되었다는 점에는 의문의 여지가 없다. 디킨스나 콜린스 그리고 코난 도일의 독자는 중하층 계급부터 숙련 노동자층에 이르렀지만 세계대전 이후에는 확실히 독자층이 위쪽으로 상승했고, 그만큼 소수화되었다. 그것이 '부르주아화'이며, 비록 여기서 설명할 수 없었지만 제2차 세계대전이후에는 미스터리가 ― 약간의 유보사항이 있긴 하지만 ― 다시 '대중화'의 방향을 취하며 거의 모든 계급을 휘어잡게 되었다. 이하 이 장에서는 마지막으로 앞서 언급한 미스터리 독자=작자 층의 계급적 성격과 그들의 의식을, 거꾸로 뒤집어서 확인해보고자 한다. 미스터리에서 하인들이 어떤 취급을 받아왔는지를 통해 그들의 계급의식을 밝혀내자는 것이다.

그늘의 계급 · 하인의 문제

본격미스터리에서 하인은 보통 주요인물에서 제외된다. 범인이 되는 일조차 거의 없다. 있다하더라도 아마 크리스티의 작품인『장례식을 마치고After the funeral』(1953)에 등장하는 가정부 정도가 아닐까 싶다.

반 다인은「탐정소설작법 20원칙」중에서 '하인을 범인으로 만들면 안 된다'라는 규칙을 내세웠는데, 그것은 탐정소설 작가들에게 압도적인 지지를 얻었다.

그러나 그것은 상당히 부자연스러운 규칙이다. 앞에서 언급했듯이 20세기 초반의 영국에서 하인은 가장 큰 직업그룹을 구성하고 있었다. 제1차 세계대전으로 인해 수가 급격히 감소하지만 그래도 1, 2차 세계대전 동안 하인이 100만 명 이하가 되는 일은 없었다. 그리고 그들은 미스터리의 주요 무대인 저택이나 클럽에 더부살이를 하고 있었고, 부르주아의 생활 내부에 들어갈 수 있는 유일한 노동자 계급이기 때문에 소설에도 자주 등장하였다.

그 하인이 왜 주요인물로부터 배제되어야 했는가?

분명한 것은 큰 저택에서 사건이 일어난 경우, 다수의 하인까지 포함시키면 피의자의 범위가 너무 넓어져서 독자가 혼란을 느끼게 된다. 또 하인은 직업상 비교적 자유롭게 어디든지 들어갈 수 있기 때문에 그들을 범인으로 하는 것은 너무 쉬운 설정이다. 그런 뜻에서 반 다인은 게임 운용상 합리적인 배려를 규칙화한 것에 지나지 않을 수도 있다. 게다가 이 시기는 잡일을 하는 하녀의 비율이 높아져서 주요인물에 알맞은 집사나 주임 하녀 등 거물 하인의 시대가 아니기도 했다.

그럼에도 불구하고 역시 하인이 주요인물에서 배제된 데에는 저자, 더 나아가서는 독자의 계급의식이 반영되어 있다고 보아야한다. 우선 그들의 하인에 대한 묘사 방법은 주로 형편없다. 대개 작품 속의 하인들은 사건을 목격했다는 이유로 공갈하고 죽이거나 반대로 협박받거나 보수에 눈이 어두워져서 거짓 증언을 하거나 증거품을 훔쳐서 수사를 곤란하게 만들거나 목격한 것의 의미를 모르는 채 입을 다물고 있는 정도로 어리석은 역할만 맡았다. 하인에게는 독자에게 잘못된 단서를 주는 혼란 발생 장치로서의 이용가치가 있을 뿐, 사건을 해결하거나 공들인 모살을 꾀하는 능력이 없다고 탐정소설작가는 생각하고 있던 것처럼 보인다. 체스터턴은 범죄가 있었던 집에 출입한 것은 확실히 목격하고서도 아무도 그를 봤다고 생각하지 않는 사람 — 이 경우에는 우편배달부 — 을 '보이지 않은 사람'이라고 불렀지만, 그렇게 될 경우 하인은 범인이 될 수 없으니 자연스레 '안 봐도 되는 사람', 무시해도 되는 '그늘의 계급'이 되는 것이다.

하인 표상의 변천

하인이 옛날부터 이야기의 주역 자리에서 내쫓긴 것은 아니었다. 오히려 17~18세기에는 히어로, 히로인으로서 주인공을 능가하는 활약을 했었다.

몰리에르의 『스카팽의 간계Les Fourberies de Scapin』(1671)는 재기 발랄

한 머슴이 벽창호인 주인을 교묘하게 다루어 주인 아들이 사랑을 성취할 수 있도록 돕는 이야기이다. 상대방인 집시 여자는 사실 좋은 집안의 딸이며 주인이 처음부터 아들의 며느리로 바라고 있었다는 결말 때문에 군이 머슴이 하급계급의 승리를 이끌었다고는 할 수 없지만, 그래도 당시 하인들은 그의 활약에 후련한 기분을 느꼈다고 한다. 다른 한편으로 보마르셰의 『피가로의 결혼Le Mariage de Figaro』(1781)의 히어로는 더욱 씩씩하다. 피가로는 약혼자를 연모하는 주인 백작을 용기와 기지로 무찌른다. 또 서간체 소설의 효시라고도 불리는 새뮤얼 리처드슨의 『파멜라Pamela』(1740)에 등장하는 히로인은 대지주의 하녀이며 그녀도 주인과의 싸움에서 승리한다. 이것은 다소 기묘한 '승리'인데, 그녀를 범하려 하는 주인을 거부하고 순결을 지키는 것으로 인해 주인과 결혼하는 데 성공한다. 이후 일반 소설에서는 19세기 말 조지 무어의 『에스터 워터스Esther Waters』(1894)까지 하인을 주역으로 한 주목할 만한 작품은 나타나지 않았다.

미스터리에서도 상황은 비슷했다. 18세기 말 무렵에는 윌리엄 고드윈의 『있는 그대로의 사물 혹은 칼렙 윌리엄스의 모험』과 같은 하인을 히어로로 한 작품이 쓰여 졌지만 주인공인 큰 지주의 비서 칼렙은 이미 스카팽이나 피가로처럼 씩씩한 면이 없는 고난의 히어로였고, 작자의 공감의 절반 정도는 원래 자비로운 악역의 지주에게 향하고 있다는, 일종의 굴절도 허용되었다.

19세기 중엽 디킨스의 시대가 되면 하인은 같은 히어로라도 나쁜 히어로(범인)로 전락한다. 『바너비 러지』는 최초의 '얼굴이 없는 시체'

트릭이 등장하는 작품인데 그 트릭을 짠 것은 집사였다. 조금은 부족한 미스터리이지만 중요 작품인 『황폐한 집』에서도 범인은 하인이었다.

이후 하인은 앞에서도 언급했듯이 범인으로조차 등장하지 못하지만, 1930년대에 접어들면 상황이 일변하여 갑자기 하인 작품이 부활한다. 휴 월폴의 「은가면The Silver Mask」(1933), 대프니 듀 모리에의 『레베카 Rebecca』(1938), 그레이엄 그린의 『떨어진 우상The Fallen Idol』(1936), 아를레의 『지푸라기 여인』은 모두 주인＝부르주아의 입장에서 보았을 때 무서운 이야기들이다.

여기에 제임스 케인의 『우편배달부는 벨을 두 번 울린다The Postman Always Rings Twice』(1934)나, 패트리샤 하이스미스의 『태양은 가득히Plein Soleil』(1955)를 추가해야 할지도 모른다. 이방인이 들어온 후 그들의 존재가 조금씩 커져가는 무서움은 미스터리라고는 할 수 없을지도 모르지만 로빈 모옴의 『하인The Servant』(1948)에도 나타나며, 그 무서움의 절정은 주지하다시피 루스 렌델 『활자 잔혹극』에도 나타난다. 그간 일본에서는 기록상으로는 하인이 등장하는 미스터리 작품은 발표되지 않았다.

무엇이 하인 작품의 이러한 '배제'부터 '부활'까지의 변화를 만들어냈는가. 제1, 2차 세계대전 사이는 중산계층에게 있어서 불안의 시대였다. 대전으로 인한 인텔리의 높은 사망률과 그로 인한 후계자 난, 전쟁 후 나라 내외에서 발생한 혁명적 기운, 특히 러시아 혁명의 성공, 매섭게 된 노사관계, 영국의 경제적 지위의 저하 등 하급계급의 사람들은 옛날처럼 순종적이지 않고 반항적이며 무엇을 저지를지 모르는 무서운 존재가 되었다고 그들은 느꼈다. 빅토리아 시대풍의 호화 주택이나 작은 마을의 다소 복고적인 무대설정, 옛날식 하인들, 그 하인을 특히 주역에서 배제하는 캐스팅은 그러한 불안을 얼버무리는 '도피적'인 의미가 있었음에 틀림없을 것이다.

1930년대에 접어들면 불황은 더욱 심각해지고 정치, 사회 정세는 급격히 진화하여 지배계급은 자신감을 잃었다. 기업, 상점의 도산, 합리화로 많은 사업주나 사무원이 직장을 잃고 정부의 긴축정책으로 많은 교사나 지방공무원이 거리로 내던져지게 되었다. 그들은 탄광이나 공장지대의 노동자와 달리 이러한 사태에 익숙하지도 않았고 동료들이나 지역과의 연대도 없었으니 그 운명은 특히 비참하였다. 실직한 것을 가족에게도 털어놓을 수 없어서 한 달 동안이나 매일 아침 집을 나와 거리를 배회한 끝에 결국 투신자살하는 상황이 벌어졌다. 전속 운전기사나 정원사의 구인 광고 한 건에 몇 백 명의 인텔리가 달려들었다. 주인보다 뛰어난 자격과 능력을 가진 인물이 하인이 되는 경우도 드문 일이 아니었다.

레이먼드 챈들러가 『기나긴 이별The Long Goodbye』(1953)에서 T.S. 엘리엇의 시를 읊는 하인을 등장시킨 것은 주인공인 사립탐정 필립 말로와(언제나 그렇듯이 재치 있는 사람에 따라서는 거슬리게 느껴질지도 모른다) 대화를 나누기 위한 도구로 쓰려고만 한 것은 아니다. 대공황 속에 있던 미국의 경우 이러한 현실이 있었던 것도 사실이다.

주인과 하인의 운명을 나눈 것은 작은 우연이었다. 주식 중개인이나 상점주가 대학을 나온 운전자를 고용하며 우월감을 느끼는 한편, 압박감을 느끼거나 자기의 교양 없음이 드러나지 않을까 불안해하고, 무엇보다 내일은 내가 저러한 처지가 될지도 모른다는 불안을 지속적으로 느끼게 되었다. 1930년대에 들어서 하인 작품이 부활한 배경에는 이런 가정 내 노사관계의 미묘한 심리적 풍경의 변화가 있었던 것이다.

그리고 현대로 나아간다. 오늘날 선진국에서 하인은 사실상 소멸해버렸고 예전에 그들의 업무였던 요리나 정원꾸미기, 손님접대 등은 각각 독립된 전문직이 되었다. 게다가 그러한 직업에는 일부 유명 셰프의 언동에서 볼 수 있듯이 '견식'이나 '철학', 또는 신이 내린 것 같은 '권위', '초능력'까지 덧붙여질 수 있다. 해리 크레싱의 『요리인The Cook』(1965), 저지 코진스키의 『예언자Being There』(1970) 등은 그런 풍조가 민감하게 반영되어 있다. 쓰쓰이 야스타카의 『가족팔경家族八景』(1972)에 등장하는 여주인공의 하인인 히타 나나세火田七瀬도 텔레파시 능력을 가지고 있다. 모든 하인이 초능력자가 된 것은 아니지만 영화 『멋진 드렛서The Dresser』(1983)의 매니저도 포악한 배우를 사실상 지배하고 있었고, 그가 비참한 결말을 맞이한 것도 죽은 주인의 은밀한 복수라고 읽을 수 있겠다.

이렇듯 지금은 하인도 여성에 이어 '자립'했다. 그러나 여성은 자립해도 여성이지만 자립한 하인은 이미 하인이 아니게 되므로 앞서 제시한 예는 이미 하인 문학이라고 부를 수 없을지도 모른다. 그리고 여성은 자립 이전에도 미스터리를 쓸 수도 있었고 여성 탐정을 활약하게 만들 수도 있었지만, 하인에게는 미스터리를 쓸 능력도 작품 속에서 자신을 주역으로 활약시키는 능력도 없었다. 그들이 미스터리 속에서 무시당하거나 마음대로 복권되거나 끝내는 초능력자로 만들어지는 등 이른바 일반적인 취급을 당한 것은 그들 사이에서 작자가 나타나지 않은 결과이기도 하다. 이러한 의미에서도 미스터리는 본질적으로 일반소설 이상으로 중산계급의 문학이었다고 할 수 있다.

제2장

읽게 하는 자

미스터리를 '읽게 하는 자'들의 이야기로 넘어가보자.

엔터테인먼트의 경우 '읽게 하는 자'의 영향력은 특히 중요하다. 굳이 읽지 않아도 될 책이기 때문이다. 교과서나 실용서, 혹은 지금은 몇 안 되는 이른바 성실한 청년들이 찾았던 '어떻게 살아야 하는가'에 대한 답을 주는 책처럼 한 번은 읽고 넘어가야 할 성질의 책이 아니다. 그저 '미스터리'에 불과하기 때문이다.

미스터리라는 것은 여유가 생기면 읽고, 재미가 있으면 읽고, 화제가 되면 읽고, 어렵지 않고 저렴하게 읽을 수 있다면 읽는 '조건 의존형 독서'의 대상이 되는 책이다. 따라서 미스터리를 읽게 하는 자들이 저마다 만들어내는 조건 방식에 따라 독서의 양상은 크게 달라진다. 책의 가치, 대여료, 마음에 드는 책을 손쉽게 구할 수 있는가 하는 구입과 대출의 편리성 여부, 따로 시간을 내지 않아도 읽어낼 수 있는 분량과 가독성, 계속해서 독자를 매혹시킬 시리즈와 캐릭터의 유무, 관심을 끌만한 선전 방법 ― 예를 들어 페이퍼백의 화려한 표지나 영화나 텔레 비전과의 제휴 ― 등이 그 조건에 해당한다.

아래에서는 '읽게 하는 자'의 주체별로 상기 조건과 미스터리 독자의 성장과 변화의 상관관계를 살펴보겠다.

책 대여점

소설의 역사에 있어서 책 대여점이 수행한 역할은 오늘날의 젊은 세대로서는 상상도 못 할 정도일 것이다. 세기말에서 제1, 2차 세계대전으로 이어진 시대에는 미스터리 독자층이 성립하고 발전하였다. 이 시대에는 영국의 신간 픽션의 큰 부분이 (경우에 따라서는 80%에 이르는) 책 대여점을 대상으로 출판되었다.

책 대여점은 18세기 중반에 출현하였다. 19세기 말에서 20세기 초는 회원제로 운영되는 몇몇 대형 책 대여점에 의한 과점체제 재편성기에 해당한다. 구세력을 대표하는 뮤디사는 당시 750만 부의 장서(런던 본점에만 100만 부)와 2만 5천의 회원을 거느리는 규모로, 평판이 좋은 소설이라면 같은 것을 1,000권에서 3,000권이나 매입하는 등 소설

책 대여점 뮤디의 창립자 찰스 에드워드 뮤디(Charles Edward Mudie by Frederick Waddy, 1872)

출판 동향을 좌우하는 힘을 가지고 있었다.

그러나 당시는 뮤디의 어두운 면이 보이기 시작한 시기이기도 했다. 뮤디 세력의 원천은 상중하로 구성된 장편소설의 유행과 결부되어 있었다. 일반 노동자의 주급에 해당하는 평균 1기니 반(31실링 6펜스)이라는 고가의 책이었으므로 독자는 웬만해선 책을 사지 않고도 대여점을 이용하였고 대여점은 동시에 세 가구에 빌려줄 수 있는 이점이 있었다. 게다가 뮤디는 정가보다 상당히 저렴하게 매입하여 일정 기간이 지나면 중고로 팔기도 했다. 출판사의 입장에서도 대여점이 단가가 높은 책을 일정부수 확보해주며 광고까지 해주니 상중하 구성은 충분히 수지를 맞출 수 있는 방식이었다. 더 저렴한 책도 출판되었는데 그것들은 출판한지 최하 1년에서 보통 3, 4년 이상 지난 재판본이 대부분이었다.

이러한 대여점과 출판사의 '불신성동맹不神聖同盟'이라 불리는 고가 공존체제는 픽션, 특히 미스터리 독자층 확대에는 불리했다. 회비 자체가 연간 1기니(21실링)로 상당히 비쌌고 이런 비용을 지불할 능력이 되는 가구는 1872년 당시 6만 세대를 넘지 못했을 것으로 보인다. 또한 방대한 보관 공간을 필요로 하는 상중하 구성은 분량 면에서만 보더라도 미스터리에 부적합했다.

얼마 지나지 않아 철도역 구내매점에서 시작한 W.H.스미스는 철도 승객에게 편리하게 대여하기 위해 가벼운 한 권짜리 책에 중점을 두었다. 이것은 재판본 혹은 가벼운 오락서적의 형태로, 이내 상중하 구성의 삼권본을 조금씩 밀어내게 되었다. 1894년에 상중하 체제가 붕괴됨

W.H.스미스 책 대여점

과 거의 동시에 미스터리 독자층이 형성된 것은 결코 우연이 아닐 것이다.

20세기에 들어서 스미스와 함께 대여점의 세계를 리드한 것은 부츠Boots로 대표되는 새로운 형태의 대여점이다. 부츠는 처음 노팅엄Nottingham의 약국이었는데 체인점 확장에 성공하며 곧 제조분야에 뛰어들어 대형 제약업체로 성장했다. 부츠의 경우 고객유치를 겸하여 직영 약국의 구석에 책 대여코너를 만드는 형태로 대여 분야에 들어왔기 때문에 회비가 뮤디나 스미스의 절반이었다. 또한 점포수가 많았기 때문에(1930년대 중반에는 450개) 대여와 반납이 편리했고, 비회원에게도 1, 2펜스에 대여해 주었다. 여성독자가 급증한 것은 이러한 대여점의 저렴함과 장을 보러 나온 김에 들를 수 있다는 편리함에서 비롯된 것이었다. 최고 번성기에는 50만 회원을 확보하여 런던 본점에서만 연간 800만 부를 대여했다. 프리스틀리나 월폴과 같은 인기작가(두 작가 모두 미스터리를 다루었다)의 경우, 출판 전 예약주문이 2천 부에 달하고 출간되면 곧장 500부의 추가 주문이 들어가는 것이 보통이었다. 그렇게 유명한 작가의 작품이 아니더라도 대형 대여점은 발행부수의 25-35%를 매입했다. 그 수를 합하면 부츠만으로 한 때는 연간 125만 부가 매입될 정도였으며, 소위 30년대 영국 출판 생산을 지탱한 것이 부츠와 스미스였다고 회자될 정도다. 이러한 추세는 제2차 세계대전 후에도 잠시나마 이어져 50년대에는 부츠와 스미스가 천여 개의 가게를 거느리며 각각 연간 5천만 부를 대여했다.

이 밖에도 회원제 없이 한 권에 얼마 식의 이른바 2페니 대여점Two Penny Library이 제1, 2차 세계대전 사이에 마을에 다수 설립됐다. 변두리의 영세 잡화점이나 책방을 겸업으로 하는 가게들이 그 대다수였는데, 그 중에는 120개의 가게를 가진 체인점도 있었다. 이들 대부분은 대형 대여점에서 들여온 중고서적을 대여하는 식으로 운영되었다. 리비스는 "타임즈 북 클럽이나 뮤디가 중산층의 상층부를, 부츠가 중산층의 하층부를 담당하는 서점이고, 신문 판매대는 대다수 사람들의 서점이라면 노동자층의 서점은 바로 울워스Woolworths 슈퍼마켓이다."라고 언급했다. 그와 동시에 2페니 대여점 또한 주로 노동자를 겨냥한 에드거 월레스나 홀러 등 통속 미스터리를 대여한 점은 틀림없다. 반면 크리스티나 크로프츠 등이 이러한 대여점에서 사랑 받았다는 증거는 없다. 리비스가 제시한 광고 예시를 살펴보면 인기작가 순위 10위 안에 본격 미스터리물의 작가는 포함되어 있지 않다.

대형 대여점에서도 통속 미스터리는 상당한 인기를 끌었다. 30년대 말 스미스의 대중문학 목록 중 4분의 1은 '범죄소설'이 점하고 있는데 그 대다수가 통속물이었다. 30년대는 이른바 '센세이션' 소설의 전 출판부수의 5분의 3이 대형 회원제 대여점에 의한 것이었다고 한다. 하지만 리비스가 지적하는 바에 의하면 뮤디의 진열대에 주부를 겨냥한 소설로서 J.S.플레처의 탐정소설이 '있을 법 하나 경험해보지 못할' 즐거움을 선사하는 책이라며 권해졌다고 한다. 플레처는 정교한 트릭을 사용하는 작가는 아니지만 어엿한 본격파 작가이다. 뮤디에서 그를 추천했다는 것으로 보아 다른 비통속 탐정작가도 충분히 다루어지지 않았을까?

영국인은 책, 특히 소설을 사지 않는 인종이다. 더구나 탐정소설과 같은 기분전환용 소설에는 좀처럼 지갑을 꺼내 들지 않는다는 점을 고려했을 때, 독자는 크리스티나 크로프츠 이외의 탐정작가의 작품을 우선 대여점을 통해 맛을 들였다고 볼 수 있다. 다만 그 점에 대해서는 책의 가격 추이나 공립도서관의 경쟁을 함께 살펴보아야 할 것이다.

페이퍼백 혁명

책 대여점이 소설 역사에서 큰 역할을 수행할 수 있었던 이유는 책이 비쌌기 때문이다. 책이 저렴해지면 대여점은 그에 맞게 대여료를 낮추지 않는 이상 고객을 잃게 된다. 하지만 그렇다고 해서 무작정 대여료를 내리면 운영이 어려워진다. 따라서 1935년에 펭귄북스Penguin Books를 시작으로 한 이른바 '페이퍼백 혁명' 때문에 이내 대여점은 고초를 겪게 된다. 가장 먼저 곤경에 빠진 것은 회비가 비싸고 주 고객층이 '고급'이라 불리던 뮤디였다. 백 년 가까운 역사를 자랑하던 뮤디가 펭귄 창간 2년 후인 1937년에 그 막을 내린 것은 결코 우연의 일치가 아니다. 스미스나 부츠, 타임즈 북 클럽과 같은 신흥 대여업자와의 경쟁으로 뒤쳐진 것도 있지만 주 고객층이 책이 구매 가능한 가격이 되었을 때 우선적으로 구입하여 소유할 수 있는 중산계급의 상, 중층이었기 때문이다. 과연 '페이퍼백 혁명'이란 어떤 것이었을까?

제1, 2차 세계대전 사이에 보통 하드커버의 신간소설 가격은 7실링 6펜스(일본의 3엔 75전)에서 10실링 6펜스(5엔 20전) 사이였다. 1890년대까지 지배적이었던 상중하 장편소설의 가격인 31실링 6펜스(15엔 75전)와 비교했을 때, 그 사이의 물가 상승을 고려하지 않더라도 3분의 1에서 4분의 1 이하의 가격이지만 쉽게 구매할 수 있는 가격은 아니었다. 2, 3년 후에 염가본이 되어도 2실링 6펜스(1엔 25전) 혹은 5실링(2엔 50전)이다. 그런데 펭귄북스는 이것을 한번에 6펜스(25전)에 내놓는 것이다. 이것은 하드커버의 20분의 1 혹은 15분의 1인 가격이다. 게다가 펭귄은 신간 총서는 아니지만, 재판본이라고 해도 판권이 끝난 나온 지 오래 된 책이 아니라 출판된 지 얼마 안 되는 신간의 싼 판권을 타사에서 양도받는 형식을 취했다. 6펜스라는 가격은 혁명적이었다. 펭귄의 성공에 자극 받아 4년 후에 창간된 미국의 대표적인 페이퍼백 포켓북스Pocket books의 가격은 25센트(영국 1실링, 일본 50전)로 펭귄의 2배였지만 그래도 파격적이었다.

위와 같은 책의 가격을 소득과 비교하여 살펴보자. 낡은 예시이기는 하나, 엘리야 산문집Essays of Elia[122])의 찰스 램이 1830년대 처음으로 받

---

122) 영국의 대표적인 에세이스트인 찰스 램의 자전적 소재에 해학과 페이소스를 섞어 쓴 에세이 모음집이다. 이 산문집에는 거창한 철학적 주제나 도덕적 가르침보다는 자신이나 주변 인물들의 삶과 같은 자전적인 소재를 가지고 쓴 에세이들이 수록되어 있는데 영국 수필문학 가운데서도 백미로 꼽힌다.

은 241파운드의 연금은 책을 좋아하는 그가 가볍게 책을 사는, 소위 '편하게 살고 있는' 중견 관리직 계급의 은행원이 받는 정도의 수입이 었다. 그러나 그가 당시 신간소설 한 권을 사려면 수입의 2일 10시간 분, 당시 6실링의 염가 재판본의 경우 11시간 분의 급료를 희생하지 않 으면 안됐다. 이로부터 딱 100년 뒤, 찰스 램 혹은 중견 은행원 계급의 수입은 720파운드(7,200엔)이다. 이는 같은 시기에 버지니아 울프가 여 성이 자립하여 소설을 쓰기 위해 필요하다고 말한 것으로 유명해 진 500파운드(5,000엔)보다 많은, 상당한 수입이다. 책의 상대 가격은 꽤 내려갔지만 그럼에도 보통의 신간소설을 사려면 6시간 반 혹은 4시간 반, 2실링 6펜스의 염가본의 경우 1시간 48분, 펭귄이라면 실로 18분의 노동만으로 구입이 가능하다는 논리이다. 즉, 찰스 램과 울프 시대 사 이의 염가 재판본을 비교해도 수입으로 환산하여 30분의 1, 생계비로 환산하면 50분의 1에 가깝게 소설 가격이 내려간 것이다. 이것을 좀 더 보통의 사무직 중산층의 시급으로 환산하면 신간 하드커버를 사는 데 1일 2시간 혹은 20시간 40분, 재판의 경우 8시간 6분, 펭귄은 1시간 20분을 희생하는 것이 된다. 덧붙여서 현재 일본의 사무직 중산층의 연 수입을 대략 4백만엔이라 하면, 그가 1일 2시간 혹은 20시간 40분 의 수입을 희생한 대가로 구매 가능한 책의 가격은 11,800엔 혹은 9,400엔이고 8시간 6분으로 살 수 있는 책은 3,700엔이라는 계산이 나 온다. 1시간 21분으로는 600엔의 책이 구매 가능하다. 신간 하드커버 의 가격은 지금 기준으로는 상당히 높다고 볼 수 있으며 이것이 저렴 해 진 것은 나중의 일이라는 것을 알 수 있다.

미스터리는 대중화했는가?

이 '혁명'에서 무시할 수 없는 역할을 한 것이 미스터리이다. 펭귄은 3개의 부문을 표시하는 3가지 색의 표지로 시작했는데, 픽션은 오렌지, 논픽션은 블루, 탐정소설은 그린이었다. 탐정소설을 한 가지 부문으로 독립시켰다는 점에서 이를 얼마나 중시했는지 알 수 있다. 제1집 열 권중 2권이, 제2집 아홉 권 중 1권이 탐정소설이었다. 제1집의 크리스티의 『스타일스 저택의 괴사건』와 세이어스의 『벨로나 클럽에서 일어난 불미스러운 일The unpleasantness at the Bellona club』(1928)은 구작이지만, 제2집의 대실 해밋의 『그림자 없는 남자The Thin Man』(1934)는 그 전 해에 출간된 작품이었다. 포켓북스도 처음 열 권에 크리스티의 『애크로이드 살인사건』가 포함되는 정도였지만 점점 미스터리를 주력으로 삼아 5년 사이에 출간 목록의 3분의 1 이상을 미스터리가 차지했다. 5년 동안의 베스트셀러 10권 중 8권이 페리 메이슨 시리즈이었을 만큼 그 인기가 높았다.

책이 저렴해지면 책을 살 수 있는 계층이 확대된다. 하지만 '살 수 있다'와 '산다'는 다른 의미로, 출간 초기의 페이퍼백은 아직 대중이 사고 싶어 하는 종류가 아니었다. 미스터리의 경우도 마찬가지로 페이퍼백화의 진행이 대중을 겨냥한 미스터리의 보급으로 이어지지는 않았다.

우선 리더 격인 펭귄이 대중화 노선을 취하지 않았다. 펭귄의 창업자 앨런 레인Allen Lane은 애거사 크리스티의 데본셔Devonshire 집에서 주말을 보내고 돌아오는 길에 역 매점에서 읽을거리를 찾았다. 그러나

고가의 신간이거나 싸구려 재판 소설, 덤핑 책 밖에 없어서 런던까지 책이 없는 긴 여정을 그저 견디는 수밖에 없었다. 펭귄북스는 이러한 경험을 계기로 탄생했다.[123]

이 에피소드에 드러나 있듯이 그의 신작 시리즈는 일반 독자를 소외시킬 만큼 고답적인 것이 아니었지만 질적 완성도를 확보한다는 소위 '품격 있는 가벼움'을 노렸다. 미스터리를 선택함에 있어서도 이러한 방침으로 일관했다는 사실은, 앞서 말한 크리스티, 세이어스, 대실 해밋을 줄줄이 등장시킨 것이 마이클 이네스, 니콜라스 블레이크, 매저리 앨링엄, 조르주 심농 같은 멤버였다는 점에서도 입증된다. 적어도 당시의 대량 생산형 통속작가는 포함되지 않았다는 것이다. 이러한 펭귄의 판매 양상이 성공적이었다고는 해도 특출할 정도는 아니었다. 제1집 초판은 각 2만 부, 3년 뒤에는 최저 5만 부였다. 포켓북스의 제1집 초판의 경우도 각 1만 부였으니(시집의 7,500부를 제외함), 진정한 대중적 붐이 이는 것은 제2차 세계대전 이후의 일이었다.

미스터리 세계에 대한 펭귄의 공헌은 이중적이다. 우선 미스터리를 '성별聖別'하는 작용을 했다. 펭귄의 출현이 동시대의 독서계에 미친 영향은 19세기의 뮤디와 매우 닮아있다. 펭귄은 재판본이라고는 해도 종래 각 회사에서 내놓은 고전 시리즈 등과 다르게, 판권이 끝나지 않은 책을 발행처와 교섭하여 염가로 양도받았다. 이 방식은 거의 지지 받지 못하다가 펭귄의 평판이 높아짐에 따라 출판사와 작가의 환영을 받

---

123) J.E.모파고J.E.Morpurgo 저, 나메카타 아키오行方昭夫 역 『펭귄 제국을 만든 남자Paper Backs Across Frontiers』 中央公論社, 1981.

게 되었다. 이것은 19세기 출판사나 작가가 뮤디에 의한 책 매입을 환영한 것과 닮아있다.

펭귄에는 뮤디와 같이 신간소설의 매입로를 보증할 정도의 영향력은 없었지만 품질보증 역할을 했던 점에서는 같다. 그러나 뮤디는 '가족 앞에서 낭독할 수 없는' 책은 매입하지 않는다는 의미에서의 '품질'을 보증했는데 펭귄의 '품질'은 그런 도덕적인 의미의 것이 아니었다. 가족이나 신사숙녀를 겨냥했다기보다는 지식인을 위한 것이었다. 펭귄은 언제나 대량으로 팔릴 대중적인 통속 범죄소설과는 다른 지식인을 위한 질 높은 미스터리 소설을 쓰는 작가에게 어느 정도 수가 안정된 시장을 보증한 것이다. 소설의 순문학화와 통속화에 질려있던 지식인층에게 '안심'하고 읽을 수 있는 정평이 난 작품을 제공한다는 '성별聖別' 작용을 펭귄이라는 브랜드가 수행했던 것이다.

펭귄은 이 밖에 당시 일류 출판사가 미스터리 분야에 왕성히 참여하고 있었다는 점에서 미스터리의 사회적 인지도 상승에도 공헌했다 — 골란츠Gollancz, 넬슨Nelson, 호더 & 스토턴 출판사 등 — 특히 콜린스Collins의 〈범죄클럽Crime club〉 등 —. 게다가 다수의 지식인이 미스터리 창작이나 평론에 손을 댄 것도 사회적 인지를 강화시키는 수단으로 작용했는데 펭귄은 이를 당시의 상황에서 한층 더 발전시켰다. 30년대 중반이라 하면 대공황이 몰아치고 강해지는 나치 세력에 대항하는 '인민전선'운동이 시작된 시기로 그 속에서 지식인의 자세에 대한 힐문이 쏟아졌다. 시대로부터 초연해지거나 애매한 정치적 입장을 유지하는 것이 어려운 분위기로 지식인에게 있어서는 머리 아픈 '아스피린 에이지'였다. 이러한 와중에 문학 세계에서 종래 서자 취급을 받았던 미스터리를 선별하여 복권시키고 게다가 '대중'이 쉽게 손에 넣을 수 있는 가격으로 제공하는 것은 지극히 멋스러운 일면을 지닌 시도였다. 더구나 미스터리에는 그 자체로 '아스피린'처럼 '넋을 잃고 빠져드는' 요소가 있기 때문이다. 레인과 어깨를 나란히 할 정도의 명석한 지식 상인이었던 골란츠는 레인과 같은 목적을 〈레프트 북 클럽Left Book Club〉[124]과 역시 선별한 미스터리 출판이라는 조합으로 실현하려 하였다.

이와 같이 미스터리는 펭귄에 의해 지식인 시장을 한층 더 확장했는데 펭귄의 대표적인 공적은 미스터리 시장의 대중화를 준비시킨 점이다. 그러나 대중화는 단지 펭귄의 자체적인 것이었다고는 볼 수 없다. 몇 년이 지나 미국을 중심으로 출간된 포켓북스라는 페이퍼백에 의해서 제2차 세계대전 이후 대중화가 이루어진 것이다.

전쟁 중에는 군대용 독서물의 수요가 높아져 뒷주머니에 들어갈 크기의 진중문고陣中文庫가 각 회사의 협력으로 4년 만에 1억 2천만 부 이상 인쇄되었다. 그 중 많은 비중을 미스터리가 차지했고 전후의 미스터리 시장 확대와 대중화에도 기여했다. 그 사이 미국에서는 〈에이본Avon〉(1941), 〈델Dell〉(1943), 〈반탐Bantam〉(1945)이라는 대규모 총서가 차례로 등장했고 새로 쓴 혹은 그에 가까운 신작 미스터리를 다수 수록했다. 이러한 페이퍼백 출판사의 다수는 고액이 된 판권료를 하드커버의 발행처에 지불하는 것을 피하기 위해, 스스로 오리지널본을 적극

---

124) 강한 사회적 색채를 띤 영국의 출판 그룹으로 1936년부터 1948년까지 활약했다. 영국 노동당의 입장에 선 출판 그룹이었다.

적으로 내려고 하였다(펭귄의 경우 판권을 싸게 양도받았지만 페이퍼
백 출판사가 늘어남에 따라 경쟁이 높아져 인기작가의 판권가가 치솟
는 상황에 놓였다). 전작 작가의 대부분은 마이너 작가이다. 그런데 이
들과 같은 시기에 대중 잡지인 펄프 매거진이 쇠퇴한 것으로 보아 대
중적 페이퍼백이 펄프 매거진을 대신하는 역할을 수행했던 것으로 보
인다. 이는 펭귄이 뮤디의 역할을 대신했던 것과 비슷하다.

　전후의 포켓북스는 간다神田의 고서점가 등에서도 넘쳐나, 에도가와
란포나 우에쿠사 진이치를 비롯한 미스터리 수입 두절에 굶주려 있던
애호가들은 기쁨의 눈물을 흘린다. 게다가 십여 년 후『제로의 초점ゼロ
の焦点』(1959)을 시작으로 〈갓파노벨즈ヵッパノベルズ〉가 등장(1959)하여
일본에서도 다수의 신간 미스터리가 페이퍼백으로 읽히게 된다. 이로써
오늘날의 미스터리 출판 구조를 뒷받침하는 하나의 기둥이 생긴 것이다.

빌릴 것인가 살 것인가?

　책이 저렴해졌다고 해서 누구든지 책을 살 수 있는 것은 아니다. 여
전히 책을 빌리는 사람이 많다. 사는 값과 빌리는 값의 비율을 보면 영
국에서는 펭귄이 당초 6펜스였던 것에 비해 당시 마을의 대여점은 한
번에 2펜스, 즉 세 번 빌리는 가격으로 한 권을 살 수 있다는 계산이
나온다. 미국에서도 포켓북스의 가격이 25센트, 대여료는 3일에 10센
트였으므로 2.5회분의 가격으로 한 권 구입 가능했다. 이런 상대가격
관계라면 사는 편이 득이라고 생각할 수도 있으나 소설, 특히 미스터리

류는 반복해서 읽는 타입의 책이 아니라는 그 나름의 사정도 있다. 따라서 대여점도 당장에는 망하지 않았다. 물론 뮤디는 1937년에 폐점했지만 그 이외의 대형 대여점이나 다수의 2페니 대여점은 그 이후에도 살아남아 1950년대 이후에 활동의 정점을 찍었다.

그들이 살아남았던 이유는 우선 스미스나 부츠의 경우 회비가 싸고 점포수가 많아 대출이 편리했으며 중산층의 하위계층 이하라는 광범위한, 게다가 예비 독자 계층에도 뿌리를 두고 있었기 때문이다. 그들은 아무리 저렴해 진다고 해도 펭귄북스를 살 사람들이 아니었다. 또한 이들 업자에게는 대여 책 이외의 업무도 가지고 있다는 강점도 있었다 (스미스의 문방구, 부츠의 약국, 해로즈Harrods의 백화점, 타임즈의 신문). 2페니 대여점도 다수가 신문잡지, 신간서, 잡화, 막과자 판매를 겸하고 있었다. 또한 〈타임즈 북 클럽〉이나 해로즈의 경우, 손님 층이 비슷했던 뮤디가 문을 닫으면서 고객의 상당 부분을 흡수한 까닭도 있다. 게다가 페이퍼백의 경우도 대전 후까지는 전작의 형태가 적었고 여전히 신간 분야에서는 대여점이 강세였다는 점도 있다.

하지만 이도 오래 지속되지 않아 1960년대에 들어서면 해로즈를 제외한 대형업자들이 차례로 대여사업을 접음에 따라 동네 대여점도 감소한다. 거의 같은 시기에 일본의 대여점도 하락세를 보이기 시작한다.

대여점의 쇠퇴에는 여러 가지 이유가 있다. 페이퍼백의 폭발적인 보급, 특히 새로 쓴 픽션의 증가가 그 하나일 것이다. 하드커버의 가격도 페이퍼백을 따라 저렴해진 것도 하나의 이유가 될 것이다. 또한 페이퍼백 출판은 한 권당 출판부수를 늘릴 뿐 아니라 이로 인해 페이퍼백 시장이 유지된다는 사정도 대여점에게는 불리하게 작용했다. 값비싼 매입 비용으로 본전을 뽑지 못하는 사이에 유행이 지나가버리는 것이다. 또한 다른 오락, 특히 텔레비전 보급의 영향도 무시할 수 없다. 이 모든 요인의 영향의 정도는 나라에 따라 제각각이다. 일본의 경우, 황태자 결혼식으로 인한 텔레비전의 폭발적 보급(1959)과 함께 『주간신초週刊新潮』(1956)를 시작으로 출판사계 주간지 붐도 무시할 수 없는 요인이었다. 대여점의 중요한 영업품목이었던 월간잡지의 회람이 큰 타격을 입었기 때문이다.

하지만 그 사이 공공도서관이 수행한 역할의 중요성은 적어도 영미와 일부 유럽 여러 나라에서는 의심할 여지가 없다. 특히 영국의 경우가 그러한데 펭귄사의 직원이었던 모파고는 "포켓북스가 대여점을 무용지물로 만드는 것에 일조하였으나, 공공도서관이 수행한 역할에는 비할 수 없는 것이었다"고 말한다. 다시 말해서 대여점을 대신한 것은 기본적으로 페이퍼백이 아닌 공공도서관이라 말할 수 있는 것이다. 그렇다면 이 최후의 '읽게 하는 자'가 수행한 역할을 검토해보자. [125]

---

125) 지금까지 살펴본 영국의 대여점의 쇠퇴에 대해서는 시미즈 가즈요시淸水一嘉의 일련의 연구를 참조하였다. 특히 「대여점의 종언貸本屋の終焉」, 「소설의 출판(5), (6)小説の出版(五)(六)」(아이치대학 『문학논총文学論叢』 제67, 87, 88권) 및 「영국 책대여점의 변천イギリスにおける貸本屋の変遷」 책대여문화연구회貸本文化研究会 『대여책문화貸本文化』 제11~14호). 그 밖에 앞서 기술한 귀네비어. L. 그리스트Guinevere. L. Griest, 『뮤디의 대출 도서관과 빅토리아조 소설Mudie's Circulating Library and the Victorian Novel』, Indiana University Press, 1970와 찰스 윈슨Charles Wilson, 『뉴스의 시작 : W.H.스미스의 역사 1792-1972First with the News : The History of W.H.Smith 1792-1972』, Jonathan Cape Ltd, 1985 ; 「부츠, 재고와 분점Boots, Stock and Branch」, 『타임즈 리터러리 서플리먼트Times Literary Supplement』, No. 3336, News UK, Feb. 1966 등이 있다.

공공도서관의 역할

영국의 공공도서관은 오늘날에야 도서관으로서의 모범이라 일컬어진다. 그러나 1850년에 법률에 의해 설립이 인정되고 나서부터 1920년대까지는 결코 모범적인 존재가 아닌 대륙의 여러 나라나 미국에 비해서도 뒤쳐지는 실정이었다.

애당초 도서관은 노동자 계급의 '교화'를 위해 만들어졌다는 역사를 등에 지고 있었다. 즉 그들을 '악의 온상'인 펍에서 멀리 떨어트려 음주로 의한 가정파괴나 범죄, 나아가 노동능률 저하를 막고자 했다. 동시에 '양서'를 내주어 위험사상으로부터의 오염을 막고자 한 사회개혁의 바람이 깃들어 있었다. 이는 세상이 어지러워 도통 마음의 안정을 얻을 수 없었던 1848년 혁명으로부터 2년 후의 일이다. 도서관을 '싸게 먹히는 경찰'이라고 부르게 된 이유는 이 때문이다.

이러한 취지에서 보면 적지 않은 수의 도서관이 도박기사나, 겨울에는 난방을 위해 모여드는 부랑자들의 장소가 되어버리는 일이 그리 놀라운 일도 아니었다. 예산이 적었기 때문에 장서를 구비하지 못하고 대형 대여점에서 중고서적을 매입하거나 대여하는 도서관도 있었다고 한다. 빈약한 도서관 예산 속에서 소설 특히 오락적인 작품을 둘 것인가 말 것인가는 당초부터 큰 문제였다. 도덕가나 교육단체는 소설이 하층계급을 타락시킨다고 주장했다. 하지만 소설의 인기는 그 뿌리가 깊어 도서관 당국 사이에서도 "이용자의 요구를 기본으로 삼아야 하며, 소설 또한 사람들을 진중한 독서로 이끌 수 있는 계기가 될 것"이라는 의견이 점차 강해졌다. 그리고 19세기 말에는 이러한 경향이 대세를 점하게 되었다. 19세기 중반에 이미 소설은 공공도서관 장서의 4분의 1, 대출의 3분의 2 혹은 5분의 4를 점하고 있었으며, 또한 1897년 중소 도서관 조사에 따르면 가장 많이 대여된 작가는 우드 부인과 메리 코 렐리이며, 디킨스와 메리 엘리자베스 브래든이 그 뒤를 잇는다. 1920 년대 중반이 되면 에드거 월레스를 빌리러 일주일에 두세 번이나 도서 관을 찾아오는 이용자가 적지 않았다고 한다.

이렇게 되면 대여점은 이미 무료 공공도서관의 적이 아니다. 1930년 대 후반부터 도서관 체제가 정비되어 시설과 장서가 갖추어짐에 따라 도서관은 대여점을 물리치게 되고 전후에도 그 지위의 역전은 불가능 하게 되었다. 도서관이 소설의 최대 공급원이 된 것은 40년대 말부터 50년대 말에 걸쳐진 10년간이라 추정된다. 이 사이에 대여점의 대출 총 서적 수는 정점을 찍은 2억 권이 채 못 되는 수치에 그치며, 이에 대하여 공공도서관의 대출 총 서적 수는 1957~1958년에 4억3천만부에 달하여 이후에도 착실히 늘어났다. 소설이 점하는 구성 비율은 양자 사이에 큰 차이가 없었기 때문에(공공도서관은 75~78%, 대형 대여점이 90%, 2페니 대여점이 100%), 이 사이에 도서관은 소설의 공급에 있어 서도 대여점을 따라잡은 것이라 할 수 있다.

이와 병행하여 도서관 이용자의 성격에도 변화가 일어났다. 1930년 대부터 노동자를 교화한다는 사고의 틀에서 벗어나 지역 전체의 사람 들을 위한 지적 센터로서의 자리매김이 이루어졌다. 이에 따라 이제까 지 무료 공공도서관에 발을 들인 적이 없던 중산계층의 사람들이 왕성히 도서관을 이용하게 되었다. 그 결과 1940년대 말의 도서관 이용자의 계층 분포는 사회 단면도의 양상을 드러내게 되었다.[126]

게다가 1960년대에 들어서면 인구의 17%를 점하던 전문직, 관리직, 경영직이 도서관 등록자의 45.7%에 달하게 된다. 또한 17세 이전에 학교를 그만둔 사람들의 도서관 이용률은 18세까지 교육을 받은 사람들의 이용률의 4분의 1, 좀 더 높은 교육을 받은 사람들의 8분의 1에 못 미친다.[127] 노동자를 위한 기관으로서 출발한 공공도서관은 백 년 후에는 중산계층에게 '빼앗긴' 것이 되어 버린다. 이는 도서관이 매입하는 책의 내용에도 영향을 주어 노동자 계급 출신의 미스터리 작가의 등장을 어렵게 하였다.

대륙, 일본의 도서관

같은 공공도서관이라도 영미권과 대륙, 일본이 각각 다른 성격을 가진다. 영미권이라고 했으나 제1, 2차 세계대전 시기의 미국은 영국에 비해 '이용자에 의한 선택'보다는 '관원에 의한 선택'에 가까운 성격을 가지고 있어서 일반 소설 독자는 공공도서관에 가지만 미스터리 독자는 대여점에 가는 경우가 많았다. 이는 공공도서관이 미스터리를 많이 갖추지 못한 탓이다.[128] 독일이나 프랑스 도서관은 좀 더 철저한 태도

---

126) B.S.라운트리 & G.R.래버B.S.Rowntree & G.R.Lavers 『가난과 복지국가Poverty and Welfare State』 Longmans Green, 1951.

127) 토마스 & 이디스·케리, 하라다 마사루原田勝·도키와 시게루常盤繁 역 『영국의 공공도서관 Books for the people : an illustrated history of the British public library』, 東大出版會, 1983, Peter H. Mann, 『저자부터 독자에게From Author to Reader』, Routledge Kegan & Paul, 1983.

를 취했다. 독일은 공공도서관보다는 대학 도서관의 확립을 우선시하였다. 공공도서관에서도 전통적인 학술 참고 기능을 중심으로 하여 일반도서관(통속도서관이라고 불리었던)의 기능은 차치하였다. 양 도서관 간의 직원 연수 코스가 따로 이루어져 있을 정도로 일반도서 부문을 경시하는 경향이 있었다. 인기 있는 소설은 여러 권 갖추어 적극적으로 제공하는 식의 영미식의 사고는 작용하지 않았기 때문에 결과적으로 장서 수에 대한 대출 수의 비율도 영미에 비해 낮은 상태가 이어졌다.

프랑스도 마찬가지로 로베르 에스카르피에 의하면 1954년의 한 현립 중앙도서관장이 장서에는 탐정소설류는 거의 없으며 특별한 요구가 없으면 대출도 하지 않는다고 증언했다고 한다. 이러한 가부장적인 '가치선택'은 북유럽을 제외한 대륙의 도서관에서는 꽤 일반적이었다. 공공도서관이 이처럼 오락적 독서에 대하여 궁색한 태도를 보이는데다 대여점도 영국만큼 발달하지 못한 대륙제국에서 미스터리 독자층의 성장을 바랄 수 없었던 것은 당연한 일이다.

일본 공공도서관의 경우는 어떠할까? 일본의 경우 고작 20여 년 전까지도 유럽과 미국은 고사하고 아시아, 아프리카의 많은 나라를 밑도는 수준이라고 언급되곤 했다. 이후 상황은 급속히 개선되어왔지만 일본의 공공도서관의 경우, 오랜 기간 짊어온 후진적 흔적이 미스터리 독자 형성에 부정적인 영향을 미쳤다. 이 사실을 명확히 하기 위해서 우선 1970년경의 상황을 다른 나라들과 비교해 볼 필요가 있다.

---

128) 도로시·B·휴즈 저, 요시노 미에코吉野美惠子 역 『E·S·가드너전Erle Stanley Gardner』 무川書房, 1983.

첫 번째로 도서관의 수가 적었기 때문에 서비스 네트워크가 고루 미치지 못했다(1970년 영국의 도서관 11,000개 중 일본은 885개. 인구대비로는 25분의 1). 당시는 아직 교토나 후쿠오카와 같은 대도시에도 시립도서관이 없었고, 효고현兵庫県처럼 큰 현에도 현립도서관이 없는 실정이었다.

두 번째로 관내관람을 원칙으로 하여 대출에는 보증인이나 보증금과 같은 성가신 조건들을 달아 놓았다. 도서관은 책의 이용이 아닌 보존의 장소가 되어 책을 빌리는 곳이 아닌 멋들어진 관람실을 갖추어 수험생에게 자리를 빌려주는 곳이었다. 당연히 책 이용자가 책을 부탁하여 서고에서 꺼내 받는 불편한 방식을 취했다.

세 번째로 예산이 적어 모처럼 찾아 가도 읽고자 하는 책이 없고, 따라서 이용률도 줄어드는 악순환이 생겨버린 것이다.

네 번째로 빅토리아 시대의 영국 이상으로 '양서'지향이 극심했다. 전쟁 전에는 각지의 교육회나 청년단이 공립도서관을 사실상 지지해 왔기 때문에 수양주의적 전통이 강하여 오락도서를 두는 것이 도서관이 담당할 일이라고 생각하지 않았다.

그리고 다섯 번째로 무료가 아니었다. 1950년의 도서관법까지 일본의 대부분의 공립도서관은 관람료를 받았다. 전쟁 전(1921년~1939년)의 고베 시립도서관을 예로 들면 관람료는 보통이 3전(1939년 이후는 6전), 귀중서는 10전, 아동서가 1전, 관외대출은 1회 20전~1엔 50전이었다.

이 요금은 당시의 대여점에 비교하였을 때 결코 저렴하지 않았다. 1941년의 니가타현新潟県 대여점조합의 협정 요금을 살펴보면, 70전까지의 책이 1일에 2전, 1엔 50전까지의 책이 3전, 2엔 30전까지가 4전,

그 이상이 5전이었다. 도서관에 들어가는 것 만으로도 39년까지는 3전 그 이후는 6전이나 내야 했으므로 대여점과는 승부가 되지 않았다. 또한 이것은 당시 영국의 2페니 대여점의 요금과 비교해 보아도 2페니는 8전에 해당하므로 일본의 대여점보다는 비싸지만 그래도 도서관에서 빌리는 것보다는 훨씬 저렴한 것이다. 이는 일본의 도서관이 얼마나 대출에 대하여 금지적 태도를 취했는지를 보여준다. 이 결과 1970년 일본 공공도서관의 연간 1인당 대출권수는 영국의 4분의 1밖에 되지 않았다.

이러한 악조건이 겹친 가운데 '조건 의존형' 독서 장르에 속하는 미스터리 독자가 형성될 리가 없었다. 멀리 있는 도서관을 찾아가서 돈을 내고 입장하여, 카드로 찾아서, 필요 항목을 적어 내고, 가져다주는 것을 기다리고(어떤 때는 철망 뒤에 있는 책을 가리켜 원하는 책을 요구하기도 했다), 그리고 열람 시간에 맞춰, 엎드려 누워 잘 수 없는 열람실에 앉아 정중히 읽어 내려가는, 누가 이런 짓을 해 가면서 미스터리를 읽겠는가. 나의 경우를 보아도 미스터리는 대여점이나 친구에게 빌려 읽는 게 당연했다. 도서관에서 책을 읽은 기억도 몇 번 있지만 미스터리를 읽은 기억은 없다. 일본의 도서관이 미스터리에 대해 '읽게 하는 자'의 기능을 하기까지는, 1963년의 일본도서관협회의 '중소도시의 공공도서관 운영'이라는 정책선언과 그에 이은 1965년, 히노日野시립 도서관의 실천을 계기로 급속히 영국형 근대 공공도서관으로 재탄생하기까지를 기다려야 했다.129)

129) 모리 고이치森耕一─『근대 도서관의 흐름近代図書館の歩み』(至誠堂, 1986), 마에카와 쓰네오前川恒雄 『우리들의 도서관われらの図書館』(筑摩書房, 1987) 등이 있다.

게으른 '대단원'

'맹렬한 속물근성' 파는, 고급 트위드 실같이 20세기 문학을 관통하여 달려간다.

앨런 버넷Alan Bennett, 『사십년 간Forty Years On』, 1969.

포기한 '해결편'

이 책도 처음에 생각하고 있었던 분량은 이미 넘어섰다. 잠자리 잡기에 정신이 팔려 해질 무렵이 되어서야 자신이 생각지도 못한 먼 곳까지 왔음을 깨닫는 소년 같은 기분이 든다. 이제 슬슬 이 책을 정리해야할 때일 것이다.

미스터리는 최종장의 비중이 상당히 큰 소설이다. '대단원'이라고 하는 단어가 이렇게까지 딱 맞아 떨어지는 형태의 소설은 없다. 최후의 장면에서 명탐정이 이제까지의 복선이나 단서 모두의 의미를 밝히기 때문이다. 그것도 일차적인 해결, 난관봉착, 역전, 재역전 등의 중층적인 단계를 거쳐 진정한 해결점에 도달한다. 그 속에는 『애크로이드 살인사건』과 같이 해결편에 해당하는 부분이 '진실(the truth)', '무엇도 숨기지 않는 진실(the whole truth)', '더 이상 덧붙일 수 없는 진실(nothing but the truth)'의 3장에 해당하는 경우도 있다. 이는 베토벤의 교향곡 제9번 최종악장에서 이제까지의 각 악장의 테마가 하나하나 제시되면서 부정되고, 최후에 환희의 테마가 울려 퍼지는 것과 닮아있다.

이 책도 소재로 하는 미스터리의 구성처럼 '대단원'에 어울리는 장중한 맺음을 하고 싶었으나 그렇게 되지는 않을 것 같다. 다시 말해 필자 스스로가 요약적인 결말을 맺는 것을 포기한 것이다. 가장 큰 이유는 필자가 원래 게으른 성격이어서 반복하는 것을 싫어한다는 점이 있으며, 2년 정도에 걸친 잡지연재(후에 출판됨)에 지쳤기 때문이다. (음악을 빗대어 이야기하면 사실 나는 베토벤은 좀 어려워하고, 원래는 모차르트나 하이든의 피날레 쪽이 더 익숙하다.)

다른 하나는 이야기의 범위가 너무 넓어졌다는 것에도 있다. 쓰기 시작했을 때에는 이렇게 넓은 영역에 걸쳐서 이야기를 진행하게 되리라고는 생각지도 못했다. 연재를 빠트리지 않고 읽어준 지인 중 하나는 위로조로 '너무 높이 점프해서 착지가 어려워진게 아닐까.'하고 이야기한 적이 있다.

또 전체의 구성과도 관계가 있다. 솔직히 이 책은 서두가 무거워졌기 때문에, 원래대로라면 처음에 와야 하는 설명 중에서 '미스터리', '사회학'이라는 용어의 설명을 뒤로 미룰 수밖에 없었던 점도 있다. 이 두 개의 용어는 애매하고 다의적, 복합적인 용어여서, 설명 자체가 예상보다 훨씬 길어졌기 때문에 앞쪽으로 옮기는 것이 더욱 어려워졌다. 그러나 책을 뒤에서부터, 즉 '맺음말'이나 결말부터 읽기 시작하는 사람 역시 결코 적지 않을 터이니 처음에 필요한 '해설'을 여기에 두는 것도 그렇게 틀린 것 같지만은 않다.

이러한 이유로 이 두 개의 용어, 이 책의 제목이기도 한 '미스터리와 사회학'130)의 유래를 본편의 보충으로서 정리하는 느낌으로 고찰하기로 하였다. 이로 인하여 이 책의 성격이 간접적으로라도 그럴싸하게 드러나지 않을까 하고 기대해 본다.

---

130) 이 글이 잡지에 연재되던 당시 제목은 '미스터리와 사회학ミステリーと社会学'이었다.

'탐정소설'과 '추리소설'

우선 '미스터리'에 대해서 이야기 해보자.

제목뿐만 아니라, 이 책의 전체를 통틀어서 '미스터리'라는 표현을 주로 사용하고 있으나, '탐정소설', 혹은 '추리소설'이라는 표현을 선택할지에 대해서는 꽤 고민했다. 어떻게 고민하였는지, 그리고 결국 왜 '미스터리'로 선정하였는지에 대해서 조금 이야기하려고 한다.

우선 '탐정소설'을 왜 사용하지 않았는지 소거법을 이용해 설명해보도록 하겠다.

'탐정소설'은 결코 내가 싫어하는 용어는 아니다. 물론 마루야 사이이치가 말한 것처럼 이 용어에 아름다움과 위엄이 있다고는 생각하지 않는다.[131] 오히려 나의 소년시대의 경우, '탐정소설'이 어둠 속의 꽃처럼 여겨져 부모님의 눈을 피해서 읽는 일이 잦았다. 그러나 이러한 약간은 고풍스러운 어감에 대해 나 역시도 여전히 애착을 가지고 있기 때문에 '탐정소설'이라는 표현은 역시 나쁘지 않다고 생각한다. 게다가 전후의 한자제한에서 '정偵'의 글자가 상용 한자표에서 제외되면서[132] 사용할 수 없게 된('탐정소설探てい小説'로는 꼴이 우습다.) 비운에 대한 동정도 있었던데다, 무엇보다도 미스터리의 본가인 영미에서 'Detective story'(이제까지는 Detective fiction이 많았다)를 사용하기 때문이다.

그러나 아마추어 탐정이나 사립탐정, '명탐정'의 출현이 적어지고,

---

131) 나카무라 신이치로中村真一朗・후쿠나가 다케히코福永武彦・마루야 사이이치丸谷才一 『결정판 심야의 산책決定版 ·深夜の散歩』 講談社, 1978.
132) 현재는 상용한자로 사용되고 있다.

그들의 행동 양식이 '탐정'이라기보다는 '조사'라고 하는 표현에 어울리는 조직적인 모양으로 변화해 가는 현재에는 분명 '탐정소설'의 시대가 저물어 가는 느낌은 부정할 수 없다. 필자 자신조차도 이 단어를 사용하면서 조금은 억지가 아닐까하고 생각했던 적이 있다. 그래서 결국 이번 집필에는 시대적인 감각을 발휘하고자 할 때 사용하는 단어 정도로 생각하기로 했던 것이다.

전쟁 후 '탐정소설'의 자리를 대신한 것이 '추리소설'이지만, 나는 이 명칭을 좋아하지 않는다.

내용을 표현하는 단어로 '추리소설'은 이상하지 않고, 또 포는 이에 해당되는 '추론소설Tales of ratiocination'이라는 표현을 사용한 적이 있다. 게다가 '탐정'이라는 단어에는 왠지 사람의 비밀을 캐고 다닐 것만 같은 어두운 이미지(예를 들어 전쟁 전의 국산 탐정소설이 가지고 있었던 부정적인 이미지와 같은)가 존재한다. 분명 이러한 의미에서도 '추리소설'이라는 명칭은 성공한 셈이다. 실질적으로도 '추리소설'의 보급과 정착 이후 여성독자가 급증했다고 이야기할 정도이다.

생각해보면 '정偵'이라는 글자가 상용 한자표에서 제외된 것도 사용 빈도가 낮아서라기보다는 그 이미지가 '밀정', '내정', '정찰' 등 비밀경찰이나 군사 권력을 연상시키는 것이어서 전후 민주주의 아래 회피되었기 때문인지도 모른다. (그것이 상용한자 보정표에 추가된 것은 보수파가 강해졌던 1954년의 일이라는 것은 이 상상을 뒷받침한다.)

그럼에도 불구하고 내가 추리소설이라는 단어를 어색하게 느끼는 것

은 아무래도 어감 때문일 것이다. 윗사람들이 '정偵'은 사용하면 안 된
다고 하면 바로 '탐정소설'이라는 단어를 포기하는 줏대 없음은 '저항'
이라고 말할 정도의 대단한 일은 아니지만, 적어도 앵돌아진 자의 역사
를 지닌 탐정소설에는 어울리지 않는 처신이었다. 분명 영국인이라면
이 모양새 안나는 '탐정소설探てい小説'에 계속 저항했을 것이다. 또한
'추리'라는 명칭은 급증하고 있는 새로운 대중독자를 의식해 미스터리
를 지적능력을 많이 사용해야할 것 같은 고급 독서로 보이게 하기 위한
판매 전략의 하나이다.

이는 또한 일본도 근대적인 추리의 시대, 수수께끼 소설의 시대가
왔다고 생각하는 관계자들의 의욕에 넘치는 기분을 호의적으로 표현하
는 명칭이라고도 볼 수 있다. 그러나 최초로 '추리소설'이라는 명칭을
사용한 것은 기기 다카타로로, 그는 오우도리사雄鷄社에서 탐정소설전집
의 편집을 의뢰받아 편집 방침의 하나로 이 명칭을 제시했다고 한다.
그러나 이 때 그가 염두에 두고 있었던 추리소설은 보다 넓은 개념으
로 '추리와 사색'을 그 바탕으로 하는 것이라면 괴기소설, 심리소설, 사
상소설까지도 포함하는 것이었다. 이와 같은 '추리소설'에 대한 이해는
분명 현재의 일반적인 이해와는 다르다.

또한 미스터리는 원래 지식인 계층을 중심으로 살짝 뒤틀린 일종의
지적 허영심의 표상으로 사랑받아온 장르이다. 그러나 '추리소설'은 어
떤 의미로는 지나치게 모범생 같은 명칭이기에 오히려 서구의 지능적
인 미스터리에는 어울리지 않는 촌스러운 면마저 존재한다. 그리고 이
러한 명칭에는 그들의 놀이 정신에 어울리는 세련된 요소 역시도 빠져

버리게 된다.

포의 앞선 발자취가 일본을 제외한 어느 나라에서도 계승되지 않고, 독립된 용례로 끝난 것은, 아마도 이러한 사정이 포함되어 있을 것이다. 살짝 위악적, 자학적인 '탐정소설'을 비하하면서 보여주는 쪽이 진지한 '추리소설'을 이야기하는 것보다 지식인들의 허영심을 만족시키는 것이다. 그래서 미스터리 독자층의 중심이 지금도 지식인층인 영국에서는 '탐정소설'이라는 명칭이 여전히 많이 사용되고 있다. 그러나 이도 옛날만큼은 아니어서 펭귄북스처럼 '크라임 & 미스터리'라고 하는 항목을 내세우는 곳이 늘어난 것은 부정할 수 없다.

그러나 영국뿐만 아니라, 프랑스, 독일에서도 각각 roman policier(직역하면 '경찰소설'), Kriminalroman(직역하면 '범죄소설')이라고 하는 전통적인 호칭이 지금도 지켜지고 있는 것은 좋게 말해서 표현에 대한 보수성이 남아 있기 때문이다. 그에 비해서 '추리소설'이라는 명칭은 관공서에서 마을 이름을 바꾸는 것에서 알 수 있듯이, 언어의 전통에 대한 애착이 없는 일본인 특유의 정신에서 생겨난 산물이라고 말할 수 있을 것이다.

그러나 '추리소설'이라는 명칭은 서구 미스터리와는 어울리지 않지만 국산 미스터리에는 그럭저럭 어울리는 표현이라고 이야기할 수 있다. 전쟁 전의 '추리소설'이 출생을 모르는 유랑민을 작품 속에 계속해서 등장시키는 형태라면, 전후의 추리소설은 마쓰모토 세이초 이후의 사회파도 그렇고, 아유카와 데쓰야나 쓰치야 다카오와 같은 본격파도 그렇듯, 탐정역의 대부분은 가족도 있고 성실한 형사이며, 등장인물의 대부분은 상사의 죄를 뒤집어쓰는 과장보좌관을 비롯하여 주위 어디에서든 볼 수 있을 것 같은 평범한 직장인이나 생활을 하는 사람들이다. 그들이 시대의 권력과 환경의 힘에 의하여 운명이 뒤틀리게 되는 경향의 작품이 전통적이고 전형적이다. 이러한 흐름은 이야기를 자연스럽게 만드는 효과는 있었으나, 히라노 겐의 표현을 빌려 말하자면 '나를 잊어버리게' 하는 요소가 적어지고 '남 일이 아닌 것 같은' 풍속소설적인 요소가 포함된 것이다. 당대는 사회의 저변을 희생시켜 고도경제성장을 이룩했던 융통성이 부족한 시대였다. 이러한 시대 속에서 살아가는, 가난에 허덕이는 형사에게 서구 미스터리에서 보이는 세련됨을 요구하는 것은 분명 무리일 것이다. '추리소설'이라는 명칭의 귀염성도 엉큼함도 이러한 현실이 반영된 것이라고 생각하면 되지 않을까하는 기분도 든다. 또한 하드보일드에게 선두를 빼앗겼지만 이러한 일상적인 리얼리즘의 침투는 일본 만이 아니라 해외 미스터리에서도 널리 퍼지고 있는 일반적인 경향이다. 이야기가 너무 넓어지는 것 같기는 하지만, 이 이름 자체가 일종의 대중사회 상황의 상징으로 받아들일 수 있을 것이다.

어느 쪽이든 '추리소설'이란 용어는 정착하여 오래 사용되었다. 실제로 '일본추리작가협회'라는 명칭을 보면 반정도는 공용어화 되었다고 할 수도 있을 것이다. 나 자신도 저항감을 느끼면서도 이 표현을 사용하지 않고는 이야기가 통하기 어렵지 않을까 하고 생각하기도 했다. 이 책 역시도 처음에는 '추리소설'로 통일할까 하고 고민했지만 그렇게 하지는 않았다.

'미스터리 ミステリ'와 '미스터리 ミステリー'

또 다른 고민은 '미스터리 ミステリー'는 괜찮은가 하는 문제이다. 우선 나의 취향으로는 가타가나 표기의 빈도는 가능한 한 피하고 싶었다. 제2장에서 말하는 '미스터리 ミステリー'는 비교적 새로운 어법으로 원래의 의미인 '수수께끼, 신비' 혹은 '신기함, 이해불가' 등에서 파생한 단어로 생겨난 지 백년정도 된 표현에 지나지 않는다. 실제로 18, 19세기에 범죄실화나 고딕소설 Gothic Roman 류가 '○○미스터리'라고 불렸다.

그러나 이러한 부수적인 종류를 포함한 모든 미스터리의 존재를 시야에 두고 생각해 보면, 혼동을 피하기만 하면 오히려 유용한 표현이라고 생각한다. 명확하게 하고 싶을 때 '넓은 의미의 미스터리' 혹은 '좁은 의미의 미스터리', 혹은 '본격미스터리'라고 하는 것처럼 적절한 한정표현을 붙여주면 된다. 이 점은 '탐정소설'이나 '추리소설'에는 사용할 수 없는 부분으로, '넓은 의미의 탐정소설', '좁은 의미의 탐정소설'이라고 부르는 것에는 분명 조금 무리가 있다. 이들 명칭은 원래부터 그렇게 의미가 넓은 표현이 아니기 때문이다.

또한 현재는 이 넓은 의미의 미스터리가 부활하고 융성하는 시대이다. 사회파 추리소설이 그 일면을 대변해 왔던 전후적 가치관에 대한 의문과 반동이 1970년경감터 여러 가지 면을 통해서 분출되어 미스터리 또한 다양한 전개양상을 보이게 되었다. 이후 미스터리는 넓은 의미의 미스터리로 회귀하여 그곳에서 양분을 보급 받아 뉴로틱 서스펜스, 모던 홀러, 새로운 형태의 범죄 논픽션 등의 장르를 개척하기 시작했다. 뿐만 아니라 일반소설의 영역에서도 많은 작품이 미스터리 장르의 영향을 받은 것으로 보이며, 한편으로는 미스터리 역시도 일반 소설에 가까워져서 미스터리의 구조를 지닌 범죄소설이나 수수께끼를 수수께끼로 남겨두는 '복수複數해결'이나 '무해결', 이른바 부조리 미스터리가 등장하게 되었다. 즉, 각자의 활동영역의 경계선이 사라져 가고 있는 것이다.

이러한 광범위하고 다양한 움직임이 미스터리 세계의 활성화를 가지고 온 것은 분명하며, '미스터리'라는 명칭이 '추리소설'이라는 명칭을 대신해 기세를 올리고 있는 것은 이런 열풍 때문이다. 표현방법에 대해서는 보수파인 나는 유행을 따르지 않으려고 억지를 부리기도 했지만 이렇게 근친간의 결혼이나 이종교배가 진행되면서 경계선이 희미해지고 순수 혈통이 줄어들게 되다보니 아무래도 '미스터리'라는 명칭 쪽이 편리한 것처럼 느껴진다. 이후 미스터리가 어떻게 변화하여도 그 명칭이 변화하지 않은 채로 넘어갈 수 있다는 점. 즉, 수용 범위가 넓은 용어가 통용된다는 점은 보수파로서는 긍정적인 일이다. '미스터리'가 결국 이 책의 제목으로 낙찰된 것 역시 이러한 이유에서이다.

마지막으로 '미스터리ミステリ'인가, '미스터리―ミステリー'인가. 무척이나 일본적인, 일본이 아니면 있을 수 없는 표현상의 문제에 대해서 이야기 하고자 한다. 장음의 표시 하나 정도는 상관없다고 생각할 수도 있겠지만 여기서는 마니악한 세계, 세토가와 다케시의 최근 작품「새벽녘의 수마夜明けの睡魔」에 의하면 이것은 분명히 다른 문제이다.

출판사로 말하자면, 하야카와쇼보早川書房와 도쿄소겐샤東京創元社는 '미

스터리ミステリ', 그 외의 니겐쇼보二見書房를 제외한 모든 곳에서 '미스터리―ミステリ―'라고 표기한다고 세토가와는 이야기하고 있으나, 이는 분명 미스터리―ミステリ―의 전문출판사의 경우에 한정된 것이며, 일반적인 출판사는 보통 저자의 의향을 그대로 살리고 있다. '미스터리ミステリ'는 앞의 두 출판사가 이전에 번역 미스터리로 소수의 마니아를 상대로 독과점제체를 구축했던 시대의 유물로, 대게 탐정소설, 추리소설을 의미한다. 한편 '미스터리―ミステリ―'는 이러한 것들도 지칭하지만, 동시에 모험소설이나 호러, 범죄 실화를 포함하고 또한 복사물이나 신문기사에 자주 쓰이는, 일종의 '망망대해 속을 표류하는 이미지'를 지니는 것이다.

이 구분은 위에서 이야기한 좁은 의미의 혹은 단순한 '미스터리―ミステリ―'와 넓은 의미의 '미스터리' 내지는 '미스터리―ミステリ―'층의 차이가 거의 일치하지만 단순히 그것만을 나타내는 것은 아니다. 해외작품에는 수수께끼 풀이가 지적이거나 세련된 멋이 있는 것에 비해 국산물에는 촌스러움이나 난잡함이 자주 등장한다. 또, 아직 대학생이나 젊은 샐러리맨, 전문직 종사자들의 마음에 들어서 손에 드는 것이 '미스터리ミステリ'라면 좀 더 넓은 독자층을 가지고 있는 것이 '미스터리ミステリ―'라는 분류도 가능할지도 모른다. 이런 분류에 따르면 국내에서는 아유카와 데쓰야, 니키 에쓰코, 도이타 야스지, 아리마 요리치카, 사노 요 등에서부터 '미스터리ミステリ'파가 형성되었다. 반대로 전쟁 전에는 에도가와 란포, 세이시, 전쟁 후에는 미즈카미 쓰토무, 구로이와 주고, 도가와 마사코 등이 전형적인 '미스터리―ミステリ―'파라고 할 수 있을 것이다. 나카이 히데오, 쓰즈키 미치오, 렌조 미키히코 등은 '미스터리ミステリー 적인 미스터리ミステリ'파의 대표라고 할 수 있을 것이다.

평론도 미스터리ミステリ파와 미스터리ミステリー파가 있는 것 같다. 미스터리ミステリ파의 대표격인 『심야의 산책深夜の散歩』은 1963년에 원판이 나온 이후 1978년에 '결정판'을 내기까지 15년간 한 번도 증판이 없었다. 그런데 결정판은 1989년 1월까지 11년 동안 5쇄나 나온 것을 보면 이때부터 미스터리ミステリ파의 세련된 평론이 사람들에게 인식되기 시작하여 독자층이 형성된 것을 알 수 있다. 그러나 최근의 미스터리ミステリー족의 융성과 함께 그에 관심을 가지기 시작한 미스터리ミステリ파의 평론이 늘어나고 있다. 야마지 류텐, 마쓰시마 다다시, 하라다 구니오의 『이야기의 미궁物語の迷宮』(有斐閣, 1986)와 같은 세련된 평론이 '미스터리ミステリー'에서도 나타난다. 이렇게 본다면 이제 '미스터리ミステリ'에 집착하는 것은 촌스러워 보일지도 모른다.

내가 '미스터리ミステリ'를 선택하지 않은 것은 이렇게 다종다양한 미스터리ミステリー가 세상에 있기 때문이며, 이들 중 일부분만을 대상으로 하는 것은 역시 불합리한 것이 아닌가 하는 생각 때문이다. 그리고 관서지방 출신인 나에게 '미스터리ミステリ'라는 명칭은 아무래도 불편한 것이 사실이다. 관서지방 사투리로 표현할 때 '미스터리ミステリ'는 조금 어울리지 않기 때문이다.

여기서는 표현에 집착했지만 이것은 어디까지나 탐구를 즐기기 위한 것이다. 필자로서는 원래 이러한 표현이 아니면 안 된다든지 반대로 그 표현으로는 곤란하다고 생각하는 일은 거의 없다. 말은 변화하기

어려운 규범적인 부분과 변화하기 쉬운 부분이 있다. 영어사전 하나를 골라도 옥스퍼드 영어사전처럼 의미의 변화를 충실하게 기록하고 있는, 일종의 언어표현의 이력서 같은 성격을 가지고 있는 것과, 포켓 옥스퍼드 영어사전이나 『근대영어용법』 같이 올바른 어법을 알려주는 것이 있다. 미스터리ミステリ–의 호칭 또한 같은 맥락일 것이다. '탐정소설'도, '추리소설'도 '미스터리ミステリ'도 '미스터리ミステリ–'도 각각의 시대, 사회의 분위기나 정신이 반영된 명칭이기 때문에 의미에 대한 논의가 혼선되는 것이 아니라면 꼭 무리하게 한쪽으로 통일할 필요는 없을 것이다. 분명 사회·문화의 변화가 타국에 비해 훨씬 격정적이었던 일본에서 명칭의 변화가 가장 빈번했던 것은 자연스러운 현상일 것이다. 그러므로 이러한 흐름에 따르는 것 역시 하나의 방법이라고 생각한다.

'사회학'인가 '경제학'인가

다음으로는 '사회학'이다. 최근에 『○○의 사회학』이라는 제목으로 출판되는 책을 종종 발견하게 되는데, 그 대부분은 제목이 가진 의미를 그다지 책임지지 못한 것 같다. 그리고 그것은 이 책도 예외는 아니다.

다만 이것이 이전에는 없었던 현상인 것은 아니다. 최근에 경제학자 오쿠마 노부유키大熊信行의 『예술경제학芸術経済学』(1974, 潮出版社)의 서문에서 이런 이야기를 읽었다. 오쿠마는 자신의 옛 저서 『문학을 위한 경제학』(1933, 위와 같은 책에 수록)을 빌리러 온 사회학전공인 학생에게 왜 경제학 책이 사회학 공부에 도움이 되는지 물어보았다. 그러자 학생은 로베르 에스카르피의 『문학의 사회학』(1959)을 추천했다. 그것을 읽은 오쿠마는 비록 책 제목은 '사회학'이지만 내용은 경제학 그 자체이며 자신의 옛 저서와 비견될 만한 내용임을 알게 되었다.

분명 에스카르피의 경우는 나도 제1부의 시작부분에 지적했다시피 이건 마치 문학의 경제학이라고 불러도 이상하지 않을 구성과 내용으로 되어 있다. 즉, 서로 같은 것을 '경제학'이라고 하거나 '사회학'이라고 칭하고 있는 것이다. 대부분은 '사회과학'이라고 부르면 좋겠지만 이런 명칭으로는 너무 거창한 것을 다루는, 딱딱한 책이라는 인상을 주게 될 것이다.

이런 적당한 용어법에 불만을 가지는 사회학자도 있겠지만 엄연한 사회학자중의 한 사람인 우에노 지즈코上野千鶴子에 의하면, 사회학은 좋은 의미로도 나쁜 의미도로 "이발소에서 나누는 정치 뒷담화"를 전문적으로 표현한 아마추어 사이언스인 것이다. 또한 일반적으로 사회학을 포함한 학문이 아마추어 사이언스였던 시기, 즉 패러다임의 조직 변화 시기에는 활발하게 전개되었으나 지금은 그렇지 않은 것 같다고 한다.

사회학이 아마추어 사이언스이며 미스터리가 서장에서 본 것처럼 아마추어들에게 있어서 최고의 활동무대라고 한다면 사회학자가 미스터리 분야에서 활발히 발언 하는 것은 아무래도 자연스러운 일일 것이며 실제로 그러한 예도 적지 않다. 예를 들어, 마쓰모토 세이초 전집(문예춘추)의 해설자들을 살펴보면 추리소설전문가 중에는 사회학자가 차지하는 비율이 가장 높음을 알 수 있다. 미타 무네스케見田宗介, 이노우에 슌井上俊., 사쿠타 게이치, 이시가와 히로요시石川弘義, 이노우에 다다시井

上忠司, 고세키 산페이小関三平 등 여섯 명 역시 '사회파'이다. 해설내용을 살펴보면 이들 사회학자들이 사회학적인 방법을 사용해서 해설한 것은 거의 존재하지 않으며, 전문적인 규율의 속박이 느슨해진 탓인지 대부분 센스나 아이디어로 승부하려는 것을 확인할 수 있다.

그에 비하면 경제학자의 비중은 낮다. 위의 전집에도 경제학자는 한 사람도 등장하지 않으며, 애시 당초 미스터리에 대해서 무엇인가를 쓴 사람이 거의 없다. 필자가 알고 있는 한에서는 고이즈미 신죠小泉信三, 야스이 다쿠마安井琢磨, 스기야마 주헤이杉山忠平, 후리하타 세쓰오降旗節雄 4명이다. 이들 중 고이즈미의 경우는 조금 많기는 하나, 나머지는 세련된 문장력을 살려서 각자 한두 편 정도 추상적으로 쓴 것밖에 없다. 내용도 마르크스 경제학자와 미스터리의 상성을 이야기한 후리하타를 제외하면 경제학자의 소양을 살린 이야기는 없다. 고이즈미는 홈즈를 찬사하였고, 야스이는 크로프츠와 앰블러의 페이퍼백의 수집 이야기를 하였고, 스기야마는 크리스티에 대한 신앙고백을 하였다.

이것은 필자로서는 어딘가 부족한 상황이다. 경제학적 시각이 미스터리를 읽는 데 필요하다고 말하는 것은 아전인수격이라고 할지도 모르지만, 그 시각은 기호론이나 심리학, 윤리학적 시각에 결코 뒤지지 않는다. '소설도 세세한 부분까지 읽지 않으면 재미없는 것이다'라고 말한 것은 고바야시 히데오다(스탕달의 말을 인용한 것으로 기억하나 지금 그것은 문제가 아니다). 이것은 미스터리를 위해서 만들어진 표현이지만, 소설에서도 미스터리에서도 '세세한 부분을 읽기' 위해서는 우선 경제지식의 도움을 받을 필요가 있지 않을까 생각한다.

결론부터 이야기하자면 금전적인 가치에 대한 것이다. 토머스 하디의 『캐스터브리지의 시장The Mayor of Casterbridge』(1886)에는 도입부에서 술에 취한 남자가 지나가던 선원에게 아내와 딸을 5기니(5파운드 5실링)에 파는 장면이 나온다. 지금의 독자들은 이 금액이 20달러 정도 될 것이라고 생각하고 읽을 것이라고 미국의 영문학자 줄리아 브라운Julia Brown은 말한다. 분명 그 정도라면 아내나 딸을 팔아서 용돈 정도를 얻고자하는 가볍고 충동적인 마음에 해당하므로 죄도 다소 가벼울 것이라 생각할 수 있다. 그러나 당시의 물가를 생각하면 5기니는 지금의 천 달러 정도에 달하는 금액이므로 이 행위는 완전히 다른 색을 띠게 된다. 즉, 취해 있었다고 하여도 남자는 꽤나 억척스러운 인간이며 훨씬 비겁한 행동을 한 것이 되는 것이다. 이러한 '금액'의 문제는 플롯의 전개에도 영향을 미친다. 아내도 딸도 그 액수로 인해 거래가 구속력을 지닌다고 생각하고 있으며, 남자는 자신의 행동을 다른 사람에게 말하지 못하고, 결국 아내가 있는 장소를 찾아낼 수 있는 기회를 놓치고 만다. 브라운은 이렇게 말하면서 소설의 이해에 있어서 화폐가치를 시작으로 사회·경제의 배경을 전반적으로 살펴보는 것은 빠트릴 수 없는 일이라고 강조한다.[133]

범죄의 동기도 대부분의 경우 금전적인 이해관계에서 비롯되기 때문에 미스터리에 있어서 경제문제가 지니는 의미는 보통의 소설보다 훨씬 크다고 할 수 있다. 다카기 아키미쓰의 「경제 미스터리経済ミステリー」,

---

133) 줄리아 브라운 저, 마쓰무라 마사이에松村昌家 역 『19세기 영국 소설과 사회사정A Reader's Guide to the Nineteenth-Century English Novel』英宝社, 1987. 한국어로는 박오복 역, 『19세기 영국소설과 사회』(열음사, 1990)가 있다.

구니미쓰 시로의 「산업추리소설産業推理小說」, 가지야마 도시유키의 산업
스파이물 등 어느 것이든 경제 지식이 없어도 읽을 수는 있지만 지식
이 있으면 더욱 재미있게 읽을 수 있을 것이다.

　더욱이 경제적 요인이 플롯이나 트릭의 중심적 부분에 포함되어 있
는 경우도 그 수 자체는 적지만 없다고는 할 수 없다. 그 중 하나가 덴
도 신의 『대유괴』이다. 애송이 유괴단이 큰 산림의 지주인 노부인을
유괴하는데, 납치된 후 그녀가 자신의 몸값은 얼마로 할 것이냐고 묻자
5천만엔이라고 대답한다. 이에 그녀는 "내가 그렇게 헐값은 아니다."
라며 몸값을 백억 엔이라고 하며 한 푼도 깎아줄 수 없다는 주부의 면
모를 보이면서 스스로 편지를 쓴다. 얼핏 보기에는 말도 안 되는 이 금
액에는 그 나름의 깊은 의미가 있으며, 이 금액이 마지막 결말의 반전
을 이끌어 내게 된다. 만일 경제의 원리에 대해서 무지하다면 이 반전
의 구조를 꿰뚫어 보는 것은 분명 불가능하다.

　다행인지 불행인지 경제적인 구성이 트릭이나 플롯의 중심에 포함되
어 있는 작품은 많지 않다. 최근에는 경제학자가 쓴 경제학자인 주인
공이 경제이론을 무기로 하여 어려운 사건을 해결한다는 식의 작품[134]
도 나타나고는 있으나, 과연 이 작품이 경제학자가 아닌 사람이 읽었을
때 얼마나 재미를 줄 수 있을 것인가.

　또한 반대로 생각하면 경제학자가 현실의 경제문제에 대해서 얼마나
제대로 알고 있는가도 의문이다. 우치다 요시히코內田義彦가 말하기를

---

134) 마샬 제본즈 『경제학 살인사건The Fatal Equilibrium』 Fawcett, 1985, 『살인의 가격Murder at the
　　Margin』 Princeton University Press, 1978.

경제학이라고 하는 것은 사회과학 중에서도 한번 학문적인 세계가 완성이 되면 그 학문의 문법에 따라서 구체적인 경험과는 관계없이 어느 정도 결론을 낼 수 있는 학문이라고 한다. 현실적으로 정치를 모르면 정치학을 할 수 없으나, 경제학은 어느 정도 그것이 가능하다는 것이다. 시력을 잃은 화가가 그림을 그릴 수는 없으나 청력을 잃은 베토벤이나 스메타나가 새로운 곡을 만들어 낸 것과 마찬가지로, 경제학자는 다른 사회과학에 비해서 회화보다는 음악에 가까운 성질을 지니고 있다고 우치다는 말한다.[135] 이것을 반대로 생각하면, 경제학자는 적어도 어느 정도는 경제학 현실에서 떨어져 있는 곳에서 일을 하고 있다는 것이 된다.

내가 알고 있는 것 중에 경제학자의 손에 의해서 집필된 유일한 미스터리 역사서인 만델의 『즐거운 살인』의 설득력이 미묘했던 것도 어떻게 보면 이러한 상황을 반영하고 있는 것인지도 모른다. 제 4인터내셔널의 윤리적 리더라고 하는 위치 때문인지 만델은 다음의 작가들에게 낮은 평가를 하고 있다. 코난 도일, 체스터턴, 크리스티, 세이어스는 '울트라 보수'이기 때문에, 30년대의 그린은 '반동적 주장'의 소유자이기 때문에, 대실 해밋, 발루 부부Per Wahloo & Maj Sjowall, 렉스 스타우드는 좌익의 정통파에 속하기 때문에 낮은 평가를 내린다. 비교적 납득할 수 있는 것은 챈들러에 대한 평이지만, 그마저도 "그의 작품은 부패된 대도시에 대한 경멸을 동기로 하고 있기에 그 비뚤어진 이데올로기로 인해서 종종 잘못 해석된다. 챈들러의 작품에서 배격되고 있는 것

---

135) 우치다 요시히코 『읽는다는 것에 대해서讀むということ』筑摩書房, 1971.

은 지방권력 구조에 지나지 않고, 국가의 권력구조는 아닌 것이다. 그의 이데올로기는 근본적으로 부르주아적이다."라고 말하고 있었다. 챈들러의 특징 중 한 부분에 대해서 이야기하고는 있지만, 실제로 그것이 그의 작품의 가치를 어떻게 깎아 내렸는지에 대해서 이야기하지 않으면 의미가 없다고 생각한다. 물론, 크리스티의 배외주의적 경향이 강한 작품을 읽으면 나는 진절머리를 치기는 하지만, 그녀의 진가가 이러한 작품에만 있지 않은 것도 확실하다.

이런 상황을 포함하여 아마도 '미스터리의 경제학'이 쓰이기는 아직 이를 것으로 보인다. 그때까지는 '이발소에서 나누는 정치 뒷담화'의 넓은 이미지, '사회학'의 일부분을 빌리는 수밖에 없을 것이다.

나오며

　이 책이 나오게 된 직접적인 계기는 나의 이전 책인 『두 개의 대성당이 있는 마을―현대 영국의 사회와 문화二つの大聖堂のある町―現代イギリスの社会と文化』(筑摩書房)를 중앙공론사中央公論社의 다케미 히사토미竹見久富 씨가 읽고 서장 「해러게이트의 애거사ハロゲイトのアガサ」 속에서 내가 우연히 사용한 '탐정소설의 사회학'이라는 말에 힌트를 얻은 다케미 씨가 그 테마로 책을 써보지 않겠냐고 제안해한 것이었다.

　하지만 나로서는 과연 내가 그런 테마로 쓸 수 있을지 전혀 자신감이 없었기 때문에 반년 정도 망설이고만 있었다. 그 때까지 난 한 편밖에 미스터리에 관해서 글을 쓴 적이 없었고, 읽은 책에 관한 메모를 하나도 남겨놓지 않아 자료 축적 역시 전무한 상태에다, 한번도 그런 상태에서 글을 써본 적도 없었다. 그렇기 때문에 그 사이에 후카마치 마리코深町真理子, 무카이 사토시向井敏라는 식견 높은 전문가들의 과분한 평가가 없었더라면 도저히 결단을 내리지 못했을 것이다.

이러한 사정이 있어서 이 책은 애초부터 출판을 위해서 새로 쓸 계획이었다. 하지만, 얼마 지나지 않아 이번에는 고분샤光文社의 나카조 다쿠오中城卓夫 씨가 고분샤의 미스터리 전문지『EQ』에 같은 테마로 연재를 하지 않겠냐고 권유해주었다. 솔직히 고백하자면 순 풋내기인 내가 수많은 귀신같은 마니아들이 도깨비처럼 북적거리는 이 업계에서 갑자기, 게다가 이렇게 큰 기획의 저서를 처음부터 새로 쓴다는 것은 역시 무모한 도전이 아니었을까 하고 후회하고 있던 참이었다. 그래서 강을 건너기 위해 나루터에 있는 배를 타듯이 자연스럽게 이 권유를 받아들이기로 했다. 연재를 하면서 실수도 깨닫게 될 것이고 독자들의 반응에서도 배울 것이 있으리라는 기대를 했었다.

당초에는 8회 내지 10회의 약속으로 시작했는데 막상 쓰기 시작하니 쓰고 싶은 것들이 점점 늘어나서 결국은 14회, 즉 2년 2개월이 걸렸다. 이 장기전 때문에 정말로 녹초가 되었지만 처음해보는 잡지 연재라는 경험은 나카조 씨의 지원 덕분에 예상한 것 이상으로 공부가 되었고 꽤 긴장감 있는 재미를 느끼게 해주었다.

하지만 지금 다시 읽어보니 못다한 말들이 많다. 특히, 독일과 아일랜드가 어째서 미스터리가 부재한 나라인지에 대해, 앞에서 문제를 제기해놓고선 직적접인 형태로 논하지 못한 것이 아쉽다. 꼭 다음을 기하고 싶다. 그리고 범죄와 미스터리의 무대장치에서는 철도를 중심으로 고찰하고 싶었지만 전체적인 균형상 그 부분이 너무 길어지질 것 같아 생략하였다. 이 분야에는 이미 고이케 시게루小池滋라는 거물이 있었기에 내가 아무래 발버둥 쳐도 고이케 씨가 해놓은 연구를 모방만

하다 말 것 같아 굳이 끼어들기는 시도하지 않았다. 이밖에도 이런 '틈새'는 있을 것이다.

집필을 하다 곤란해지거나 망설인 적은 셀 수 없이 많았다. 그 중에서도 가장 곤란했던 것이 예전에 읽었던 작품의 데이터 — 제목, 작가 이름, 플롯, 트릭 등 — 를 깨끗이 잊어버렸다는 것이다. 나는 아마도 극단적으로 시각형인 것 같아서 이야기 속의 장면이나 인물, 또는 분위기만이 묘하게 머리에 남아있고 그 외의 것들은 거의 기억하고 있지 않았다. 이런 경우가 하도 많아서 그 재현을 위한 학습에 예상치 않게 많은 시간이 걸렸다.

누구나가 미스터리는 아무리 읽어도 읽는 족족 잊어버린다고 말하는데다, '잊어버리기 위해서 읽는' 측면도 있기 때문에 당연한 일일 것이다. 하지만 어떻게 해서든 책 한 권을 써내야하는 나로서는 그것은 심히 불안한 사실이었다. 이러한 궁지에서 줄곧 나를 구해준 것이 미스터리 평론가 신포 히로히사 씨였다. 원래 나카조 씨에게 나의 존재를 알려준 것이 신포 씨였고 연재를 시작하고 나서는 그 '책임감'을 느꼈는지 일면식도 없는 나를 위해서 흔쾌히 데이터베이스 역할을 맡아주셨다. 젊은 신포 씨의 경이로운 기억용량이 없었다면 도저히 지금처럼 작품 예를 망라하지 못했을 것이고 오류도 훨씬 많이 남았을 것이다.

항상 그랬지만 대학의 백과전서적 기능에 이번에도 꽤 신세를 지었다. 미스터리 그 자체에 대해서는 역시 나처럼 소년기의 호기심을 끈질기게 갖고 있던 사람은 드물고 적당한 시기에 '졸업'한 사람이 대부분이지만, 그래도 동료와 친구들은 이 테마가 재미있다고 생각해주어

각자 힘을 빌려주었다. 그 수가 너무 많아서 여기서 일일이 이름을 거명하지는 않겠지만 그래도 한국 미스터리 관련의 귀중한 정보를 제공해주신 다키자와 히데키 씨와 나의 즉흥적인 생각에 몇 번이곤 발표의 장을 제공해주어 조언과 자료 제공을 아끼지 않았던 빅토리아조 문화연구회(현재로서는 현대영국비교사적연구회)의 창설 멤버인 스기하라 시로杉原四郎, 다나카 마사하루田中真晴, 마쓰무라 마사이에松村昌家, 무라오카 겐지村岡健次, 나카지마 도시로中島俊郎 이 분들께 드려야할 감사만은 생략할 수 없을 것이다. 학제적 연구의 고마움을 이번처럼 절실히 느낀 적은 없었다.

마지막으로 다케미 씨에 이어서 이 책의 완성을 위해서 온힘을 다해주신 중앙공론신서편집부의 하야가와 유키히코早川幸彦, 마쓰무로 도오루松室徹 두 분께도 감사드리며, 막판에 와서 녹초가 되는 바람에 두 분의 적절한 조언을 충분히 살리지 못한 걸 사과하고 싶다.

1989년 6월

부 록

[ㄱ]

가가와 도요히코賀川豊彦 : 1888-1960 __ **일본의 사회주의자.**

기독교 사회주의자이다. 사회 개혁가이자 목사, 의원. 전전戰前 일본의 노동 운동, 농민 운동, 생활 협동조합 운동에서 중요한 역할을 한 인물이다. 일본 농민조합 창시자이며 '예수단'의 설립자인 그는 기독교의 박애 정신을 실천한 '빈민가의 성자'로 불렸고 일본보다 외국에서 더 지명도가 높다. 2009년에는 관련단체가 실행위원회를 조직하여 '가가와 도요히코 헌신 100주년 기념사업'을 행하였다. 대표 저서로는 「빈민심리의 연구貧民心理之研究」(1915), 「사경을 넘어서死線を越えて」(1920), 「공중정복空中征服」(1922) 등이 있다.

가드너, E.S. Gardner, Erle Stanley : 1889-1970 __ **미국의 소설가이자 변호사.**

법정변호사 〈페리 메이슨Perry Mason〉 시리즈의 작가로 잘 알려져 있다. 동 시리즈의 장편 82권을 비롯하여 한 평생의 작품 수는 약 900편에 이른다. A.A.페어A.A.Fair, 카일 코닝Kyle Corning 등 많은 필명을 쓴 것도 그의 특징이다. 대표작으로는 「행운의 발The Case of the Lucky Legs」(1934), 「올빼미는 눈을 깜빡하지 않는다Owls Don't Blink」(1942), 「카운트9The Count of Nine」(1958) 등이 있다.

가리 규狩久 : 1922-1977 __ **일본의 소설가.**

1946년 대학교 졸업 후 결핵에 걸려 1953년까지 요양소에서 투병생활을 보냈다. 1951년에 단편 「낙석落石」이 잡지 『보석宝石』의 현상에 입선했다. 그 후 약 100편의 단편 추리소설을 집필하였다. 대표작으로는 「수상한 꽃

가루妖しい花粉」(1958), 「추방追放」(1975), 「불필요한 범죄不必要な犯罪」(1976) 등이 있다.

가보리오, 에밀Gaboriau, Emile : 1832-1873 __ 프랑스의 추리소설가이자 언론인.
에밀은 프랑스의 소설가이자 언론인이며, 탐정소설의 선구자이기도 하다. 그는 첫 번째 탐정소설에서 르콕 탐정이라는 젊은 경찰을 등장시키는데 이는 도둑이었다가 경찰로서 새 출발을 한 실제 인물인 외젠 프랑수아 비독Eugène François Vidocq을 모델로 하고 있다. 대표작으로는 「르루주 사건 L'Affaire Lerouge」(1866), 「르콕 탐정Monsieur Lecoq」(1869) 등이 있다.

가브, 앤드류Garve, Andrew : 1908-2001 __ 영국의 저널리스트이자 추리소설가.
앤드류의 본명은 폴 윈터톤Paul Winterton이지만 앤드류 가브라는 필명으로 알려져 있다. 앤드류 가브 외에도 로저 백스Roger Bax, 폴 소머즈Paul Somers 라는 필명도 사용하였다. 1953년에 설립된 추리작가협회Crime Writers' Association의 멤버로 활동하였다. 대표작으로는 「살인을 위한 청사진Blueprint for Murder」(1948), 「힐다를 위한 눈물은 없다No Tears for Hilda」(1950), 「모스크바에서의 살인Murder in Moscow」(1951) 등이 있다.

가쓰메 아즈사勝目梓 : 1932- __ 일본의 추리소설가.
가쓰메는 1961년 『니시니혼신문西日本新聞』의 신춘문예에서 「땅과 불의 노래土と火の歌」로 입선하여 1964년 도쿄로 올라와 『문예수도文芸首都』의 멤버가 된다. 1974년 단편 「침대 방주寝台の方舟」로 제22회 〈소설현대신인상小説現代新人賞〉을 받았다. 첫 서스펜스 소설 「짐승들의 뜨거운 잠獣たちの熱い眠り」(1978)이 베스트셀러가 되면서 인기 작가로 거듭난다. 대표작으로는 「짐승들의 뜨거운 잠」과 「꽃말은 죽음花言葉は死」(1985), 그리고 「소설가小説家」
(2006) 등이 있다.

가이코 다케시開高健 : 1930-1989 __ 일본의 소설가.

가이코의 작품은 소설뿐만 아니라 르포르타주문학으로도 높은 평가를 받
아 2003년에는 〈가이코다케시논픽션상開高健ノンフィクション賞〉이 제정되었
다. 추리소설은 「한쪽 구석의 미로片隅の迷路」한 편이 있다. 대표작으로는
「벌거숭이 임금님裸の王様」(1958), 「빛나는 어둠輝ける闇」(1968), 「귀의 이야
기耳の物語」(1987) 등이 있다.

가지와라 잇키梶原一騎 : 1936-1987 __ 일본의 만화가이자 소설가, 영화 제작자.

가지와라는 격투기와 스포츠를 소재로 한 많은 화제작을 발표하였다. 연재
만화 「거인의 별巨人の星」(1966)을 비롯하여 「내일의 죠あしたのジョー」, 「타
이거마스크タイガーマスク」의 작자로 유명하다. 특히 「내일의 죠」는 수많은
독자층과 오덕을 양산한 작품으로 드라마와 영화, 소설 등 다양한 인접 장
르로 변용되어 오늘날까지 끊임없는 사랑을 받고 있다.

가지야마 도시유키梶山季之 : 1930-1975 __ 일본의 소설가이자 저널리스트.

가지야마는 '기업정보소설', '산업스파이소설'이라는 새로운 분야를 개척하
였다. 그는 다수의 베스트셀러 소설과 르포를 발표하여 일본 고도성장기의
흐름을 타고 유행 작가가 되었다. 대표적인 추리작품으로는 1960년에 발
표한 「아침은 죽어 있었다朝は死んでいた」(1960), 「지능범知能犯」(1964) 등이
있다.

게먼, 리처드 Gehman, Richard Boyd : 1921-1972 __ 미국의 작가.

리처드는 5권의 소설과 15권의 논픽션을 썼고, 잡지에 3,000편 이상의 글을 기고하였을 만큼 왕성한 필력으로 유명하였다. 메건 리처드, 프레드릭 크리스찬 베일 등 여러 필명을 사용했다. 「낙원의 살인A Murder in Paradise」(Rinehart & Co, 1954)은 1950년대 미국에서 있었던 무차별 살인사건을 소재로 한 범죄 실화로, 수사와 법정심리과정 묘사가 돋보이는 작품이다. 대표작으로는 「뷰캐넌 클럽의 파티A Party at the Buchanan Club」(1950), 「낙원의 살인」(1954), 「마녀의 모략The Slander of Witches」(1955) 등이 있다.

고가 사부로甲賀三郎 : 1893-1945 __ 일본의 추리소설가.

고가는 여느 동시대 작가들보다 많은 창작 작품을 남겼으며, 1924년 살인과 도난, 방화 등의 사건에 화학적 트릭을 접목시켜 의외성에 중점을 둔 작품 「호박 파이프琥珀のパイプ」로 본격파 작가로 주목받았다. 대표작으로는 「범죄·탐정·인생犯罪·探偵·人生」(1934), 「혈액형 살인사건血液型殺人事件」(1935), 「두 번 죽은 남자二度死んだ男」(1956) 등이 있다.

고드윈, 윌리엄 Godwin, William : 1756-1836 __ 영국의 언론인이자 정치철학자, 소설가.

윌리엄은 최초의 공리주의자이며 최초로 아나키즘을 현대에 접목시키려한 제안자이기도 하다. 대표작으로는 「정치적 정의와 그것이 일반 미덕과 행복에 미치는 영향에 관한 고찰Enquiry concerning Political Justice, and its Influence on General Virtue and Happiness」(1793), 「연구자The Enquirer」(1797) 등이 있다.

고사카이 후보쿠小酒井不木 : 1890-1929 __ 일본의 의학자이자 번역가, 수필가, 추리소설가.

도호쿠제국대학東北帝国大学 교수였던 그는 도쿄제국대학東京帝国大学 의학부를 졸업하고 생리학과 혈청학을 전공했다. 1921년 이후 요양하면서 집필을 시작, 모리시타 우손森下雨村의 권유로 잡지『신청년新青年』등에 작품을 발표했다. 의학과 심리학의 지식을 구사한 변격적인 작풍으로 알려져 있다. 에도가와 란포가 탐정소설가로서 세상에 나아가는 길을 열어주었고, 당시의 탐정소설계의 중심적인 역할을 수행하였다. 대표작으로는 「연애곡선恋愛曲線」(1926), 「범죄문학연구犯罪文学研究」(1927) 등이 있다.

고스기 겐지小杉健治 : 1947- __ 일본의 추리소설가.

고스기는 많은 추리소설을 집필하였고 그 중 상당수가 드라마로 제작되었다. 서스펜스 극장에서 여자 변호사의 활약이 큰 인기를 끌어서 법정 미스터리나 신사회파 미스터리 작가로 정평이 나있다. 대표작으로는 「하라지마 변호사의 처리原島弁護士の処置」(1983), 「모래판을 달리는 살의土俵を走る殺意」(1990), 「검찰자検察者」(1992) 등이 있다.

고란스, 이스라엘 Gollancz, Israel : 1864-1930 __ 영국의 영문학자.

케임브리지 대학출신이자 셰익스피어 연구의 권위자인 고란스는 1896년부터 1906년까지 킹스 칼리지 런던King's College London에서 영어영문학 교수로 지냈다. 그는 영국학사원 설립에 참여하여 언어학회 이사 등을 역임했으며 영국의 문학발전에 많은 기여를 하였다.

고바야시 규조小林久三 : 1935-2006 __ 일본의 소설가이자 각본가, 프로듀서.

규조는 「암흑고지暗黑告知」(1974)로 제20회 〈에도가와 란포상江戸川乱歩賞〉을 수상하였다. 사회 환경문제를 소재로 추리엔터테인먼트소설을 만들었다는 점을 높이 평가받았다. 규조의 대표작으로는 「황제가 없는 8월皇帝のいない八月」(1978), 「아버지와 아들의 불꽃父と子の炎」(1981), 「여름의 비밀夏の秘密」(1982) 등이 있다.

고슬링, 파울라 Gosling, Paula : 1939- __ 미국의 범죄소설작가.

1960년대부터 영국에서 거주하고 있다. 「도망치는 집오리A Running Duck」로 각종 문학상을 수상하였다. 〈잭 스트라이커Jack Stryker〉 시리즈, 〈루크 에보트Luke Abbot〉 시리즈, 〈블랙워터 베이Blackwater Bay〉 시리즈 등을 집필하였다.

고이즈미 기미코小泉喜美子 : 1934-1985 __ 일본의 추리소설가이자 번역가.

고이즈미는 영어 실력을 살려서 외국 추리소설을 다수 번역하였고 정확한 번역으로 정편이 난 번역가이기도 하다. 1959년에 「나의 눈먼 그대我が盲目の君」라는 작품으로 제1회 〈EQMM 단편 콘테스트〉에 응모하여 입선했다. 대표작으로는 「다이너마이트 왈츠ダイナマイト円舞曲」(1973), 「피의 계절血の季節」(1982), 「죽음만이 내 선물死だけが私の贈り物」(1985) 등이 있다.

곤 도코今東光 : 1898-1977 __ 일본의 소설가이자 천태종天台宗승려, 참의원 의원.

곤은 신감각파 작가로 출발하여 출가한 이후에는 오래 문단을 떠나있었으나 작가로 복귀한 이후에는 히라이즈미平泉 등을 소재로 한 작품으로 유명해졌다. 대표작으로는 「악동悪童」(1948), 「오긴님お吟さま」(1957), 「춘니니초春泥尼抄」(1958) 등이 있다.

골드플러스, 하워드 Goldfluss, Howard. E. : ?-? __ 미국의 변호사.

하워드는 변호사 출신임에도 불구하고 소설 「심판The Judgment」(1986)과 「권력The Power」(1988) 등 자신의 직업 영역과 관련된 법정 스릴러소설을 출간함으로써 여느 전업 문학가들과 견줄 만큼의 대중적 흥행과 작품성을 인정받았다.

구니미쓰 시로邦光史郎 : 1922-1996 __ 일본의 소설가.

구니미쓰는 기업소설, 추리소설, 역사추리소설, 전기소설을 다수 집필한 작가이다. 그는 1962년 「사외극비社外極秘」로 〈나오키상直木賞〉 후보에 올랐으며, 「진흙탕의 훈장泥の勲章」(1963), 「바다의 도전海の挑戦」(1965) 등 산업과 관련된 추리소설을 활발히 발표하면서 그 만의 독자적인 영역을 구축하였다.

구라타 햐쿠조倉田百三 : 1891-1943 __ 일본의 극작가이자 평론가.

구라타는 오늘날 동경대학 교양학부에 해당하는 제일고등학교에 재학 중에 「사랑과 인식과의 출발愛と認識との出発」(1913)을 기고하였으나 교내의 자체조직에 의해서 부적합한 단어가 포함되어있다는 이유로 검열되었다. 그러나 1921년 아이러니하게도 「사랑과 인식과의 출발」은 제일고등학교의 필독서로 채택된다. 대표작으로는 「사랑과 인식과의 출발」, 「가출과 그 제자出家とその弟子」(1918), 「노래하지 않는 사람歌はぬ人」(1920) 등이 있다.

구로이와 루이코黒岩涙香 : 1862-1920 __ 일본의 추리소설가이자 번역가.

신문기자로서도 활동을 하였으며 『곤니치신문今日新聞』(이후에 『미야코신문都新聞』으로 개제)에 최초의 번안 탐정소설 「법정의 미인法廷の美人」(1888)과

303

「사람인가 귀신인가人耶鬼耶」(1888)를 연재해 인기를 모아 번안소설의 스타 작가가 되었다. 대표작으로는 「달세계여행月世界旅行」(1883), 「철가면鉄仮面」(1892-1893), 「아, 무정噫無情」(1902-1903) 등이 있다.

구메 마사오久米正雄 : 1891-1952 __ 일본의 소설가.

동경대 영문과를 졸업. 제3차 『신사조新思潮』 창간을 도우면서 나쓰메 소세키의 문하생이 되어 사사받았다. 희곡 「우유가게 형제牛乳屋の兄弟」(1914)를 썼으며 「파선破船」(1922) 등 자신의 실연 체험을 소재로 한 작품을 연달아 발표하면서 유행작가가 되었다. 인기작가가 된 구메는 통속소설작가로서 새로운 활로를 찾는다. 「달에서 온 사신月よりの使者」 등의 신문 잡지 연재 소설 작가로도 유명하다.

구즈야마 지로葛山二郎 : 1902-1994 __ 일본의 소설가.

본격추리, 괴기미스터리, 유머물 등 여러 가지 얼굴을 가진 단편의 명수였고, 반전에 신경을 기울이고 트릭을 중시한 본격파 작가이다. 대표작으로는 「다리 사이로 엿보다股から覗く」(1927), 「물들여진 남자染められた男」(1932), 「잔산가 명부慈善家名簿」(1935) 등이 있다.

굴릭, 로버트 판Gulik, Robert Hans van : 1910-1967 __ 네덜란드의 외교관이자 중국학자, 소설가.

굴릭은 대학원에서 동양학을 배우고 외교관으로 활동했다. 일본에서도 근무하면서 에도가와 란포와 교류하기도 했다. 중국의 '공안소설'을 모델로 한 추리소설을 발표했다. 특히 「중국 미로 살인사건The Chinese maze murders」은 중국의 전통적 공안소설의 형식으로 명나라 시대에 활약한 가공의 명판관을 주인공으로 한 작품이다. 대표작으로는 「중국 미로 살인사건The Chinese maze murders」(1951), 「중국 황금 살인사건The Chinese gold murders」(1959), 「중국 못 살인사건The Chinese nail murders」(1961) 등이 있다.

그리어슨, 에드워드Grierson, Edward : 1914~1975 __ 영국의 변호사이자 범죄소설가.

그리어슨은 브라이언 크라우더Brian Crowther, 존 P. 피터슨John P Peterson이라는 필명으로도 활동하였다. 그리어슨의 명성은 그의 뛰어난 작품인 「노래로 인한 명성Reputation for a Song」(1952)은 클래식한 반전넘치는 탐정소설로 현재까지도 높은 인지도를 점하고 있다. 「두 번째 남자The Second Man」(1956)로는 〈골드 대거 상Gold Dagger Award〉을 받기도 하였다. 범죄소설로 유명하나 그뿐 아니라 5개의 소설과 6개의 논픽션, 2개의 극을 쓰기도 하였다. 대표작으로는 「노래로 인한 명성Reputation for a Song」, 「두 번째 남자」, The Massingham Affair(1962) 등이 있다.

그린, 안나 캐더린Green, Anna Katharine : 1846~1935 __ 미국의 추리소설가.

최초의 여류 추리소설가. 90세까지 장수를 누린 그녀는 평생 동안 30여 편의 소설을 썼는데 대부분이 추리소설이었다. 그린이 추리소설을 쓰게 된데에는 형사전문 변호사였던 친정아버지의 영향이 컸다. 그녀의 작품 중에 특기할 만한 것이 없는 것은 아니나 작품의 내용 자체보다도 남성 전용으로 인식되었던 추리소설을 여성이 처음으로 썼다는 사실과 여성 탐정 바이올렛 스트레인지Violet Strange를 탄생시켰다는 점은 높이 평가할 만하다. 그녀의 대표작으로는 「아이자드 박사Dr. Izard」(1895), 「아가사 웹Agatha Webb」(1899), 「내 아들 중 한 명One of my Sons」(1901) 등이 있다.

그린, 헨리 그레이엄 Greene, Henry Graham : 1904-1991 __ 영국의 소설가.

20세기의 위대한 작가들 중의 한 사람으로 손꼽히는 영국의 작가이다. 가톨릭 소설과 스릴러물로 유명하다. 그는 가톨릭의 관점을 통해 양가적인 모습을 지닌 현대 사회의 도덕적, 정치적 문제를 탐색하는 데 몰두했다. 대표작으로는 「권력과 영광The Power and the Glory」(1904), 「사랑의 끝The End of the Affair」(1951) 등이 있다.

기기 다카타로木々高太郎 : 1897-1969 __ 일본의 추리소설가.

야마나시현山梨県 출신. 본명은 하야시 다카시林髞이다. 1934년, 운노 주자海野十三로부터 탐정소설을 쓸 것을 권유받아 『신청년』에 「망막맥시증網膜脈視症」을 게재하며 등장했다. 「인생의 바보人生の阿呆」(1936)로 1937년 〈나오키상直木賞〉을 수상, 이 소설 정본의 서문에서 '탐정소설 예술론'이라는 문예로서의 탐정소설론을 주창했다. 1946년 「초승달新月」로 제1회 〈탐정작가클럽상探偵作家クラブ賞〉을 수상한다. 대표작으로는 「망막맥시증」, 「잠자는 인형眠り人形」(1935), 「내 여학생 시절의 죄わが女学生時代の罪」(1953) 등이 있다.

기노시타 다로樹下太郎 : 1921-2000 __ 일본의 소설가.

본명은 마스다 이나노스케増田稲之助이다. 1962년 『주간아사히週刊朝日』, 『보석』의 문예 현상 공모에 「악마의 손바닥 안에서悪魔の掌の上で」가 가작으로 입선하며 문단에 등장하였다. 1961년 「밤의 인사夜の挨拶」는 〈일본탐정작가클럽상日本探偵作家クラブ賞〉의 예선후보, 1961년 「은과 청동의 차이銀と青銅の差」와 1963년 「샐러리맨의 훈장サラリーマンの勲章」은 각각 〈나오키상直木賞〉 후보에 올랐다. 상급관리와 평사원의 엄격한 신분적 차별을 제재로 하는 직장과 관련된 추리소설을 썼다.

기쿠치 간菊池寛 : 1888-1948 __ 일본의 소설가.

본명은 히로시寬이다. 1916년 희곡 「아버지 돌아오다父歸る」를 발표하여 신예작가로 주목받는다. 1920년 「진주부인真珠婦人」 등을 연재하며 대중적인 인기를 얻으면서 통속소설계의 일인자가 된다. 1923년 『문예춘추』를 창간, 1924년 『문예시대』를 창간하였으며 1935년 〈아쿠타가와상〉과 〈나오키상直木賞〉, 1938년 〈기쿠치간상菊池寬賞〉, 1939년 〈조선예술상〉을 제정하는 등 작가의 복지, 신인의 발굴 · 육성 등에 지대한 공헌을 하였다. 대표작으로는 「아버지 돌아오다」, 「진주부인」, 「제2의 키스第二の接吻」(1925) 등이 있다.

기타하라 하쿠슈北原白秋 : 1885-1942 __ 일본의 시인이자 동요작가.

본명은 류키치隆吉이다. 생애에 걸쳐 수많은 시를 남겨 지금도 사랑받는 동요를 많이 남겼다. 그가 활약한 시대는 '백로 시대白露時代(가타하라 하쿠슈의 '白'과 미키 로후三木露風의 '露')'라고 칭할 정도로 근대의 일본을 대표하는 시인이다. 대표작으로는 「오동나무 꽃桐の花」(1913)와 「낙엽송落葉松」(1921) 등이 있다.

김내성1909-1957 __ 한국의 추리소설가.

호는 아인雅人. 1931년 일본에서 유학을 하였으며 1935년 일본의 탐정소설 전문지인 『프로필』에 단편 「타원형의 거울楕円形の鏡」이 당선되어 탐정소설가로 데뷔한다. 귀국한 후에도 계속해서 『조선일보』에 「가상범인」, 「마인」을 『소년』에 「백가면」 등을 발표하여, 당시 식민지 조선의 유일한 전문 탐정소설작가로서의 지위를 확보하였다.

김성종1941- __ 한국의 추리소설가.

김성종은 한국적 상황을 바탕으로 한 구성과 배경이 돋보이는 한국적 추리소설 작가로 알려져 있다. 시각적인 언어와 묘사로 시작하는 소설의 서두가 특징이며 한국추리작가협회 회장을 역임했다. 대표작으로는 「일곱 개의 장미송이」(1980), 「코리언 X파일(2권)」(1997), 「서울의 황혼」(2009) 등이 있다.

길버트, 마이클 프랜시스 Gilbert, Michael Francis : 1912-2006 __ **영국의 소설가이자 변호사.**

경찰소설, 스파이소설, 법정물, 고전 미스터리, 모험소설, 범죄소설 등 넓은 범위의 작품 활동을 했다. 대표작으로는 「대성당 살인Close Quarters」(1947), 「죽음에는 깊은 뿌리가 있다Death has Deep Roots」(1951), 「열두 번째 밤의 살인 사건The Night of the Twelfth」(1976) 등이 있다.

길버트, 앤소니 Gilbert, Anthony : 1899-1973 __ **영국의 범죄소설가.**

본명은 루시 비어트리스 맬리슨Lucy Beatrice Malleson이다. 총 69편의 추리소설을 냈다. 그녀의 작품의 대표적 캐릭터인 형사 아서 크룩Arther Crook은 69편중 51편에 등장한다. 크룩형사는 도로시 세이어즈Dorothy L. Sayers 작품 속의 탐정인 피터 윔지 경과 같은 신비한 귀족탐정이 아닌 완전히 의도된 저속한 런던의 무법자로 나타난다. 냉정하게 사건을 분석하기보다는 자신의 고객을 욕하고 빠져나갈 수 없는 증거를 확보하여 그들의 왜곡된 윤리관을 벌한다. 대표작으로는 「사라지는 시체The Vanishing Corpse」(1941), 「우먼 인 레드The Woman in Red」(1941) 등이 있다.

[ㄴ]

나쓰메 소세키夏目漱石 : 1867-1916 __ 일본의 소설가이자 평론가, 영문학자.

도쿄東京 출신으로 소세키의 본명은 긴노스케金之助이다. 1900년 영국에 유학 후 귀국하여 도쿄 제국대학에서 영문학강의를 하였고, 1905년에 「나는 고양이로소이다吾輩は猫である」(1905~1906)를 발표하였다. 「산시로三四郎」(1908), 「그 후それから」(1909), 「문門」(1910)의 3부작에서는 심리적 작풍을 강화하여 여유파라고 불렸고 「마음こゝろ」(1914) 등에서는 근대인이 지닌 자아·이기주의를 예리하게 파헤쳤다. 그의 대표작으로는 「나는 고양이로소이다」, 「도련님坊っちゃん」(1906), 「그 후」, 「마음」 등이 있다.

나카마치 신中町信 : 1935-2009 __ 일본의 소설가.

1967년 처녀작 「거짓 군상偽りの群像」을 『추리 스토리推理ストーリー』에 발표했다. 「급행 시로야마急行しろやま」(1969)로 제4회 〈후타바추리상双葉推理賞〉을 수상했으며 추리소설을 다수 남겼다. 대표작으로는 「그리고 죽음이 찾아온다そして死が訪れる」(1971), 「자동차교습소 살인사건自動車教習所殺人事件」(1979), 「도와다 호수 살인사건十和田胡殺人事件」(1987) 등이 있다.

나카무라 구사다오中村草田男 : 1901-1983 __ 일본의 하이쿠 시인.

일찍부터 문학을 지향하였으며 잡지 『호토토기스ホトトギス』에서 각광을 받았다. 그 후 잡지 『만록万緑』을 창간하여 주최했다. 대표작으로는 「장자長子」(1936), 「불새火の鳥」(1939), 「은하의연銀河依然」(1953) 등 수많은 하이쿠 선집이 있다.

나카무라 도시오中村敏雄 : 1929- __ 일본의 교육자.

대표작으로는 「스포츠 룰과 사회학スポーツルールの社会学」(1991), 「오프사이드는 왜 반칙인가オフサイドはなぜ反則か」(1985) 등이 있다.

나카이 히데오中井英夫 : 1922-1993 __ 일본의 추리소설가이자, 편집장, 시인.

도쿄東京 출신. 별명으로 도 아키오塔晶夫, 미도리카와 후카시碧川潭라고도 불린다. 1964년 추리소설 「허무에의 제물虛無への供物」을 쓰면서 환상적이고 탐미적인 추리소설을 확립하며 안티 미스터리 소설의 걸작이라는 평가를 받는다. 1974년에는 「악몽의 카르타惡夢の骨牌(カルタ)」로 〈이즈미 교카泉鏡花 문학상〉을 수상하였다. 추리소설 외에도 사회적인 주제를 통한 환상소설에도 상당한 능력을 발휘하였다.

나카지마 가와타로中島河太郎 : 1917-1999 __ 일본의 미스터리 문학 평론가이자 국문학자.

본명은 나카지마 가오루中嶋馨이고 다양한 별명을 사용했다. 1947년 탐정신문에 연재한 「일본 추리소설 개략사日本推理小說略史」로 미스터리소설 평론가로서 이름을 알리고 활동을 시작한다. 대표작으로는 「탐정소설 사전探偵小說事典」, 「추리소설 전망推理小說展望」 등이 있다.

네즈난스키, 프리드리히Neznansky, Friedrich : 1932-2013 __ 러시아 변호사 출신의 추리소설가

네즈난스키는 한때 모스크바의 유명한 변호사였다. 15년 동안 모스크바 검찰 총장의 사무실에서 근무하며 다양한 사건을 접했던 그는 범죄소설 창작을 통해 당시의 정치적, 사회적 흐름을 반영하였고, 러시아의 현실을

알 수 있게 하는 데 기여하였다. 특히 그의 범죄소설은 여러 언어로 번역되었고, 그의 작품 중 일부는 텔레비전에 맞게 각색되기도 하였다. 「붉은 광장Red Square」(1984), 「죽음의 게임Deadly Games」(1985), 「사라진 크램린 기자Журналист для Брежнева, или Смертельные игры」 등이 있다.

노무라 고도野村胡堂 : 1882–1963 __ 일본의 소설가이자 음악평론가, 신문기자. 이와테현岩手県 출신. 본명은 노무라 오사카즈長—이다. 그가 사용하는 고도胡堂라는 필명은 1914년 처녀작 「인류관人類館」 때부터 사용하였다. 1929년 「미남 사냥美男狩」을 발표한 이후, 「제니가타 헤이지 사건부錢形平次捕物控」(1931~1957) 등 주로 시대소설을 발표하였다. 1958년 제6회 〈기쿠치간상菊池寬賞〉을 수상, 1960년 일본 문화훈장인 〈자수포장紫綬褒章〉을 수상하였다. 대표작으로는 「제니가타 헤이지 사건부」와 「기담 클럽奇談クラブ」(1931), 그리고 「마지막 입맞춤最後の接吻」(1932) 등이 있다.

녹스, 로널드 Knox, Ronald : 1888–1957 __ 영국의 대주교이자 추리소설가. 녹스의 장편은 논리성이 풍부하며, 단편은 기발한 아이디어가 많다. 1925년 추리소설의 처녀작 「육교 살인사건The Viaduct Murder」을 발표하였는데, 일반 추리소설이 지니는 흥미를 뒤집어 놓은 독특한 구성으로 완벽한 추리소설이라고 평가받는 명작이다. 녹스를 더 유명하게 만든 것은 '추리소설 작법 10계'다. 1929년에 「영국 추리소설 걸작선Best Detective Stories of the year」을 발간하면서 그 서문에 이 10계를 발표했다. 대표작으로는 「육교 살인사건The Viaduct Murder」(1925), 「The Footsteps at the Lock」(1928), 「Double Cross Purposes」(1937) 등이 있다.

니시무라 교타로西村京太郎 : 1930- __ 일본의 추리소설가.

니시무라는 일본 여행미스터리의 1인자이다. 1965년 제11회 〈에도가와 란포상江戸川乱歩賞〉, 1981년 제34회 〈일본추리작가협회상日本推理作家協会賞〉을 수상하였다. 주로 기차나 관광지를 배경으로 한 사건을 다룬다. 대표적인 캐릭터로는 경찰 도쓰가와 쇼조十津川省三와 탐정 '사몬지 스스무左文字進'가 있다. 한국어판은 『종착역 살인사건』(레드박스, 2013), 『명탐정 따위 두렵지 않다』(레드박스, 2014) 등이 번역되어 있다.

니시무라 보西村望 : 1926- __ 일본의 소설가.

본명은 니시무라 노조무西村望로 만주철도에서 사원으로 근무했으며, 여행 가이드 책을 쓰는 등의 생활을 하다 52세의 늦은 나이로 작품 「귀축鬼畜」(1978)을 통해 데뷔한다. 대표작으로는 「손톱爪」(1986), 「종착역終着駅」(1988), 「절벽崖っぷち」(1998) 등이 있다.

니시무라 주코西村寿行 : 1930-2007 __ 일본의 소설가.

가가와현香川県 출신. 본명은 도시유키寿行이다. 니시무라 보西村望가 친형이며 1969년 데뷔 후 사회파 추리소설인 「안락사安楽死」(1973)를 쓴다. 「그대여, 분노의 강을 건너라君よ憤怒の河を渡れ」(1975)를 전환점으로 모험소설 선언을 한다. 동물 소설, 액션 소설, 패닉 소설 등 다양한 작품으로 베스트셀러 작가가 되며 1980년대 일본 내 베스트 10위에 이름을 올렸다. 그의 대표작으로는 「그대여, 분노의 강을 건너라」, 「개 피리犬笛」(1976), 「멸망의 피리滅びの笛」(1976) 등이 있다.

니와 후미오丹羽文雄 : 1904-2005 __ 일본의 소설가.

니와는 독특한 리얼리즘관이 돋보이는 풍속 소설가이다. 또한 그는 생가의 사원을 배경으로 한 불교적 소설을 발표하기도 하였다. 일본문예가협회日本文芸家協会 이사장을 역임했으며 1977년에 〈문화훈장文化勲章〉을 수상하였다. 후미오의 대표작으로는 「짓궂은 나이厭がらせの年齢」(1948), 「뱀과 비둘기蛇と鳩」(1953), 「보리수菩提樹」(1955-1956) 등이 있다.

니컬슨, 마저리 호프 Nicolson, Marjorie Hope : 1894-1981 __ 미국의 여성 문화사가이자 탈영역적(脫領域的) 문화연구의 권위자.

그녀는 스미스칼리지와 컬럼비아대학교 등 여러 대학의 교수를 역임하여 교육자로서도 알려져 있으며, 프린스턴 고등연구소원으로도 있었다. A.O. 러브조이의 '관념사 클럽History of Ideas Club'이 제창한 탈영역적 문화연구에 일찍부터 참가하여 클럽의 유명한 간행물을 편집, 「관념사 사전觀念史事典」(1968-1974)의 주요 기고가가 되었다. 대표작으로는 「뉴턴이 시의 신을 소환하다Newton Demands the Muse」(1946), 「달세계여행Voyages to the Moon」(1948), 「원환의 파쇄(破碎)The Breaking of the Circle」(1950) 등이 있다.

니키 에쓰코仁木悦子 : 1928-1986 __ 일본의 소설가.

니키는 추리소설 「고양이는 알고 있었다猫は知っていた」로 1957년 제3회 〈에도가와 란포상江戸川乱歩賞〉을 수상하였다. 명쾌한 본격추리작품으로 전후의 여류 추리소설가의 선구가 되었다. 1981년에는 「빨간 고양이赤い猫」로 제34회 〈일본추리작가협회상日本推理作家協会賞〉을 수상했다. 니키의 대표작으로는 「고양이는 알고 있었다」(1957), 「살인배선도殺人配線図」(1960) 등이 있다.

[ㄷ]

다니자키 준이치로谷崎潤一郎 : 1886-1665 __ 일본의 소설가.

다니자키는 다이쇼大正시대의 탐미파 문학의 대표 작가이다. 순문학자로서 큰 평가받으면서 포나 도일의 영향을 받아 괴기, 환상, 탐정취미를 발휘한 단편소설도 창작하였다. 이 작품들은 훗날 에도가와 란포, 요코미즈 세이시에 크게 영향을 주었고, 일본 추리소설 중흥의 원조로 평가를 받고 있다. 추리소설의 대표작은 「야나기유 사전柳湯の事件」(1917), 「대낮 귀신이야기白晝鬼語」(1917), 「길 위에서途上」(1919) 등이 있다.

다야마 가타이田山花袋 : 1872-1930 __ 일본의 소설가.

일본의 군마현群馬県 출신. 본명은 로쿠야錄彌. 세이난西南 전쟁에서 부친을 여의고 서점의 사환으로 있으면서 사숙에서 공부하였다. 문학에 뜻을 두고 시마자키 도손島崎藤村, 구니키다 돗포國木田獨步 등 문학계의 동인들과 교유했으며, 서정적인 작품을 주로 발표하였다. 이후, 편집자와 종군 자신의 체험을 적나라하게 살린 작품 「이불蒲団」(1907)을 발표하여 그 이후의 자연주의 문학에 커다란 영향을 끼쳤다. 대표작으로는 「이불」(1907), 「시골 교사田舍教師」(1909) 등이 있다.

다인, 반Dine, S.S. Van : 1888-1939 __ 미국의 예술 평론가이자 소설가.

반 다인은 미국에서 예술 평론가로 활동할 때의 필명으로 탐정소설을 쓸 때에는 본명인 윌러드 헌팅턴 라이트Willard Huntington Wright를 사용했다. 그는 추리소설을 작가와 독자가 벌이는 지적 게임으로 여기고, 공정한 룰 아래 대결을 벌여야 한다고 강조했다. 이에 따라 1928년 「추리소설 작법 20

법칙」을 『아메리칸 매거진The American Magazine』에 발표하여 제창했는데 이 법칙은 아직까지도 많은 추리소설들의 평가 기준이 되고 있다. 작품으로는 「그린 살인사건Greenn Murder Case」(1928), 「주교살인사건Bishop Murder Case」 (1929), 「가든 살인사건Garden Murder Case」(1935) 등이 있다.

다자이 오사무太宰治 : 1909~1948 __ 일본의 소설가.

아이모리현青森県 출신. 본명은 쓰시마 슈지津島修治이다. 1935년에 발표한 「역행逆行」이 제1회 〈아쿠타가와상芥川賞〉 후보가 된다. 도쿄대학 재학 중에는 좌익 운동에 참가하였다가 후에 이탈하였으나, 그 좌절감을 평생토록 떨치지 못하여 그의 작품에 영향을 남겼다. 전시에는 일본 낭만파에 속하였으며 이후 무뢰파적인 성향을 지닌다. 인간 내면의 극단적 파멸을 다룬 자전적 소설 「인간 실격人間失格」(1948)으로 부조리한 사회 현실 속에서 삶의 동기를 상실한 주인공이 물질적 타락과 정신적 황폐화로 파멸해 가는 과정을 적나라하게 다룬 내용으로 문단에 충격을 주었다. 대표작으로는 「달려라 메로스走れメロス」(1940), 「인간 실격」, 「사양斜陽」(1947) 등이 있다.

다카미 히사코鷹見緋沙子 __ 일본의 소설가.

저서에 쓰인 약력 이외에는 정체불명의 복면작가로 알려져 있다가, 오타니 요우타로大谷羊太郎, 소노 다다오草野唯雄, 덴도 신天藤真의 공용 펜네임임이 밝혀졌다. 저서에 사용된 약력은 모두 가공된 것이며 대부분의 작품은 오타니 요우타로에 의해 집필되었다. 대표작으로는 「나의 스승은 사탄わが師はサタン」(1975), 「복면 레퀴엠覆面レクイエム」, 「최우수범죄상最優秀犯罪賞」(1975) 등이 있다.

다카기 아키미쓰高木彬光 : 1920-1995 __ 일본의 추리소설가.

본명은 다카기 세이이치誠一이다. 에도가와 란포로부터 '수수께끼 구성과 논리적인 매력, 흥미로운 줄거리인 면에서 발군'이라 추천받았으며, 전후 일본의 탐정소설이 세계적 수준에 도달하는 중심에 다카기가 있었다고 할 수 있다. 천재적인 명탐정 가미즈 교스케神津恭介 등 매력적인 캐릭터와 시대소설, SF소설 등에도 영역을 넓혀 활동하는 폭넓은 작품세계를 구축하였다. 대표작으로는 「문신 살인사건刺青殺人事件」(1948), 「노면 살인사건能面殺人事件」(1949), 「파계재판破戒裁判」(1961) 등이 있다.

다카하시 야스쿠니高橋泰邦 : 1925- __ 일본의 소설가이자 번역가.

해양모험소설의 번역자로 널리 알려져 있으며 창작 작품도 해양 미스터리 작품을 다수 집필하였다. 신인 추리작가의 침목단체인 '타살클럽他殺クラブ'에 참여하기도 했다. 대표작으로는 「기탄해협의 수수께끼紀淡海峡の謎」(1962), 「거는 배賭けられた船」(1963), 「흑조의 위증黒潮の偽証」(1963) 등이 있다.

다케다 다이준武田泰淳 : 1912-1976 __ 일본의 소설가.

중국문학에 관심이 많았으며 중국에서 체험한 전쟁부터 영향을 받아 극한적인 상황에서 일어나는 인간성의 문제를 추구했다. 또 생가가 사원이며 승려의 자격증을 취득하기도 했다. 그의 대표작으로는 「반짝 이끼ひかりごけ」(1954), 「숲과 호수의 축제森と湖のまつり」(1958), 「후지富士」(1971) 등이 있다.

다케모토 겐지竹本健治 : 1954- __ 일본의 소설가.

효고현兵庫県 출신. 다케모토는 22세의 젊은 나이에 데뷔하였으며, 데뷔작

인 「상자 속 실락匣の中の失楽」(1978)은 탐정소설이면서 탐정소설을 부정하는 안티 미스터리로서 크게 주목받았다. 이 소설은 '일본 4대 미스터리'로 일본 독자의 열렬한 지지를 얻었다. 기본적으로 미스터리는 장편, SF나 환타지 소설은 단편으로 집필하는 경향이 있고 바둑만화 「입신入神」(1999)을 통해 만화가로서도 활약하게 된다. 그 외에도 그의 대표작으로는 「상자 속 실락」과 「바둑살인사건囲碁殺人事件」(1980) 등이 있다.

데스몬드, 배글리Desmond, Bagley : 1923-1983 __ 영국의 소설가.

질 높은 본격 모험소설을 발표하여 여러 언어로 번역, 출판되었다. 그 중 몇 작품은 드라마, 영화로도 만들어졌다. 대표작으로는 「골든 킬The Golden Keel」(1963), 「높은 시타델High Citadel」(1965), 「남해의 미로Night of Error」(1984) 등이 있다.

덴도 신天藤真 : 1915-1983 __ 일본의 소설가.

도쿄東京 출신. 덴도의 본명은 엔도 스스무遠藤晋이다. 그의 작품 「친우기親友記」(1962)는 경쾌한 필치, 여유로운 묘사와 유머가 돋보이는 전개이며 이듬해 발표한 「매와 솔개鷹と鳶」(1963)는 제2회 〈보석상〉을 수상하였다. 「명랑한 용의자들陽気な容疑者たち」(1963) 역시 추리소설답지 않게 유머와 재치가 넘치면서도 면밀한 밀실사건을 완성해낸 점에서 높은 평가를 받았다. 작품 활동은 많이 하지 않으나 유머와 재치 문체 상황 설정의 교묘함으로 독자의 의표를 찌른다. 대표작으로는 「매와 솔개」, 「대유괴大誘拐」(1978) 등이 있다.

덴커, 헨리 Denker, Henry : 1912-2012 __ 미국의 소설가이자 극작가.

헨리는 변호사를 그만두고 법률지식을 바탕으로 한 소설을 집필하였다. 라디오, TV 드라마, 영화 시나리오 등 다수의 희곡, 각본에도 참여하였다. 그의 작품「복수법정」은 법이 보호해야할 대상의 권리를 오히려 유린하는 모순적 사법체계를 비판적으로 다루고 있는 작품이다. 대표작으로는 「복수법정Outrage」(1982), 「스코필드의 진단The Scofield Diagnosis」(1977), 「스펜서 판사의 이의제기Judge Spencer Dissents」(1986) 등이 있다.

도가와 마사코戸川昌子 : 1933- __ 일본의 소설가이자 샹송가수.

평범한 회사원이었으나, 이후 샹송가수로 데뷔한다. 그 후「위대한 환영大いなる幻影」(1962)으로 〈에도가와 란포상江戸川乱歩賞〉을 수상하며 소설가로서 살기 시작한다. 대표작으로는 「사냥꾼일기獵人日記」(1963), 「신기루의 띠蜃気楼の帯」(1967), 「불의 접문火の接吻」(1984) 등이 있다.

도일, 아서 코난 Doyle, Arthur Conan : 1859-1930 __ 영국의 추리소설가이자 의사.

본명은 아서 이그나티우스 코난도일Arthur Ignatius Conan Doyle이다. 1876년 에든버러 대학에서 의학 공부하며 재학 중 고전문학과 가보리오, 에드가 앨런 포의 작품을 접한다. 에드거 앨런 포와 가보리오를 동경하여 새로운 탐정의 창조에 착상하여 셜록 홈즈를 탄생시킨다. 홈즈가 등장하는 작품은 장편은 「바스커빌가(家)의 개The Hound of the Baskervilles」 외 3편, 단편은 「빨간머리 연맹The Red-headed League」 외 55편이 있다. 홈즈는 전 세계 독자들의 사랑을 받았고 이는 추리소설 보급에 크게 기여했다. 대표작으로 「주홍색 연구A Study in Scarlet」(1887), 「네 개의 서명The Sign of Four」(1890), 「셜록 홈즈의 모험The Adventures of Sherlock Holmes」(1892) 등이 있다.

도일, 에이드리안 코난 Doyle, Adrian Conan : 1910-1970 __ **영국의 카레이서이
자 소설가.**

코난 도일과 그의 두 번째 부인 사이의 아들로 카 레이서이자 소설가이다.
어머니가 돌아가시자 아버지 코난 도일의 유작 관리자가 되었으며 1965년
에는 스위스에 코난 도일 재단을 세운다. 아서 코난도일의 〈셜록 홈즈〉
시리즈에서 언급만 하고 지나간 사건들을 하나의 새로운 소설로 풀어내는
작업을 하며 셜록 홈즈의 패스티시Pastiche 작품을 많이 쓴다. 대표작으로「셜
록 홈즈의 끝나지 않은 모험The Further Adventures of Sherlock Holmes」(1985), 「진
짜 코난 도일 The True Conan Doyle」(1945) 등이 있다.

듀 모리에 대프니 Du Maurier, Daphne : 1907-1989 __ **영국의 소설가이자 시인.**

'서스펜스의 여왕', '최고의 이야기꾼'으로 칭송되는 영국의 여성 소설가이
다. 19세부터 시와 단편소설을 쓰기 시작하였으며 작품「자메이카 여인숙
Jamaica Inn」, 「레베카Rebecca」(1938)는 모두 대성공을 거두었다. 두 작품 모
두 영화화 되어 그녀의 명성을 한층 높이기도 하였다. 1977년 미국 미스터
리 작가협회 그랜드 마스터상 수상하였다. 대표작으로는 「자메이카 여인
숙」(1938), 「레베카」(1938), 「새The birds」(1963) 등이 있다.

디즈레일리, 벤저민 Disraeli, Benjamin : 1804-1881 __ **영국의 정치가이자 총리.**

보수당의 당수를 지냈으며 수에즈 운하를 매수하여 대영 제국 정책을 전
개하여 인도를 직할하고 선거법을 개정하였다. 「코닝스비Coningsby」(1844)
과 같은 정치소설을 쓰기도 하였다. 대표작으로는 「비비언 그레이Vivian
Grey」 총 5권(1826-1827), 「코닝스비」(1844), 「시빌Sybill」(1845) 등이 있다.

디킨스, 찰스 존 허펌 Dickens, Charles John Huffam : 1812-1870 __ **영국의 소설가.**
빅토리아 시대에 활동한 영국의 소설가이다. 특히 가난한 사람에 대한 깊
은 동정을 보이며, 사회의 다양한 면을 소설을 통해 묘사하면서 사회의 악
습에 반격을 가하곤 하였다. 초기에는 풍자 성향이 강한 글을 썼으며, 후
기 소설에는 초기의 풍자는 약해졌으나 구성의 치밀함과 사회 비평의 심
화는 주목할 만하다. 그의 대표작으로는 「올리버 트위스트The Adventures of
Oliver Twist」(1837~1839), 「크리스마스 캐럴A Christmas Carol」(1843), 「두 도시
이야기A Tale of Two Cities」(1859) 등이 있다.

딕슨, 카터 Dickson, Carter ☞ **카, 존 딕슨**Carr, John Dickson

뒤마, 알렉상드르 Dumas, Alexandre : 1802-1870 __ **프랑스의 극작가, 소설가.**
통쾌한 검사劍士 이야기인 『삼총사Les Trois mousquetaires』(1844)를 써서 대호
평을 받았으며, 그 후편으로 『20년 후Vingt Ans Après』(1845) 및 『브라질론
자작(철가면)Le Vicomte de Bragelonne』(1848)을 썼다. 그의 작품 수는 무려
250편이 넘었으며, 천변만화하는 장면전환과 등장인물들의 활기찬 성격묘
사 등 작가로서의 수완은 천부적인 것이었다. 그 중 특히 파란만장한 장편
모험소설 『몬테크리스토백작Le Comte de Monte-Cristo』(1844~1845)은 세계적
으로 유명하다. 대大뒤마라고도 한다. 『앙리 3세와 그 궁정Henri III et Sa Cour』
(1829)으로 새로운 로망파극의 선구자 역할을 하였다.

[ㄹ]

라운트리, 벤자민 시봄 Rowntree, Benjamin Seebohm : 1842-1924 __ 영국의 실업가.

빈곤에 관한 사회조사 및 연구로 유명하다. 그의 연구 대상은 빈곤의 원인과 노동자의 생활 주기 등 이었다. 대표작으로는 「빈곤Poverty, A Study of Town Life」(1901)과 「빈곤과 진보Poverty and Progress」(1941) 등이 있다.

라이스, 크레이그 Rice, Craig : 1908-1957 __ 미국의 미스터리 작가이자 단편 소설가.

본명은 조지아나 안 란돌프 크레이그Georgiana Ann Randolph Craig로 미스터리 계의 도로시 파커Dorothy Parker로 불린다. 대표작으로는 「시체가 걸어 나온다The Corpse Steps Out」(1940), 「잘못된 살인The Wrong Murder」(1940), 「그러나 의사가 죽었다But the Doctor Died」(1967) 등이 있다.

라이언스, 난과 이반 Lyons, Nan and Ivan __ 미국의 소설가.

난 라이언스와 이반 라이언스 두사람의 합동필명. 대표작으로는 「샴페인 블루Champagne Blues」(1979), 「솔드!Sold!」(1982), 「대통령은 점심 먹으러 오는 중The President Is Coming to Lunch」(1988) 등이 있다.

라이오넬, 데이비슨 Lionel, Davidson : 1922-2009 __ 영국의 소설가.

스파이 스릴러물 작가이다. 세계 대전 이후, 그는 프리랜서 기자로서 유럽을 여행하는 동안 첫 번째 소설인 「바츨라프의 밤The Night of Wenceslas」(1960)의 착상을 떠올린다. 이 소설이 성공을 거두며 그는 유명 작가의 반열에 오르게 된다. 대표작으로는 「실로까지의 먼 여정A Long Way to Shiloh」
(1966), 「기적의 약사The Sun Chemist」(1976), 「첼시의 연속살인The Chelsea
Murders」(1978) 등이 있다.

라이오넬, 화이트 Lionel, White : 1905-1985 __ **미국의 기자이자 추리소설가.**
범죄 기자로 활동하다가 1950년대에 들어서 서스펜스 소설을 쓰기 시작했
다. 35권이 넘는 책을 썼으며 다양한 언어로 번역되었다. 대표작으로는 「강
탈자The Snatchers」(1953), 「심각한 범죄The Big Caper」(1955), 「돌연한 중단
Clean Break」(1955) 등이 있다.

라인하트, 메리 로버츠 Rinehart, Mary Roberts : 1876-1958 __ **미국의 추리소설가.**
애거사 크리스티와 비견되기도 하는 미국의 여류 추리소설가 메리 로버츠
라인하트는 40년이 넘도록 전 세계의 추리소설 팬들을 흥분의 도가니로
몰아넣은 인물이다. 여성들이 공감을 이끌어내는 그녀의 문체는 세세한 감
정 표현과 묘사가 시각적 상상을 한층 더 흥미롭고 다채롭게 만드는데 기
여하고, 서사의 흐름을 더욱 흥미진진하게 만들었다. 대표작으로는 「이중
생활The Double Life」(1906), 「나선 계단The Circular Staircase」(1908), 「케이K」
(1915) 등이 있다.

램, 찰스 Lamb, Charles : 1777-1834 __ **영국의 수필가이자 시인.**
찰스는 정신병 발작으로 어머니를 죽인 누이인 메리 램의 보호자로서 일
생을 독신으로 보냈다. 소년 소녀를 위한 「셰익스피어 이야기Tales from
Shakespeare」(1807)는 셰익스피어의 작품에서 20편을 뽑아 누이가 희극을,
램이 비극을 맡아서 쓴 것이다. 대표작으로는 「엘리야 산문집Essays of Elia」

(1823)이 있다.

램버트, 데릭 Lambert, Derek : 1929-2001 __ **영국의 소설가.**

리차드 폴커크Richard Falkirk라는 이름의 스릴러 작가로도 활동했으며, 기자
이기도 했다. 데일리 익스프레스의 특파원이었는데, 외국의 현장에서 활동
했던 경험들은 그의 첫 번째 소설인 「눈 속의 천사Angels in the Snow」(1969)
에 그대로 묘사되었다. 대표작으로는 「붉은 방The Red House」(1972), 「기억
하는 사람The Memory Man」(1979), 「밤과 도시The Night and the City」(1990) 등
이 있다.

러셀, 버트런드 Russell, Bertrand : 1872-1970 __ **영국의 철학자이자 사회학자,
수학자, 논리학자.**

1898년 당시 트리니티의 대표적 철학자였던 G.E.무어와 함께 관념론에 반
기를 들었으며 넓은 의미의 경험주의자·실증주의자가 되었다. 그는 철학
자로서의 나머지 생애 동안은 철학자들이 보통 물리적 실재론자라고 부르
는 태도(일상적인 문제에서는 보통 유물론자라고 부르는 태도)를 견지했
다. 1950년 노벨 문학상을 수상하였다. 그의 대표작으로는 「수학의 원리
The Principles of Mathematics」(1903), 「의미와 진리에 관한 탐구An Inquiry into
Meaning and Truth」(1940), 「인간의 지식, 그 범위와 한계Human Knowledge, Its
Scope and Limits」(1948) 등이 있다.

러츠, 존 Lutz, John : 1939- __ **미국의 미스터리 소설가.**

러츠는 〈에드거Edgar 상〉과 〈샤무스Shamus 상〉을 두 번이나 수상했다. 대
표작으로는 「열대열Tropical Heat」(1986), 「독신 백인 여자Single White Female」

(1990), 「야경꾼The Night Watcher」(2002) 등이 있다.

레닌, 블라디미르 Lenin', Vladimir Il'lch : 1970-1924 __ **러시아의 혁명가이자 정치가.**

소련 최초의 국가원수. 본명은 블라디미르 일리치 울리야노프Vladimir Il'ich Ul'yanov이다. 마르크스주의 이론의 혁명적 실천자로서 소련 공산당을 창시하였으며, 러시아 11월 혁명(볼셰비키혁명)의 중심인물이다. 1917년에 케렌스키 정권을 타도하여 프롤레타리아 독재하의 소비에트 사회주의 공화국을 건설하였다. 대표작으로는 「유물론과 경험비판론Materialism and Empiro-Criticism」(1908), 「제국주의론Imperialism」(1916)을 들 수 있다.

레인, 앨런 Lane, Allen : 1902-1972 __ **영국의 출판인이자 사업가.**

앨런은 '펭귄북스Penguin Books'의 창립자이다. 1935년에 시작된 펭귄북스는 저렴한 가격에 문학작품을 제공해 대중의 독서열을 자극하여 독서의 대중화를 촉진시켰고 이것은 미국의 '포켓북'(1937년), 프랑스의 '쿠세즈'(1941년), 독일의 '로로로'(1950년)로 발전되었다.

렌델, 루스 Rendell, Ruth : 1930-2015 __ **영국의 소설가.**

런던에서 태어난 그는 '루스 렌델'과 '바바라 바인Vine, Barbara'이라는 두 개의 이름으로 소설을 발표한다. 1964년 첫 작품을 발표했고, 80여 권의 책 출간, 작가로서 영국 왕실에서 수여하는 작위를 받은 영국 최고의 스릴러 및 심리 미스터리 작가이다. 영국 범죄소설작가협회가 주는 상을 네 번이나 수상했다. 일생 동안 범죄소설에 뛰어난 업적을 이룬 작가에게 수여하는 다이아몬드 대거 상과 2005년 영국 범죄소설작가협회 50주년 기념상을 수상하였다. 최신작으로 「그 아이의 아이The child's child」(2013)가 있다. 대표작으로는 「활자 잔혹극A Judgement In Stone」(1977), 「살아있는 육체Live flesh」(1986), 「치명적 반전A Fatal Inversion」(1987), 「그 아이의 아이」(2013) 등이 있다.

렌조 미키히코連城三紀彦 : 1948-2013 __ **일본의 소설가.**

렌조의 집은 절(사찰)이었기 때문에 그는 불교 승려이기도 했다. 서정성이 풍부한 문체로 탐정소설과 연애소설의 융합을 시도하였으며 젊은 세대의 추리소설가에 큰 영향을 미쳤다. 〈나오키상直木賞〉, 〈일본추리작가협회상日本推理作家協会賞〉 등 다수 수상하였다. 대표작으로는 「변조2인 하오리変調二人羽織」(1978), 「연문恋文」(1984), 「유일한 증인唯一の証人」(1984) 등이 있다.

로드, 가브리엘 크레이그 Lord, Gabrielle Craig : 1946- __ **호주의 소설가.**

로드는 호주 최초의 여성 범죄 스릴러 작가이다. 비평, 기사, 단편 소설과 논픽션을 넓은 범위로 발표하였다. 특히 심리적인 스릴러로 알려져 있는데, 소설의 신뢰성을 달성하기 위해 범죄수사 기법에 대한 광범위한 연구를 실시하였다. 대표작으로는 「대리 비난 벌을 받는 사람Whipping Boy」(1992), 「요새Fortress」(1986) 등이 있다.

로드, 존 Rhode, John : 1884-1965 __ **영국의 군인이자 소설가.**

본명은 세실 스트리트Cecil Street로 영국에서 존 로드라는 필명으로 프리스틀리Priestley 법의학 박사를 주인공으로 하는 긴 시리즈를 썼다. 존 딕슨 카와 탐정소설 「엘리베이터 살인사건Drop to His Death」, Heinemann(UK, first edition) & Dodd(USA)(1939)을 합작하여 탐정소설로서 탄생시키기도 하였다. 대표작으로는 「엘리베이터 살인사건Drop to His Death」(1939), 「아침식사에서의 살인Death at Breakfast」(1936), 「밤 운동Night Exercise」(1942) 등이 있다.

로렌스, 데이빗 허버트 리차드 Lawrence, David Herbert Richards : 1885-1930 __
영국의 소설가이자 시인, 문학평론가.

교양 없는 주정뱅이 아버지와 격렬하게 대립하였던 어머니가 모든 애정을 그에게 쏟은 일이 사춘기의 그의 여성관계를 복잡하게 만들었다. 이러한 사정들이 뒷날 그의 문학에 흐르는 주제의 한 원형을 이루었다. 노팅엄 대학 사범대를 졸업한 후 1909년부터 3년간 런던 교외 크로이든의 초등학교에서 교편을 잡았다. 1910년 12월에 어머니를 여의고 1912년 봄에는 노팅엄 대학 시절의 은사 E. 위클리의 부인이며 6세나 연상인 프리다와 사랑에 빠져 둘이서 독일·이탈리아 등을 전전하였는데, 「아들과 연인Sons and Lovers」(1913)은 이 때 쓴 것이다. 대표작으로는 「아들과 연인」(1913), 「무지개The Rainbow」(1915), 「사랑하는 여인들Women in Love」(1920) 등이 있다.

로렌스 트리트 Treat, Lawrence : 1903-1998 __ **미국의 추리소설가이자 변호사.**

본명 로렌스 아서 골드스톤Goldstone, Lawrence Arthur이다. 1965년의 「살인사건으로서의 HH as in Homicide」로 〈에드거 상〉을 수상했으며, 뒤이어 「미스터리 작가들의 핸드북Mystery Writer's Handbook」으로 1978년에 다시 한 번 수상한 바 있다.

루이스, 세실 데이 Lewis, Cecil Day : 1904-1972 __ **영국의 시인.**

아일랜드 출신. 그는 W.H. 오든Auden, Wystan Hugh을 중심으로 한 시인들의 그룹 '30년대 시인'의 한 사람으로 시단에서 활동하며, 니콜라스 블레이크

Blake, Nicholas라는 필명으로 탐정소설을 발표하였다. 대표작으로는 「살인의 순간Minute for Murder」(1948) (니콜라스 블레이크), 「어둠 속의 속삭임Whisper in the Gloom」(1954) (니콜라스 블레이크), 「야수는 죽어야 한다The Beast Must Die」(1938) 등이 있다.

루스트가르텐, 에드가 Lustgarten, Edgar Marcus : 1907–1978 __ **영국의 아나운서이자 범죄 소설가.**

맨체스터 출신. 젊은 시절의 변호사 경험이 그의 범죄 소설의 배경을 구성하는데 영감을 주었다. 또한 법정과 재판을 주제로 한 작품도 다수 썼다. 대표작으로는 「여기에도 불행한 이가 있다The Case to Answer (One More Unfortunate)」(1947), 「세 명의 패자들의 게임Game for Three Losers」(1952) 등이 있다.

르루, 가스통 Leroux, Gaston : 1868–1927 __ **프랑스의 저널리스트이자 소설가.**

프랑스의 저널리스트이자 소설가이다. 특히 그의 대표적인 작품 「노란 방의 비밀」(1908)은 밀실과 행방불명된 범인의 수수께끼, 심리적인 해명에 착안한 독창성으로 큰 인기를 끌었다. 대표작으로는 「노란 방의 비밀」의 2막 격인 「검은 옷 부인의 향기Le Parfum de la dame en noir」(1909)와 「수중의 밀실Les Étranges Noces de Rouletabille」(1916), 「도시복멸기La Machine à assassiner」(1923) 등이 있다.

르블랑, 모리스 마리 에밀 Leblanc, Maurice Marie Émile(1864–1941) __ **프랑스의 소설가.**

신사적인 도둑인 아르센 뤼팽Arsène Lupin의 창조자로서 잘 알려진 프랑스의 소설가이다. 그는 초반에 구스타브 플로베르Gustave Flaubert와 기 드 모파상 Guy de Maupassant의 영향을 받아 쓴 소설로 약간의 상업적인 성공을 거두었 다. 이후 뤼팽을 주인공으로 하여 쓴 시리즈물을 발표하며 큰 인기를 얻는 다. 대표작으로는 뤼팽의 시리즈의 첫 작품인 「아르센 뤼팽 체포되다The arrest of Arsène Lupin」(1905)를 비롯하여 「813의 비밀813」(1910), 「줄타기 무 희 도로테아Dorothée, danseuse de corde」(1923) 등이 있다.

리드, 배리Reed, Barry C. : 1927-2002 __ 미국의 변호사이자 소설가.

배리는 의료사고 전문 변호사로 명성을 얻었으며, 신문에 법률관련 기고를 하는 등 언론 활동에도 적극적이었다. 영화화되기도 한 법정소설 「심판The Verdict」(1980)으로 베스트셀러 작가가 되었다. 「심판」은 의료사고의 진실 을 규명하기 위해 의료계와 로펌 등 권력을 상대로 고군분투하는 변호사의 이야기다. 대표작으로는 「선택The Choice」(1991), 「기소The Indictment」(1994), 「사기The Deception」(1997) 등이 있다.

리드, 엘리엇Reed, Eliot : 1909-1998 __ 영국의 소설가.

본명은 에릭 클리포드 앰블러Eric Clifford Ambler이다. 스파이소설을 주로 썼 으며 스파이소설 장르에 새로운 현실주의를 가져왔다. 대표작으로는 「두 려움을 향한 여행Journey into Fear」(1940), 「시월의 남자The October Man」 (1947), 「기억 할만한 밤A Night to Remember」(1958) 등이 있다.

리비스, 퀴니 도로시 로스Leavis, Queenie Dorothy Roth __ 영국의 문학비평가 이자 수필가.

유대계 영국인. 데이트, 퀴니 도로시Dates, Quennie Dorothy라는 이름으로도 활동하였다. 대표작으로는 「소설과 대중의 독서Fiction and the Reading Public」
(1932), 「디킨스, 소설가Dickens, the Novelist」(1970, with F.R.Leavis) 등이
있다.

링크, 제이지 Links, J.G.(Joseph Gluckstein) : 1904-1997 __ **영국의 카날레토 학
자이자 추리소설가.**

링크는 학자출신의 소설가였지만, 동시대 여느 작가들보다 상업적 감각이
탁월하여 무역에도 소질이 있었다. 범죄 해결과 관련된 추리소설 작품이
상업적으로 높은 판매고를 올린다는 점을 주목하고, 1930년대 후반부터
데니스 휘틀리Dennis Wheatley와 협력하여 실험적 미스터리 범죄 소설을 쓰
기 시작했다. 대표작으로는 세계대전과 베니스 여행을 바탕으로 「베니스
Venice for Pleasure」(1966), 「노르망디Ruskins」(1968), 「마이애미 바다 살인사건
Murder off Miami」(1936) 등이 있다.

[ㅁ]

마루야 사이이치丸谷才一 : 1925-2012 __ 일본의 소설가이자 문예평론가.

　일본의 어두운 사소설 풍토를 비판하고 경쾌하고 지적인 작품을 주로 발표하였다. 대표작으로는 「소란스러운 거리에서にぎやかな街で」(1968), 「빛나는 날의 궁輝く日の宮」(2003), 「새의 노래鳥の歌」(1987) 등이 있다.

마사키 아토正木亜都 : 1940-2012 __ 일본의 만화원작 작가이자 소설가.

　본명은 다카모리 마쓰치高森真土이다. 작가로서 다카모리 신지高森真土라는 펜네임으로 「흉기凶器」(1968)라는 작품을 썼다. 또한 공동작품을 쓸 때에는 마사키 아토正木亜都라는 펜네임을 사용했다. 대표작으로는 「흉기」(1968), 「가라데カラテ」(1978) 등이 있다.

마샬, 앨프리드 Marshall, Alfred : 1842-1924 __ 영국의 경제학자.

　신고전학파 혹은 케임브리지 학파의 창시자인 그는 옥스퍼드 경제학 강사를 거쳐 케임브리지 경제학 교수를 역임했다. 대표작으로는 「경제의 기초Principles of economics」(1890)와 「돈, 신용과 상업Money, credit and commerce」(1923) 등이 있다.

마쉬, 데임 나이오 Marsh, Dame Edith Ngaio : 1895-1982 __ 뉴질랜드의 아티스트이자 희극작가, 배우, 소설가, 감독.

　작중 인물인 형사 로더릭 앨린을 창조하였다. 셰익스피어의 극을 무대에 올리기도 하였다. 대표작으로는 「Vintage Murder」(1937), 「죽음의 전주곡

Overture to Death」(1939) 등이 있다.

마쓰모토 세이초松本清張 : 1918-1992 __ 일본의 소설가.

후쿠오카福岡県 출신. 본명은 키요하루淸張이다. 그는 1953년에 쓴 「어느 '고쿠라일기' 전或る『小倉日記』伝」(1951)으로 제28회 〈아쿠타가와 문학상〉을 수상한다. 그는 종래의 추리소설이 트릭과 의외성에만 중점을 두고 동기가 경시하는 것에 문제점을 제기한다. 자신의 추리소설은 "동기를 발견하는 것에서 시작되었다"고 언급하며 가난하고 힘없는 서민을 향한 강한 공감과 반권력적인 태도, 사회적 문제를 보이기도 한다. 대표작으로는 「제로의 초점ゼロの焦点」(1959), 「모래그릇砂の器」(1961), 「일본의 검은 안개日本の黒い霧」(1960-61) 등이 있다.

마쓰모토 조지松本烝治 : 1877-1954 __ 일본의 상법학자(商法学者).

도쿄東京 출신. 조지는 청년기 유럽으로의 유학 경험이 있다. 그는 1923년 야마모토 내각 법제국 장관을 지냈고 1934년 사이토 내각에서 상공대신을 역임, 1938년 상법 개정에 힘썼다. 1945년 시데하라 내각이 성립하면 헌법 개정 담당 국무대신으로 헌법 초안(마쓰모토 시안松本試案)을 작성하기도 하였으나 기각되었다. 학구적 활동이나 의원, 장관 자리에 있으면서 조지 마쓰모토 법률 사무소를 개설하고 몇 개의 회사 고문 변호사나 감사가 되는 등 연구 활동뿐만 아니라 실무의 세계에도 그 활동 범위를 펼치며 큰 업적을 남겼다.

마에다 아이前田愛 : 1931-1987 __ 일본의 문학 평론가.

가나가와神奈川県현 출신. 본명은 마에다 요시미愛이고 1976년에 「나루시마

류호쿠成島柳北」로 제8회 〈가메이 가쓰이치로상亀井勝一郎賞〉 수상. 텍스트론, 기호학 등 새로운 문학 이론을 연구에 도입하였다. 도시 소설 이론의 집대성으로서 「도시 공간 속의 문학都市空間のなかの文学」(1992)을 저술했다. 사후, 『마에다 아이 저작집前田愛著作集』이 간행되었다. 대표작으로는 「나루시마 류호쿠」, 「근대독자의 탄생近代読者の成立」(1973), 『히구치 이치요의 세계樋口一葉の世界』(1978) 등이 있다.

마키 이쓰마牧逸馬 : 1900-1935 __ **일본의 소설가.**

본명은 하세가와 가이타로長谷川海太郎이다. 마키 이쓰마 이외에도 하야시 후보林不忘, 다니 죠지谷讓次까지 세 개의 펜네임을 필요에 따라서 분리해서 사용하였다. 하야시 후보는 시대소설 〈단게사젠丹下左膳〉시리즈를, 마키 이쓰마는 범죄실록소설을, 다니 조지는 미국체험기 「메리켄자부めりけんじゃっぷ」 이야기로 알려져 있다. 대표작으로는 「세계괴기실화世界怪奇実話」(1929-33), 『텍사스 무숙テキサス無宿』(1975), 『제7의 하늘 미스터리第七の天 ミステリ』 (1975) 등이 있다.

마키 히사오真樹日佐夫 : 1940-2012 __ **일본의 만화가이자 소설가, 가라테 무도가.**

마키는 만화가 가지와라 잇키梶原一騎의 동생이다. 특이하게도 마키는 가라테 무도가이면서 집필을 하였고, 1968년 「흉기凶器」로 〈올요미모노신인상オール讀物新人賞〉을 수상. 2000년에는 「형兄貴」으로 〈JLNA문학상특별상JLNA文学賞特別賞〉을 수상하였다.

만, 제시카 Mann, Jessica : 1937- __ **영국의 소설가.**

제시카는 미스터리와 서스펜스 장르를 전문적으로 발표하였다. 제2차 세계대전이 일어난 동안에는 아이들의 이야기를 포함한 논픽션을 발표하였고, 1971년 이후는 범죄소설을 발표하기도 하였다. 대표작으로는 「자선사업의 끝A Charitable End」(1971), 「남자보다 목숨Deadlier than the Male」(1981), 「어둠의 태양 아래Under a Dark Sun」(2000) 등이 있다.

만델, 어네스트 에즈라 Mandel, Ernest Ezra : 1923-1995 __ **벨기에의 사회학자.**

트로츠키계열의 혁신적 마르크스 주의자로 제4인터내셔널 지도자 중 한 명. 만델은 미국과 유럽의 경제적 전쟁과 자본주의와 사회주의 간의 경제문제에 관해 저술했다. 세계 국가 간 불균등한 경제발전의 원인은 자본과 노동간의 관계에서 파악하려고 하였다. 대표적인 저서로는 『마르크스주의 경제이론Marxist Economic Theory』(1962), 『후기자본주의Late Capitalism』(1972)가 있다. 범죄소설을 즐겨 읽던 만델은 후일 『즐거운 살인, 범죄소설의 사회사Delightful Murder, A Social History of the Crime Story』(1984)를 출간하여, 헤겔과 마르크스가 개진했던 전통적인 변증법으로 범죄소설의 역사를 문학사보다는 사회사로 간주하고, 범죄소설 작가의 개인적인 심리를 고려해서 정리했다.

말즈버그, 배리 나다니엘 Malzberg, Barry Nathaniel : 1939- __ **미국의 작가이자 편집자.**

말즈버그는 SF와 판타지 장르 중심의 글을 썼다. 그의 저서 「짐승들의 질주The Running of Beasts」는 빌 프론지니와 배리 N. 말즈버그의 합작품이다. 대표작으로는 「추락하는 우주비행사들The Falling Astronauts」(1971), 「아폴로를 넘어서Beyond Apollo」(1972), 「은하들Galaxies」(1975) 등이 있다.

맥기번, 윌리엄 McGivern, William : 1918-1982 __ 미국의 소설가이자 TV 작가.

맥기번은 20편 이상의 소설을 발표했으며 그 중 대다수가 미스터리와 범죄 스릴러물이다. 본명 외에도 빌 페터스Bill Peters라는 필명을 사용하기도 하였다. 그의 소설은 다수 영화화 되었다. 소설가로서 성공을 거둔 뒤, 맥기번은 1960년대 초 LA로 건너가 텔레비전과 영화 시나리오 작가로도 활동하였다. 대표작으로는 「빅 히트The Big Heat」(1953), 「사악한 경찰Rogue Cop」(1954), 「파일 7File 7」(1956) 등이 있다.

맥도날드, 로스 Macdonald, Ross : 1915-1983 __ 미국의 소설가.

로스 맥도날드는 미국-캐나다의 범죄 소설 작가인 케네스 밀러Kenneth Millar의 필명이다. 그는 사립 탐정인 루 아처Lew Archer의 도움을 받아 캘리포니아 남부를 배경으로 하여 쓴 하드보일드 소설 시리즈로 유명하다. 대표작으로는 「움직이는 타겟The Moving Target」(1949), 「아이보리색 웃음The Ivory Grin」(1952), 「언더그라운드의 남자The Underground Man」(1971) 등이 있다.

맥도날드, 필립 MacDonald, Phillip : 1900-1980 __ 영국의 추리소설가.

런던 출신. 1924년 간행한 「줄The Rasp」로 주목을 받아 직업작가로 활동한다. 대표작으로는 「미로The Maze」(1931), 「X에의 체포장Warrant for X」(1938), 「에이드리안 메신져 리스트The List of Adrian Messenger」(1959) 등이 있다.

맥베인, 에드 McBain, Ed : 1926-2005 __ 미국의 소설가.

5가지 필명으로 추리소설뿐만 아니라 과학소설, 일반소설을 썼다. 여러 직업에 종사하다가 출판대리점에서 일하던 중 창작욕에 사로잡혀 에반 헌터

Evan Hunter라는 이름으로 1952년부터 집필을 시작하였다. 「블랙보드 정글
The Blackboard Jungle」은 1955년에 영화화되기도 하였다. 그 후 리처드 마스
테인Richard Marsten이라는 이름으로 서스펜스 소설을 썼다. 1956년부터는 맥
베인이라는 필명으로 〈87분서(分署)87th Precinct〉 시리즈를 잇달아 발표, 형
사의 근성과 근대적 과학수사법을 중심으로 리얼한 범죄소설을 선보였다.
대표작으로는 「블랙보드 정글」(1954), 「경찰 혐오Cop Hater」(1956), 「노상
강도The Mugger」(1956) 등이 있다.

맥클로이, 헬렌McCloy, Helen : 1904~1994 __ 미국의 추리소설가.

맥클로이는 1938년 「죽음의 무도Dance of Death」로 데뷔했다. 정신과 의사인
〈베이지루 위링 박사Dr. Basil Willing〉 시리즈를 시작으로 본격미스터리에서
괴기, 호러, 서스펜스까지 많은 작품을 남겼다. 1950년에 여성 최초의 〈미
국 탐정 작가 클럽(MWA)〉의 회장으로 취임하고, 1953년에는 〈미국탐정
작가클럽상 MWA〉 평론 상을 수상했다. 대표작으로는 「어두운 거울 속으
로Through a Glass, Darkly」(1950), 「노래하는 다이아몬드The Singing Diamonds and
Other Stories」(1965) 등이 있다.

멀러, 마르시아Muller, Marcia : 1944~ __ 미국의 소설가.

미스터리 스릴러를 중심으로 작품을 펼쳤다. 멀러는 빌 프론지니의 배우자
로서 그와 함께 여러 권의 책을 합작했다. 탐정소설 「더블Double」(St
Martins Pr, 1984)은 빌 프론지니와의 합작이다. 대표작으로는 「죽음의 나
무The Tree of Death」(1983), 「더블」(1984), 「소실점Vanishing Point」(2006) 등이
있다.

메이슨, 앨프레드 에드워드 우들리Mason, A.E.W. : 1865-1948 __ 영국의 작가
이자 정치인.

메이슨은 1906년 총선에서 자유당 국회의원으로 선출된 정치인 출신의 소
설가이다. 군에서도 소령까지 진급했던 경험이 있는 그는 해군 정보부와
스페인, 멕시코 파견 근무를 하며 방첩 네트워크를 조직하는 등 활발한 행
보를 펼쳤다. 이러한 공로로 작품 활동기간동안에 엘리자베스 여왕의 후원
을 받는 등 대외적으로 탄탄한 기반 가운데 작품 활동을 펼쳐나갔던 당시
로서는 드문 작가 중에 한명이다. 대표작으로는 「장미저택At the Villa Rose」
(1910), 「화살표의 집The House of the Arrow」(1924), 「오팔의 죄수The Prisoner in
the Opal」(1928) 등이 있다.

모리 오가이森鷗外 : 1862-1922 __ 일본의 소설가이자 평론가, 번역가, 군의,
고급관료.

시마네현島根県 출신. 본명은 린타로林太郎이다. 4년간의 독일 유학 후 「무희
舞姫」(1890)로 일본의 낭만주의를 이끌며 문단에 데뷔한다. 신지식을 갖고
문필활동을 하며, 평론을 문학의 형태로서 독자적 위치로 끌어올렸다. 쇼
요坪内逍遥와의 문학관 및 연구방법을 둘러싼 몰 이상 논쟁에서 '이상理想없이
문학은 없다'는 주장을 한다. 노기 마레스케의 순사에 영향을 받은 작품
등 역사소설과 사전史伝형식의 소설을 썼다. 대표작으로는 「무희」와 「아베
일족阿部一族」(1913), 그리고 「다카세부네高瀬舟」(1916) 등이 있다.

모리슨, 아서 조지Morrison, Arthur George : 1863-1945 __ 영국의 소설가이자
저널리스트.

모리슨은 탐정 마틴 헤윗Martin Hewitt이 등장하는 추리소설들을 썼다. 대표
적인 작품으로는 「비열한 거리들의 이야기들Tales of Mean Streets」(1894), 「자

고의 아이A Child of the Jago」(1896), 「런던 타운으로To London Town」(1899) 등
이 있다.

모옴, 로빈 Maugham, Robin : 1916-1981 __ **영국의 소설가.**

법조계 가문에서 태어난 로빈은 가족들이 아버지와 할아버지를 따라 법률
에 전념할 것이라는 예상을 깨고 변호사 자격을 취득함에도 불구하고 작
가의 길을 택하게 된다. 그의 작품은 대표작인 「하인The Servant」을 포함하
여, 대부분의 서사가 영화는 주인과 하인 혹은 고용인과 피고용인의 관계
를 중심으로 다루고 있으며, 둘의 관계는 점점 역전된다. 따라서 그의 작
품의 특징은 인물들 사이의 관계와 계급, 그리고 인간의 근원적인 욕망의
표현이라고 할 수 있다. 대표작으로는 「하인」(1948), 「오판자The Wrong
People」(1967), 「장애물The Barrier」(1973) 등이 있다.

몽테이, 휴베르 Monteilhet, Hubert : 1928- __ **프랑스의 범죄소설가.**

추리소설 작가뿐만 아니라 공상과학소설, 역사소설, 판타지소설 작가로도
활동하였다. 그의 공상과학소설은 철학적 사유를 기반으로 삼고 있다. 그
의 범죄소설은 수수께끼를 해결하려는 경찰보다는 자신의 목표(부의 획득
이나 복수)를 달성하기 위해 범죄를 저지르는 범인에 중심을 두는 경우가
많다. 대표작으로는 「돌이킬 수 없는 육체Le Retour des cendres」(1961), 「넌센
스Non-sens」(1971), 「파란 리본Le Ruban bleu」(1998) 등이 있다.

몸, 윌리엄 서머싯 Maugham, William Somerset : 1874-1965 __ **영국의 소설가이
자 극작가.**

대중성을 존중하는 그의 소설의 특색은 평명하고 스스럼없는 문체로 이야

기를 재미있게 엮어 나가면서 독자를 매혹하는 동시에, 인간이란 것은 복잡하고 불가해不可解한 존재임을 날카롭게 도려내 보이는 점에 있다. 1915년에 발표한 「인간의 굴레Of Human Bondage」는 몸의 대표 소설이라고 할 수 있는데, 자전적 소설로 주인공 필립의 정신적 방황은 몸의 인생관과 같다고도 할 수 있다. 대표작으로는 「과자와 맥주Cakes and Ale」(1930), 「극장Theatre」(1937), 「면도날The Razor's Edge」(1944) 등이 있다.

무라카미 하루키村上春樹 : 1949- __ 일본의 소설가이자 번역가.

세계적으로 인기작가. 레이먼드 챈들러 등의 작품을 다수 번역하였다. 1992 미국 프린스턴대학교 객원연구원으로 있으면서 미국문학에서 방법론을 도입하여 쓰기 시작해, 주체와 공동주관의 관계를 대상화하면서 '무라카미 월드'라고도 불리는 독립된 문학세계를 구축한다. 노벨 문학상 후보로 거론된다. 「바람의 노래를 들어라風の歌を聴け」로 제22회 〈군조신인문학상群像新人文学賞〉, 제81회 〈아쿠타가와상芥川賞〉을 수상하였다. 대표작으로는 「바람의 노래를 들어라風の歌を聴け」(1979), 「노르웨이 숲ノルウェイの森」(1987), 「1Q84」(2010) 등이 있다.

무어, 조지 오거스터스 Moore, George Augustus : 1852-1933 __ 영국의 소설가이자 시인.

에밀 졸라의 영향을 받아 상징시에서 자연주의 소설로 전향한다. 예이츠를 알게 되어 아일랜드 문예부흥에도 참가하며 희곡 작품도 썼다. 대표작으로는 「에스터 워터스Esther Waters」(1894), 「이블린 인스Evelyn Innes」(1896), 「케리스강The Brook Kerith」(1916) 등이 있다.

미야노 무라코宮野村子 : 1917-1990 __ 일본의 추리소설가.

니이가타현新潟県 출신. 1938년 작품 「감나무柿の木」(1938)를 발표하며 등단
했으나, 작가로서의 주된 활동은 전후에 활발히 이루어진다. 「코이누마가
의 비극鯉沼家の悲劇」(1949)으로 제3회 〈탐정작가클럽상探偵作家クラブ賞〉 후보
에 올랐으며, 이후 「애정의 논리愛情の倫理」(1952)로 제5회 〈탐정작가클럽상
探偵作家クラブ賞〉 후보에 올랐다. 대표작으로는 「코이누마가의 비극」(1949),
「애정의 논리」(1952) 등이 있다.

미요시 도오루三好徹 : 1931- __ 일본의 저널리스트이자 소설가.

도쿄東京 출신. 본명은 가와카미 유조河上雄三이다. 순문학으로 출발했고
1959년 미요시 바쿠三好漠라는 필명으로 「먼 소리遠い声」라는 소설을 발표해
제8회 〈문학계신인상文学界新人賞〉차석을 차지한다. 1960년부터 추리소설로
전환해 「빛과 그림자光と影」 등 사회문제를 다룬 작품들을 연달아 썼다. 「풍
진지대風塵地帯」(1966)로 1967년 제20회 〈일본추리작가협회상日本推理作家協会
賞〉을 수상, 「성소녀聖少女」(1967)로 제58회 〈나오키상直木賞〉을 수상했다.
대표작으로는 「풍진지대」와 「성소녀」 등이 있다.

미즈카미 쓰토무水上勉 : 1919-2004 __ 일본의 소설가.

폐수공해로 인한 중독성 질환인 미나마타병을 제재로 한 「바다의 송곳니海
の牙」(1960)로 1961년 제14회 〈일본탐정작가클럽상日本探偵作家クラブ賞〉을 수
상했고 사회파 추리소설가로 인정받았다. 같은 해에는 「기러기의 절雁の寺」
로 제45회 〈나오키상直木賞〉을 수상하였다. 대표작으로는 「기러기의 절」
(1961), 「에치젠대나무인형越前竹人形」(1963), 「기아해협飢餓海峡」(1963), 「금
각염상金閣炎上」(1979) 등이 있다.

미첼, 글래디스 Mitchell, Gladys : 1901-1983 __ **영국의 교사이자 추리소설가.**

작품의 대부분이 기묘한 전설이나 옛 건축물이 남아있는 영국 각지의 시골을 무대로 삼았다. 특히 소년 소녀가 피해자이거나 범인 등 작품 내에서 중요한 역할을 맡고 있는 경우가 많다. 대표작으로는 「정육점의 미스터리 The Mystery of a Butcher's Shop」(1929), 「염습지 살인사건The Saltmarsh Murders」(1932), 「라이징 오브 더 문The Rising of the Moon」(1945) 등이 있다.

밀러, 마가렛 카네기 Miller, Margaret Carnegie : 1879-1990 __ **미국의 기업인**

자선사업가 앤드류 카네기Andrew Carnegie의 딸이다. 현재까지 전해지는 그녀의 대표작으로는 「내 안의 야수Beast in View」(1955) 등이 있다.

밀러, 웨이드 Miller, Wade__ **미국의 소설가.**

웨이드 밀러는 로버트 웨이드Robert Wade : 1920-2012와 빌 밀러Bill Milleri : 1920-1961의 공동 필명이다. 그들은 10대부터 함께 공동 작업을 시작하여 1946년에는 그들의 이름을 결합한 웨이드 밀러라는 이름으로 「데들리 웨폰Deadly Weapon」이라는 첫 소설을 발표한다. 작품으로는 「죄 많은 방관자Guilty Bystander」(1947), 「재앙Calamity Fair」(1950), 「채찍을 든 새끼고양이Kitten with a Whip」(1959) 등이 있다.

밀른, 앨런 Milne, Alan Alexander : 1882-1956 __ **영국의 추리소설가.**

극과 동화, 추리소설의 분야에 걸쳐 큰 발자취를 남긴 영국의 작가이다. 케임브리지 대학교를 졸업하였으며, 제1차 세계대전 후에는 풍자적이고 해학적인 작품을 쓰는 작가로서 이름을 널리 알렸다. 특히 아기 곰 푸우,

호랑이 티거, 돼지 피글렛 등이 등장하는 그의 동화 「아기 곰 푸우
Winnie-the-Pooh」는 전 세계 어린이들에게 널리 사랑받았다. 대표작으로는 「아
기 곰 푸우」(1926), 「핌씨 지나가시다Mr. Pim Passes By」(1919), 「블레이즈의
진실The Truth about Blayd」(1921) 등이 있다.

[ㅂ]

바르조하르, 미카엘 Bar-Zohar, Michael : 1938- __ 이스라엘의 역사학자이자 소설가, 정치가.

노동당의 지지를 받아 이스라엘 국회의 의원을 역임하기도 했다. 대표작으로는 「가장 긴 달The Longest Month」(1965), 「약속된 땅 휴고튼 미플린의 스파이Spies in the promised land Houghton Mifflin」(1972), 「형제들Brothers」(1993) 등이 있다.

배일리, 헨리 크리스토퍼 Bailey, Henry Christopher : 1878-1961 __ 영국의 추리 소설가.

배일리는 포춘Reggie Fortune이라는 탐정이 등장하는 이야기를 썼다. 대표작으로는 「포춘 씨를 불러Call Mr Fortune」(1920), 「포춘 씨의 연습Mr Fortune's Practice」(1923), 「포춘 씨의 재판들Mr Fortune's Trials」(1925) 등이 있다.

밸린저, 빌 Ballinger, Bill S. : 1912-1980 __ 미국의 작가이자 각본가.

200편이 넘는 TV프로그램과 8편의 영화 시나리오를 썼으며 서스펜스 소설로 유명하다. B.S.샌본, 프레드릭 프라이어라는 필명을 썼다. 특히 「이와 손톱The Tooth and the Nail」은 복수극이자 법정소설로 두 이야기가 교차로 반복되는 독특한 구성의 작품으로, 복수극과 법정공방을 왕복함으로서 고조되는 서스펜스가 뛰어난 작품이다. 대표작으로 「연기로 그린 초상Portrait in the smoke」(1950), 「이와 손톱」(1955), 「기나긴 순간The longest second」(1957) 등이 있다.

벤틀리, 에드먼드 Bentley, Edmund Clerihew : 1875-1956 __ **영국의 소설가이자 해학가, 기자.**

벤틀리는 개인의 전기를 주제로 한 불규칙적인 형태의 유머에 능숙했다. 자신의 이름을 따서 '클러리휴Clerihew'라는 엉뚱한 4행의 해학시(1905)를 창조한다. 추리소설로서는 1913년에 낸 「트렌트 최후의 사건Trent's Last Case」이 유일한 장편인데 참신한 구상과 빼어난 트릭, 생생한 인간성 등으로 해서 현대 추리소설의 선구가 된 획기적인 작품이다. 대표작으로는 「초보자를 위한 자전Biography for Beginners」(1905), 「트렌트 최후의 사건Trent's Last Case」, 「트렌트의 사건Trent's Own Case」(1936) 등의 작품들이 있다.

버지, 미루워드 로던 케네디 Burge, Milward Rodon Kennedy : 1894-1968 __ **영국의 공무원이자 언론인, 범죄소설가, 문학비평가.**

버지는 『엠파이어 다이제스트The Empire Digest』지의 편집자였고, 또한 『선데이 타임스The Sunday Times』, 『가디언The Guardian』에서 미스터리소설의 비평을 썼다. 경찰추리소설을 전문으로 하여, 시리즈의 등장하는 캐릭터에는 사립탐정 '조지 불Sir George Bull'과 '콘포드 경위Inspector Cornford'가 있다. 대표작으로는 「구원을 위한 죽음Death to the Rescue」(1931), 「잠자는 살인자The Murderer of Sleep」(1932) 등이 있다.

베버리지, 윌리엄 헨리 Beveridge, William Henry : 1879-1963 __ **영국의 경제학자.**

베버리지는 제2차 세계대전 중인 1942년에 사회보장 제도에 관한 이른바 베버리지 법안을 제창하여 일약 유명해졌다. 그의 보고서를 근거로 하여 종전 후에는 가족수당법(1945), 국민보험법(1946), 국민산업재해법(1946), 국민보건서비스법(1946), 국민부조법(1947), 아동법(1948) 등 많은 사회보장제도가 성립하였으며, '요람에서 무덤까지'라는 오늘날의 영국 사회보장

체계의 기초를 이룩해 놓았다. 대표작으로는 「실업론Unemployment」(1909), 「자유사회에 있어서의 완전고용Full Employment in a Free Society」(1944) 등이 있다.

베버, 막스 Weber, Max : 1864-1920 __ **독일의 사회과학자이자 사상가.**

근대 자본주의 특징을 프로테스탄티즘과 관련시켜 밝힌 「프로테스탄티즘의 윤리와 자본주의의 정신」(1905)은 여러 사회과학 분야에 많은 영향을 주었다. 대표작으로는 「사회과학적 그리고 사회정책적 인식의 객관성Objectivity」(1904), 「직업으로서의 정치Politics as a Vocation」(1919) 등이 있다.

베이다, 페레이둔 Hoveyda, Fereydoun : 1924-2006 __ **이란의 외교관이자 작가, 사상가.**

베이다의 대표 저서로는 「왕의 실패The Fall of the Shah」(1980)와 「대중매체의 숨겨진 의미The Hidden Meaning of Mass Communications」(2000) 등이 있다.

베쓰야쿠 미노루別役實 : 1937- __ **일본의 극작가이자 동화작가, 평론가, 수필가.**

만주국 신경보 특별시 출신. 베쓰야쿠는 1963년 「성냥팔이 소녀マッチ売りの少女」와 「빨간 새가 있는 풍경赤い鳥の居る風景」으로 제13회 〈쿠니오키시다희곡상岸田國士戯曲賞〉을 수상했다. 환상적이고 독창적인 작풍이 특징으로 등장인물이 '남자 1' '남자 2' 등 익명성을 지니며 고유의 이름이 없는 경우가 많다. 대표작으로는 「성냥팔이 소녀」, 「빨간 새가 있는 풍경」 등이 있다.

베전트, 월터 Besant, Walter : 1836-1901 __ 영국의 소설가이자 역사학자.

제임스 라이스James Rice와 1882년까지 합작했다. 작품으로는 「현금 모티보이Ready-money Mortiboy」(1872), 「금나비the Golden Butterfly」(1876), 「모든 것은 가든 축제 안에All in a Garden Fair」(1883) 등이 있다.

벨록, 로운즈 Belloc, Lowndes : 1868-1947 __ 영국의 소설가이자 극작가.

로운즈는 프랑스 태생으로 교육을 거의 받지 못했으나 가정환경 덕분에 당시의 주요 문인들과 가깝게 지냈다. 그의 작품들은 실제로 일어난 살인 사건들을 토대로 쓴 살인 미스터리로 유명하다. 16세가 되던 해에 첫 단편을 발표했고, 그로부터 20년 뒤 첫 번째 장편소설을 선보였다. 역사적 인물과 가공적인 인물을 탐구한 작품과 살인음모의 희생자에 대한 심리학적 연구 작품을 중심으로 집필하였다. 대표작으로는 「하숙인The Lodger」(1913), 「그리운 안나Good Old Anna」(1915), 「바람둥이The Philanderer」(1923) 등이 있다.

벨록, 힐레어 Belloc, Hilaire : 1870-1953 __ 영국의 작가이자 역사가, 시인, 평론가.

힐레어는 프랑스 태생이지만 어머니가 영국인이었으므로 옥스퍼드대학에서 역사학을 전공하고 졸업한 후 1902년에 영국에 귀화하였다. 열렬한 로마 가톨릭 신자로서 당시의 영국에 팽배해 있던 반가톨릭 풍조에 대항할 목적에서 대의사로 출마하여 1906-1910년까지 하원의원으로서 활약하였다. 1900년 무렵 평생의 친구가 된 체스터턴과 알게 되었는데, 이 두 사람의 문학 활동은 20세기 초반의 영국 가톨릭 사상의 계몽과 가톨릭 문학의 부흥에 신기원을 이룩하였다. 대표작으로는 「아이들을 위한 우화Cautionary Tales for Children」(1907), 「영국사A History of England」(1925-30, 4권), 「비굴한 국가The Servile State」(1912), 「유럽과 신앙Europe and Faith」(1920), 「유대인The

Jews」(1922) 등이 있다.

보드킨, 마티스 맥도넬 Bodkin, Matthias Mcdonnell : 1850-1933 __ 아일랜드의 민족주의 정치가.

보드킨은 정치인이면서 동시에 소설가와 기자 및 신문편집자, 변호사, 왕의 고문변호사, 판사 등 다양한 직업군에서 활동하였다. 대표작으로는 「하얀 마법White Magic」(1897), 「아일랜드의 유명한 동화Famous Irish Trials」(1918) 등이 있다.

볼, 존 Ball, John : 1911-1988 __ 미국의 추리소설가.

흑인 경찰인 버질 팁스Virgil Tibbs를 주인공으로 내세운 소설 「밤의 열기 속으로In the Heat of the Night」(1965)을 창작하였다. 그는 「브루클린 이글Brooklyn Eagle」과 같은 잡지에 많은 글을 기고하였고 셜록 홈즈의 팬인 '베이커 거리 특공대Baker Street Irregulars'의 멤버로 활동하기도 하였다. 대표작으로는 「밤의 열기 속으로」(1965), 「첫번째 팀The First Team」(1971), 「그리고 폭력이 왔다Then Came Violence」(1980) 등이 있다.

부알로-나르스자크 Boileau-Narcejac : 1906-1989, 1908-1998 __ 프랑스의 범죄소설가.

피에르 부알로Pierre Boileau와 토마스 나르스자크Thomas Narcejac의 합동 필명이다. 이 두 사람은 1952년부터 연명連名으로 공동작품을 쓰기 시작했는데, 나르스자크가 괴기면을 강조하고 부알로가 추리면을 구성하고 있다. 작품 모두 파괴적·신비적 사건 속에 감추인 수수께끼를 심리적으로 파헤쳐가는 스릴이 넘치는 작품이다. 부알로는 추리소설 대상, 나르스자크는 모험소설 대상을 받았다. 대표작으로는 「죄수The Prisoner」(1957), 「악마의 눈The Evil Eye」(1959), 「잠자는 미녀Sleeping Beauty」(1959) 등이 있다.

브라운, 제라드 오스틴Browne, Gerald Austin : 1924- __ 미국의 소설가이자 편집자.

브라운의 첫 번째 소설인 「모든 것은 동물원에서였다It's All Zoo」(1968)는 그가 파리에서 패션 사진작가로서 활동하는 동안 쓰여 졌다. 대표작으로는 「해로 하우스 11번지11 Harrowhouse」(1972), 「에메랄드의 눈Green Ice」(1978), 「퍼체이스가 19번지19 Purchase Street」(1982) 등이 있다.

브래든, 마리 엘리자베스Braddon, Mary Elizabeth : 1835-1915 __ 영국의 소설가.

런던 출신. 빅토리아 시대의 인기소설가로 1862년 그녀의 베스트셀러인 「오드리 부인의 비밀Lady Audley's Secret」로 이름을 떨친다. 1866년 벨그라비아 잡지Belgravia magazine를 발간한다. 대표작으로는 「오드리 부인의 비밀」, 「오로라 플로이드Aurora Floyd」(1963), 「헨리 덤버 V2 : 의지할 곳 없는 자의 이야기Henry Dunbar V2 : The Story of an Outcast」(1864) 등이 있다.

브론테, 샬럿Bronte, Charlotte : 1816-1855 __ 영국의 소설가.

격정과 강한 반항의 정신이 작품의 기조를 이룬다. 그녀의 자매인 에밀리 브론테Emily Bronte와 앤 브론테Anne Bronte가 함께 문학 활동을 하였다. 세 자매가 시집 「시Poems」를 자비로 공동 출판한 일화가 유명하다. 대표작으로는 「제인 에어Jane Eyre」(1847), 「셜리Shirel」(1849), 「빌레뜨Villette」(1853) 등이 있다.

블레이크, 니콜라스 Blake, Nicholas : 1904-1972 __ **영국의 시인이자 추리소설가, 비평가.**

에도가와 란포는 블레이크를 본격 황금시대의 전통을 계승하는 '신 본격파'의 한 사람으로서 평가했다. 셰익스피어를 비롯한 영국 문학 작품에서의 인용이나 패러디가 삽입된 문학성 높은 작품을 창작했다. 대표작으로는 「야수는 죽어야 한다The Beast Must Die」(1938)가 있다.

블로흐, 로버트 알버트 Bloch, Robert Albert : 1917-1994 __ **미국의 소설가. 시나리오 작가.**

범죄소설과 과학소설을 주로 집필하였다. 히치콕Hitchcock, Alfred의 영화 「사이코Psycho」의 원저자이다. 그의 작품 「리퍼의 밤Night of the Ripper」(1984)은 연쇄 살인마 잭 더 리퍼에 관한 이야기로 영화와 만화 등 다른 다양한 장르로 변용되어 대중화되었다. 대표작으로는 「싸이코」(1959), 「아메리카 고딕American Gothic」(1974), 「리퍼의 밤Night of the Ripper」(1984) 등이 있다.

브레인, 존 Braine, John : 1922-1986 __ **영국의 소설가.**

빙글리 출신으로 작가 데뷔 전 공장이나 가계에서 일을 하면서 다양한 노동 경험을 쌓았다. 1950년대 영국에서 노동계급 출신 젊은 예술가들에 의해 주도되었던 앵그리 영맨Angry Young Man 운동의 영향을 받았다. 생전 12 작품을 남겼으나 영화화도 된 처녀작 『꼭대기 방Room at the Top』(1957)의 작가로 알려져 있다. 이 소설은 비천한 출신이지만 야망으로 불타는 젊은 이가 전후 영국 사회에서 성공의 사다리를 오르는 과정을 묘사하고 있다. 대표작으로는 「꼭대기 방」(1957), 「보디The Vodi」(1959), 「꼭대기의 인생Life at the Top」(1962) 등이 있다.

비거스, 얼 데어 Biggers, Earl Derr : 1884-1933 ＿ 미국의 극작가이자 소설가.
오하이오주 출신. 실존인물이었던 장 아파나Chang Apana를 모델로하여 중국
계 미국인 탐정인 찰리 챈Charlie Chan이 등장하는 추리소설을 창작하였다.
이는 미국과 중국 모두에서 선풍적인 인기를 끌었으며, 영화화되기도 했
다. 대표작으로는 「열쇠가 없는 집The House Without a Key」(1925), 「중국 앵
무새The Chinese Parrot」(1926) 등이 있다.

B.M. 길B.M.Gill☞ 트림블, 바바라 마가렛Trimble, Barbara Margaret

[ㅅ]

사가 센佐賀潜 : 1909-1970 __ 일본의 추리소설가이자 검찰관, 변호사.

도쿄東京 출신. 본명은 마쓰시타 유키노리松下幸德이고, 지방검사로 일하다가 중간에 변호사로 개업했다. 법조활동과 더불어 작품을 꾸준히 발표하였는데, 1962년 「화려한 시체華やかな死体」로 제8회 〈에도가와 란포상江戸川乱歩賞〉을 수상했다. 사건 소설, 역사 소설, 탐정 이야기를 썼으며, 「민법입문民法入門」(1967), 「상법입문商法入門」(1967) 등의 법률 입문서도 썼다. TV 탤런트로도 활약하였다. 대표작으로는 「화려한 시체」와 「특수권외特殊圈外」(1963), 「공갈恐喝」(1964) 등이 있다.

사노 요佐野洋 : 1928-2013 __ 일본의 소설가.

도쿄東京 출신. 본명은 마루야마 이치로丸山一郎이다. 「동혼식銅婚式」(1958)으로 입선하여 작가 데뷔, "탐정소설의 미학은 문학의 미학이 아니라 건축의 미학"이라는 작가의 추리소설관을 잘 구현하였다. 이후 「둘이서 살인을二人で殺人を」(1960), 「비밀파티秘密パーティ」(1961) 등 역작의 발표로 포스트 세이초 시대를 대표하는 작가의 한 사람으로 떠올랐다. 스포츠 미스터리에도 도전하였으며 1997년 제1회 〈일본미스터리문학대상〉을 수상했다. 대표작으로는 「동혼식」, 「우아한 사건優雅な悪事」(1976) 등이 있다.

사사자와 사호笹沢佐保 : 1930-2002 __ 일본의 소설가.

1961년 밀실범죄물인 「식인人喰い」으로 제14회 〈일본탐정작가클럽상日本探偵作家クラブ賞〉을 수상하였다. 그의 작품은 대부분 텔레비전 드라마화 되어 대중적인 인기를 끌었고, 특히 그는 〈찬바람 몬지로木枯らし紋次郎〉 시리즈의 원

작자로서도 유명하다. 대표작으로는 처녀작인 『초대받지 않은 손님招かれざ
る客』(1960), 『식인』(1960), 〈찬바람 몬지로〉 시리즈(1971-1998) 등이 있다.

사카구치 안고坂口安吾 : 1906-1966 __ 일본의 소설가이자 평론가, 수필가.

순문학을 비롯하여 역사소설, 추리소설, 시대풍속, 역사수필 등 다양한 활
동을 했다. 그의 추리소설의 대표작 「불연속살인사건不連続殺人事件」(1947-)
은 연재소설로 발표되었는데 독자 대상으로 범인 맞추기 현상 공모를 내
걸어 화제가 되면서 1949년 제2회 〈탐정작가클럽상探偵作家クラブ賞〉을 수상
하였다. 이 작품은 일본의 본격장편추리소설 시대 개막을 알리는 작품으로
자리 매김이 되고 있다. 대표작으로는 「타락론墮落論」(1946), 「백치白痴」
(1946), 「만개한 벚나무 숲 아래桜の森の満開の下」(1947) 등이 있다.

사이토 사카에斎藤栄 : 1933- __ 일본의 소설가.

사이토는 대학교를 졸업한 후 요코하마横浜 시청에서 공무원으로 근무했다.
장기의 팬으로도 알려지고 있으며 「살인의 기보殺人の棋譜」(1966)로 〈에도가
와 란포상江戸川乱歩賞〉을 수상한 후, 오롯이 작가활동에만 전념하게 되었다.
대표작으로는 「N의 비극Nの悲劇」(1972), 「산부인과 의사의 모험産婦人科医の冒
険」(1974), 「흑백의 기적黒白の奇蹟」(1984) 등이 있다.

사토 하루오佐藤春夫 : 1892-1964 __ 일본의 소설가.

사토는 소설뿐만 아니라 문예비평, 수필, 동화, 희곡, 와카和歌 등 다양한
작품을 남겼다. 범죄나 탐정적인 요소를 줄이고 순수 추리소설을 탐구했으
며 자신만의 독자적인 탐정 소설 가치관과 방법론을 피력했다. 대표작으로
는 「스페인 개의 집西班牙犬の家」(1914), 「갱생기更生記」(1930), 「여인분사女人

焚死」(1951) 등이 있다.

사쿠타 게이치作田啓一 : 1922- __ **일본의 사회학자이자 교수.**

야마구치현山口県 출신. 전쟁 이후의 일본인과 일본 사회를 분석, 연구하고
전쟁 책임의 논리 등을 연구하였다. 그의 아버지는 교토 제국 대학 교수이
자 만주 건국 대학 부총장이었던 경제학자 사쿠타 소이치荘一다. 대표작으
로는 「수치의 문화 재고恥の文化再考」(1967), 「가치의 사회학価値の社会学」(1980)
등이 있다.

새뮤얼, 리처드슨 Samuel, Richardson : 1689-1761 __ **영국의 소설가.**

리처드슨은 오늘날 영국 근대소설의 개척자로 평가받으며 영국 근대 문학
사의 중요한 축을 담당하고 있다. 특히 그가 1740년에 발표한 「파멜라
Virtue Rewarded Pamela」는 하녀로 일하게 된 하층계급의 처녀 파멜라가 현명
한 처신으로 상류계급의 젊은 주인의 아내가 된다는 줄거리다. 당시 귀족
계급의 방탕한 성도덕과 서민계급의 청교도적 금욕주의의 대립에서 서민
의 도덕성이 승리를 거두었다는 의미를 함축한 이 작품은 곧이어 베스트
셀러가 되었다. 대표작으로는 「파멜라」(1740), 「클라리사 할로Clarissa Harlowe」
(1747-1748), 「찰스 그랜디슨경Sir Charles Grandison」(1754) 등이 있다.

새커리, 윌리엄 메이크피스 Thackeray, William Makepeace : 1811-1863 __ **영국의
소설가.**

인도의 콜카타 근교에서 태어났다. 케임브리지 대학에서는 테니슨 등과 사
귀며 시를 지었다. 독일 여행 중에 괴테와 만났으며, 파리에서는 그림 공
부를 하면서 영국으로 통신을 보내는 것으로 생활을 지탱했다. 몇 개의 필

명을 사용하면서 악당소설 「배리 린든The Luck of Barry Lyndon」(1844)을 『프레이저스 매거진』지에 연재하고, 풍자적 만문漫文 「영국의 속물들The Snobs England」(1846~47)을 편치지에 발표했으며, 이후 「허영의 도시Vanity Fair」를 출판하여 명성을 얻었다.

세실, 데이-루이스Cecil, Day-lewis : 1904-1972 __ 영국의 시인이자 비평가.

영국과 아일랜드의 혼혈이다. 니콜라스 블레이크Nicholas Blake라는 필명으로 아마추어 수사관이자 신사 탐정인 나이젤 스트레인지웨이스Nigel Strangeways 가 등장하는 추리소설들을 썼다. 대표작으로는 「해답의 질문A Question of Proof」(1935), 「짐승은 죽어야 한다The Beast Must Die」(1938), 「사적인 상처The Private Wound」(1968) 등이 있다.

세실, 헨리Cecil, Henri : 1902-1976 __ 영국의 판사이자 작가.

런던 출신. 판사로서의 경험에 영감을 받아 영국 법정 시스템에 대하여 주로 썼다. 특히 젊은 변호사의 시선에서 쓴 재판 과정의 묘사가 특징적이다. 대표작으로 「판사에게 석방은 없다No Bail for the Judge」(1952), 「법정 밖 재판Steeled out of Court」(1952) 등이 있다.

세이어스, 도로시 L.Sayers, Dorothy Leigh : 1893-1957 __ 영국의 추리소설 가이자 번역가.

20세기를 대표하는 추리소설 작가이자 저술가이며 번역가 그리고 신학자이다. 그녀는 당시 옥스퍼드의 학위를 취득한 최초의 여성이었다. 도로시 L. 세이어즈는 대학 졸업 후 교사 등을 거쳐 광고 회사의 카피라이터로 일하면서 1923년 첫 소설 「시체는 누구?Whose Body?」를 발표하였다. 〈피터

원지 경〉 시리즈는 추리소설의 황금기를 대표하는 걸작으로 훗날 높은 평가를 받게 되며, 애거사 크리스티와 견줄 만한 명성을 얻게 된다. 1929년에는 영국 탐정소설 작가 클럽을 결성하기도 했다. 대표작으로는 「시체는 누구?」(1923), 「베로나 클럽의 불쾌한 사건The Unpleasantness at the Bellona Club」 (1928) 등이 있다.

소노 다다오草野唯雄 : 1915-2008 __ 일본의 소설가.

1961년 「보수는 10%報酬は一割」로 데뷔했으며 이 작품은 제2회 〈보석상〉 가작으로 당선되었다. 그 후 추리소설, 서스펜스, 공포소설까지 수많은 작품을 발표하였다. 대표작으로는 「말살의 의지抹殺の意志」(1969), 「안녕 공항さらば空港」(1979), 「표적이 된 남자標的にされた男」(1993) 등이 있다.

수베스트르, 피에르Souvestre, Pierre : 1874-1914 __ 프랑스의 변호사이자 저널리스트, 작가, 자동차 경주 주최자.

마르셀 알랭Marcel Allain : 1885-1969과 협업하여 가상의 악당인 팡토마스Fantômas라는 캐릭터를 만들어냈다. 이후 범죄모험소설 시리즈로서 수십 편의 장 · 중편 소설로 구성되었는데 1920~1930년대의 전세계의 독자를 열광시키고 공전의 대베스트셀러가 되었다. 20개 국어 이상으로 번역되었으며 영화화되었다. 대표작으로는 「팡토마스Fantômas」(1911), 「주브형사대 팡토마스Juve contre Fantômas」(1911) 등이 있다.

스기에 아쓰히로杉恵惇宏 : 1933- __ 일본의 소설가.

일본의 저명한 소설가인 그는 저서에 영국 귀족의 저택과 그 역사, 구조와 가족, 생활양식, 문학, 에피소드 등을 설명한 「영국 컨트리 하우스 이야기

英国カントリー―ハウス物語」(1998) 등을 통해 당대 외국 상류층의 삶을 전파하는 데 적지 않은 기여를 하였다. 대표작으로는 「영국, 당신의 영국―영국 재발견イギリス 君のイギリス―英国再発見」(1980), 「영국 컨트리 하우스 이야기」, 「유혹하는 영국誘惑するイギリス」(1999) 등이 있다.

스미스, 마틴Smith, Martin Cruz : 1942- __ 미국의 소설가.

마틴은 저널리스트로 활동하다 1970년대부터 수사 관련 소설을 발표하기 시작했다. 소련의 수사관 아르코디 렌코를 주인공으로 한 미스터리 소설이 유명하다. 본명 외에도 시몬 퀸Simon Quinn, 닉 카터Nick Carter 등 여러 필명으로도 알려져 있다. 대표작으로는 「마이더스의 관The Midas Coffin」(1975), 「나이트윙Nightwing」(1977), 「고르키 공원」(1981) 등이 있다.

스타우트, 렉스 토드헌터Stout, Rex Todhunter : 1886-1975 __ 미국의 탐정 소설가.

쾌활하고 재치 있는 네로 울프Nero Wolfe가 등장하는 소설을 썼다. 대표작으로는 「고무 밴드The Rubber Band」(1936), 「붉은 상자The Red Box」(1937), 「너무 많은 요리사들Too Many Cooks」(1938) 등이 있다.

스텐리, 엘린Stanley, Ellin : 1916-1986 __ 미국의 추리소설가.

현대의 일상생활에 잠재해 있는 공포를 교묘하고 치밀한 문체와 특이한 플롯으로 묘사하여 현대 미국 추리소설계의 제1인자가 되었다. 영화감독 알프레드 히치콕의 몇몇 작품은 엘린의 단편소설에서 지대한 영향을 받은 것으로 알려져 있다. 엘린은 「파티의 밤The House Party」(1954), 「브레싱톤 계획The Blessington Method」(1956), 「제8의 지옥The Eighth Circle」(1958)으로 〈에드거 상Edgar Award〉을 3번 수상하고 그 외에도 5번 후보작으로 오르기도 하였다. 그 외에도 대표작으로는 「끔찍한 자살Dreadful Summit」(1948), 「밝은 별, 빛나는 별Star Light, Star Bright」(1979) 등이 있다.

스토리, 데이비드 Storey, David : 1933- __ 영국 소설가이자 극작가.

영국 요크셔주 웨이크필드 출신. 런던의 슬레이드 미술학교에 다녔고, 1974년 런던의 유니버시티칼리지의 평의원이 되었다. 언어의 전달성과 행동성을 해체함으로써 현대생활의 고독과 소외감을 묘사하고 있다. 대표적 희곡작품으로는 심한 노이로제에 걸린 교사를 묘사한 『아널드 미들턴의 회복The Restoration of Arnold Middleton』(1966)이 있다.

스토리, 잭 트레버 Story, Jack Trevor(1917-1991) __ 영국의 소설가.

1940년대부터 1970년대까지 많은 작품을 쓰며 활발하게 활동한 영국의 소설가이다. 그의 작가로서의 성장은 그의 우상인 윌리엄 사로얀William Saroyan의 접근 방식을 토대로 하여 이루어졌다. 대표작으로는 「해리의 재난The Trouble with Harry」(1949), 「리드의 유산Legacy of Lead」(1954), 「해결은 침대위에서Mix Me a Person」(1959) 등이 있다.

스티븐, 레슬리 Stephen, Leslie : 1832-1904 __ 영국의 문학자이자 철학자.

정치, 종교, 문예 등 각 방면에서 활약하였다. 『콘힐 매거진The Cornhill Magazine』(1860-1975)을 편집하여 문예적 성가를 높였다. 버지니아 울프의 아버지기도 하다. 1882년 「영국인명사전The Dictionary of National Biography」의 초대편집장이 되어 1891년 물러날 때까지 처음 26권을 완성한다. 대표작으로는 「새뮤엘 존슨Samuel Johnson」(1878), 「스위프트Swift」(1882) 등이 있다.

스티븐슨, 로버트 루이스 Stevenson, Robert Louis : 1850-1894 __ **스코틀랜드의 작가이자 시인, 에세이 작가.**

생전에 문학적으로 성공하였고 현재 세계에서 가장 많이 번역된 소설가 26인의 작가 중 한명이다. 타고난 병약으로 요양을 위하여 유럽 대륙으로 건너가며 그곳에서 만난 미국인 유부녀를 사랑하여, 미국으로 건너가 그녀와 결혼한다. 1883년 「보물섬Treasure Island」 출판, 일약 이름을 올렸다. 그의 작품인 「지킬박사와 하이드Strange Case of Dr Jekyll and Mr Hyde」(1886)는 근대인의 분열적 성격을 다룬 것으로서, 어느 정도 스티븐슨 자신의 일면을 나타내고 있다는 견해가 있다. 대표작으로는 「보물섬」(1883), 「지킬박사와 하이드」(1886), 「유괴Kidnapped」(1886) 등이 있다.

스필레인, 미키 Spillane, Mickey : 1918-2006 __ **미국의 추리소설가.**

뉴욕 브루클린 출신. 본명은 프랭크 모리슨 스필레인Frank Morrison Spillane이다. 객관적으로 냉혹·비정하게 사건을 다루는 이른바 하드보일드파의 흐름에 따르고, 거기다 성性적 묘사와 사디즘을 곁들인 영웅주의를 작품의 주된 테마로 삼았다. 「내가 심판한다Vengeance Is Mine!」(1950)로 터프가이 형사 마이크 해머의 시리즈 중 첫 번째 작품으로 집필하여 출판하고, 이 작품을 통해 일약 스타 작가로 발돋움한다. 1,000만 부 이상의 판매 기록을 세웠다. 대표작으로는 「내가 심판한다」(1950), 「걸 헌터The Girl Hunter」(1962), 1996년 「어두운 뒷골목Black Alley」(1996) 등이 있다.

쓰노다 기쿠오角田喜久雄 : 1906-1994 __ **일본의 소설가.**

가나가와현神奈川県 출신. 시대소설이나 탐정소설 분야에서 두각을 나타내었다. 1925년 도쿄공업고등학교에 입학하고, 1년 뒤 작품 발광이 제1회 선데이 매일 대중문예상을 수상하면서 주목을 받기 시작했으며, 1938년 추

리기법을 도입한 전기소설 「풍운 장기곡風雲将棋谷」을 통해 큰 인기를 얻는
다. 대표작으로는 「발광発狂」(1926), 「풍운장기곡」(1938), 「다카기 집안의
참극高木家の惨劇」(1947) 등이 있다.

쓰쓰이 야스타카筒井康隆 : 1932- __ 일본의 소설가이자 극작가, 배우.

오사카大阪府 출신. 1960년 단편 「도움お助け」이 에도가와 란포의 눈에 띄어
『보석』에 다시금 실리게 되면서 문단에 데뷔하게 된다. 이 후 슬랩스틱
코미디 풍의 SF단편을 주로 썼으나 형사가 대부호라는 설정의 연작 소설
「부호형사富豪刑事」(1978)에서는 본격 추리를 선보였다. 제9회 〈이즈미교카
상泉鏡花賞〉을 수상한 「허인들虚人たち」(1981) 이후로 실험 소설적 경향이 강
해진다. 대표작으로는 「시간을 달리는 소녀時をかける少女」(1967), 「가족팔경
家族八景」(1972), 「부호형사」 등이 있다.

쓰즈키 미치오都築道夫 : 1929-2003 __ 일본의 SF소설가이자 추리소설가.

도쿄東京道 출신. 본명은 마츠오카 이치오松岡巖이다. 1945년 와세다 실업학
교를 중퇴하고, 1947년부터 잡지편집, 카피라이터 등의 일을 전전하다
1959년 본격적인 추리소설 작가로 활동을 시작했다. 이후 〈나메쿠지 나가
야なめくじ長屋〉시리즈, 〈기리언 슬레이キリオン·スレイ〉 시리즈 등의 시리즈물
을 창작했다. 대표작으로는 「기리언 슬레이의 생활과 추리キリオン·スレイの生
活と推理」(1973), 「추리작가가 되기까지推理作家の出来るまで」(2000) 등이 있다.

쓰카사키 시로司城志朗 : 1950- __ 일본의 소설가.

아이치현愛知県 출신. 시로는 1998년 「게놈 해저드ゲノム·ハザード」로 제15회
〈산토리 미스터리대상サントリーミステリー大賞〉을 수상하였다. 이 작품은

2014년 한국과 일본의 합작으로 각각 「게놈 해저드」, 「무명인」으로 영화화 되어 제작되었고, 당시 관객들로 하여금 소설에 버금가는 인기를 얻었다. 대표작으로는 「브로드웨이의 전차ブロードウェイの戦車」(1984), 「바다에서 온 사무라이海から来たサムライ」(1984), 「게놈 해저드」 등이 있다.

쓰치야 다카오土屋隆夫 : 1917-2011 __ 일본의 추리소설가.

사회파 추리소설이 석권하던 시대에 논리적인 수수께끼 해결의 재미를 중시하는 본격파를 견지하였다. 〈지구사검사千草検事〉 시리즈의 주인공 '지구사 다이스케千草泰輔'가 처음으로 등장하는 「그림자의 고발影の告発」(1963)로 제16회 〈일본추리작가협회상日本推理作家協会賞〉을 수상하였고, 2002년에는 제5회 〈일본미스터리문학대상日本ミステリー文学大賞〉을 수상하였다. 대표작으로는 〈지구사검사〉 시리즈 이외에도 「아내에게 바치는 범죄妻に捧げる犯罪」(1972), 「화려한 상복華やかな喪服」(1996), 「광기物狂い」(2004) 등이 있다.

시가 나오야志賀直哉 : 1883-1971 __ 일본의 소설가.

미야기현宮城県 출신. 나오야는 시라카바파白樺派를 대표하는 소설가로 많은 일본인 작가들에게 영향을 끼쳤다. 군더더기 없는 문장은 소설 문체의 이상적인 하나로 손꼽히고 그 평가도 높다. 아쿠타가와 류노스케는 시가의 소설을 높게 평가하고 자신의 창작적 이상이라고 불렀다. 당시의 문학청년들에게 숭배되어 대표작 「소승의 신小僧の神様」(1920)을 패러디 하여 '소설의 신小説の神様'로 불리기도 하였다. 대표작으로는 「화해和解」(1917)와 「기노사키에서城の崎にて」(1917), 그리고 「암야행로暗夜行路」(1921-37) 등이 있다.

시마다 가쓰오島田一男 : 1907-1996 __ 일본의 소설가이자 각본가.

1946년 「살인연출殺人演出」이 잡지 『보석宝石』에서 제1회 〈단편현상〉에 입상. 신문기자로서의 경험을 살린 추리소설을 쓰면서 1951년 단편소설 「사회부 기자社会部記者」, 「유격대 기자遊軍記者」, 「신문 기자新聞記者」, 「풍선 마의風船魔」로 제4회 〈일본탐정작가클럽상日本探偵作家クラブ賞〉을 수상했다. 대표작으로는 〈'소년타임즈'편집장「少年タイムス」編集長〉 시리즈(1948-1949), 〈사회부 기자社会部記者〉 시리즈(1951), 〈형사변호사刑事弁護士〉 시리즈(1955) 등이 있다.

시모다 가게키志茂田景樹 : 1940- __ 일본의 소설가.

「간신히 탐정やっとこ探偵」(1927)으로 제27회 〈일본소설현대신인상小説現代新人賞〉을 수상하며 화려하게 작가로 데뷔한다. 경쾌하고 스피디한 작품이 많은 반면으로 고증에 의해 뒷받침된 역사추리물, 가공 전기 시뮬레이션 소설도 간간히 볼 수 있다. 대표작으로는 「이단의 파일異端のファイル」(1977), 「누런 어금니黃色い牙」(1980), 「기적 소리気笛一声」(1984) 등이 있다.

시미즈 다쓰오志水辰夫 : 1936- __ 일본의 소설가.

고치현高知県 출신. 본명은 가와무라 미쓰아키川村光暁이다. 「등진 고향背いて故郷」(1985)으로 제4회, 「스쳐지나간 거리行きずりの街」(1990)로 제9회 〈일본모험소설협회대상日本冒険小説協会賞〉을, 2001년 「어제의 하늘きのうの空」로 제14회 〈시바타렌자부로상柴田鍊三郎賞〉을 수상했다. 서정적인 문체로 모험, 연애, 역사 소설까지 다루는 한편 장난에 가까운 정도의 좌충우돌에 철저한 코미디도 다루는 등 작품의 폭이 넓은 것이 특징이다. 대표작으로는 「온리 예스터데이オンリィ・イエスタデイ」(1987), 「스쳐지나간 거리」(1990) 등이 있다.

시몬즈, 줄리안 구스타브 Symons, Julian Gustave : 1912-1994 __ 영국의 소설가이
자 시인.

시몬즈는 유대인출신의 이민자였지만, 범죄 작가이자 시인으로 더 명성을
떨친 인물이다. 사회, 군사, 역사에 관란 해박한 지식은 전기문학의 선구
자로 만들어 주었다. 「살인의 컬러The Colour of Murder」(1957)으로 1957년
〈골드 대거 상〉 수상을, 「범죄의 진행과정The Progress of a Crime」(1960)으로
1961년 〈에드거 상〉을 수상하기도 하였다. 대표작으로는 「블러디 머더
Bloody Murder」(1972), 「범죄와 발견Crime and Detection」(1983) 등이 있다.

실리토, 앨런 Sillitoe, Alan : 1928-2010 __ 영국 소설가이자 시인.

노팅엄 출신. 가죽공장 노동자의 아들로, 14세 때 학교를 그만두고 자동차
공장 · 합판공장 등에서 일한 다음, 영국 공군에 입대하여 1946~1949년 말
레이시아에서 무전기사로 근무하였다. 1958년 영국 노동자의 생활과 반체
제적인 청춘을 묘사한 걸작 「토요일 밤과 일요일 아침Saturday Night and Sunday
Morning」으로 일약 문단에 등장, 〈작가 클럽의 신인소설상〉을 수상하다. 이
어 비행非行 소년의 내적 감정과 그 윤리를 훌륭히 묘사한 단편집 「장거리
주자의 고독The Loneliness of the Long Distance Runner」(1959)으로 문단의 지위를
확고히 하였다. 대표작으로는 「장거리 주자의 고독」, 「열쇠를 손에 쥐었다
Key to the Door」(1962), 「볼고그라트의 길Road to Volgograd」(1964) 등이 있다.

심농, 조르주 조제프 크리스티앙 Simenon, Georges Joseph Christian : 1903- 1989
__ 벨기에의 소설가.

쥘 매그레Jules Maigret가 등장하는 탐정 소설 시리즈를 발표하였다. 그는
1922년 파리 북역에 발을 디딘 후 20여 개의 필명으로 대중 소설들을 써
내며 작가적 입지를 굳혀 나간다. 항해에 관심을 갖게 된 심농은 1928년부

터 1929년 사이 배를 타고 프랑스와 북부 유럽의 강과 운하들을 여행하는데, 이때의 경험이 바탕이 되어 뱃사람, 수문 관리인, 마부들의 세계가 그의 작품에 소재로 자주 등장하게 된다. 대표작으로는 「14번의 잠긴 범죄 The Crime at Lock 14」(1931), 「노란 개The Yellow Dog」(1931), 「매그레와 유령 Maigret and the Ghost」(1964) 등이 있다.

심프슨, 도로시 P. Simpson, Dorothy Preece : 1933- __ 영국의 추리소설가.

웨일즈 출신Wales. 그녀의 첫 번째 소설이 1977년 출판된 이후 뒤따르는 세 작품은 거절당한다. 이후 그녀는 매력적인 형사가 등장하는 살인 미스터리를 쓰기로 결심하고 검시관 루크 타넷Luke Thanet과 그의 동료 마이클 라인햄Michael Lineham이 등장하는 「그녀가 죽은 밤The Night She Died」을 내놓는다. 대표작으로는 「그녀가 죽은 밤」(1981), 「식스 핏 언더Six Feet Under」(1982), 「마지막 생존자Last Seen Alive」(1985) 등이 있다.

[ㅇ]

아담스, 사무엘 홉킨스 Adams, Samuel Hopkins : 1871-1958 __ 미국의 저널리스트이자 소설가.

20세기 초기의 맥레킹 운동muckraking에 참여하였으며 정치계의 부패를 폭로하는 작품을 발표했다. 대표작으로는 「대단한 미국 사기The Great American Fraud」(1906), 「카날 타운Canal Town」(1944), 「야간 버스Night Bus」(1951) 등이 있다.

아라 마사토荒正人 : 1913-1979 __ 일본의 문예평론가.

전후 하니야 유타카埴谷雄高・히라노 겐平野謙 등과 잡지『근대문학近代文学』을 창간한다. 나쓰메 소세키夏目漱石의 연구자로도 알려져 있음.

추리소설 애호가로 추리소설관련의 저서, 역서 등이 있다. 제1회부터 제14회까지 〈에도가와 란포상江戸川乱歩賞〉의 심사위원을 역임하였다. 대표작으로는『현대작가론전집 나쓰메소세키現代作家論全集 夏目漱石』(1957), 「우주 문명론宇宙文明論」(1957), 「세계의 문학世界の文学」(1965) 등이 있다.

아를레, 카트린 Arley, Catherine : 1924- __ 프랑스의 소설가이자 배우.

1953년 데뷔작 「곧 죽을 거요Tu vas mourir」를 내놓으며 작가로서의 새로운 삶을 시작했으며, 1956년에 발표한 「지푸라기 여인La femme de paille」로 일약 세계적인 명성을 얻게 되었다. 그녀의 소설은 팽팽한 긴장감으로 가득 차 있으며 잔혹하면서도 유머를 잃지 않는 것으로 유명하다. 추리-스릴러 장르들이 많고, 특징적으로는 악인(특히 악녀)을 소재로 하여 악인의 계획적인 범죄행위가 성공적인 결말을 맺는 것을 선호한다. 처음 책장을 넘기면서부터 마지막장까지 숨차게 읽어나가게 하는 흡인력이 매우 강한 소설이자 군더더기 없는 깔끔한 문장과 공감 깊은 소재가 특징이다. 대표작으로는 「곧 죽을 거요」(1973), 「지푸라기 여인」(1956), 「왕자의 특권Le Fait du prince」(1973), 「구타와 벨Le Battant et la cloche」(1982), 「사라진 테니스 스타EN 5 SETS」(1990) 등이 있다.

아리마 요리치카有馬賴義 : 1918-1980 __ 일본의 추리소설가.

도쿄東京 출신. 아리마는 대중소설과 사회파 추리소설 등 사회문제를 다룬 추리소설 및 범죄소설 작가로 활약하였다. 「종신미결수終身未決囚」(1954)로 제31회 〈나오키상直木賞〉을, 「4만 명의 목격자四万人の目擊者」(1958)로 〈일본탐정작가클럽상日本探偵作家クラブ賞〉을 수상하였다. 전쟁의 상흔을 예리하게 응시하고 인간묘사에도 뛰어나 마쓰모토 세이초에 견줄 '사회파'로 불리기도 했으나 점차 추리소설보다는 범죄소설의 경향을 보였다. 대표작으로는 「종신미결수」, 「4만 명의 목격자」, 「살의의 구성殺意の構成」(1959-1960) 등이 있다.

아베 고보安部公房 : 1924-1993 __ 일본의 소설가이자 극작가, 연출가.

본명은 아베 기미후사安部公房로, 제2차 전후파로 문단에 등장했다. 처음에는 관념적인 작품이 주류였지만 〈아쿠타가와상芥川賞〉 수상작인 「벽壁」(1941)을 기점으로 독창적이고 전위적 작품으로 전환한다. 그 후의 작풍은 변형담變形譚과 SF적 발상을 기초로 한 우의적 수법으로 요약될 수 있다. 「모래의 여인砂の女」(1962) 이후에는 신작 장편소설로 승부하며 작품마다 기존의 관념이나 일상적 사고에 대한 결연한 거부와 일탈의 몸짓을 보여준 바 있다. 대표작으로는 「벽」(1951), 「모래의 여인」(1962), 「밀회密会」(1977) 등이 있다.

아야쓰지 유키토綾辻行人 : 1960- __ 일본의 소설가.

교토京都府 출신. 아야쓰지의 본명은 우치다 나오유키內田直行이다. 〈관館〉 시리즈가 대표적으로 유명하며 신본격파 미스터리 작가의 하나로 불려진 다. 전통적인 수수께끼풀이에 서술적 트릭을 가미하면서도 매 작품마다 다 양한 취향을 자랑하여 많은 독자의 지지를 얻고 있다. 「시계관의 살인時計 館の殺人」(1991)은 제45회 〈일본추리작가협회상日本推理作家協会賞〉을 수상하였 으며 호러 분야에서도 뛰어난 재능을 발휘한다. 대표작으로는 「십각관의 살인」(1987), 「미로관의 살인迷路館の殺人」(1988), 「어나더Another」(2006) 등 이 있다.

아우구스티누스, 아우렐리우스Augustinus, Aurelius : 354-430 __ 로마시대의 철학자이자 사상가, 신학자.

초대 그리스도교 교회의 대표적인 교부로 고대문화 최후의 위인이었다. 세 인트 어거스틴이라고도 부른다. 중세의 새로운 문화를 탄생하게 한 선구자 였다. 카르타고에서 수사학修辭學을 교수하며 마니교Mani教를 신봉했으나 아 리스토텔레스의 저작을 읽은 뒤 회의론자가 되어 9년 만에 마니교를 버리 고 로마에 간 뒤 기독교에 귀의하였다. 그의 사상은 스콜라 철학과 기독교 사상에 큰 영향을 끼쳤다. 대표작으로는 「고백록Confessions」(397-398), 「삼 위일체론Theory of trinity」(397-417), 「신국론De Civitate Dei contra Paganos」(413- 426) 등이 있다.

아유카와 데쓰야鮎川哲也 : 1919-2002 __ 일본의 추리소설가.

본명은 나카가와 도오루中川透이다. 아유카와는 '알리바이 허물기' 작품 등 미스터리 소설을 다수 집필하였다. 특히 오니쓰라 경부鬼貫警部를 탐정으로 하는 추리소설을 발표하며 인기 작가반열에 오른다. 앤솔러지 편찬이나 신

인 소설가를 소개하는데도 주력하였으며, 1990년에는 〈아유카와데쓰야상 鮎川哲也賞〉이 제정되었다. 대표작으로는 「페트로프 사건ペトロフ事件」(1950), 「리라장사건リら荘事件」(1956-1957), 「왕을 찾아라王を探せ」(1981) 등이 있다.

아이리시, 윌리엄Irish, William : 1903-1968 __ 미국의 소설가.

본명은 코넬 조지 호프리 울리치Cornell George Hopley-Woolrich이며 단편소설을 주로 작품으로 하였다. 작품의 장점으로 치밀한 논리적 구성, 등장인물들을 밀어붙이는 압도적 상황, 도시적인 우수와 슬픔을 던져주는 분위기, 무엇보다도 문체의 독특한 아름다움을 들 수 있다. 대표작으로는 「환상의 여인」(1942), 「나는 죽은이와 결혼했다I Married a Dead Man」(1948), 「교살범의 세레나데Strangler's Serenade」(1951) 등이 있다.

아카가와 지로赤川次郎 : 1948- __ 일본의 추리소설가.

후쿠오카현福岡県 출신. 아카가와는 1976년 단편 「유령열차幽靈列車」로 제15회 〈올요미모노추리소설신인상オール讀物推理小説新人賞〉을, 1980년 「악처에게 바치는 레퀴엠悪妻に捧げるレクイエム」으로 제7회 〈가도가와소설상角川小説賞〉을 수상한다. 특히 아카가와를 기점으로 기존의 사회파적 무거운 추리소설에서 가벼운 즐길거리의 추리소설로 그 성향이 바뀌었다는 점은 그의 영향력을 보여주는 부분인다. 추리소설 이외의 작품도 적지 않으며 장편 단편할 것 없이 1982년부터는 매년 20편 전후의 신간을 꾸준히 간행하면서 많은 저서를 남겼다. 대표작품으로는 〈삼색털 고양이 홈즈三毛猫ホームズ〉시리즈(1975-2011), 〈세자매 탐정단三姉妹探偵団〉 시리즈(1982-2013) 등이 있다.

아쿠타가와 류노스케芥川龍之介 : 1892-1927 __ 일본의 소설가.

도쿄東京 출신. 합리주의와 예술지상주의 작풍을 주로 보인다. 신현실주의新現実主義 사조의 작품을 주로 썼는데, 자연주의가 자신의 생활 경험을 중시한 데 반해, 자신들의 근대적 지성과 이지에 바탕을 둔 새로운 해석과 관찰을 펼치려고 한 것이 신현실주의다. 제3차 신사조파新思潮派라고도 한다. 만년에는 프롤레타리아 문학의 대두 등 시대의 동향에 적응하지 못하며 신경쇠약에 빠지고, 마침내 '막연한 불안'을 이유로 자살하고 만다. 1935년 기쿠치 간菊池寬에 의하여 그의 이름을 딴 〈아쿠타가와상芥川賞〉이 제정되었다. 단편의 귀재였으며 고전을 제재로 한 작품에서 출중한 작품을 선보였다. 대표작으로는 「라쇼몽羅生門」(1915), 「코鼻」(1916), 「토롯코トロツコ」(1922) 등이 있다.

암스트롱, 샬롯 Armstrong, Charlotte : 1905-1969 __ 미국의 추리소설가.

샬롯은 「독약 한 방울A Dram of Poison」로 1957년 미국 미스터리 작가상인 〈에드거 상Edgar Award〉을 받는다. 이후 1967년과 1968년에 연달아 출판된 두 작품인 「선물가게The Gift Shop」와 「레몬 바구니Lemon in the Basket」도 수상 후보에 오른다. 대표작으로는 「선물가게」(1967), 「레몬 바구니」(1968) 등이 있다.

애들러, 빌 Adler, Bill : ?-? __ 미국의 소설가이자 편집자, 사업가.

애들러는 소속사 대표로서 고스트라이터와 심지어는 플롯을 제공하면서까지 정치인과 연예인, 스포츠 스타가 쓴 소설을 대중화하는 데 앞장섰다. 동시에 소설가로서 추리나 범죄 소설뿐만 사회 저변에 영향을 미치는 모든 사건과 인물에 주목하여 글을 썼으며, 그의 글은 출판과 함께 다양한 매체로 대중화 되었다. 대표작으로 「베트남에서 온 편지Letters From Vietnam」(1967),

「누가 로빈스가를 죽였나?Who Killed the Robins Family?」(1983) 등이 있다.

앨링엄, 마제리 루이스 Allingham, Margery Louise : 1904-1966__ **영국의 추리소설가.**

신사 탐정인 알버트 캠피온Albert Campion이 등장하는 〈황금시대〉 시리즈로 유명하다. 알버트 캠피온Albert Campion은 「블랙 더들리 저택의 범죄The Crime at Black Dudley」(1929)에서 처음 등장한다. 대표작으로는 「달콤한 위험Sweet Danger」(1933), 「검시관의 언어Coroner's Pidgin」(1945), 「눈가림Hide My Eyes」(1958) 등이 있다.

야나기다 구니오柳田国男 : 1875-1962__ **일본의 민속학자이자 관료.**

효고현兵庫県 출신. 야나기다는 "일본인이란 무엇인가"라는 대답을 구하고자 일본 열도 각지와 당시 일본 령의 외지를 조사하는 여행을 한다. 산에서의 생활에 착안하여 쓴 설화 「토노 이야기遠野物語」(1910)에서 '아무쪼록 이 이야기가 사람들을 전율시키기를 바란다'고 하며 그가 생각하는 문학작품의 의의를 표현하였다. 일본 민속학의 개척자이며 그가 생전에 쓴 다수의 작품은 2015년 현재까지도 계속 발간되고 있다. 대표작으로는 「토노 이야기」, 「달팽이의 효蝸牛考」(1930, 어학서), 「모모타로의 탄생桃太郎の誕生」(1933) 등이 있다.

야마다 후타로山田風太郎 : 1922-2001__ **일본의 추리소설가.**

본명은 야마다 세이야山田誠也이다. 전후의 황폐 한 세태를 배경으로 한 추리소설을 중심으로 다수의 단편을 발표했다. 전기소설, 추리소설, 시대소설의 세 방면에서 이름을 날리며 전후 일본을 대표하는 오락소설가의 한

명으로 자리하고 있다. 1946년 잡지『보석宝石』제1회 단편 현상 모집에서
「달마 고개 사건達磨峠の事件」이 입상하여 문단 데뷔했다. 1949년에는「눈
속의 악마眼中の悪魔」,「허상 음락虚像淫楽」의 두 편으로 제2회〈탐정작가클럽
상探偵作家クラブ賞〉을 수상하기도 하였다. 대표작으로는「달마 고개의 사건」
(1947),「마계전생魔界転生」(1967),〈닌포초忍法帖〉시리즈(1958-1974) 등이 있다.

야마모토 슈고로山本周五郎 : 1903-1967 __ 일본의 소설가.

슈고로는 시대소설과 휴먼드라마 등 다양한 작품을 정력적으로 남긴 소설
가이다. 그가 세상을 떠난 후 그의 이름을 붙인 문학상이 창설되었다.
1929년부터 천재 중학생을 주인공으로 삼은 연작 탐정소설「위험해! 잠수
함의 비밀危し!潜水艦の秘密」(1930)을 집필했다. 대표작으로는「스마데라 부근
須磨寺附近」(1926),「잠이 덜 깬 서장寝ぼけ署長」(1946-1948),「전나무는 남았
다樅ノ木は残った」(1958) 등이 있다.

야마무라 나오키山村直樹 : 1934- __ 일본의 소설가.

나오키는 1958년『보석신인25인집宝石新人二十五人集』으로 신인상을 수상하였
으며 1964년 요미우리신문사読売新聞社가 주최한 콘테스트에서「환주암기幻
住庵記」가 가작에 입선하였다. 대표작으로는「파문의 기破門の記」(1965),「추
적의 연계追尾の連繋」(1972),「이동밀실移動密室」(1983) 등이 있다.

야마무라 마사오山村正夫 : 1931-1999 __ 일본의 소설가.

마사오는 나고야외국어전문학교 재학 중, 17살 때에 처녀작「이중밀실의
미스터리二重密室の謎」(1948)를 집필하였고 이후 수많은 미스터리소설을 남
겼다. 일본추리작가협회日本推理作家協会 이사장, 일본펜클럽日本ペンクラブ 이사

등을 역임하기도 했다. 대표작으로는 「사자獅子」(1957), 「볼링 살인사건ボウリング殺人事件」(1972), 「유도노산기슭의 저주받은 마을湯殿山麓呪い村」(1980) 등이 있다.

야마무라 미사山村美紗 : 1931-1996 __ 일본의 소설가.

일본에서 미스터리의 여왕이라 불릴 정도로 많은 추리소설을 남겼으며 특히 「교토 오하라 살인사건京都大原殺人事件」(1984) 이후로 교토를 무대로 한 작품을 연이어 발표하면서 오늘날까지 '교토의 작가'로도 알려져 있다. 대표작으로는 「꽃의 관花の棺」(1975), 「교토 미식가 여행 살인사건京都グルメ旅行殺人事件」(1988), 「붉은 영구차赤い霊柩車」(1990) 등이 있다.

야마사키 도요코山崎豊子 : 1924-2013 __ 일본의 소설가이자 기자.

오사카大阪府 출신. 본명은 스기모토 도요코杉本豊子이다. 그는 1957년 「노렌暖簾」으로 데뷔한다. 그녀의 작품은 실제 사건을 토대로 권력과 조직의 이면을 드러내는 등 사회성이 짙으며, 복잡한 인간관계의 묘사에 뛰어나다. 광팬이 있는 반면 참고한 자료를 거의 각색하지 않고 반영하기 때문에 표절이라는 지적을 받기도 한다. 1958년 「꽃 포렴花のれん」으로 제39회 〈나오키상直木賞〉 등 수 많은 상을 섭렵하였다. 대표작으로는 「하얀 거탑白い巨塔」(1965-69)과 「화려한 일족華麗なる一族」(1973), 「불모지대不毛地帯」(1976-78) 등이 있다. 그의 대표작은 한국에서도 모두 흥행에 성공한 작품들이다.

야하기 도시히코矢作俊彦 : 1950- __ 일본의 추리소설가.

하드보일드 작품을 쓰는 대표적 소설가이다. 그는 1972년 『미스터리 매거진ミステリマガジン』에 게재한 하드보일드 단편소설 「껴안고 싶어抱きしめたい」

로 데뷔했다. 2004년에 「라라라 과학의 아이ららら科學の子」로 제17회 〈미시
마 유키오상三島由紀夫賞〉, 「롱 굿바이ロング・グッドバイ」로 제23회 〈일본모험소
설협회대상日本冒険小説協会大賞〉 등을 수상하며 작가로서의 입지를 넓혀 나갔
다. 대표작으로는 「코르테스의 수확コルテスの収穫」(1987), 「아, 자, 판あじゃ
ぱん」(1997), 「라라라 과학의 아이」 등이 있다.

언더우드, 마이클 Underwood, Michael : 1916-1992 __ **영국의 변호사이자 소설가.**

아틀란틱 오션 출신. 전반적으로 극적이지 않은 그의 작품 구성은 언뜻 범
죄소설로서 아이러니해 보이지만, 오로지 죽음의 순간에만이 극적이라는
'현실성'을 작품에 표현하고자 했다. 대표작으로는 「죽음의 원인Cause of
Death」(1960), 「콜린 와이즈의 범죄The Crime of Colin Wise」(1964) 등이 있다.

에도가와 란포江戸川乱歩 : 1894-1965 __ **일본의 소설가이자 평론가.**

미에현三重県 출신. 본명은 히라이 타로平井太郎이다. 에도가와 란포라는 필
명은 에드거 앨런 포에서 따온 것이다. 1923년 「2전동화二銭銅貨」는 암호가
핵심에 있는 기묘한 트릭을 가진 최초의 창작 탐정 작품이다. 공포소설과
동성애를 다룬 걸작 스릴러, 판타지 등 오락성이 강한 장편을 쓰기 시작하
면서 다수의 독자를 열광시켰으며 연구 및 평론에도 탁월한 식견과 뛰어
난 성과를 보인다. 대표작으로는 「D언덕의 살인사건D坂の殺人事件」(1925),
「외딴 섬 악마孤島の鬼」(1929~30), 「환영성幻影城」(1951) 등이 있다.

에이미스, 킹슬리 Amis, Kingsley : 1922- __ **영국의 소설가이자 시인.**

킹슬리는 미국 밴더빌트대학의 초빙교수 등을 역임하였고, 〈서머싯 몸상
賞〉을 수상한 바 있다. 처녀작 「러키 짐Lucky Jim」(1954)은 지위가 불안정한

젊은 대학 강사인 짐 딕슨이 성가신 시골 대학에서 주위 사람들의 눈치를 보면서도 유쾌한 실패를 거듭하는 모습을 직선적인 필치와 희극적인 플롯으로 묘사한 새로운 형의 피카레스크 소설로, 일약 그의 이름을 유명하게 하였다. 대표작으로는 「러키 짐」(1954), 「어떤 불확실한 감정 That Uncertain Feeling」(1955), 「여기가 좋아I Like it Here」(1958), 「너와 같은 아가씨를Take a Girl like You」(1960) 등이 있다.

에하라 고야타江原小弥太 : 1882–1978 __ 일본의 교사이자 기자, 회사원, 상인.
니가타현三重県 출신. 다양한 직업을 전전하며 바꾸었다. 한때는 에하라 서점을 경영하기도 하였다. 평소 독특한 인세관人世觀을 지녔으며 가족관계를 종교적 관점에서 해석하여 새로운 도덕과 새로운 사상을 위해 노력하였다. 구라타 하쿠조, 아리시마 다케오, 무샤노코지 사네아쓰 등과 함께 다이쇼 문단에서 종교문학을 대표하는 작가이다. 1921년 「신약新約」을 간행하여 베스트셀러가 된다. 이후 전쟁 시기까지 작가로 활동한 인물이다. 대표작으로는 「신약」과 「구약旧約」(1921) 그리고 「활동復活」(1921) 등이 있다.

엘리엇, 조지 Eliot, George : 1819–1880 __ 영국의 소설가.
본명은 메리 앤 에번스Mary Ann Evans이다. 그녀는 빅토리아 시대를 대표하는 작가 중 한사람으로 전원생활을 배경으로 한 자전적 요소가 강한 작품이 많다. 인물들의 심리갈등을 표현하는 데 탈월한 재능을 지녔다. 대표작으로는 「플로스 강변의 물레방아The Mill on the Floss」(1860), 「미들마치 Middlemarch」(1871), 「대니얼 데론다Daniel Deronda」(1876) 등이 있다.

엘리엇, 토마스 스턴스 Eliot, Thomas Stearns : 1888-1965 __ **영국의 시인이자 평론가, 극작가.**

미국 출신. 엘리엇은 자기 자신을 문학적으로는 고전주의자, 정치적으로는 왕당파, 종교적으로는 영국 국교도로 규정하였다. 첫 평론집 「황무지The Waste Land」(1922)로 〈다이얼Dial상〉을 수상하고 1948년 노벨문학상을 수상한다. 대표작으로는 「성스러운 숲The Sacred Wood」(1920), 「황무지」, 「4개의 4중주Four Quartets」(1944) 등이 있다.

오구라 긴노스케小倉金之助 : 1885-1962 __ **일본의 수학자이자 수학역사가, 수필가.**

야마가타현山形県 출신. 오구라는 1919년부터 3년간 유럽을 방문하고 1925년 오사카의과대학의 교수가 된다. 1932년 유물론연구회 발기인 중 한 명이며 1936년에는 「자연 과학자의 임무自然科学者の任務」를 발표하여 군국주의에 반대했다. 1946년에 설립 된 민주주의 과학자 협회 회장을, 1948년부터 일본 과학 사학회 회장, 1962년부터 일본 수학 사학회 회장을 역임했다. 대표작으로는 「일본의 수학日本の数学」(1964)과 「한 수학자의 회상—数学者の回想」(1971) 등이 있다.

오구리 무시타로小栗虫太郎 : 1901-1946 __ **일본의 소설가.**

본명은 오구리 에이지로小栗栄次郎 이다. 1933년 중편 「완전범죄完全犯罪」로 탐정소설 문단에 데뷔, 『신청년新青年』에 「흑사관 살인사건黒死館殺人事件」(1934-)을 연재하면서 탐정소설 붐을 일으켰다. 이 작품은 일본 탐정소설 삼대기서三大奇書 중 하나로 일본 오컬티즘, 현학 취미衒学趣味 소설의 대표작으로 알려져 있다. 한국어판은 『흑사관 살인사건』(2011), 『실낙원 살인사건失楽園殺人事件』, 『세계 추리소설 걸작선1』(한스미디어, 2013), 『오필리어

살해オフェリヤ殺し』, 『세계 추리소설 걸작선2』(한스미디어, 2013) 등이 있다. 대표작으로는 「완전범죄」, 「흑사관 살인사건」, 「실낙원 살인사건」(1934) 등이 있다.

오구리 후요小栗風葉 : 1875–1926 __ **일본의 소설가.**

오자키 고요尾崎紅葉의 문하생이 되어 오자키 고요가 세상을 떠난 후 미완의 「금색야차金色夜叉」를 고인과 똑같은 문장으로 완성시켰다(「금색야차 종편金色夜叉終編」(1909)). 1930년대부터 자연주의 소설을 주로 썼다. 대표작으로는 「청춘青春」(1905), 「죄와 죄罪と罪」(1905), 「낙조落潮」(1919) 등이 있다.

오든, 위스턴 휴 Auden, Wystan Hugh : 1907–1973 __ **영국의 시인.**

20세기의 위대한 시인 중 한명으로 손꼽히는 인물이다. 대표작으로는 「시Poems」(1930), 「또 다른 시간Another Time」(1940), 「고마워, 안개 : 마지막 시Thank You, Fog : Last Poems」(1974) 등이 있다.

오사와 아리마사大沢在昌 : 1956– __ **일본의 추리소설가.**

하드보일드 소설과 모험소설을 주로 집필한다. 1990년에 발표한 그의 대표작 「신주쿠 상어新宿鮫」가 1991년 〈이 미스터리가 대단하다!このミステリーがすごい!〉에서 1위에 랭크되면서, 1991년 제44회 〈일본추리작가협회상日本推理作家協会賞〉, 제12회 〈요시카와에이지문학신인상吉川英治文学新人賞〉을 수상하였다. 한국어판으로는 「신주쿠 상어」 노블마인(2009) 등이 있다. 대표작으로는 『감상의 길모퉁이感傷の街角』(1978), 「신주쿠 상어」, 「바다와 달의 미로海と月の迷路」(2014) 등이 있다.

오사카 게이키치大阪圭吉 : 1912–1945 __ 일본의 소설가.

1932년 고가 사부로甲賀三郎의 추천으로 「백화점의 교수형 집행인デパートの絞
刑吏」를 발표하여 작가로 데뷔하였다. 이후 『신청년新靑年』과 『프로필ぷろふ
いる』을 중심으로 단편 탐정소설을 발표한다. 코난 도일의 정통을 이어받
는 본격 단편작가로서 인정받았다. 대표작으로 「세명의 광인三狂人」(1936),
「긴자 유령銀座幽霊」(1936), 「사람 먹는 목욕탕人喰い風呂」(1937) 등이 있다.

오스번, 로이드Osbourne, Lloyd : 1868–1947 __ 미국의 소설가.

로버트 루이스 스티븐슨의 양자로 3권의 책을 공동으로 집필했다. 그의 작
품 가운데 블랙 코미디인 「잘못된 상자Wrong Box」는 로버트 루이스 스티븐
슨과 로이드 오스번의 합작품이다. 대표작으로는 「잘못된 상자」(1889), 「파
괴자The Wrecker」(1892), 「썰물The Ebb-Tide」(1894) 등이 있다.

오시타 우다루大下宇陀児 : 1896–1966 __ 일본의 추리소설가.

우타루는 「히루카와 박사蛭川博士」(1930)로 인기를 얻고, 이후 1951년 제4
회 〈탐정작가클럽상探偵作家クラブ賞〉을 수상하면서 같은 해에는 탐정작가클
럽 제2대 회장에 취임하였다. 로맨틱 리얼리즘을 지향하여 변격탐정소설
가로 활약했다. 대표작품으로는 「악녀惡女」(1946)와 「허상虛像」(1955) 등이
있다.

오에 겐자부로大江健三郎 : 1935– __ 일본의 소설가.

도쿄 대학교 재학 중에 발표한 「기묘한 일奇妙な仕事」(1957)로 각광을 받은
후 수많은 작품을 남겼다. 대학 재학 중인 1958년, 23세에 「사육飼育」으로
39회 〈아쿠타가와상芥川賞〉을 최연소 수상하면서 작가로서 명성을 얻었다.

1994년에는 소설 「만연원년의 풋볼万延元年のフットボール」(1967)로 〈노벨문학상〉을 수상하면서 가와바타 야스나리 이후 일본의 두 번째 수상자가 됐다. 오에는 일본 문학 특유의 부드러움, 섬세함과는 다른 거칠고 단조로운 문체로 주목받았다. 전후 일본의 폐색된 상황에서 젊은이들의 갈 곳 없는 울분과 방황, 절망감 등을 그로테스크한 이미지로 표현하며 전후 신세대 작가로 주목받았다. 대표작으로는 「죽은 자의 사치死者の奢り」(1957), 「사육」(1958), 「개인적인 경험個人的な体験」(1964), 「만연원년의 풋볼」(1967) 등이 있다.

오오카 쇼헤이大岡昇平 : 1909-1988 __ 일본의 소설가.

쇼헤이는 「포로기俘虜記」(1949)를 통해 문단에 데뷔하며 이후 일본 '전후문학의 기수'라고 불리게 된다. 작가의 실제 체험을 토대로 한 기록형식의 소설이다. 전쟁이라는 이상한 사건 속에서 자신이 어떤 존재였는지, 그 체험의 의미를 확인하고자 하는 의도에서 쓴 작품으로 일본의 대표적 전후 작품이다. 또 「사건事件」(1977)은 도쿄 근교의 마을에서 재일 조선인 소년, 이진우가 일으킨 살인사건을 둘러싼 재판과정을 치밀하게 그려낸 작품이다. 당시로서는 보기 드문 법정소설로 간행당시 20만부 이상이 판매되며 베스트셀러가 된다. 추리소설을 쓸 목적으로 집필하지 않았음에도 1978년 〈일본추리작가협회상日本推理作家協会賞〉을 수상하기에 이른다. 대표작으로는 「포로기俘虜記」(1949), 「들불野火」(1952), 「사건事件」(1977) 등이 있다.

오이 히로스케大井広介 : 1912-1976 __ 일본의 추리소설가이자 문예평론가, 야구평론가.

오이는 1939년 문예동인지 『회화나무槐』와 『현대문학現代文学』을 창간한다. 다지마 리마코田島莉茉子라는 여성의 명의로 장편 미스터리 「야구 살인사건

野球殺人事件」(1951)을 집필하였으며, 1960년대에는 미스터리 비평 「지상 살
인 현장紙上殺人現場」을 발표했다. 대표작으로 「예술의 구상芸術の構想」(1940),
「혁명가 실격革命家失格」(1957), 「포로야구소동사プロ野球騒動史」(1958) 등이 있다.

오자키 고요尾崎紅葉 : 1868-1903 __ 일본의 소설가.

본명은 오자키 도쿠타로尾崎徳太郎이다. 메이지시기의 서구에 대한 유입에
반기를 들고 에도로의 회귀를 추구하는 성향을 작품을 쓴 대표적 의고전
주의 작가. 문학결사 겐유샤硯友社를 설립하여 『가라쿠타 문고我楽多文庫』를
발간하였다. 요미우리 신문読売新聞을 중심으로 활동하였으며 일본의 작가
고다 로한幸田露伴과 함께 일본문학사상에서 고로시대紅露時代를 확립하기도
하였다. 메이지 중기의 사회상을 사실적으로 그려 낸 풍속소설의 1인자이
면서 그의 작품 「다정다한多情多恨」에서는 언문일치체인 「~である」체를 제
시하기도 하였다. 대표작으로는 「가라마쿠라伽羅枕」(1890), 「다정다한多情多
恨」(1896), 「금색야차金色夜叉」(1897-1902) 등이 있다.

오카모토 기도岡本綺堂 : 1972-1939 __ 일본의 소설가이자 신 가부키 극작가.

본명은 오카모토 게이지岡本敬二이다. 홈즈의 영향을 받아 일본 최초의 체포
소설捕り物小説 「한시치 체포록半七捕物帳」(1917- 1937)이 문예잡지에 연재되면
서 크게 인기를 얻었다. 이것이 에도 시대를 배경으로 한 탐정소설 '체포
록捕り物小説'의 효시이다. 또한 괴담·기담을 집필하여 『세계 괴담명작집世
界怪談名作集』(1929), 『중국 괴기소설집支那怪奇小説集』(1935) 등이 있다. 어린
시절부터 본 가부키를 회상하여 쓴 「램프아래에서는ランプの下にて」은 메이
지기 가부키의 귀중한 자료가 되고 있다. 대표작으로는 「한시치 체포록半
七捕物帳」, 「반마치 사라야시키番町皿屋敷」(1917), 「슈젠지 모노가타리修禅寺物語」
(1918) 등이 있다.

오카지마 후타리岡嶋二人 __ 일본의 추리소설가.

일본의 추리소설가로 이노우에 이즈미井上泉 : 1950-와 도쿠야마 준이치德山諄一 : 1943-의 콤비 펜네임이다. 이 펜네임은 '이상한 두 사람おかしな二人'이라는 말에서 유래한 것이다. 「암갈색의 파스텔焦茶色のパステル」(1982)로 〈에도가와 란포상〉을 받으며 대대적으로 주목받기 시작했다. 대표작으로는 「크리스마스 이브クリスマス·イヴ」(1989), 「클라인의 항아리クラインの壺」(1989) 등이 있다.

오타니 요타로大谷羊太郎 : 1931- __ 일본의 소설가.

오타니는 대학교 재학 중 프로 뮤지션으로 데뷔한 후, 가수 가쓰미 시게루克美しげる의 매니저가 되는 등 독특한 경력을 가지고 있으며, 그 경험을 살린 예능계를 무대로 한 밀실 스릴러물로 널리 독자를 획득했다. 대표작으로는 「살의의 연주殺意の演奏」(1970), 「악인은 세 번 죽는다悪人は三度死ぬ」(1987), 「완벽한 범죄학 강의完全犯罪学講義」(1998) 등이 있다.

오타 란조太田蘭三 : 1929-2012 __ 일본의 추리소설가.

동인지 『신표현新表現』을 거쳐 1956년에 오타 효이치로太田瓢一郎라는 펜네임으로 시대소설을 쓰면서 데뷔한다. 1978년에 오타 란조太田蘭三라는 펜네임으로는 「살인의 삼면 협곡殺意の三面峡谷」을 간행하여 일본 최초의 본격적인 낚시 미스터리로서 평가를 받았다. 대표작으로는 「얼굴 없는 형사顔のない刑事」(1979), 「살인사냥구역殺人猟域」(1992), 「죽음에 꽃死に花」(2003) 등이 있다.

오펜하임, 에드워드 필립스 Oppenheim, E. Phillips : 1866-1946 __ 영국의 추리
소설가이자 기자.

런던 출신. 스릴러 작가로서 유명하다. 세계 제1차 대전 동안 정보기관에
속하며 프랑스의 전쟁상황 취재를 하는 기자로서 활동하였다. 그는 용감한
모험을 다루는 스릴러나 스파이소설을 주로 쓰며 인기를 얻는다. 일반적으
로 그의 책은 매력적인 환경에서 비밀 임무에 종사하는 신비한 인물들을
다루는 단순한 줄거리를 주로 사용한다. 안소니 파트리지Anthony Partridge라
는 펜네임으로도 활동하였다. 대표작으로는 「역사를 만드는 사람A Maker of
History」(1905), 「절묘한 분장The Great Impersonation」(1920)과 「팰리스 크레센
트의 기묘한 하숙인The Strange Boarders of Palace Crescent」(1934) 등이 있다.

와이만, 리타 Weiman, Rita : 1885-1954 __ 미국의 각본가.

1917년에 영화 「공동해답자The Co-respondent」의 각본을 쓴 것을 시작으로
그 후 많은 드라마와 영화의 각본을 썼다. 대표작으로는 「커튼Curtain」
(1920), 「더 소셜 코드The Social Code」(1923), 「너의 뒤에서On Your Back」
(1930) 등이 있다.

와일드, 퍼시발 Wilde, Percival : 1887-1953 __ 미국의 극작가이자 소설가.

뉴욕 출신. 대학 졸업 후 은행에 근무하지만 꿈을 접지 않고 25세의 나이
로 극작가로 데뷔한다. 미스터리 소설도 발표하는데 일본의 추리소설 작가
인 에도가와 란포가 절찬했다고 한다. 대표작으로는 「클로버의 악당들
Rogues in Clover」(1929), 「검시Inquest」(1938), 「탐정 피트 모란P. Moran,
Operative」(1947) 등이 있다.

와쿠 슌조和久峻三 : 1930- __ 일본의 추리소설가이자 변호사.

'나는 추리소설을 쓰기 위해 변호사가 되었다'라고 자랑하듯이 풍부한 법률지식과 실무체험을 살린 법정물에 정편이 나있다. 그리고 이를 증명하듯 「가면법정仮面法廷」(1972)으로 제18회 〈에도가와 란포상江戸川乱歩賞〉을 수상한다. 대표작으로는 「다홍 달紅い月」(1960), 「가면법정」, 「우게쓰장 살인사건雨月荘殺人事件」(1989) 등이 있다.

왓슨, 콜린 Watson, Colin : 1920-1982 __ 영국의 소설가.

크로이던 출신. 16세에 광고회사에 취직. 신문기자를 하고 1958년 가공의 마을에서 월터 파브라이트경부Inspector Walter Purbright가 활약하는 유머 미스터리 「거의 안 쓴 관Coffin, Scarcely Used」으로 작가 데뷔했다. 왓슨이 그려낸 소설의 수많은 등장인물은 많은 평론가들에 의해 가장 지적이고 눈부신 형사라는 찬사를 받는다. 그는 때때로 기발한 방상을 통해 작중 인물이 중독될 수 있는 주변 환경적 품위와 문명적 기반을 구축해 내었으며, 독자 역시 그가 그려낸 소설 속 상황에 매료되었다. 이러한 특징은 그의 끊임없는 독자와 청중에 대한 연구 및 당대 사회문화의 치밀한 관찰에서 비롯되었다고 평가받는다. 신문기자 시절부터 연극평, 서평에도 재능을 발휘하여 애거사 크리스티 등의 추리소설작가를 예리하고 경묘하게 논한 「맹렬한 속물근성Snobbery with Violence」(1971)이 있다.

요코미조 세이시横溝正史 : 1902-1981 __ 일본의 추리소설가.

고베 출신. 본명은 요코미조 마사시横溝正史이다. 잡지 『신청년新青年』에 게재된 「무서운 만우절恐ろしき四月馬鹿」(1921)로 데뷔했다. 일본인이 가장 사랑하는 명탐정 긴다이치 고스케金田一耕助를 창조하였으며, 〈긴다이치〉 시리즈인 「혼진살인사건本陣殺人事件」(1946)으로 제1회 〈탐정작가클럽상探偵作家ク

ラブ賞)을 수상했다. 보잘것없는 외모 뒤에 감춰진 천재성으로 더욱 특별한 긴다이치 고스케라는 걸출한 캐릭터를 창조한 세이시는 이후 연이어 명작을 쏟아내며 일본 탐정소설을 대표하는 작가로 발돋움한다. 일본의 풍토와 토착성을 기반으로 하는 추리를 선보인다. 대표작으로는 「옥문도獄門島」(1947), 「팔묘촌八つ墓村」(1949), 「이누가미가의 일족犬神家の一族」(1950) 등이 있다.

우드, 엘런 Wood, Ellen : 1814~1887 __ **영국의 소설가.**

엘런은 Mrs. Henry Wood로 더 잘 알려져 있다. 대부분의 소설이 국제 베스트셀러가 되었고, 호주에서는 찰스 디킨스의 명성을 능가할 정도로 사랑받고 있다. 대표작으로는 「이스트 린East Lynne」(1861), 「더 채닝The Channings」(1862) 등이 있다.

우에쿠사 진이치植草甚一 : 1908~1979 __ **일본의 영미문학자이자, 영화 평론가.**

도쿄東京都 출신. 1935년 영화회사 도호東宝에 입사하면서 처음으로 평론가로서의 길을 걷게 된다. 1966년『평범한 펀치 디럭스平凡パンチデラックス』등 젊은이 취향의 잡지에서 소개되는 것을 계기로 젊은 세대의 독자가 급증하며, 우에쿠사 붐을 일으킨다. 추리작품을 집필하기도 하였는데 「미스터리 원고는 밤중에 철야해서 쓰자ミステリの原稿は夜中に徹夜で書こう」(1978)를 통해 제32회 〈일본추리작가협회상日本推理作家協会賞〉을 수상한다. 대표작으로는 「나는 산책과 잡학이 좋다ぼくは散歩と雑学がすき」(1970), 「비 오니까 미스터리로 공부합시다雨降りだからミステリーでも勉強しよう」(1972) 등이 있다.

우치다 요시히코內田義彦 : 1913-1989 __ 일본의 경제학자.

아이치현愛知県 출신. 경제학 역사, 사회 사상사 전공의 경제학 박사. 아담 스미스와 칼 마르크스 등 근대 일본 사상사 연구를 하였다. 「사회 인식의 발자취社会認識の歩み」에서 역사 인식과 현대 인식과의 관계, 이념과 How to 의 관계, 책 읽는 법 등에 대해 논의하며 일본의 사회 과학적 인식에 대해 고찰한다. 1953년 논문 『경제학의 탄생経済学の生誕』으로 센슈專修 대학에서 경제학 박사 학위를 받는다. 대표작으로는 「경제학의 탄생」, 「경제학사 강의経済学史講義」(1961) 등이 있다.

운노 주자海野十三 : 1897-1949 __ 일본의 소설가.

주자는 일본SF소설 선구자로 알려져 있다. 1928년 『신청년新青年』에 「전기 욕조의 괴사사건電気風呂の怪事件」을 발표하여 데뷔했고, 과학적인 지식을 발휘한 탐정소설을 비롯하여 군사소설, 스파이소설을 일찍부터 창작하였다. 한국어판은 『파충관 사건爬虫館事件』『세계추리소설 걸작선 19』(한스 미디어, 2014), 『살아있는 내장生きている腸』(이북코리아, 2013) 등이 있다. 대표작으로는 「전기 욕조의 괴사사건」, 「18시의 음악욕十八時の音楽浴」(1937), 「괴탑왕怪塔王」(1938) 등 있다.

울리치, 코넬 Woolrich, Cornell ☞ 아이리시, 윌리엄Irish, William

울프, 버지니아 Woolf, Adeline Virginia : 1882-1941 __ 영국의 소설가.

버지니아의 작품은 '의식의 흐름'의 기법으로 인간 심리의 깊은 곳까지 묘사한 것이 특징이다. 레슬리 스티븐Stephen, Leslie의 딸이기도 하다. 대표작으로는 「댈러웨이 부인Mrs Dalloway」(1925), 「올랜도Orlando」(1928), 「자기만의 방A Room of One's Own」(1929) 등이 있다.

워, 힐러리Waugh, Hillary : 1920-2008 __ 미국의 소설가.

힐러리는 미국에서 추리소설 장르를 개척한 인물로 평가받는다. 군인으로 근무하다 작가로 전업하였다. 하드보일드적인 요소가 풍부한 작품을 여럿 발표했다. 1989년에는 미국탐정작가협회로부터 거장Grand Master으로 선정 되기도 하였다. 대표작으로는 「실종 당시 복장은Last Seen Wearing」(1952), 「문 앞의 광인Madman at My Door」(1978), 「이 마을 누군가가 A Death in a Town」 (1988) 등이 있다.

월러스, 어빙Wallace, Irving : 1916-1990 __ 미국의 소설가이자 각본가.

철저한 조사와 고증에 근거한 소설을 쓰는 작가로 알려져 있으며, 성적인 소재를 적극적으로 사용하는 작가이기도 하다. 일부 작품은 영화화되기도 하였다. 그의 작품 「7분The Seven Minutes」은 외설적 표현물에 대한 법정공방 을 다루고 있으며, 표현의 자유문제를 중심소재로 삼은 정치적 법정소설이 다. 대표작으로는 「7분」(1969), 「두 번째 여인The Second Lady」(1980), 「일곱 번째 비밀The Seventh Secret」(1985) 등이 있다.

월러스, 에드거Wallace, Edgar Richard Horatio : 1875-1932 __ 영국의 소설가이 자 시인, 저널리스트.

런던 출신. 가난한 런던의 사생아였던 그는 빚더미에서 살면서 스릴러 작 품을 쓰면서 수입을 얻고 「네 사람The Four Just Men」(1905)과 같은 작품을 출판하며 생활을 영위한다. 그러던 그는 「샌더스의 강Sanders of the River」 (1911)과 같은 작품을 통하여 세계적 유명 작가로 이름을 알린다. 그는 「킹

콩King Kong」(1933)의 초안을 쓰던 중 급작스럽게 미확진 당뇨병으로 숨진다. 많은 수의 범죄소설을 남긴다. 대표작으로는 〈박식한 에반즈Educated Evans〉시리즈(1924-27), 〈스미스Smithy〉시리즈(1905-1916), 「크림슨 서클 The Crimson Circle」(1922) 등이 있다.

월폴, 휴 시모어 Walpole, Hugh Seymour : 1884-1941 __ **영국의 소설가.**

1920-1930년대에 걸쳐 강한 인기를 얻었다. 교묘한 무대 설정과 자극적인 구성, 야심적인 작풍으로 북미나 영국에서 많은 독자로부터 지지를 받았다. 대표작으로 「은가면The Silver Mask」(1930)이 있다.

웨스커, 아놀드 Sir Wesker, Arnold : 1932- __ **영국의 극작가.**

전후 영국 사회극의 가장 강력한 대변자로 손꼽힌다. 한때 청년공산연맹회원이었고 시오니즘 운동에도 가담했었다. 농장에서 일한 적이 있으며 호텔·레스토랑 주방에서 요리사로도 일했다. 그는 1960년에 가난한 노동자들에게 연극을 보여주고 연극을 연극인 손에 맡기기 위해 '센터 42'를 조직, 이에 정열을 기울이고자 극작을 중단했다가 다시 「4계절Four Seasons」(1965)과 「그들의 황금도시Their Very Own and Golden City」(1966)로 컴백했다. 2006년 기사 작위Knight Bachelor에 서임되었다.

웨이드, 헨리 Wade, Henry : 1987-1969 __ **영국의 판사이자 추리소설가.**

헨리는 영국 본격 황금시대를 대표하는 본격미스터리 작가 중 한 사람이다. 작품은 경찰 활동이 매우 리얼하게 그려져 있으며, 소송법 제도에 대한 비판과 사형제 폐지에 대한 비판 등 사회성 있는 작품도 썼다. 대표작에는 「리토모아 소년 유괴The Litmore Snatch」(1957), 「위원의 시체The Dying

Alderman」(1930) 등이 있다.

웰스, 캐롤린 Wells, Carolyn : 1862–1942 __ **미국의 작가이자 시인.**

웰스는 살아생전 통틀어 약 170권 이상의 책을 집필했다. 그녀의 초반 집
필경력으로 약 10년 간 시, 유머와 어린이 책에 집중하였다. 그리고 이후
그녀의 나머지 삶은 미스터리 장르에 자신을 헌신하였다. 그녀는 탐정 소
설 외에도 기괴한 고전을 포함, 다양한 장르를 끊임없이 정력적으로 집필
하였다. 대표작으로는 「삼중살인Triple Murder」(1929), 「살인마The Killer」
(1938), 「어둠 속의 살인The Black Night Murders」(1941) 등이 있다.

웰스, 하버트 조지 Wells, Herbert George : 1866–1946 __ **영국의 소설가이자 문
명비평가.**

소설, 역사, 정치, 사회적인 논평 등을 비롯한 여러 분야에서 왕성한 작품
활동을 한 영국의 소설가이자 문명 비평가이다. 줄스 번Jules Verne, 휴고 건
즈백Hugo Gernsback과 함께 '과학 소설의 아버지'로 불린다. 대표작으로는 「타
임머신The Time Machine」(1895), 「투명인간The Invisible Man」(1897), 「우주전쟁
The War of the Worlds」(1898) 등이 있다.

윌리엄스, 레이먼드 Williams, Raymond : 1921–1988 __ **영국의 문예이론가.**

지방의 노동계급 출신으로 이후 캠브리지 대학의 교수가 되었다. 윌리엄스
는 문화주의의 형성에 결정적 영향을 미친 인물이기도 하다. 대표작으로는
「문화와 사회Culture and Society」(1958), 「마르크스 주의와 문학Marxism and
Literature」(1977)이 있다.

윌리엄스, 찰스 Williams, Charles Walter Stansby : 1886-1945 __ 영국의 시인이자 소설가, 극작가, 이론가, 문학 비평가.

낭만적인 접근방식이 객관적인 진실을 밝힐 수 있다는 '낭만적 사랑의 교리와 인류에 대한 상호내재(coinherence)'에 대한 그의 믿음은 그의 글쓰기에 많은 영향을 주었다. 대표작으로 「하늘의 전쟁War in Heaven」(1930), 「사자의 자리The Place of the Lion」(1931), 「지옥강하Descent into Hell」(1937) 등이 있다.

윌콕스, 콜린 Wilcox, Collin : 1924-1996 __ 미국의 추리소설가.

콜린은 30년 동안 30권의 책을 출간하는 정력적인 작품 활동을 보였다. 그의 저서 「의뢰인은 세 번 사로잡히다Twospot」(Putnam, 1978)은 빌 프론지니와 콜린 윌콕스의 합작이다. 대표작으로는 「얼굴 없는 남자The Faceless Man」(1974), 「그녀에게 무덤을 찾아주어라Find Her a Grave」(1993), 「완전한 원Full Circle」(1994) 등이 있다.

유리스, 레온 Uris, Leon Marcus : 1924-2003 __ 미국의 소설가.

레온은 2차 대전 참전 경험을 바탕으로 한 「배틀 크라이Battle Cry」(1953)로 데뷔하였고, 유태인으로서 시대상을 반영한 정치성 짙은 소설을 썼다. 20세기 후반 미국문학을 대표하는 작가로 꼽힌다. 대표작으로 「영광의 탈출EXODUS」(1958), 「토파즈Topaz」(1967), 「7호 법정QB VII」(1970) 등이 있다. 특히 「7호 법정」의 경우 대표적인 법정소설로, 나치가 자행한 유태인 생체실험에 대한 법정심리를 다루는 소설로, 실험을 주도한 의사가 자신의 과거를 밝힌 기자를 명예 훼손으로 고소하여 공방을 벌이는 작품이다.

유메노 규사쿠夢野久作 : 1889-1936 __ **일본의 추리소설가.**

그는 1926년에 『신청년新青年』에 「괴상한 북あやかしの鼓」을 발표하며 탐정
소설가로 데뷔하였다. 그의 작품은 괴기적이며 환상적인 독특한 변격 탐정
소설로 평가받아 왔다. 한국어판은 『쇠망치鉄槌』 『스릴의 탄생-일본 서스
펜스 단편집』(시간여행, 2010), 『괴몽怪夢』 『괴몽-일본 환상소설 단편집』
(페가나, 2011), 『유메노 규사쿠 단편집』(라떼북, 2014) 등이 있다. 대표작
으로 일본 탐정소설 삼대기서三大奇書로 알려진 「도구라마구라 ドグラマグラ」
가 있다.

유스티스, 헬렌 Eustis, Helen : 1916- __ **미국의 추리소설가.**

1940년대에 활약한 미국의 여류 본격 추리소설가. 1946년 「수평선 위의
남자The Horizontal Man」로 데뷔. 이듬해인 1947년의 〈미국탐정작가클럽상
MWA〉 신인상을 수상하였다. 「수평선 위의 남자」는 발표 당시 큰 반향을
불러 그 트릭이 페어 또는 안페어인가 팬들과 평론가들 사이에서 큰 논란
이 일어났다. 대표작으로는 「수평선 위의 남자」(1946), 「어리석은 살인자
The Fool Killer」(1954) 등이 있다.

이네스, 마이클 Innes, Michael : 1906-1994 __ **스코틀랜드의 소설가이자 학자.**

본명은 존 인즈 매킨토시 스튜어트John Innes Mackintosh Stewart이다. 이네스는
존 애필비 경Sir John Appleby이라는 탐정을 창조한다. 아마도 그는 다른 탐
정들보다 가장 긴 경력을 가진 탐정이다. 이네스는 애필비 경이 등장하는
수많은 범죄소설을 썼다. 대표작으로는 「물증의 무게The Weight of the Evidence」
(1943), 「애플비의 끝Appleby's End」(1945), 「오류들의 밤A Night of Errors」
(1947) 등이 있다.

이사 치히로伊佐千尋 : 1929- __ 일본의 논픽션 작가.

치히로는 1964년 미국의 통치기간에 오키나와에서 실업가로서 있던 중 현지인 청년 4명에 의한 미군 살상사건의 배심원이 되며, 배심에서는 치사혐의에 대해 무죄를 평결한다. 이후 배심제도에 관한 논픽션 작품인 「역전逆轉」으로 〈오타케 소이치 논픽션상大宅壯一ノンフィクション賞〉을 수상하였으며 이 수상을 계기로 작가가 되었다. 대표작으로는 「사법의 범죄司法の犯罪」 (1983), 「시마다 사건島田事件」(1989), 「재판원 제도는 형사재판을 바꾸는가? 배심제도를 요구하는 이유裁判員制度は刑事裁判を変えるか 陪審制度を求める理由」 (2006) 등이 있다.

이스라엘, 피터 Israel, Peter : 1933- __ 미국의 소설가.

이스라엘은 프랑스 출판사의 고문을 역임하였고, 활동당시 프랑스를 무대로 한 서스펜스 소설을 써 대중들로부터 많은 사랑을 받음과 동시에 그의 작품을 지지하지 않는 반대파들로부터의 비난도 동시에 받은 작가이다. 대표작으로는 「상납Hush money」(1974) 등이 있다.

인스, 존 Innes, John : 1829-1904 __ 영국의 부동산 개발자이자 박애주의자.

부동산 개발자였던 그는 1860년대에 머튼 공원을 개발했다. 하나님의 뜻에 따라 모든 것을 결정하고 추진해왔던 그는 오늘날 세포 발생생물학 연구소인 '존 인스 센터Institute of Food Research and the John Innes Centre'라는 그의 이름을 딴 연구소를 설립하고, 사업 자금과 그의 자산의 일부를 발전기금으로 기증하였다.

이시마루 고헤이石丸梧平 : 1886-1969 __ 일본의 종교사상가이자 소설가, 평론가. 오사카大阪府 출신. 고헤이는 와세다 대학 국사학과 졸업 후 교사가 된다. 그 후 소설 등 집필 활동을 시작하고 청년에 대한 교육 및 계몽적인 것을 많이 썼다. 잡지『인생 창조人生創造』를 간행하고 신란親鸞의 사상에 기초 종교적 휴머니즘에 관한 인생 논문 연구를 주창했다. 젊은 시절의 가와바타 야스나리는 이시마루의 영향을 많이 받았다고 한다. 그의 대표작으로는「인간 신란人間親鸞」(1922)과「창조철학개론創造哲学概論」(1934) 등이 있다.

[ㅈ]

장윌, 윌러드 이스라엘 Zangwill, Willard Israel : 1864-1926 __ 영국의 유머 작가
이자 소설가

　미국의 이민자들의 유입 상황을 빗대는 "멜팅 팟Melting Pot"이라는 용어를
처음으로 만들어 냈고, 동명의 연극으로 큰 성공을 이루어냈다. 대표작으
로는 「빅 보우 미스터리The Big Bow Mystery」(1892), 「멜팅 팟The Melting-Pot」
(1908), 「회색 가발The Grey Wig」(1923) 등이 있다.

제본즈, 마샬 Jevons, Marshall : ?-? __ 미국의 경제학자이자 추리소설가.

　윌리엄 브레이트William Breit(1933-2011)와 케네스 G. 엘징가Kenneth G. Elzinga
의 합동 필명이다. 아마추어 탐정이 경제 이론을 사용하여 사건을 해결하
는 소설을 썼다. 예를 들어, 「수요공급의 살인 사건Murder at the Margin」
(Princeton University Press, 1978)에서는 하버드대 경제학자 헨리 스피어
맨Henry Spearman이 사건을 해결한다. 대표작으로는 「수요공급의 살인 사건」
(1978), 「치명적인 평형상태The Fatal Equilibrium」(1985), 「죽음의 무차별A
Deadly Indifference」(1995) 등이 있다.

제임스, 헨리 James, Henry : 1843-1916 __ 미국의 소설가이자 문학평론가.

　헨리 제임스는 실용주의 철학자 제임스 윌리엄의 동생이다. 한때 예술, 특
히 문학은 "삶을 만들고 관심을 만들고 중요성을 만든다."라고 쓴 적이 있
다. 제임스의 소설과 비평은 당대의 글 중 가장 의식적이고 정교하며 또
난해하다. 일반적으로 제임스는 트웨인과 함께 19세기 후반 최고의 미국
작가로 꼽힌다. 제임스는 국제적인 주제들, 다시 말해 순진한 미국인과 국

제적 사고를 지닌 유럽인과의 복잡한 관계를 그린 작가로 주목받고 있다. 대표작으로는 「대서양 횡단 스케치Transatlantic Sketches」(1875), 「미국인The American」(1877), 「데이지 밀러Daisy Miller」(1879), 「여인의 초상The Portrait of a Lady」(1881) 등이 있다.

제프, 애보트Jeff, Abbott : 1963- __ 미국의 소설가.

애보트는 대학교 졸업 후 광고대리점에서 일한다. 1994년 도서관장 조단 포티트Jordan Poteet를 주인공으로 한 「대우받길 원하면 남을 잘 대우해라Do Unto Others」로 작가 데뷔한다. 교묘한 구성과 인물묘사로 인기를 얻었다. 대표작으로는 「집의 약속Promises of Home」(1996), 「썩은 키스A Kiss Gone Bad」(2001), 「패닉Panic」(2008) 등이 있다.

제프슨, 에드가 알프레드Jepson, Edgar Alfred : 1863-1938 __ 영국의 소설가.

모험소설과 탐정소설을 많이 썼는데 특히 초자연적 인과 환상의 관한이야기를 썼다. 모리스 르블랑의 「아르센 뤼팽Arsène Lupin」(1905)을 번역하였다. 대표작으로는 「테러블 트윈즈Terrible Twins」(1913), 「아르센 뤼팽/모리스 르블랑Arsène Lupin/Maurice Leblanc」(1909) 등이 있다.

조이스, 제임스 오거스틴 앨로이시어스Joyce James Augustine Aloysius : 1882-1941 __ 아일랜드의 소설가이자 시인, 극작가.

20세기 문학에 커다란 변혁을 초래한 세계적인 작가이다. 예수회 계통의 학교에서 교육받고 유니버시티 칼리지를 졸업하였다. 각국 언어에 통달하였고 일찍부터 입센, 셰익스피어, 단테, 엘리자베스왕조 시인, 플로베르 등의 작품을 탐독하였으며 아리스토텔레스, T.아퀴나스, 비코 등의 철학을 흡수하였다. 제1차 세계대전이 일어나자 취리히로 피난, 1920년부터 파리로 옮겨 새로운 문학의 핵심적 존재가 되어, 주변에 각국의 시인 작가들이 모여들었다. 대표작으로는 「더블린 사람들Dubliners」(1914), 「율리시스Ulysses」(1922), 「피네간의 경야(經夜)Finnegans Wake」(1939) 등이 있다.

[ㅊ]

채만식1902-1950 __ 한국의 소설가이자 극작가, 기자.

전북 출신. 호는 백릉白菱, 채옹采翁. 작품 세계는 당시의 현실 반영과 비판
에 집중되어 있다. 식민지 상황하의 농민의 궁핍, 지식인의 고뇌, 도시 하
층민의 몰락, 광복 후의 혼란상 등을 실감나게 그리면서 그 근저에 있는
역사적, 사회적 상황을 신랄하게 비판한다. 비극적 리얼리즘의 창작방법과
대상에 대한 통렬한 풍자정신이 현실 가공의 미학적 정신을 철저하게 지
배한 풍자적 리얼리즘을 이끌었다. 대표작으로는 「레디 메이드 인생」
(1934)과 「탁류」(1941), 그리고 「태평천하」(1948)가 있다.

체스터턴, 길버트 키이스 Chesterton, Gilbert Keith : 1874-1936 __ **영국의 작가.**

20세기의 가장 영향력있는 영국 작가 중 하나다. 그는 다양한 저널리즘,
철학, 시집, 전기, 로마 가톨릭교회 작가, 판타지와 탐정소설 등 다작했다.
재기발랄하고 독창적인 역설들을 잘 사용함으로써 '역설의 대가'라는 칭호
를 얻었으며, 호탕한 성격과 육중한 체구의 소유자로도 유명하다. 대표작
으로는 「브라운 신부의 결백The Innocence of Father Brown」(1911), 「지혜The
Wisdom」(1914), 「브라운 신부의 추문The Scandal of Father Brown」(1935) 등이
있다.

챈들러, 레이먼드 Chandler, Raymond Thornton : 1888-1959 __ **미국의 소설가이**
자 시나리오 작가.

미국의 소설가이자 시나리오 작가이다. 그는 미국 대중 문학의 문체가 형
성되는 데에 지대한 영향을 끼쳤다. 그리고 대실 해밋Dashiell Hammett, 제임

스 M 케인James M. Cain 등과 함께 탐정소설 학교의 설립자이기도 했다. 작품으로는 「빅 슬립The Big Sleep」(1939), 「안녕, 내 사랑Farewell, My Lovely」(1940), 「리틀 시스터The Little Sister」(1949) 등이 있다.

처칠, 윈스턴 Churchill, Winston Leonard Spencer : 1874-1965 __ **영국의 정치가, 저술가.**

처칠은 영국 최고의 수상이었다. 오늘 날 그의 사상을 엿볼 수 있는 대표 저서로는 「랜돌프 처칠경Lord Randolph Churchill」(1906), 「말버러그 생애와 시대MarlboroughHis Life and Times」총 4권(1933~1938) 등이 있고, 특히 「제2차 세계대전The Second World War」총 6권(1948~1954)은 노벨문학상을 수상하기도 하였다.

[ㅋ]

카스틴, 토마스 Chastain, Thomas : 1921-1994 __ 미국의 범죄소설가.

1989년에 미국의 추리소설 작가 협회Mystery Writers of America의 회장을 역임했다. 작품으로 「911」(1976), 「누가 로빈스가를 죽였나?Who Killed the Robins Family?」(1983), 「로빈스가의 복수Revenge of the Robins Family」(1984) 등이 있다.

카, 존 딕슨 Carr, John Dickson : 1906-1977 __ 미국의 추리소설가.

카터 딕슨Carter Dickson이라는 필명으로도 활동하였다. 애거사 크리스티, 엘러리 퀸과 함께 추리 소설 황금기를 이끈 저자이다. 존 딕슨 카는 불가능 범죄, 밀실 트릭, 역사 미스터리부터 평전과 비평에 이르기까지 다양한 활약을 보인 미국 최고의 미스터리 작가 중 한 사람이다. 상식적으로는 도무지 일어날 수 없는 사건과 기발하고 정교한 트릭에 정통한 그는, 범인이 누구인가(whodunit)보다는 어떻게 범죄가 벌어졌는가(howdunit)에 초점을 맞춘 작가다. 추리 소설에서 가장 어려운 분야로 밀실을 꼽았던 그는 특히나 밀실 수수께끼에 정통한 면모를 보이며 '밀실의 카'라고 불린다. 작풍은 순수한 수수께끼풀기 소설이 태반을 차지하며 발단의 의외성, 플롯의 괴기성을 강조하기 위해 신비성과 오컬트적인 요소, 괴기취미를 충분히 삽입하고, 거기에 과학적·논리적 해석을 첨가했다. 대표작으로는 「세개의 관The Hollow Man」(1935), 「화형법정The Burning Court」(1937), 「유다의 창The Judas Window」(1938) 등이 있다.

카레, 존 르 Carre, John Le : 1931- __ 영국의 소설가.

본명은 데이비드 존 무어 콘웰David John Moore이다. 1961년 첫 작품 발표 당시 영국 외무부에 근무하고 있었고, 1963년에 발표한 세 번째 작품 「추운 나라에서 돌아온 스파이The spy who came in from the cold」의 성공으로 전업 작가의 길을 걷게 되었다. 존 르 카레는 그 후로도 독보적이고 사실감 넘치는 첩보 스릴러 소설을 꾸준히 집필하며 세계적인 명성을 쌓았다. 그의 분신과도 같은 소설 속 주인공 조지 스마일리George Smiley는, 007시리즈의 제임스 본드와 함께 영국을 대표하는 스파이로 유명하다. 총 8편의 작품에 등장하는 그는 조직에 헌신하고 맡은 임무에 충실하면서도 끊임없이 고뇌하고 번민하며 독자들이 쉽게 잊을 수 없는 고독한 첩보원의 이미지를 구축해냈다. 대표작으로는 「추운 나라에서 돌아온 스파이」(1963), 「팅커, 테일러, 솔져, 스파이Tinker, Tailor, Soldier, Spy」(1974), 「스마일리의 사람들Smiley's People」(1979) 등이 있다.

카르, 기 데 Cars, Guy des : 1911-1993 __ 프랑스의 소설가.

2차 대전 중 장교로 참전한 뒤 발표한 소설 「이름 없는 장교L'Officier sans nom」(1941)로 〈공쿠르 상〉을 수상하였다. 데뷔 후 거의 매년 작품을 발표하였고 오락소설가로서 많은 사랑을 받았다. 「짐승La brute」은 경범죄만을 맡아오던 노년의 변호사가 갑자기 맡겨진 중증 장애인에 의한 살인이라는 난해한 사건을 맡게 되고, 진상을 밝혀내기 위해 분투하는 이야기다. 대표작으로 「짐승」(1951), 「위조자Le Faussaire」(1967), 「광대의 성Le Château du clown」(1977) 등 다수가 있다.

케인, 제임스 맬러핸 Cain, James Mallahan : 1892-1977 __ 미국의 소설가이자 언론인

메릴랜드주 출신이다. 신문기자로 일한 후 작가생활을 시작하였다. 유부녀와 불륜관계를 맺은 한 부랑자를 주인공으로 한 대표작 「우편배달부는 벨을 두 번 울린다The Postman Always Rings Twice」(1934) 외에도 하드보일드 풍의 소설이 몇 편 있었지만, 그의 작품은 대부분 어니스트 헤밍웨이의 아류라는 평을 면치 못하였다. 대표작으로는 「우편배달부는 벨을 두 번 울린다」(1934), 「세레나데Serenade」(1937), 「나비The Butterfly」(1947) 등이 있다.

케인스, 존 메이너드 Keynes, John Maynard : 1883-1946 __ 영국의 경제학자이자 저술가.

케인스는 영국경제학 케인스 학파의 창시자이다. 이튼을 거쳐 케임브리지 대학에서 수학과 통계학을 전공하면서 철학과 경제학도 함께 공부했다. 1906년부터 식민지 인도를 지배하기 위한 영국 정부의 중앙부서인 인도부에서 근무하다가 2년 뒤인 1908년에 사직하고 케임브리지대학으로 돌아가 강사와 특별연구원의 신분으로 경제학 연구를 했다. 2차 대전 중에는 영국 중앙은행의 이사와 자유당 상원의원을 지냈고, 연합국의 승전이 가시화되면서부터는 전후의 국제경제 질서에 관한 연합국들 사이의 논의에 영국의 대표로 참여했다. 대표작으로는 「화폐론A Treatise on Money」(1930), 「고용, 이자, 화폐의 일반이론(The) General Theory of Employment, Interest and Money」(1936), 「전비조달론How to Pay for the War」(1940) 등이 있다.

코닉, 조셉 Koenig, Joseph : 1930- __ 미국의 하드보일드소설가이자 기자.

이전에는 범죄 기자였으며, 그의 첫 작품 「부유물Floater」(1986)로 〈에드거 앨런 포 상Edgar Allan Poe Award〉 후보에 오른다. 그의 두 번째 작품 「작은

오데사Little Odessa」은 터프하고 섹시한 범죄스릴러로, 독자에게 뉴욕의 지저분한 면모를 보이며 흥미 자극한다. 1993년 4번째 작품「브라이드 오브 블러드Brides of Blood」을 기점으로 약 20년 간 절필하다가 2012년「부정오류False Negative」를 출판하면서 비평가들의 극찬을 들으며 복귀한다. 대표작으로는「부유물」,「부정오류」등이 있다.

코렐리, 메리Corelli, Marie : 1855-1924 __ 영국의 소설가.

코렐리의 대부분의 작품에서 자주 등장하는 주제는 환생과 윤회 등 신비로운 아이디어로 둘러싸인 종교 이야기가 주를 이룬다. 그로 인해 그녀의 작품들은 오늘날 문학 애호가들뿐만 아니라 특정한 뉴 에이지 종교집단의 기초를 마련하는 데 일부 기여하기도 하였다. 한편으로 코렐리의 여섯 편의 소설과 단편 소설에서 여자 주인공은 강박 관념에 사로잡힌 욕망과 상위 중산층의 헛된 허영과 사치 중심의 속물근성이 가득한 여성으로 그려진다. 대표작으로는「사탄의 슬픔The Sorrows of Satan」(1895),「소년Boy」(1900),「제인Jane」(1900) 등이 있다.

코진스키, 저지 니코뎀Kosiński, Jerzy Nikodem : 1933-1991 __ 폴란드의 소설가.

코진스키는 폴란드의 로츠대학에서 정치학과 역사학의 석사학위를 취득한 후 1957년 미국으로 망명하였다. 그는 전국예술문학협회에서 〈특별 문학상〉, 〈폴로니아 언론상〉을 수상하며 인지도를 높였으며, 1960년에 조셉 노박Joseph Novak이라는 가명으로「동지여, 미래는 우리의 것이다The Future Is Ours, Comrade」를 발표하기도 하였다. 「계단Steps」(1968)은 1969년에 〈전미도서상〉, 〈퓰리처상〉을 수상하기도 하였다. 대표작으로는「계단Steps」(1968),「챈스 박사Being There」(1970),「악마 나무The Devil Tree」(1973) 등이 있다.

콕스, 앤소니 버클리 Cox, Anthony Berkeley : 1893-1971 __ 영국의 소설가이자 저널리스트.

애거사 크리스티, 도로시 L. 세이어즈, 아서 모리슨 등과 함께 유명한 '영국 추리소설 작가 모임Detection Club'을 창립했다. 그는 많은 평론가로부터 추리소설의 가장 위대한 혁신자로 평가받는다. 프랜시스 아일스Francis Iles 라는 필명으로도 활동했으며, 전 생애에 걸쳐 총 24권의 소설을 집필했다. 그 중 10권에는 버클리의 가장 유명한 캐릭터인 아마추어 탐정 로저 셰링엄이 등장해 사건을 해결한다. 대표작으로는 「독이 든 초콜릿 사건The Poisoned Chocolates Case」(1929), 「살의Malice Aforethought」(1931), 「시행착오Trial and Error」(1937) 등이 있다.

콜, 조지 Cole, George : 1889-1959 __ 영국의 정치 이론가이자 경제학자, 작가, 역사학자.

본명은 조지 더글라스 하워드 콜George Douglas Howard Cole이다. 그와 그의 아내 마가렛 콜Margaret Cole과 함께 수사관 경정 윌슨Wilson, 애버래드 블랫칭턴Everard Blatchington 그리고 탠크래드 박사Dr Tancred가 등장하는 탐정소설을 썼다. 대표작으로는 「브루클린의 살인사건들The Brooklyn Murders」(1923), 「백만장자의 죽음The Death of a Millionaire」(1925), 「경정 윌슨의 휴일 Superintendent Wilson's Holiday」(1928) 등이 있다.

콜, 마가렛 이자벨 Cole, Margaret Isabel : 1893-1980 __ 영국의 소설가.

콜은 추리 소설의 황금시대를 대표하는 부부합작 본격작가이다. 1918년에 조지 더글라스 하워드 콜George Douglas Howard Cole과 결혼했다. 그 후는 런던 대학, 남편이 회장을 맡는 페브리언 협회에서 근무했다. 부부 두 명은 취미나 교양적인 면에서도 서로 상통하는 부분이 많아, 문필 활동에서도 공동 작업을 하는 일이 많았다고 한다. 그들이 어떻게 합작을 하고 있었는지는 분명히는 알려진 바는 없지만 남편이 생각한 플롯을 바탕으로 아내 마가렛이 실제 집필을 했다고 전해진다. 대표작으로는 「백만장자의 죽음 The Death of a millionaire」(1925), 「헨리 윌슨 경시Henry Wilson」(1927), 「엘리자베스 와렌더 부인Mrs. Warrender」(1939) 등이 있다.

콜린스, 윌리엄 월키 Collins, William Wilkie : 1824~1889 __ **영국의 소설가.**
런던 출신. 유명한 화가였던 아버지의 영향을 받아 어린 시절부터 미술과 글쓰기에 남다른 재능을 보였다. 법률을 공부한 콜린스는 변호사 자격증까지 취득했지만 자신의 길이 아니라고 판단, 작가의 길을 선택했다. 이때 익힌 법률지식은 훗난 그의 작품에 상당 부분 반영되었다. 대표작으로는 「흰옷을 입은 여인The Woman in White」(1860), 「월장석The Moonstone」(1868) 등이 있다.

콜스, 시릴 헨리 Coles, Cyril Henry : 1899~1959 __ **영국의 스파이 소설가.**
콜스는 애들레이드 프랜시스 오크 매닝Adelaide Frances Oke Manning와 함께 '매닝 콜스Manning Coles'라는 필명으로 1940년에 「어제에 건배Drink to Yesterday」를 발표했다. 이것이 〈토마스 엘핀스톤 함블돈Thomas Elphinstone Hambledon〉 시리즈의 제1탄이므로, 제1차 세계대전을 무대로 한 비정한 스파이소설이었다. 대표작으로는 「내일에 토스트A Toast to Tomorrow」(1940), 「어제에 건배」(1940), 「어느 대사의 죽음Death of an Ambassador」(1957) 등이 있다.

쿤츠, R, 딘 Koontz, Ray Dean : 1945~ __ **미국의 소설가.**
SF 소설에서 공포, 미스터리, 서스펜스 등 장르 혼합한 방법으로 80년대부터 현재에 이르기까지 베스트셀러를 내보내고 있다. 또한 소설가뿐만 아니라 시작詩作과 아동을 위한 책, 영화 각본도 다루고 있다. 초기에는 다양한 필명을 사용했지만 1980년대 이후로는 본명을 썼다. 대표작으로는 「와쳐스Watchers」(1987), 「섀도우 파이어Shadow fires」(1987), 「오드 토머스Odd Thomas」(2004) 등이 있다.

퀸, 엘러리Queen, Ellery__ 미국의 추리소설가.

퀸은 사촌인 두 명의 미국 소설가 프레더릭 다네이Frederic Dannay(1905-1982)와 만프레드 리Manfred Bennington Lee(1905-1971)의 공동 필명이자, 두 사람이 함께 집필한 소설에 등장하는 탐정의 이름이기도 하다. 42년간 출판된 〈엘러리 퀸〉 시리즈로 인해 엘러리 퀸은 1930년대와 40년대 사이 미국에서 가장 유명한 가상 탐정의 자리에 앉을 수 있었다. 대표작으로는 「로마 모자 미스터리The Roman Hat Mystery」(1929), 「Y의 비극The Tragedy of Y」(1932), 「신의 등불The Lamp of God」(1935) 등이 있다.

크로닌, 아치블 조셉Cronin, Archibald Joseph : 1896-1981 __ 영국의 소설가이자 의사, 해군 군의관.

아츠블은 탄광에서 의사로 지냈다. 그 후 개업하여 크게 번성하였으나, 소년 시절부터 꿈꾸어 왔던 소설가로 직업을 바꾸었다. 「모자 장사의 성Hatter's Castle」(1931)으로 문단에 등장하였다. 그는 주로 인도주의적인 입장에서 작품을 썼다. 대표작으로는 「성채The Citadel」(1937), 「천국의 열쇠The Keys of the Kingdom」(1941), 「인생의 도상에서Adventures in two worlds」(1952) 등이 있다.

크로프츠, 프리맨 윌즈 Crofts, Freeman Wills : 1879-1957 __ **영국의 추리소설가.**
반 다인, 크리스티, 엘러리, 딕슨과 함께 본격 황금시대를 대표하는 작가 중 한명이다. 에도가와 란포에 의해 "리얼리즘 소설의 최고봉"이라는 평가를 받았고 순수한 수수께끼를 중시한 본격미스터리를 썼다. 대표작으로는 「통The Cask」(1920), 「프렌치 경감과 스타벨의 비극Inspector French and the Starvel Tragedy」(1927), 「크로이든 발 12시 30분The 12.30 from Croydon」(1934) 등이 있다.

크레싱, 해리 Kressing, Harry : ?-? __ **?**
해리라는 이름은 필명이며, 실제 작가의 기본적인 정보가 공개되지 않아 누군지 알 수 없다. 니콜라스 필링Freeling, Nicolas : 1927-2003의 가명이라는 설도 있다. 「요리인The Cook」(1965)이 그의 유일한 작품으로 1970년 해롤드 프린스Prince, Harold에 의하여 영화화되어 「모두를 위한 무엇인가Something for Everyone」라는 제목으로 개봉하였다.

크리스티, 애거사 Christie, Agatha : 1890-1976 __ **영국의 추리소설가.**
크리스티는 '추리소설의 여왕'이라고 불린다. 크리스티는 1971년에 영국의 엘리자베스 여왕에게서 추리소설에 대한 공헌으로 데임Dame 작위를 받았다. 크리스티는 1920년 「스타일스 저택의 괴사건The Mysterious Affair at Styles」으로 등장한 이래 56년에 걸쳐 장편 66권, 단편집 20권을 발표하여 추리소설사상 가장 인기 있는 작가가 되었다. 대표작으로는 「스타일즈 저택의 죽음」(1920), 「아크로이드 살인사건The Murder of Roger Ackroyd」(1926), 「나일 강의 죽음Death on the Nile」(1937), 「그리고 아무도 없었다And Then There Were None」(1939), 「장례식을 마치고After the funeral」(1953) 등이 있다.

크리스티아나, 브랜드 Christianna, Brand : 1907-1988 __ **영국의 아동문학 작가이자 추리소설가.**

이른바 미스터리의 황금시대 뒤에 활동한 본격미스터리 작가로서 잘 알려져 있다. 심오한 수수께끼 풀이와 의외의 결말을 이끌어내는 작가로 높이 평가된다. 켄트주Kent州 경찰의 활약을 그린 〈곡릴 경부Inspector Cockrill〉 시리즈로 사랑을 받았다. 대표작으로는 「위험한 병동Green for Danger」(1944), 「이세벨의 죽음Death of Jezebel」(1948), 「투르 드 포스Tour De Force」(1955) 등이 있다.

클라크, 메리 히긴스 Clark, Mary Higgins : 1927- __ **미국의 추리소설가.**

클라크의 40여 권의 작품들은 미국과 유럽 등지에서 베스트셀러가 되었다. 그녀는 단편 위주의 소설을 쓰다가 전문 추리소설가로서의 길을 걷기 시작했다. 그녀의 작품은 2007년까지 미국에서만 8,000만 부의 판매고를 기록하였다. 대표작으로는 「나의 천사 어디로?Where Are The Children?」(1975), 「낯선 사람이 보고 있다A Stranger is Watching」(1975), 「나를 기억하라Remember Me」(1994) 등이 있다.

키플링, 조지프 러디어드 Kipling, Joseph Rudyard : 1865-1936 __ **영국의 소설가이자 시인.**

키플링은 인도의 영국 군인들을 위한 시와 어린이들을 위한 소설을 썼다. 19세기말부터 20세기 초기의 영국에서 인기 있는 작가 중의 한명이다. 대표작으로는 「왕이 되고자 한 남자The Man Who Would Be King」(1888), 「정글북The Jungle Book」(1894), 「킴Kim」(1901) 등이 있다.

킨케이드, 디 Kincaid, D. : 1929- __ 미국의 변호사.

본명은 버트램 필즈Bertram Fields이다. 문화산업관련 소송전문 변호사이다. 역사와 문학에도 관심이 깊어 관련 서적도 여럿 출간했다. 특히 그의 작품 가운데 「일몰의 폭파범The Sunset Bomber」(1986)는 유능한 변호사의 뛰어난 활약을 경쾌하게 그려내는 법정 활극이다. 대표작으로는 「일몰의 폭파범」 (1986), 「최종 평결Final Verdict」(1988), 「변호사 이야기The Lawyer's Tale」 (1993) 등이 있다.

킹, 스티븐 King, Stephen : 1947- __ 미국의 소설가.

공포 스릴러 소설의 거장으로, 현재까지 현대 최고의 공포소설 작가로 인정받고 있다. 특히 그의 작품은 많이 영화화 된 것으로 유명하다. 1996년에 〈오 헨리상〉을 수상했으며 2003년에는 미국의 가장 권위 있는 문학상인 〈전미 도서상〉에서 공로상을 받는 등 다수의 문학상의 수상하였다. 2008년 인터넷 백과사전 위키피디아가 선정한 1억 부 클럽에 포함돼 세계적인 베스트셀러 작가로서의 면모를 과시했다. 대표작으로는 「캐리Carrie」 (1973), 「샤이닝The Shining」(1977), 「그린 마일The Green Mile」(1996) 등이 있다.

[ㅌ]

터로, 스콧 Turow, Scott : ?-? __ 미국의 작가이자 변호사.

스콧은 9편의 소설과 2편의 논픽션을 출간했다. 그의 작품은 40개 이상의 언어로 번역되었고 3,000만부 이상 팔렸다. 변호사로서의 경험을 살려 법정스릴러 장르를 개척하는 데 공헌했다. 특히 「무죄추정Presumed Innocent」 (1987)은 법정소설로 성공가도를 달리던 검사가 살인사건에 휘말리면서 자신의 누명을 벗기 위해 사건의 진상을 파헤치는 이야기다. 대표작으로는 「입증책임The Burden of Proof」(1990), 「사형판결Reversible Errors」(2002), 「이노센트Innocent」(2011) 등이 있다.

테이, 조세핀 Tey, Josephine : 1896-1952 __ 영국의 추리소설가.

스코틀랜드 출신. 경찰청의 경부를 주인공으로 한 장편 시리즈를 발표하여 이름이 알려진다. 대표작으로는 「양초를 위한 1실링을A Shilling for Candles」 (1936), 「프랜차이즈 저택 사건The franchise affair」(1948), 「시간의 딸The Daughter of Time」(1951) 등이 있다.

토니, 리처드 Tawney, Richard : 1880-1962 __ 영국의 경제사가이자 노동운동가 사회사상가.

토니는 『종교와 자본주의의 발흥』(1926)에서 자본주의 발전에 중대한 영향을 끼친 것은 정치사회적 압력 및 자립과 절약의 윤리를 지닌 개인주의 정신이라고 주장함으로써 베버의 견해를 정면으로 반박했다. 대표작으로는 「16세기의 농업문제The Agrarian Problem in the 16th Century」(1912), 「종교와 자본주의의 발흥Religion and the Rise of Capitalism」(1926) 등이 있다.

토머스, 딜런 Thomas, Dylan : 1914-1953 __ **영국의 시인.**

바커 등과 함께 1940년대의 이른바 신낭만주의의 대표적 시인이다. 토마스는 영어로 집필하는 가장 위대한 20세기 시인 중의 한명으로 간주된다. 그의 작품은 개인적이고 지극히 감상적인 경향을 지녔다. 대표작으로「18편의 시Eighteen Poems」(1934),「25편의 시Twenty-five Poems」(1936),「사랑의 지도The Map of Love」(1939) 등이 있다.

토팔, 에드워드 Topol, Edward : 1938- __ **러시아의 작가.**

토팔은 현재까지 모드 일곱 편의 영화 시나리오를 썼으나 소련 정부에 의해 상영이 금지되었었다. 대표작으로는「붉은 광장Red Square」(1983),「잠수정 U137Submarine U-137」(1985),「유대인 연인Jewish Lover」(1998) 등이 있다.

트림블, 바바라 마가렛 Trimble, Barbara Margaret : 1931-1995 __ **영국의 소설가.**

1967년부터 1991년까지 20편이 넘는 범죄, 스릴러, 로맨스물을 집필하였다. 마가렛 블레이크Margaret Blake, B.M.길B.M.Gill, 바바라 길모어Barbara Gilmour라는 필명을 사용하였다. 대표작으로는「문 앞의 이방인Stranger at the Door」(1967),「열두 번째 배심원The Twelfth Juror」(1984),「탁아소 범죄Nursery Crimes」(1986) 등이 있다.

[ㅍ]

파머, 스튜어트 Palmer, Stuart : 1905~1968 __ 미국의 추리소설가이자 시나리오 작가.

파머는 그의 캐릭터 힐데가르드 위더스Idegarde Withers로 유명하다. 드라이저 올차드Theodore Orchards, 제이 스튜어트Jay Stewart라는 필명으로도 작품을 썼다. 대표작으로는 「칠판 위 살인Murder on the Blackboard」(1932), 「실종된 네 명의 숙녀Four Lost Ladies」(1949), 「원숭이 살인The Monkey Murder」 등이 있다.

파커, 로버트 브라운 Parker, Robert Brown : 1932~2010 __ 미국의 범죄소설가.

파커는 1973년에 사립 탐정 스펜서Spenser를 주인공으로 한 하드보일드 소설 「갓울프의 행방The Godwulf Manuscrip」으로 소설가 데뷔하였으며 인기를 얻었다. 〈스펜서〉 시리즈는 이후 ABC에서 텔레비전 시리즈물로 기획하기도 했다. 대표작으로는 「약속의 땅Promised Land」(1976), 「초가을Early Autumn」(1980), 「스플릿 이미지Split Image」(2010) 등이 있다.

파킨슨, 시릴 Parkinson, Cyril Northcote : 1909~1993 __ 영국의 해군 역사학자이자 작가.

영국의 해군 역사학자이자 60여 편이 넘는 책을 쓴 작가이다. 특히 「파킨슨의 법칙Parkinson's Law」(1957)는 행정부에서 그를 중요한 학자로 간주하여 관리하고 지원하게끔 하는 동기가 된 작품이다. 대표작으로는 「에드워드 펠루, 엑스머스 자작Edward Pellew, Viscount Exmouth」(1934), 「너무 많은 곤란 The Devil to Pay」(1973), 「가깝고도 먼So Near, So Far」(1981) 등이 있다.

패트릭, 퀜틴 Patrick, Quenitn __ 미국의 소설가.

패트릭은 리처드 웹Richard Wilson Webb(1901-1966), 마리 루이스Mary Louise White Aswell(1902-1984), 마사 켈리Martha Mott Kelley(1906- 2005), 휴 휠러Hugh Callingham Wheeler(1912-1987)의 공동 필명이다. 그들의 가장 유명한 창조물은 아마추어 탐정 피터 덜루스Peter Duluth이다. 초기 소설은 정교한 퍼즐을 구성해 나간다는 특징을 지니고 있었는데 휠러의 합류 이후 급변하는 심리, 현실감 있는 캐릭터의 구성 등의 특징들이 덧붙여지게 되었다. 대표작으로는 「Cottage Sinister」(1931), 「그린들의 악몽The Grindle Nightmare」(1935), 「클라라를 위한 죽음Death for Dear Clara」(1937) 등이 있다.

페라즈, 엘리자베스 Ferrars, Elizabeth : 1907-1995 __ 영국의 소설가.

1934년에 일반소설로 데뷔했으나 좋은 평가를 얻지 못했다. 그러나 1940년에 결혼한 것을 계기로 가사일과 함께 추리소설을 쓰기 시작하여 좋은 평판을 얻게 되었다. 장편 71편과 단편집 2권을 발표할 정도로 왕성한 활동을 했다. 대표작으로는 「그 죽은 자의 이름은Give a Corpse a Bad Name」(1940), 「유언Last Will and Testament」(1978), 「사악한 무엇인가Something Wicked」(1983) 등이 있다.

포, 애드거 앨런 Poe, Edgar Allan : 1809-1849 __ 미국의 시인이자 소설가, 비평가.

포는 미국의 시인이자 단편 소설가이고, 편집자이자 비평가이며, 미국 낭만주의 문학을 대표하는 인물 중의 하나이다. 포는 단편소설 장르를 세련되게 만들었으며 추리소설을 개발하기도 했다. 그의 작품 「모르그가의 살인The Murders in the Rue Morgue」는 추리소설의 효시다. 포는 공포소설과 시로 유명하며, 단편소설 다수를 통해 오늘날 인기 있는 공상과학소설, 공포소설, 판타지 장르의 초석을 깔아놓았다. 대표작으로는 「어셔가의 몰락The

Fall of the House of Usher」(1839), 「모르그 가의 살인」(1841), 「황금벌레The Gold Bug」(1843), 「검은 고양이The Black Cat」(1843) 등이 있다.

포사이스, 프레드릭Forsyth, Frederick : 1938- __ 영국의 소설가.

스릴러소설이나 스파이소설을 주로 쓰며 군을 무대로 한 작품이 많은 것이 특징이며 그의 처녀작 「자칼의 날The Day of the Jackal」은 〈에드거 앨런 포 상〉을 받았다. 대표작으로는 「자칼의 날」(1971), 「전쟁의 개들The Dogs of War」(1974), 「양치기The Shepherd」(1975) 등이 있다.

포스트, 멜빌 다비손Post, Melville Davisson : 1869-1930 __ 미국의 작가이자 법률가.

1911년과 1928년 사이에 쓴 22개의 애브너 아저씨Uncle Abner 이야기들은 "이제까지 쓰인 것들 중 최고의 미스터리"로 불렸다. 대표작으로는 「이름 없는 것The Nameless Thing」(1912), 「애브너 아저씨추리의 대가Uncle AbnerMaster of Mysteries」(1920), 「침묵하는 중인The Silent Witness」(1930) 등이 있다.

포스터, 에드워드 모건Forster, Edward Morgan : 1879-1970 __ 영국의 소설가이자 수필가, 대본가.

포스터는 1910년대에서 20년대 사이 블룸즈버리 그룹의 주변 멤버로서 활약했다. 그의 작품의 중심에는 세속적인 휴머니스트로서의 시점이 있으며, 서로 다른 가치관을 가진 사람들이 등장하여 서로를 이해하고자 하는 과정이 그려진 것이 특징이다. 대표작으로는 「천사가 들어서기를 꺼리는 장소Where Angels Fear to Tread」(1905), 「가장 길었던 여로The Longest Journey」(1907), 「인도로 가는 길A Passage to India」(1924) 등이 있다.

포스트게이트, 레이먼드 Postgate, Raymond : 1896-1971 __ 영국의 사회주의자
이자 작가이자 기자.

캠브릿지 출신. 주로 사회주의자로서의 자신의 신념을 엿볼 수 있는 구성
의 범죄소설을 썼다. 대표작으로는 「12인의 평결Verdict of Twelve」(1940), 「문
앞의 누군가Somebody at the Door」(1943) 등이 있다.

포아고베, 포르튀네 뒤 Boisgobey, Fortuné du : 1821-1891 __ 프랑스의 소설가.

에밀 가보리오와 동시대에 범죄, 경찰을 주제로 한 소설 집필하여 범죄소
설과 경찰소설을 확립시켰다. 당대 프랑스에서 가장 인기 있는 신문연재
소설가였으나, 자신만의 고유한 탐정 캐릭터를 만들지 않았고 가보리오의
탐정 르코크를 사용했다. 대표작으로 「죄수 대령Le Forçat colonel」(1871), 「철
가면Le Vrai Masque de fer」(1873), 「오페라의 범죄Le Crime de l'Opéra」(1879) 등
이 있다.

포터, 조이스 Porter, Joyce : 1924-1990 __ 영국의 소설가.

영국 공군에서 근무하다가 제대 후 런던 경시청의 괴짜 경감 〈윌프레드
도버Wilfred Dover〉 시리즈를 쓰기 시작해서 유명세를 얻기 시작하였다. 오늘
날 포터는 현대 영국 여성 미스터리 작가를 대표하는 소설가로 손꼽힌다.
유머색이 짙은 작풍이 특징이다. 대표작으로는 「도버 4/절단Dover and the
Unkindest Cut of All」(1967), 「도버 5/분투Dover Goes to Pott」(1968), 「의외로 일
반적인 범죄Rather a Common Sort of Crime」(1970) 등이 있다.

포클랭, 장 밥티스트 Poquelin, Jean Baptiste : 1622-1673 __ 프랑스의 소설가이자 극작가, 배우. 무정부주의자, 사회주의자.

몰리에르Molière라는 예명으로 활동하였다. 프랑스 고전 희극의 거장. 라신 Jean Baptiste Racine의 비극이 귀족 문화의 표현이라 한다면 몰리에르의 희극은 상승하고 있는 부르주아 계급을 대표하는 것이었다. 성격희극으로 유명하다. 이는 프랑스, 이탈리아의 희극에 뿌리 내리고 있다. 인간을 모랄리스트적으로 고찰한 함축성 있는 희극을 이루었다. 몰리에르가 그린 성격은 당시의 사회에서 볼 수 있는 어느 특정한 폐단을 집약한 상징적인 인물로, 그는 17세기 프랑스의 상류사회에 파고든 가짜 신앙, 귀족들의 퇴폐상, 경박한 사교생활 등과 같은 것을 착실한 시민의 양심과 지식을 통해 비판적으로 그렸다. 대표작으로는 「돈 주앙Don Juan」(1665), 「인간 혐오자Le Misanthrope」(1666), 「스카팽의 간계Les Fourberies de Scapin」(1671) 등이 있다.

푸트렐, 릴리 메이 필 Futrelle, Lily May Peel : 1876-1981 __

미국의 소설가 잭 푸트렐Jacques Futrelle의 부인. 남편인 잭 푸트렐은 1912년에 타이타닉호 침몰 사건으로 세상을 떠났다. 한편 그녀는 91살로 이 세상을 떠났다.

푸트렐, 잭 Futrelle, Jacques : 1875-1912 __ 미국의 저널리스트이자 추리소설가.

1905년에 명탐정 아우구스투스 S.F.X. 반 드젠 교수Professor Augustus S.F.X. Van Dusen가 활약하는 추리소설을 연재하여 인기를 얻었다. 이후 수많은 추리소설, 역사소설, 연애소설, 서스펜스 등을 발표하였다. 대표작으로는 「금색 접시 도난 사건The Chace of the Golden Plate」(1906), 「사고기계The Thinking Machine」(1907), 「다이아몬드 마스터The Diamond Master」(1909) 등이 있다.

풀러, 로이 Fuller, Roy : 1912-1991 __ 영국의 시인이자 소설가.

초기에는 사회적, 정치적 문제에 많은 관심을 가졌으며, 후기에는 심리학적, 철학적 주제를 많이 다루었다. 또한 군대 생활의 체험을 토대로 한 작품들로 주목을 받기도 했다. 대표작으로는 「전쟁 한가운데서The Middle of a War」(1942), 「비명과 기회Epitaphs and Occasions」(1949), 「브루터스의 정원 Brutus's Orchard」(1957) 등이 있다.

프랜시스, 딕 Francis, Dick : 1920-2010 __ 미국의 추리소설 작가.

처음에는 경마기수로 활약했으나, 부상으로 은퇴하고 런던의 〈선데이 익스프레스〉 지에서 경마 기자로 일하면서 글을 쓰기 시작한다. 기수 경험을 바탕으로 쓴 첫 스릴러 「경마장 살인사건Dead Cert」(1962)을 필두로 약 40여 편의 경마 스릴러를 출간했고, 「채찍을 쥔 오른손Whip Hand」(1981), 「애도의 시간Come To Grief」(1996)으로 〈에드거 상〉 최우수 소설 상을 세 번이나 수상했으며, 영국 추리 작가 협회에서 수여하는 〈골드 대거 상〉 (1979년), 〈카르티에 다이아몬드 대거 상〉(1989년)을 수상했다.

프리맨틀, 브라이언 Freemantle, Brian : 1936- __ 영국의 소설가이자 논픽션 작가.

프리맨틀은 스릴러를 주로 그렸으며, 스파이소설 「사라진 남자Charlie M」 (1977)로 널리 알려져 있다. 존 멕스웰John Maxwell, 조나단 에반스Jonathan Evans, 잭 윈체스터Jack Winchester, 리차드 간트Richard Gant라는 필명으로 활동하였다. 또한 그는 저널리스트였었으므로 정치적 문제에 관심을 기울이고 있다. 셜록 홈즈의 사생아로 설정된 세바스찬 홈즈Sebastian Holmes가 등장하는 추리소설과, 냉전 이후 시대의 FBI 요원과 러시아 형사가 등장하는 스파이소설 등을 발표하였다. 대표작으로는 「이별을 말하고자 온 남자

Goodbye to an Oldfriend」(1973), 「불려 온 남자The Inscrutable Charlie Muffin」(1979), 「배신Betrayals」 등이 있다.

프론지니, 빌Pronzini, Bill : 1943- __ 미국의 추리소설가.

빌은 미스터리 장르에 대한 공로로 미국 내 수많은 문학상을 수여받았다. 미스터리, 서부극, 사이언스 픽션 등 단편소설을 모은 앤솔로지를 100편 이상 발표하고 있다. 대표작으로는 「스토커The Stalker」(1971), 「패닉Panic」 (1972), 「눈The Eye」(1984) 등이 있다.

프리만, 리처드 오스틴Freeman, Richard Austin : 1862-1943 __ 영국의 소설가 이자 의사.

대표작으로는 「탐험대의 원정담Travels and Life in Ahanti and Jaman」(1989), 「붉은 엄지손가락 지문The Red Thumb Mark」(1907), 「노래하는 백골The Singing Bone」(1912)이 있다.

프리스틀리, 존 보인턴Priestley, John Boynton : 1894-1984 __ 영국의 소설가이 자 극작가.

프리스틀리는 대학에서 재학 할 때부터 문학적 재능을 인정받았다. 처음에 저널리스트로서 활약했으나 이윽고 소설로 전향, 한편 극작도 시작했다. 소설의 연이은 성공으로 일약 유명 작가가 되었다. 그의 작품은 사상적인 깊이는 없지만 영국 소설의 전통을 이은 것으로서 다양한 등장인물과 풍부한 장면 전환이 있고 아주 자연스러운 서민성에 넘치고 있다. 이러한 점들이 대중의 생활 감정에 호소, 베스트셀러가 되었다. 대표작으로는 「착한 친구들The Good Companions」(1929), 「거리의 천사Angel Pavement」(1930), 「그들은 거리를 걸어간다They Walk in the City」(1936) 등이 있다.

플레밍, 이안 Fleming, Ian : 1908-1964 __ **영국의 소설가이자 기자.**

영국의 작가이자 기자이다. 전 세계적으로 1억 부 이상 팔린 스파이소설인 〈제임스 본드〉 시리즈로 유명하다. 2차 세계 대정 당시 그는 해군 정보부에서 활동했는데, 그 경험이 〈제임스 본드〉 시리즈의 섬세하면서 깊이 있는 묘사를 가능케 하였다. 어린이들을 위한 동화 「치티치티 뱅뱅Chitty-Chitty-Bang-Bang」(1964)을 쓰기도 했다. 대표작으로는 「카지노 로얄Casino Royale」 (1953), 「문레이커Moonraker」(1955), 「황금총을 가진 사나이The Man with the Golden Gun」(1965) 등이 있다.

플레처, 존 굴드 Fletcher, John Gould : 1886-1950 __ **미국의 시인이자 소설가.**

1909년부터 1933년까지 파리에서 지냈으며 그 당시에는 이미지즘의 시운동에 참여하였다. 그 후 이미지즘을 초월하고 미국적인 테마로 발전해갔다. 1939년에는 〈퓰리처상〉을 수상하였다. 대표작으로는 「생명의 나무The Tree of Life」(1918), 「인생은 나의 노래Life Is My Song」(1937), 『시 선집Selected Poems』(1938) 등이 있다.

피구, 아서 세실 Pigou, Arthur Cecil : 1877-1959 __ **영국의 경제학자.**

케임브리지대학에서 공부하고 A.마셜의 뒤를 이은 신고전파경제학의 대가로서 1904-1943년 케임브리지대학 교수로 재직하였다. 공리주의功利主義철학에 기초한 주요저서에서 케임브리지학파의 전통을 계승, 규범적인 경제학에 강한 관심을 보이고 사회의 경제적 후생을 증대하기 위한 생산과 분배의 조건 및 이를 실현하기 위한 방책을 추구하여, 그 후의 후생경제학의 기초를 구축하였다. 대표적으로는 「후생경제학The Economics of Welfare」
(1920), 「실업失業의 이론The Theory of Unemployment」(1933), 「고용과 균형
Employment and Equilibrium」(1941) 등이 있다.

피클링, G.G.Fickling, G.G. : ?-? ＿ 미국의 소설가.

남편인 포레스트 피클링Forest Fickling과 아내인 글로리아 피클링Gloria Fickling
이 부부 공동 집필을 할 때 사용한 필명이다. 여류 탐정 허니 웨스트Honey
West를 창조해냈으며 TV드라마로 방송되기도 하였다. 대표작으로는 「고용
되기 위한 소녀This Girl for Hire」(1957), 「탈주 중인 소녀Girl on the Loose」
(1958), 「허니를 위한 권총A Gun for Honey」(1958) 등이 있다.

필포츠, 에덴Phillpotts, Eden : 1862-1960 ＿ 영국의 시인이자 소설가.

필포츠는 애거사 크리스티의 옆집에 살고 있었으며 당시 창작을 시작한지
얼마 안 된 크리스티의 소설을 읽고 정확한 지적을 했다는 이야기가 크리
스티의 자서전에 기록되어 있다. 그의 작품 「농부의 아내The Farmer's Wife」
(1926)를 알프레드 히치콕이 1927년 영화화한다. 대표작으로는 「악마와의
계약A Deal with the Devil」(1895), 「아침의 아들들Sons of the Morning」(1900), 「강
The River」(1902), 「붉은 머리 가문의 비극The Red Redmaynes」(1922) 등이 있다.

[ㅎ]

하니야 유타카埴谷雄高 : 1909-1997 __ 일본의 정치 비평가이자 소설가.

1946년부터 대표작인 「사령死靈」이 잡지 『현대문학現代文学』에 연재 개시되었다. 공산주의 사상 활동가들의 지하 활동과 그 안에서 주고받는 토론을 주된 소재로 한 「사령」은 전후 사회에 큰 공감을 불러 크게 평가를 받았다. 전12장 구성 예정이었으나 제9장까지만 쓰고 미완으로 세상을 떠났다. 1976년 「사령」은 〈일본문학대상日本文学大賞〉을 수상하기도 하였다. 대표작으로는 「환시 속의 정치幻視のなかの政治」(1960), 「허구虛空」(1960), 「그림자놀이의 세계-러시아문학과 나影絵の世界-ロシア文学と私」(1967) 등이 있다.

하디, 토머스 Hardy, Thomas : 1840-1928 __ 영국의 소설가이자 시인.

하디는 19세기 말 영국 사회의 인습, 편협한 종교인의 태도를 용감히 공격하고, 남녀의 사랑을 성적 면에서 대담히 폭로하였다. 오늘날 자연주의의 고전으로써 재평가되며 세계 각국에서 사랑을 받고 있다. 대표작으로는 「귀향The Return of the Native」(1878), 「캐스터브리지의 시장The Mayor of Casterbridge」(1886), 「테스Tess of the d'Urberville」(1891) 등이 있다.

하마오 시로浜尾四郎 : 1896-1935 __ 일본의 소설가이자 변호사, 귀족원 의원.

일본의 탐정소설계에서 드물게 상류계급의 사법전문가이며, 그 법률지식을 활용한 질이 높은 본격탐정작품을 남긴 것으로 알려져 있다. 에도가와 란포와 친분이 있었다. 하마오는 작품에서 사람이 사람을 심판하는 것에 대한 한계에 관해 진지하게 고찰하였으며 뛰어난 작품을 남겼다. 대표작으로는 「그가 죽였는가彼が殺したか」(1929), 「악마의 제자悪魔の弟子」(1929), 「쇠

사슬 살인사건鉄鎖殺人事件」(1933) 등이 있다.

하이스미스, 패트리샤 Highsmith, Patricia : 1921-1995 __ **미국의 소설가.**

하이스미스는 1921년 1월 19일 미국 텍사스 주 포트워스에서 태어나 바너드 대학에서 영문학과 라틴어, 그리스어를 공부했다. 데뷔작인 「낯선 승객 Strangers on a Train」은 1950년 출간되자마자 엄청난 성공을 거두었으며 서스펜스의 거장, 히치콕 감독에 의해 영화로 옮겨졌다. 1955년 발표한 「재능 있는 리플리The Talented Mr. Reply」는 하이스미스의 명성을 가장 널리 알린 작품으로 르네 클레망 감독, 알랭 들롱 주연의 영화, 그리고 주드 로, 기네스 팰트로라는 초호화판 캐스팅으로 화제가 되었다. 이외에도 스무 편 이상의 작품이 영화의 원작 소설로 쓰였다. 대표작으로는 「낯선 승객」(1950), 「재능 있는 리플리」(1955), 「태양은 가득히Plein Soleil」(1955), 「당신은 우리와 어울리지 않아The Black House」(1981) 등이 있다.

하임즈, 체스터 Himes, Chester : 1909-1984 __ **미국의 소설가.**

체스터는 미국의 소설가로, 작품 「이마벨의 사랑For Love of Imabelle」(1957)로 프랑스 추리소설 대상을 수상한 바 있다. 체스터는 19세에 무장강도 혐의로 복역한 뒤 옥중에서 대실 해밋의 작품을 읽고 감명 받아 창작을 시작한 것으로 알려져 있으며, 미국 흑인 추리소설 작가를 대표하는 인물로도 손꼽히고 있다. 대표작으로는 「이마벨의 사랑」(1957)이 있다.

하트, 프랜시스 Hart, Frances : 1890-1943 __ **미국의 소설가.**

워싱턴 출신. 많은 단편 이야기들은 신문과 잡지에 연재하였고 이들을 묶어 1923년 『교섭과 그 외 이야기들Contact and Other Stories』이라는 제목으로 출판한다. 하트는 1927년의 작품인「벨라미 재판The Bellamy Trial」을 계기로 유명해진다. 대표작으로는「마크Mark」(1931),「벨라미 재판The Bellamy Trial」(1927) 등이 있다.

해리스, 토머스 Thomas, Harris : 1940- __ 미국의 소설가이자 시나리오 작가.
미국과 멕시코에서 범죄 기사를 작성하며 기자 생활을 시작했으며, 뉴욕 연합통신사에서 기자 및 편집인으로 일했다. 1975년에 소설「블랙 선데이Black Sunday」로 데뷔하였다. 데뷔 이후 그가 발표한 모든 소설은 공전의 베스트셀러가 되었다. 대표작으로는「블랙 선데이」(1975),「양들의 침묵The silence of the lambs」(1981),「한니발Hannibal」(1999) 등이 있다.

해밀튼, 브루스 Hamilton, Bruce Arthur Douglas : 1900-1974 __ 영국의 소설가이자 작가.
많은 작품을 선보이며 탐정소설과 스포츠소설에 풍부한 문학성을 도입한 작가로 주목받았다. 추리소설가로서는 1930년도「교수형To Be Hanged」으로 데뷔한 이래 10편의 장편과 1편의 범죄 실화를 발표하였는데, 그 중 1948년 발표한「목 매달린 판사Let Him Have Jusgdment」는 E.S.가드너도 극찬을 한 법정물로 미국에서는「Hanging Judge」라는 이름으로 발표되었다. 미스터리 이외에도 희곡, 역사, 정치학서 등을 발표한다. 또한 소설가, 극작가로서 저명한 그의 형 패트릭 해밀튼의 전기를 쓰기도 하였다. 대표작으로는「중간급 살인Middle Class Muder」(1936),「목 매달린 판사」,「너무 많은 물Too Much of Water」(1958) 등이 있다.

해밋, 사무엘 대실 Hammett, Samuel Dashiell : 1894-1961 __ 미국의 추리소설가.
해밋은 시대를 초월한 최고의 추리 작가들 중 하나로 여겨진다. 추리소설

세계에서 하드보일드 스타일을 확립한 대표적인 인물로 알려져 있다. 탐정 소설 「붉은 수확Red Harvest」(1929)은 타임지에서 선정한 1923년에서 2005년 사이의 100개의 최고 영미 소설 중 하나이다. 대표작으로는 「붉은 수확」(1929), 「유리 열쇠The Glass Key」(1931), 「마른 남자The Thin Man」(1934) 등이 있다.

헐, 리처드 Hull, Richard : 1896-1973 __ **영국의 범죄소설가.**

런던 출신. 본명은 리처드 헨리 샘슨Richard Henry Samson인데, 어머니의 성인 헐을 필명으로 썼다. 도서 추리의 대표적 작가인 헐은 프랜시스 아일스 Francis Iles(1893-1971)의 「살의Malice Aforethought」(1931)를 읽고 "색다른 추리소설을 쓰기로 했다"고 말했다. 1934년에 발표한 처녀작 「백모 살인 사건 Murder of My Aunt」이 성공함으로써 이작품은 도서(倒敍) 추리소설의 걸작 중 하나가 되었다. 그는 1935년 『캐슬 문학 백과사전』에서 '헐의 추리소설 10훈'이라는 추리소설의 공식을 만든다. 대표작으로는 「백모 살인 사건」(1934), 「그것은 유령이었다The Ghost It Was」(1936), 「살인은 쉽지 않다 Murder Isn't Easy」(1936) 등이 있다.

험프리스, 크리스마스 Humphreys, Christmas : 1901-1983 __ **영국의 변호사.**

1940년대부터 50년대까지 논란이 되었던 재판들을 이끌며 활발히 활동하다 후에 판사가 되었다. 그는 불교에 큰 관심을 가지고 있었다. 그는 대승 불교에 관한 많은 작품들을 썼으며, 그의 활동은 영국에서 불교가 성장하는 데에 큰 영향을 끼쳤다. 대표작으로는 「원의 양 쪽에서Both Sides of the Circl」(1978), 「카르마와 부활Karma and Rebirth」(1948), 「평화와 전쟁의 시 Poems of Peace and War」(1941) 등이 있다.

헤이크래프트, 하워드 Haycraft, Howard : 1905-1991 __ 미국의 추리소설 평론가이자 편집자.

많은 추리소설 평론집을 발표하였으며 1942년에는 스탠리 쿠니츠Kunitz, Stanley와 함께 『20세기작가사전TWENTIETH CENTURY AUTHORS A Biographical Dictionary』을 발행하기도 했다. 대표작으로는 『오락으로서의 살인Murder for Pleasure』(1941), 『추리소설의 미학The Art of the Mystery Story』(1946), 『위대한 미스터리 속 보물A Treasury Of Great Mysteries』(1957) 등이 있다.

헤어, 시릴 Hare, Cyril : 1900-1958 __ 영국의 판사이자 소설가.

미클햄 출신. 주로 그의 법정에서의 경험을 살린 현실적인 추리가 특징적이다. 대표작으로는 「예외적인 자살Suicide Excepted」(1939), 「법의 비극Tragedy at Law」(1942), 「영국식 살인An English Murder」(1951) 등이 있다.

호크, 에드워드 Hoch, Edward D. : 1930-2008 __ 미국의 추리소설 작가.

런던에 위치한, 세계적으로 유명한 '머더 원' 서점의 주인이자, 유명한 발행인이다. 그의 작품들은 엄청난 판매부수를 보이고 있으며, 다양한 컬트 간행물의 작가이자 편집자로서 현대적 작품 세계에 큰 공헌을 했다. 약 950여 편의 단편을 저술했다고 알려져 있다. 대표작으로 『지친 까마귀The Shattered Raven』(1970), 『마녀 비행 머신The Transvection Machine』(1971), 『컴퓨터 검찰국Coomputer Investigation Bureau』(1971) 등이 있다.

홀러, 시드니 Horler, Sydney : 1888-1954 __ 영국의 추리소설가.

유능한 저널리스트에서 소설가가 된다. 1920년대부터 1950년대까지 스릴러, 신사 강도 등 폭넓은 장르의 작품을 양산하였으며 저서는 150편이 넘는다. 대표작으로는 「제1의 신비The Mystery of No.1」(1925), 「타이거 스탠이 돌아오면Tiger Standish Comes Back」(1934), 「케이지The Cage」(1953) 등이 있다.

화이트처치, 빅터 로렌조 Whitechurch, Victor Lorenzo : 1868-1933 __ 영국의 성직자이자 소설가.

다양한 테마를 다루었지만 미스터리에 관해서는 철도를 소재로 하는 작품을 많이 발표한다. 아마추어 탐정 토르프 하젤Thorpe Hazell이 활약하는 단편집 「아슬아슬한 철도 이야기Thrilling Stories of the Railway」(1912)는 크로프츠에 앞선 철도 미스터리의 효시로 여겨지는 단편집이다. 대표작으로는 「레지던스의 카논The Canon in Residence」(1904), 「아슬아슬한 철도 이야기」(1912) 등이 있다.

후지 유키오藤雪夫 : 1913-1984 __ 일본의 소설가.

유키오는 잡지 『보석宝石』 발간 3주년 기념으로 열린 콘테스트에서 엔도 케이코遠藤桂子 명의로 쓴 작품 「소용돌이치는 조수渦潮」(1950)가 장편 부문 1등으로 당선되었다. 자신의 딸인 후지 케이코藤桂子가 개고하여 합작으로 발표한 「사자자리獅子座」(1956, 합작발표는 1984)는 1984년에 『주간문춘週刊文春』의 '걸작 미스터리 랭킹 5위'에 뽑혔다. 대표작으로는 「알리바이アリバイ」(1954), 「먼 봄遠い春」(1957), 「무지개날의 살인虹の日の殺人」(1958) 등이 있다.

후쿠시마 마사미쓰福島正光 : 1925- __ 일본의 번역가이자 작가.

출판사의 단행본, 잡지 편집자, 광고회사 제작 부장, 그리고 1960년 시세이도至誠堂 이사 편집부장 등 다양한 영역에서 활동하고 있다. 주로 시릴 파킨슨Cyril Northcote Parkinson, 리처드 닉슨Richard Milhous Nixon 등 번역서를 발
표하였다. 대표작으로는 저서 「어느 흡연자의 생애あるたばこマンの生涯」(1978),
번역서 「동양과 서양 파킨슨의 역사법칙東洋と西洋 パーキンソンの歴史法則」(시릴
파킨슨 저)(1964), 「변혁의 때를 잡아라変革の時をつかめ」(리처드 닉슨 저)(1992)
등이 있다.

휘틀리, 데니스 Wheatley, Dennis : 1897-1977 __ **영국의 소설가.**
1930년대부터 60년대까지 세계의 베스트셀러 작가 중 하나로 손꼽히며 수
많은 스릴러와 심령 소설을 써낸 영국의 작가이다. 그의 〈레고리 살루스
트Gregory Sallust〉 시리즈는 이안 플레밍의 〈제임스 본드〉 시리즈에 영감을
주기도 했다. 대표작으로는 「얼어붙은 영역The Forbidden Territory」(1933), 「그
들은 어둠의 힘을 사용하였다They Used Dark Forces」(1964), 「음탕한 공주The
Wanton Princess」(1966) 등이 있다.

휴즈, 도로시 B. Hughes, Dorothy B. : 1904-1993 __ **미국의 소설가.**
1931년에 시집 『어둠의 확신Dark Certainty』을 발표하여 등단했다. 그 이후
1940년에 미스터리 소설인 「푸른 대리석The So Blue Marble」을 발표하였으며
미스터리 소설가로서 큰 인기를 얻었다. 소설뿐만 아니라 미스터리 평론도
다수 발표하였다. 대표작으로는 「떨어진 참새The Fallen Sparrow」(1942), 「분
홍색 말을 타라Ride the Pink Horse」(1946), 「고독한 자리에서In a Lonely Place」
(1947) 등이 있다.

흄, 퍼거스 Hume, Fergus : 1859-1932 __ **호주의 소설가.**
영국의 런던에서 태어나 뉴질랜드의 대학에 수학하고 호주의 멜버른에서

법정 변호사의 서기를 하다가 1888년 후는 아예 호주에 정주하고 생애를 마친다. 에밀 가보리오의 영향으로 소설을 쓰기 시작해 1886년 처녀작 「이륜마차의 비밀The Mystery of a Hansom Cab」로 데뷔, 이 작품은 출판되자마자 폭발적인 매상을 기록해 베스트셀러가 되었지만, 저작권 계약을 맺지 않았기 때문에, 작자인 흄 자신에게는 큰 이익을 가져오지 않았다고 한다. 대표작으로는 「이륜마차의 비밀」(1886), 「브란켈 교수의 비밀Professor Brankel's Secret」(1886) 등이 있다.

히긴스, 잭 Higgins, Jack : 1929-__ **영국의 추리소설가.**

본명은 해리 패터슨Harry Patterson이다. 스릴러와 스파이 분야에서 베스트셀러를 기록한 작가이다. 80편이 넘는 그의 작품들은 55개의 언어로 번역되어 15억 부 이상의 판매고를 올렸다. 대표작으로는 「독수리 착륙하다The Eagle Has Landed」(1975), 「죽는 자를 위한 기도A Prayer for the Dying」(1987), 「엔젤 오브 데스Angel of Death」(1995) 등이 있다.

히라노 겐平野謙 : 1907-1978__ **일본의 평론가.**

본명은 히라노 아키라平野朗이다. 1933년에 일본 프롤레타리아 문화연맹 서기 국원을 맡았다. 전후 하니야 유타카埴谷雄高・아라 마사토荒正人 등과 잡지『근대문학近代文学』을 창간하였으며 '근대개인주의'에 입각한 문학자립의 입장에서 구 문학의 '정치의 우위성'을 비판하였다. 1977년에 〈일본예술원상日本芸術院賞〉을 수상하였다. 대표작으로는 「전후문예평론戦後文芸評論」(1948), 「예술과 실생활芸術と実生活」(1958), 「히라노 겐 : 마쓰모토 세이초 탐구平野謙 松本清張探求」(2003) 등이 있다.

히사오 주란久生十蘭 : 1902-1957 _ 일본의 소설가이자 연출가.

홋카이도 출신. 본명은 아베 마사오阿部正雄. 추리물, 유머소설, 역사물, 현대물, 시대소설, 논픽션노벨 등 다양한 작품을 다루면서 박식함과 기교로 '다면체작가', '소설의 마술사'라고 불리었다. 1920년 세가쿠인 중학교를 중퇴하고 귀향하여 하코다테 신문사에 근무하면서, 이후 연극회에 참가하거나 동인그룹 '생사生社'를 결성하여 왕성한 창작활동을 했다. 1939년 「캘리코 상キャラコさん」으로 제1회 〈신청년독자상新青年読者賞〉, 1952년에 「스즈키 몬도鈴木主水」(1952)로 제26회 〈나오키상直木賞〉 수상 외에도 다수의 작품이 〈나오키상直木賞〉후보에 오르기도 하였다. 대표작으로는 「호반湖畔」(1937), 「검은 수첩黒い手帳」(1937), 「스즈키 몬도」(1952), 「예언予言」(1947), 「당신도 나도あなたも私も」(1955) 등이 있다.

히카게 조키치日影丈吉 : 1908-1991 _ 일본의 추리소설가이자 번역가.

환상적인 작풍이 특징적이다. 프랑스 유학 경험이 있어서 프랑스 미스터리 소설을 번역하기도 했다. 일본추리작가협회日本推理作家協会의 이사를 맡았으며, 탐정 우교 신사쿠右京慎策가 활약하는 〈하이칼라 우교ハイカラ右京〉 시리즈가 유명하다. 대표작으로는 「샤먼의 노래かむなぎうた」(1949), 「여우의 닭狐の鶏」(1956), 「새빨간 강아지真赤な子犬」(1959) 등이 있다.

힐튼, 제임스Hilton, James : 1900-1954 _ 영국의 소설가이자 각본가.

힐튼은 그의 작품에서 주로 영국 사회의 단점들을 다루었다. 1932년에 글렌 트레버Glen Trevor라는 필명으로 추리소설인 「학교의 살인Was It Murder? (Murger at School)」을 발표하였다. 각본가로써도 유명하여 1942년에 영화 「미니버 부인Mrs. Miniver」으로 〈아카데미 각색상〉을 수상하였다. 대표작으로는 「테리Terry」(1927), 「안녕, 칩스 씨Goodbye, Mr. Chips」(1934), 「잃어버린 지평선Lost Horizon」(1937) 등이 있다.

찾아보기

425

430

436

438

440

444

448

450

452

454

465

저자 다카하시 데쓰오(高橋哲雄)

1931년 고베神戸시에서 태어났다. 1954년 교토대학京都大学 경제학부를 졸업하고 동 대학원에서 『영국의 철강 독점 연구イギリス鉄鋼独占の研究』로 경제학 박사학위를 취득한다. 간사이가쿠엔대학関西学院大学 강사, 고난대학甲南大学 경제학부 교수를 역임한 후 1996년 은퇴하여 현재는 고난대학 명예교수이자 오사카상업대학大阪商業大学 교수이자 명예교수이다. 전공은 영국 사회문화사이다.

주요 저서로는 『산업론서설産業論序説』(実教出版, 1978), 『아일랜드 역사 기행アイルランド歴史紀行』(筑摩書房, 1991), 『영국 역사의 여행イギリス歴史の旅』(朝日選書, 1996), 『스코틀랜드의 역사를 거닐다スコットランド歴史を歩く』(岩波新書, 2004), 『동서양 식탁의 기묘한 이야기東西食卓異聞』(ミネルヴァ書房, 2007), 『도시는 〈박물관〉이다. 유럽 9개 마을의 이야기都市は〈博物館〉ヨーロッパ・九つの街の物語』(岩波書店, 2008), 『선생이란 무엇인가 - 교토대학 사제 이야기先生とはなにか 京都大学師弟物語』(ミネルヴァ書房, 2010) 등이 있다.

번역서로는 헤르만 레비Hermann Levi의 『영국과 독일 - 유사성과 대조성イギリスとドイツ 類似性と対照性』(未来社, 1974)와 존 홉슨John Hobson의 『이단의 경영학자의 고백 - 홉슨의 자전異端の経済学者の告白 ホブスン自伝』(新評論, 1983)이 있다.

역자 고려대학교 일본추리소설연구회

유재진(俞在眞)

고려대학교 일어일문학과 부교수. 일본근현대문학 전공. 최근 일본의 추리소설에 관심을 갖고 특히 일제강점기 한반도에서 창작된 일본어 탐정소설에 관한 연구를 하고 있다. 추리소설 관련의 주요 논문으로 「일본 미스터리 소설의 번역현황과 분석 : 1945-2009」(『일본연구』 2012.2), 「한국인의 일본어 탐정소설 시론韓国人の日本語探偵小説試論」(『일본학보』 2014.2), 「자료연구 : 식민지 조선의 일본어탐정소설研究資料 : 植民地朝鮮の日本語探偵小説」(『跨境 日本語文学研究』 2014.6) 등이 있으며, 저서로는 『일본의 탐정소설』(공역서, 도서출판 문, 2011), 『탐정 취미-경성의 일본어 탐정소설』(공편역서, 도서출판 문, 2012), 『일본 추리소설 사전』(공저, 학고방, 2014) 등이 있다.

나카무라 시즈요(中村静代)

홍익대학교 조교수, 고려대학교 대학원 중일어문학과 박사과정. 식민지기의 조선과 일본의 괴담을 연구하고 있다. 주요 저서로는 『식민지 조선 일본어 잡지의 괴담・미신』(공편역서, 학고방, 2014), 『일본 추리소설 사전』(공저, 학고방, 2014), 『재조일본인과 식민지 조선의 문화1』(공저, 역락, 2014)등이 있다. 논문으로는 「일본 미스터리 소설의 번역현황과 분석 : 1945-2009」(2012.2), 「在朝日本人雑誌『朝鮮公論』における〈怪談〉の研究-閔妃の怪談「石獅子の怪」を中心として-」(2013.8), 「在朝日本人雑誌『朝鮮公論』における〈怪談〉の研究-作品「春宵怪談京城の丑満刻」にみる在京城日本人の〈他者意識〉を中心として-」

(2014.5), 「在朝日本人の怪談と探偵小説研究-怪談における〈謎解き〉と京城記者を中心に-」 (2014.12), 「植民地朝鮮と日本の怪談-日韓合併前後における「怪談」概念の変容をめぐって-」 (2015.1) 등이 있다.

김우진(金佑珍)

고려대학교 대학원 비교문학 박사과정. 논문으로 「校歌의 텍스트성 研究 : 釜山地域 大學校校歌를 中心으로」(2007, 한글학회), 「在日 디아스포라文學 研究 : 『그늘의 집』에 나타난 慾望과 暴力을 中心으로」(2009, 한국학술진흥재단), 「김남천 소설의 창작기법연구 : 일제말기 단편소설을 중심으로」(2010, 석사학위논문), 『아잔의 숲 : 사막의 별처럼 빛나는 아이들』(2014, 시나리오친구들), 「'심청, 연꽃의 길'에 나타난 내셔널리즘 서사전략의 문제」(2015, 고려대 호원논집 22호) 등이 있다.

김 욱(金 旭)

고려대학교 대학원 중일어문학과 박사과정. 일본근현대문학 전공. 논문으로 「식민지 이중언어문학과 유진오의 일본어 소설 연구-조선 표상을 중심으로」(고려대학교 대학원 석사논문, 2014)와 논문 「유진오의 이중언어문학에 투영된 조선 표상 -일본어 작품 「황률かち栗」, 「기차 안汽車の中」, 「할아버지의 고철祖父の鐵屑」을 중심으로-」(〈인문학연구〉 47호, 2014) 가 있다. 공저로는 『재조일본인과 식민지 조선의 문화1』(역락, 2014)가 있다.

김인아(金潾我)

고려대학교 대학원 중일어문학과 박사과정. 일본중세문학 전공. 논문으로는 「슌칸俊寬설화의 변용變容연구-서사구조와 공간을 중심으로」, 「헤테로토피아로서의 기카이가지마」 가 있다.

이정안(李定按)

고려대학교 대학원 국어국문학과 박사과정, 현대소설 전공. 고려대학교 HK 기획연구팀 연구원. 논문으로는 「박영희 소설 연구」(고려대학교 대학원 국어국문학과 현대문학 석사논문)이 있다.

김예람(金예람)

전남대학교 국어국문학과 졸업. 고려대학교 대학원 국어국문학과 석사과정, 한국현대문학 전공.

남상현(南相琄)

· 한국외국어대학교 태국어과, 경영학과 졸업. 고려대학교 대학원 중일어문학과 석사과정, 일본 근현대문학 전공.

무카이 시오리(向井志緒利)

　일본 북해상과대학 상학과 졸업. 고려대학교 대학원 비교문학비교문화협동과정 석사과정, 한일비교문학전공.

신재민(申宰旼)

　고려대학교 일어일문학과, 국어국문학과 졸업. 고려대학교 대학원 중일어문학과 석사과정, 일본 근현대문학 전공.

이유진(李唯眞)

　고려대학교 불어불문학과 졸업. 고려대학교 대학원 비교문학비교문화협동과정 석사과정.

이해리(李海里)

　이화여자대학교 경제학과 졸업. 고려대학교 대학원 비교문학비교문화협동과정 석사과정.

조은상(趙殷相)

　고려대학교 정경대학 정치외교학과 졸업. 고려대학교 대학원 영상문화학협동과정 석사과정.

미스터리의 사회학－근대적 '기분전환'의 조건

초판1쇄 인쇄 2015년 8월 18일 I 초판1쇄 발행 2015년 8월 28일

저자 다카하시 데쓰오 I 역자 고려대학교 일본추리소설연구회
발행 이대현
편집 이소희 I 디자인 이홍주
발행처 도서출판 역락 I 등록 1999년 4월 19일 제303-2002-000014호
주소 서울시 서초구 동광로46길 6-6 문창빌딩 2층
전화 02-3409-2058(영업부), 2060(편집부) I 팩시밀리 02-3409-2059
이메일 youkrack@hanmail.net
블로그 http://blog.naver.com/youkrack3888

ISBN 979-11-5686-208-6 03800
정가 30,000원